陈学知 著

陈家湾

四川文艺出版社

图书在版编目（CIP）数据

陈家湾 / 陈学知著. – 成都：四川文艺出版社, 2018.9
ISBN 978-7-5411-5145-3

Ⅰ. 陈… Ⅱ. ①陈… Ⅲ. ①长篇小说 – 中国 – 当代
Ⅳ. ①I247.5

中国版本图书馆CIP数据核字（2018）第200660号

CHENJIAWAN

陈家湾

陈学知　著

责任编辑　　孙学良
封面设计　　叶　茂
内文设计　　史小燕
责任校对　　蓝　海
责任印制　　唐　茵

出版发行　　四川文艺出版社（成都市槐树街2号）
网　　址　　www.scwys.com
电　　话　　028-86259287（发行部）　　028-86259303（编辑部）
传　　真　　028-86259306

邮购地址　　成都市槐树街2号四川文艺出版社邮购部　　610031
印　　刷　　四川华龙印务有限公司
成品尺寸　　145mm×210mm　　1/32
印　　张　　11.25　　　　　　字　　数　　270千
版　　次　　2018年9月第一版　　印　　次　　2018年9月第一次印刷
书　　号　　ISBN 978-7-5411-5145-3
定　　价　　42.00元

目录

第一章

李松到陈家湾村遇到的第一个人是秀桃。

那天，李松开车驶向陈家湾村。路旁的树枝抚弄着车身，发出噼噼啪啪的声响，像乡村野姑的暴笑声。

李松的心有些惊悚，怕那些树枝钻进车里来与他接吻，慌忙关了车窗，放慢车速。这辆车是他刚买的。他来陈家湾村驻村扶贫，离家四十多公里，来去没有车可不行。工作八九年，结婚养孩子，每月按揭供房子，现在还要供车子，够丰富多彩的。

乡村公路很窄，弯道特别多。他拐了一道又一道弯。这次上垭口拐弯时，一个女人背着一个太婆，身后跟着一个小孩突然冒了出来。李松吓得慌忙踩了急刹。女人吓傻了，愣愣地立在路中。李松跳下车，吐一口气，好奇地注视着女人，女人像一朵沾满灰尘的花，太婆将肥胖的身子压在她的身上，幼小的孩子用绳子拖着一只鞋子跟在她的身后，流着鼻涕和口水傻笑着。

李松的心不由自主地紧缩起来，这是一幅什么图景？她的男人呢？

李松放眼看了一下四周，然后问女人道，陈家湾村委会还远吗？

女人说，再拐几个弯就到了，就在半坡上，那里有一面红旗。

你是陈家湾村的人吗？

是。

李松介绍了自己的身份和来历后，便询问起女人的情况。女人迟疑一下，告诉他，她叫秀桃，今天背瘫痪多年的母亲去看病。李松内心深处被什么东西触碰了一下，他说，你一人背着她不累吗？

秀桃用力把母亲往上托了一下说，不累。

你男人呢？

女人低下头，看着自己脚上那双沾满泥土的鞋子不说话。

李松便叫秀桃上车，他送他们。秀桃谢绝了。

李松立在路上，呆呆地目送着秀桃，目送着这一家人。

山湾给予李松的是别样的风景，别样的感觉。

李松的心里突然有些拥挤。

李松到陈家湾村委会大概是九点过。

村委会在半山腰，一面五星红旗在村委会上空高高飘扬，一排房子端端正正地矗立在那里，俯瞰着全村。村委会的后面是山坡，左侧是一大片丢荒的土地，右侧也是一大片丢荒的土地，只有前方下面的几块平地里油菜花开得热烈。

驻村扶贫三年时间，首先要确定自己的吃住问题。村支书陈书记的意思是村里的空房子很多，要给李松安排一套住着舒适的房子。村主任代时却不表态，村文书甘麻子将脸上的麻子挤到一堆，露出一阵阵冷笑。陈书记再次发表意见时，代时打断他的话，说山湾里的空房子是很多，但那是别人的私人财产，外人无权占用。陈书记说房子没人住容易烂，随便给哪家说一声，都会把钥匙送回来的。甘文书不满地看着陈书记，说这事不是你说了算，要别人同意才行。陈书记咳嗽两声，直直身说这样吧，我给陈文打电话，他的别墅空着也是空着……甘文书嘲讽地打断陈书记的话，说你面子大，你打吧。陈书记忍下一口气，说大不了我们给他房租。代时问谁给？陈书记说当然是村委会给。代主任吐出一口烟雾，说你是书记，你说了算。

李松倒抽一口冷气，他已经看出一些问题了，这个村班子不团结；他不是一个受欢迎的人。他的心里觉得有些冷，感觉面前隐藏着一座冰山。村班子不团结扶贫工作怎么开展？一个班子就好像一双筷子，必须齐心协力，否则再好的菜也进不了嘴。他想就齐心协力的问题说几句，但冷静一想自己才来，与大家才接触十几分钟，再说这么一个小小的问题也不能马上下结论，观察观察再说吧。他摸出自己的烟，一人甩了一支，这才开口说，陈书记，不必麻烦。我的吃住问题我自己解决，不给你们村添一点点麻烦，这是上面明确规定了的。村委会不是有一间空屋吗？

陈书记咳嗽一阵，直了直身，摇着手说，不行，不行，太窄了，才十几个平方，里面又霉又潮，厕所远不说，用水也不方便。三年时间，又不是三五两天。

李松说，三年时间又不是一辈子。再说工作起来也方便。只是我搭伙的事请你们帮我考虑一下。甘文书怕这事落在他头上，起身说他去上厕所。代主任玩着手机，不说半句话。

陈书记见此，便说，就在我家吧，只是远一点。

李松说，没关系。那就要天天麻烦你们了。我每天交四十元。

代时抬起头，惊讶地看着李松，没想到他出手这么大方。早知道他给这么多钱，他就该拉到他们家去搭伙。可是现在不好开口了。唉，便宜算是被陈书记占了。

陈书记说，交啥子钱嘛，不用，农村粗茶淡饭，红苕坨坨有的是，就看你吃不吃得惯。

李松说，必须交，你不收钱我就不到你们家吃。

陈书记嘿嘿一笑说，你如果真的要给那就交二十元吧。农村的饭菜不比你们城里的饭菜。随茶便饭，我们吃啥你吃啥。

李松说，这样就好，随茶便饭更好。

陈书记家在七社，离村委会有两公里多，要翻两个山梁，好在政府修了乡村公路，他开车几分钟就到。这辆按揭的车给他带来了其他东西不可替代的方便和好处。他点赞自己买车的英明。说实话，如果不是这辆车，他根本无法在这个偏僻的山村里施展自己，单说吃饭这件事他每天就要跑六趟。如果甩六趟火腿，不消耗他大量的时间和能量才怪呢。

李松把车停在山坡上，步行一段泥路来到陈书记家。陈书记家住在一个大院子里，有十一户人家，其中有十户人家都到外面发展去了，在城里买了房，把祖先留给他们的这片土地遗忘了。只有陈书记和老伴还侍弄着这片热土，坚守着这个院子，让房顶每天升起袅袅炊烟。

陈书记只生了一个儿子。在他生育能力旺盛的时候正是计划生育时代，他带头响应党的号召。所以他只有一根独苗，一根继承香火的独苗。这一根独苗是他的希望，他在祖先面前发誓要把儿子培养出去。他与女人省吃俭用，把儿子送到城里最好的学校去读书。儿子不负众望考起了清华大学，毕业后在北京安了家。从此，儿子有儿子一家人，儿子有儿子的工作和事业，很少回老家。陈书记家的老屋又回归从前，还是两个人，只是两个人都变了模样，岁月和沧桑刻写在两人脸上，消失了活力，退化了功能。

陈书记家住的是平房，砖墙，三个大间，一个偏房。中间是堂屋，两边是睡屋。灶屋和猪圈都在偏房里。外面是一个大坝子，坝子右边是一片竹林，左边是一片长满杂草的荒地，坝子前面是一个大大的池塘。

李松刚走上阶沿，一条麻狗突然从屋里冲出来，吓得他差点一个仰翻。陈书记把狗吼开，提一根条凳，用袖子擦后，放在李松面前让他坐。李松坐着不敢动，怕那条狗再次冲来袭击他。陈书记见此，用一根铁链把狗拴在竹林旁的柱子上。李松这才放松地与陈书记说起话来。陈书记说村里的事太多，他根本没有时间管家里的事。庄稼、家务都是他老婆一人做。好在老婆能干。

李松说，基层领导真辛苦。

陈书记说，辛苦不辛苦村民有眼睛。我不想干这差事，村民硬要推选我，甩都甩不脱，一当就是二十多年。二十多年我经历了许许多多。陈书记咳嗽两声，直起矮小的身子，望着山湾的景色，像在回忆过去的一幕幕。李松从他那双失去了青春光亮的眼睛里看出了凝重。

两人正谈着，饭菜就已经端上了桌子。陈书记的老婆是那种走路放小跑，动作生狂风的女人。一眨眼就把饭桌上的脏物扫到地上了，一眨眼几盘菜就上饭桌了，再一眨眼饭又端出来了。动作像卓别林，但一点也不滑稽。

李松某根神经一旦被人触动，就一定会给那人取个绰号。他正在发挥他的才智时，见女人一转身从屋里端出半撮箕谷子撒在院坝里，一群鸡鸭还没有跑拢院坝，她人却坐到了饭桌边。她没穿鞋子，走路轻快得像练了轻功。李松在心里说，她的动作真快，快得像旋风。哦，就叫她旋风吧。

李松看看陈书记，又看看旋风。他觉得旋风太强健了，估计随时都有可能把体弱多病的陈书记卷到天上去。

菜很丰盛，一盘腊肉，一盘香肠，一盘炒碗豆尖，一盆猪蹄炖脚板苕。腾腾的热烟里散发出诱人的香味。但是李松吃不下，想反胃。他总是想起旋风擦去的脏物。他尽力克制自己，让自己不去想，让自己尽力看着散发着香味的饭菜。不经意一抬头又看见旋风脸上和颈子上的污垢。他命令自己不要再看她的脸，低头吃饭，不料又看见筷子上和碗上的黑灰。他实在忍受不了了，起身进灶屋去舀汤，想趁机把碗筷洗一下。不料旋风热情过度，把他当客人待，把他当贵人待，非要去帮他舀。老天，旋风那如老树皮的手上满是黑灰。他怎么会让她去帮他舀啊？他的心里突然生起一股强大的抗拒力，坚决拒绝她帮他舀汤。他右手把碗藏在桌下，左手挡着旋风伸过来的手，连连说我自己去，我不是外人，我不是外人。说了半天旋风的热情才退潮，悻悻地坐下让李松进灶屋去舀汤。

到灶屋要通过一个房间，房间里很黑，像一个地道。李松几乎是摸索着走过去的。灶屋里的光线也不是很好，里面很潮，气味混杂，有柴烟味，有饭菜味，有猪粪的味道。

李松在水缸里舀水洗了碗筷，象征性地舀了点汤。陈书记和旋风见李松不动筷子，脸上露出愧意。陈书记说，乡下就这条件。

旋风说，煮得不好，煮得不好。

李松的心被什么碰了一下。他告诫自己不能让陈书记和旋风觉得城里人不好待，否则他今后的生活就不好办。他命令自己吃，闭着眼睛吃。

李松以前不喜欢吃零食和方便面。现在他的小屋里堆满了方便面和饼干之类的东西。

李松一人住在半坡上的村委会里，用水在山下的井里去提。好在衣服是拿回家洗的，洗脸洗手用不了多少水。最恼火的是上厕所，厕所在村委会后面的坡上，是用乱石堆砌的，透光很好，风也直往里灌。厕所周围是满满的树木和杂草，随时有虫鸟的合唱。夜里，李松上厕所有些害怕，他绕着村委会办公室的外墙往厕所去的时候不敢看坡上，他怕突然从树林里窜出一具僵尸或一头猛兽什么的。

李松不习惯乡下生活，更忍受不了夜晚深处的寂寞，天一黑就给妻子打电话。这天晚上两人聊了一个多小时，妻子想挂电话，李松却恳求妻子再和他聊聊。妻子沉默了一下，笑着问他还想说什么？他说什么都想说。他说亲爱的，我想你了！妻子笑着说不会吧。李松说真的。我特别想你。妻子笑一阵，说你以前出差十天半月都不说一句想我的话，这次才离开我几个小时就想我了。真是怪事。是受了春天的影响？还是在掩盖什么？李松心里想以前出差都是在城市里，城里最不缺的就是人，一抓一大把，随处都可以找到交流对象。可是现在，山村的夜晚寂静得几乎要让人窒息。

为什么不说话？你在哪里？

我在村委会的坝子里。

深便半夜的你站在坝子里干什么？

听嫩竹的生长，看菜花的开放。

是受了乡姑的感染，还是受了世外桃源的熏陶？

是想你了。

假话。

真话。

我听见有狗的叫声。

这是乡村夜晚的声音。

乡村的夜晚美吗？

静得出奇，黑得深远。

一时两人都不说话。

那这么漫长的时间你受得了吗?

那有什么法子呢!慢慢适应了就好了。好了,说点轻松愉快的。想我吗?

不想。

好吧,那我就永远不回来。

你不回来,我就到你那里来。

别来别来,千万别来!这里很偏僻,没有直达的客车。

我租车难道不行吗?

那你现在就租车来吧。我求之不得呢。亲爱的,我真的很想你。

想我什么?

想你的温柔,想你依人的样子。

还有呢?

还有……

两人都笑了。

笑后,李松说,你想我吗?

想。

想不想我今晚回来?

想,当然想。

想不想我要你?

想。

真的?

真的。

亲爱的,雄峰拔地而起!

亲爱的,涨潮了!水漫金山了!

亲爱的。我马上就回来。

你快回来吧，我等你。

李松挂断电话就开车往回跑。妻子开门迎着他，两人如初恋似的激烈和狂热。

李松偷着跑回家与妻子狂欢的事被人告到单位领导那里去了。领导找他谈话说，李松，你明白驻村两个字的含义吗？

李松抽着烟不说话。

领导用手扇着烟雾说，驻村就是要天天住在扶贫村，夜夜住在扶贫村。

李松将一口烟雾吞进肚里，没好气地说，我又没有卖给陈家湾村。

领导说，你能不能态度端正点？

李松猛吸两口烟说，八个小时外是我的自由。

领导说，尽量遵守上面的规定。

李松燃上第二支烟，吸两口，看着烟头上的火星说，什么规定？一点人情味也没有。

你说什么？！

你去驻村试试，大家都去试试。只要你不跑回家我就服了你。

领导气得说不出话来。

我申请回单位，你们另外派人去吧。最好派个老年人去，免得他夜里跑回家。

领导哑然。话丑理端，人之常情。

第二章

　　李松开展的第一项工作是对全村所有贫困户进行摸底走访。经过一段时间走访，李松基本掌握了这个村的情况，同时发现一些问题。有些不贫困的人家却评成了贫困户，比如甘二嫂家、钻天猫家、李大妈家、黄三旺家。这些人家既没负担，又有人在外面打工挣钱。甘二嫂的儿子在外面做生意，买了一辆上百万的豪车，甘二嫂一直在城里打工，去年年底才回来。钻天猫的女儿在城里一家公司任部门经理，他和女人在家种了八九亩地，肥猪一年要卖六七头。李大妈三个儿子都在城里买了房，她一人在家种了八九亩地，养有很多家禽。黄三旺家两个人，儿子外出打工，黄三旺在家做了十一二亩地，还养了很多家禽。每年的收入比一般人家都要高，根本不穷。而有些真正很贫困的人家却站在扶贫政策之外，眼巴巴地看着别人享受扶贫政策。比如秀桃家、王妹崽家、大罗拐家。秀桃一人供养着一个瘫痪母亲，还拖着一个不知人事的傻儿子。王妹崽的男人长期在外浪荡，她一人拖着一个女儿过日子，自身患有哮喘病，走路都困难。房子也没有，借住在别人家的偏房子里，还有无数个天井，一下雨，天上多大，屋里就有多大，无一处不漏雨，无一处是干地，人在屋里就像坐水牢一样。

针对这个问题，李松组织村班子成员进行研究讨论。李松说，经过一段时间的走访摸底，我发现有很多贫困的人家没评上贫困户，而不贫困的人家却评上了贫困户。这是一个非常严重的问题。大家对这一问题发表一下意见。

会场里鸦雀无声。陈书记那满是皱纹的黝黑小脸上呈现出难色，代主任目无旁人地刷着微信，甘文书很认真地用笔刮他鞋子上的泥巴。

李松说，陈书记你先说说。

陈书记看一眼李松，低下头说，是我工作没做好。唉！这鬼工作不好做呀！

李松拿出烟来搭桥，但代主任和甘文书却把脸扭到一边，不接他的烟。李松心里沉沉的，吐一口气，与陈书记接上火。会场里很长一段时间都没有人说一句话。陈书记抽一阵烟咳嗽一阵。李松抽完一支烟，皱着眉头把烟头摁灭在烟灰缸里，然后看着代主任说，代主任，请你发表一下意见。

代主任懒懒地抬起头，轻蔑地看一眼李松说，我说什么？你叫我说什么？一切都好好的，你一来就这不是那不是的！代时越说越气愤，我就不明白，你到底想干什么？我告诉你，这是陈家湾村，不是哪个人想改变就改变，说改变就改变的！

李松的心被碰击着，有些发痛，他站起身说，代主任，不是我想干什么，而是职责非让我干非让我管。我今天把话挑明，凡是不合理的事我都要管，凡是不符合政策的现象都必须纠正。甘二嫂家、钻天猫家、李大妈等人家就是不应该评为贫困户。

代主任红着双眼瞪着李松说，我们评了，你把我们抬到大河里去洗脚嘛。你一个城里人，才来几天，地皮还没有踩热就对我们吆三喝四指手画脚，你不觉得有些操之过急吗？

李松的心在炸裂，他的每个毛细血管都在冒着气愤的泡泡，都在冒着不满的烟火。他说，代主任，你是这个村的主任，是领导干部，你说话怎么这样蛮横霸道？一点水平也没有！

代主任把手机往桌上一摔，一巴掌拍在办公桌上，伸着颈子红着双眼瞪着李松说，老子就是这副德行！看你能把老子怎么样？！

代时的脸已经逼到李松的脸上了，带着臭味的唾沫星子直往李松的脸上喷。如果是以前，李松早就出手了。可是现在他是驻村扶贫第一书记。他不能。他得忍。他在陈书记的劝解下退到了自己的座位上。

代时不依不饶，破口大骂起来，妈卖×！我从来没有遇到过像你这样的人，一来就搅局！

李松压了压火气说，代主任，请你别激动，我们是在研究工作。我是一心想把工作做好。我有这份责任。还有，黄三旺家也不穷。

一句话还没有说完，甘文书就跳起来了，咦，李书记，你不是在说甘二嫂，在说钻天猫，在说李大妈他们几家吗？怎么突然又像癫狗一样弯过头来说黄三旺家了？甘二嫂、钻天猫、李大妈他们是不穷，是不该评为贫困户，但是黄三旺家确实很困难。

代主任一巴掌打在甘文书脸上说，你是条疯狗吗？你说黄三旺就说黄三旺，你把甘二嫂、钻天猫、李大妈扯进去干什么？

甘文书脸上的麻子全部移位了，心中的怒火被一下点燃了，仇恨的导弹突然冲破坚硬的岩石，嗖嗖嗖地穿胸刺骨，他摔了沾满泥巴的笔，一拳朝代主任的胸口擂去。代主任哪里容得了别人打他，立即像一头愤怒的公牛。两人从村办公室打到村委会坝子里，你一拳过去，我一脚过来，像散打运动员。让两个劝架的人又急又累，而且还挨了很多误伤。李松挨了几下，鼻血流得满地都是，陈书记也挨了几次，有一次被击倒在地半天都爬不起来。

局面无法控制，甘二嫂、钻天猫、李大妈出现了，黄三旺也出现了。代主任的队伍猛然增编，势力突然扩大。甘文书这边只增加了黄三旺一个人。势单力薄的甘文书队伍，被代主任的强兵纵队打得鬼哭狼嚎，节节败退。

这是李松第一次在现实生活中见到人肉搏斗。他惊呆了，吓傻了。他慌忙掏出手机报警。但陈书记怕影响不好，一把拉住他。李松急得满头大汗，他说，陈书记，这个鬼地方的人怎么这样五马六道啊？万一打出人命了怎么办？

陈书记用手撑着腰，喘着粗气说，遇着这些个龟儿子了，你说有啥球子法嘛？！

正打得不可收拾时，秀桃的傻儿子突然大叫一声，拖起一根棍棒，冲进人群中，学着大人打架的样子，乱打乱舞起来。代主任的队伍停止战斗，纷纷躲进村委会办公室。甘文书和黄三旺缩着身子躲在秀桃的身后。围观的村民哈哈大笑起来。

这天李松体内的细胞也死了无数，连肌肉都仿佛萎缩了许多。夜里他无心回家释放热力。他在甘麻子的推销点里抱了一件啤酒，打算与陈书记一醉方休。陈书记的酒量小，两瓶啤酒喝下去，就满脸红霞飞地对李松吐起真言来。

李松听了陈书记的话，更深入地了解了一些情况，明白了一些事情。这些年陈书记当书记当得十分苦，当得十分累。代主任霸道专横不说，还十分自私。有什么政策、利益，首先照顾他那一群人——甘二嫂是他的表姐，钻天猫是他的哥哥，李大妈是他的舅妈。一张关系网拉得陈家湾村的人见不到一丝儿阳光。权利让代主任成了王。甘麻子不识字，却被代主任提拔为文书，每月坐享一千多块钱。原因是他喜欢到甘麻子家喝酒，喜欢吃甘麻子女人炒的菜，喜欢看甘麻子女人的浪笑，喜欢与甘麻子的女人上床。

甘麻子得此失彼，对代主任是皮笑肉不笑，表面上感谢代主任，心里却咬牙切齿，恨之入骨。他希望代时骑摩托栽进山沟里摔得粉身碎骨！他希望代时进城被车撞死！被雷劈死！被蛇咬死！被暴雨灌死！被酒醉死！总之，他希望代时马上死！快快死！他觉得他太万恶了，他不但占有了他女人的身体，而且还征服了他女人的心，统帅了他女人的思想，控制了他女人的灵魂。每当他来劲的时候，他的女人就说他比代时差起十万八千里。说代时人长得像明星，既有文化，又有情趣，那劲头像烈酒，让人愿意为他死。女人的这些话，弄得他像阳光中的雪一样，瞬间消逝得没有一点影子。

上次评贫困户时，代主任把甘二嫂、钻天猫和李大妈一起填进表里，甘文书见此也把他的表哥黄三旺一并报上去。陈书记不同意，说秀桃一人照顾着瘫痪母亲，还拖着一个傻儿子很困难，应该评上贫困户。说王妹崽的男人长期在外流窜，她一个人在家拖着孩子，又患有严重的哮喘病，连房子都没有……代主任反驳道，依你这么说，在外流窜还有理啰？甘麻子帮腔说不能报王妹崽，否则一个村的人都学她男人的样子好吃懒做，都到外面去流窜。陈书记一人说不过两个人，只好罢了。陈书记没有把这个村的问题反映上去，不是不敢，而是反映了既不起作用又得罪人。代主任的堂兄在镇上当领导。没有意义的事他陈书记不做。五十几岁的人了，还能搞几年？能少得罪人就少得罪人吧。

夜已经很深了，青蛙在池塘里发出空洞的声音。守夜的狗蹲在阶沿上，望着黑夜，不时发出一两声警觉的叫声，旋风已经疲倦入睡，花猫蜷缩在椅子上，偷觑着灯光下的两个喝酒的男人。

李松说，陈书记你不能这样，在位一天就要负一天的责。在其位就要谋其事。

陈书记扑在桌上，挥动着无力的手说，我老了。

你没老。你德高望重，经验充足。

陈书记抿一口酒，看着李松呵呵地笑。

李松一仰脖子将一杯酒喝下去，抱拳对陈书记说，我们在一起共事也是一种缘分，您一定要给老弟我撑起！

陈书记将眼光顺过去，看着蹲在椅子上的猫说，老弟呀，这工作难做啊！

李松沉沉地喝下一杯酒。

一时两人都不说话。

李松扭头望了一下外面。

夜好深，天好黑。

李松又闷闷地喝了两杯酒。

陈书记说，实话给你说，我们这个村是一块硬骨头，很多单位都不敢接手，就你们单位老大有脾气，牛！

李松喝下一杯酒说，早知道这么难我就不来了。

你们领导是慧眼识珠。

什么珠？我不过是老实。

那现在怎么办呢？

别无选择，只有硬着头皮干下去。

陈书记拍着李松的肩说，小伙子，委屈你了。

委屈也谈不上。只要您老人家多多支持我就行。

你的年龄和我的儿子差不多，我能不支持你吗？人心都是肉长的啊。

有您书记大人的支持，我的骨子里就有力量了。

我相信你小伙子。你不容易呀，一个城里人来到我们这个鬼村。

李松笑着纠正道，不是鬼村，是陈家湾村。

陈书记喝一口酒，嘿嘿地笑着说，对，不是鬼村，不是鬼村，是陈家湾村！

说后两人扑在桌上，对望着，呵呵地傻笑起来。

醉翁之意不在酒，李松借用酒力，调动着陈书记的热情。功夫不负苦心人，李松那一句句充满激情和热力的话，一点一点地浸润着陈书记的心，唤醒了他骨子里的热力。他又喝下一杯酒，笑着对李松说，你放心，我这老腿还有劲，我这老骨头还能熬油。

一老一少的手紧紧地握在一起，久久地握在一起。

第二天吃了早饭，李松不忙着去村委会，他把陈书记约到池塘边，研究调整村班子的事。李松的意思是扶贫工作任务重，责任大，必须要一个团结一心、鼎力协作的村班子。也就是说大家必须心往一处想，劲往一处使。目前陈家湾村的村班子完全是一盘散沙，七拱八翘，扯五奔六，以权谋私，整天打的是自己的小九九。负面影响实在太大了。

陈书记看了一下山湾，思忖了一阵说，动只能动甘麻子。动甘麻子现在正是时候。昨天代主任与甘麻子打了一架，这个时候提出辞退甘麻子，他肯定举双手赞成。但是要快。

李松明白陈书记的话意，慢了怕代主任经不住甘麻子女人的哭闹而反悔。李松拍一下陈书记的肩，很佩服陈书记的睿智。

这事确定后又研究文书人选。陈书记揉一下眼睛，又揉一下眼睛说，秀桃是一个人选，但是……

第三章

秀桃是个命运坎坷的人，出生第三天，亲生父母想生儿子，忍痛把她扔在田坎上。养父养母没儿女，把她捡回家当宝贝。秀桃三岁那年养父出去打工，与外乡一个女人好上就再也没有回来。母亲的心碎裂了，滴血了。她恨男人。再也不找男人。她一人带着秀桃过日子，把希望全部寄托在秀桃身上，她送她到县城里去读高中，她希望秀桃能考上大学。她种了十几亩地，凡是别人不做的地她都做着。种的粮食卖一部分，留一部分喂鸡、鸭、鹅、猪。鸡鸭鹅下的蛋她从来舍不得自己吃一个，全部卖成钱，供秀桃吃穿，供秀桃上学。余下的钱她一分也舍不得花，全部存起来。当她存到九万块的时候，也就是秀桃上高一的时候她突然患脑溢血瘫痪了。这对于她来说是坠入了痛苦的深渊，再也走不出人生的黑夜。对于秀桃来说这是天塌地陷般的打击。母亲是家里的顶梁柱，母亲倒下了，家就垮了，天就塌了。

秀桃跪着给舅舅舅娘给姑妈姑父说好话，求他们帮助她照顾她的妈妈，可是谁都不愿意。世界冷漠，人情淡薄。没有一个人愿意帮她照顾瘫痪的母亲。她只有停止学业，回家照顾母亲。

离开学校那天，她坐在学校门口的黄葛树下放声大哭。她不想离开学校，她想继续读书，想上大学，实现母亲的梦想。但残酷的现实、坎坷的命运不能让她继续上学。上大学奔前程的美梦只有下辈子才能实现，今生没有这个命。班主任老师留她，学校领导也来劝她，说她成绩是全年级的一二名，肯定能考起好大学。可是她没有办法，母亲病了，瘫痪在床上没人管。这个世界没有人帮助她，一个人也没有。她像大石下的一棵小草，只有靠自己的坚强，倔强地伸出嫩芽，接受风吹雨打的摧残，承受寒霜冰雪的冷酷。

秀桃回家那天，母亲瘫在床上，歪着嘴叽里呱啦地说着，呜呜地哭着。她不要秀桃回来照顾她，她叫秀桃回学校去读书，考大学。秀桃说她不读书了，她回来照顾她，她要照顾她一辈子。母亲歪着嘴叽里呱啦地闹得更凶，呜呜地哭得要断气，不吃秀桃给她煮的饭。坚决要她回去上学。秀桃抱着母亲号啕大哭。她怎么可能抛下瘫痪的母亲不管。怎么可能。

母亲见秀桃放不下她，只求速死。她不吃一口饭，不喝一口水，不盖一根纱。秀桃跪着求她，她还是坚持要她回去读书考大学。秀桃没有办法，只好嘴上答应着，背地里与李大妈换活路，她住在李大妈家，给李大妈喂猪煮饭，做包产地。李大妈住在她家帮她照顾母亲。李大妈生了三儿一女，大儿子在城里收废品，二儿子在城里踩三轮，三儿在城里修鞋。只有小女儿李四妹崽还在家里。李四妹崽比秀桃大两岁，只读了两年书就回家帮母亲种地做家务。这年秀桃十七岁，李四妹崽十九岁。两人从小在一个湾里长大，现在因秀桃母亲的原因又住在一座房子里，天天在一起劳动，顿顿在一起吃饭，夜夜在一张床上睡觉。关系亲密得如同姐妹。

李四妹崽身上有一股野性，她喜欢爬树，喜欢骑牛，夏天的夜里喜欢在水沟里洗澡，喜欢四仰八叉地躺在堰坎上乘凉。秀桃不喜欢她这个样子，说她没有女孩子的样子。李四妹崽说别管那么多，哪样活起安逸就哪样活。

有天夜里，李四妹崽叫秀桃陪她到水沟里去洗澡。秀桃不好拒绝，跟着去了。李四妹崽家的小白狗跟在她们后面。

月光戏弄着山湾，魔法般地弄出许多大的或小的黑影。地里和山杆上的蟋蟀像个庞大的合唱团，占据了夜晚的整个舞台。稻田里的董鸡和池塘里的青蛙有些不服输地发出一两声抗议的叫声。

秀桃和李四妹崽穿过芭茅，顺着苞谷地，踩着一地野草来到水沟边。李四妹崽脱光衣服，蹲在水沟边解了小手就嗵的一声跳进水里，看得秀桃瞠目结舌。秀桃不好意思脱衣服下水，她坐在水沟边看天上的星星、月亮和月光下的山湾，听夜的声音，写自己心里的诗。

李四妹崽一边在水里浪着，一边说，桃桃，好安逸，你下来吧，快下来嘛。

秀桃说，我不敢，我怕人来。

白天都没有几个鬼，夜里更没有人。你怕什么？快下来。

万一来人了呢？那不羞死人！

李四妹崽在水里搓洗着身子说，湾里的男人都出去打工去了。白天在这里洗澡都不怕。真的，差不多中午我都在这里洗澡，从来没有遇着一个人。

秀桃叫道，白天！大白天你在这里脱得光光的洗澡，你的胆子真大！

李四妹崽不以为然地说，怕什么？即使来人我也不怕，难道他没有姐儿妹儿。

秀桃笑着抓起一把泥沙朝李四妹崽甩去说，天哪！没想到你是这样一个人！

李四妹崽笑着抓起一把水朝秀桃洒去。两人笑闹了一阵。李四妹崽又喊秀桃下去，她说，没有人，不骗你，你下来吧，水里凉快得很，舒服得很。

我不下来。

下来下来！

嗵的一声，秀桃被李四妹崽拉下了水。水不深，齐胸部。李四妹崽说，裹着衣服不舒服，脱了吧。

秀桃说，不脱。

脱了！

不脱。

脱了，我又不是男人。

秀桃还是不好意思脱衣服。李四妹崽伸过手去，几下就把秀桃的衣服拉开脱了，让秀桃裸露在柔波荡漾的水中。

李四妹崽被秀桃的美惊呆了，她大叫道，天哪，你是七仙女下凡吧？你怎么长得这样好！

秀桃不好意思地把身子隐藏在水里说，关住你的大嗓门！

李四妹崽说，我就是要让山神爷晓得你好看！

秀桃生气地说，我不洗了！说着就要上岸。

李四妹崽急忙拉住她，压低声音说，别上去，我不嚷了。

秀桃又回到水里。怯怯地环顾着四周说，真的不会来人吗？

哎呀，跟你说了没人就没人嘛，你怎么不相信人呢？

秀桃看看周围，见确实没有人，这才放松地浸泡着身子。果然如李四妹崽所说，水里凉快得很，舒服得很。她第一次感到水的柔波是那样的美，她第一次感到水的触感是那么的妙不可言。她有些醉了，醉在柔波里，醉在月光和星光中。

李四妹崽问，安逸吗？

安逸。

没有哄你吧。

没有。

这以后，秀桃每天夜里都和李四妹崽到这个水沟里来洗澡。有天夜里两人正洗着，突然听见水沟边的小白狗叫了起来。秀桃吓得蹲在水里说，有人来了！

李四妹崽四顾着说，哪里有人？没有啊。

秀桃说，有，肯定有。没有人狗怎么会叫。我不洗了。秀桃说着就拖起衣服裹在身上。刚从水里起来，秀桃就看见一个人影从水沟边的柳树下闪身进了苞谷地，秀桃的心怦怦地跳着，一身的血液都涌到了脸上。她说天哪，真的有人偷看我们！

李四妹崽说，不会吧。

秀桃说，我亲眼看见一个人钻进苞谷地里去了。

李四妹崽朝着苞谷地骂道，是哪个没有爹妈教的下流东西？难道你家没有姐儿妹儿吗？！骂几句不解恨又带上秀桃到苞谷地里去找。一边找一边说，找到你这个下流东西看我不把你撕成八块！

她们在地里找了好几遍也没有看见一个人影。秀桃说，或许我看花眼了。

李四妹崽站在地里，双手叉腰说，我觉得也没有哪个王八蛋敢这么大的胆！

秀桃笑道，会不会是白马王子？

李四妹崽笑道，是土地公公呢！

秀桃突然很想给李四妹崽讲小王子的故事。但李四妹崽没有听故事的雅性，她拉起秀桃的手，转身进表哥代时的地里摘了一个西瓜，带着秀桃坐在地边的柳树下，稀里哗啦地吃了起来。

李四妹崽的表哥代时那年二十七岁，已经当了两年的村主任了。在镇上修了一套房子，早晨骑摩托来陈家湾村，晚上又骑车回镇上。妻子很美，在镇上开了一家美容院，生意火爆。堂哥是镇上的一个领导，那时自由空间大，他天天带上一群人到代时的女人店里去消费。代时的女人一有空就往堂哥屋里钻，她帮他洗衣服床单，收拾屋子，炖天麻鸽子汤给他喝，泡玛卡酒和枸杞酒给他喝。代时心里清楚，嘴上不说。也不能说。牙齿落了往肚里咽。只是夜里在床上狠命地发泄。最初女人以为代时是喜欢她，愉快地发出一连串的欢叫。后来见代时在月经期和月子里也那样，这才知道他是在报复她。

李四妹崽把西瓜皮扔在地里，用手抹着嘴说，这西瓜真好吃。我们一会儿摘几个回去。

秀桃说，不好吧，你吃了还要摘回去。这叫偷。

偷就偷吧，这又不是别人的。

你表哥代时哪有时间种地？

你看他什么时候种过地？讨个婆娘又是一个娇小姐，从来没有到地里来看一眼，都是我妈和甘二嫂帮他们家种，粮食也是甘二嫂和我妈帮他收。他每天只管摘瓜摘菜。

代时的女人很漂亮吗？

我表哥难道长得不好吗？

秀桃不说话，她知道李四妹崽深深地爱着代时。

一时，李四妹崽也不说话，望着一地月光想着心事。代时这个穿透人心的名字一直深深地扎在李四妹崽的心窝窝里。李四妹崽自从懂事起就喜欢上了她的表哥，每次表哥到他们家来她总是很高兴，她总是爬到果树上去摘最向阳的果子给他吃，她总是拿起竹竿给他打核桃，打了一串又一串。打起剥给他吃，像母亲喂孩子一样，把湿核桃的皮撕了，把白白的核桃仁喂进代时的嘴里。

代时说，你也吃吧。

她低头看着自己一双被核桃壳染得漆黑的手说，我不喜欢吃，你吃。

湿核桃谁不喜欢吃哦。只有傻子才不喜欢吃。李四妹崽就是一个害着单相思的傻子。她十四岁就给他织毛衣，就给他绣鞋垫。她希望自己快快长大，好嫁给表哥。但是事情不像她想得那么美好。她心里的花过早地开放，也过早地凋零。在她满十六岁的第二天，代时就来请他们去喝他的喜酒。她的脑子里嗡的一声，顿时一片空白。她的心空了，身空了，脑空了，一切都空空如也。她躲在猪圈边伤心痛哭。

这次她没有煮开水蛋给表哥吃，也没有拿花生核桃给他吃。她开始恨他。她把他拦在竹林里质问，你为什么结这么早的婚？

代时说，不早呀，我都二十几岁了。

她流着泪说，我才十六岁，你为什么不等我几年？

代时张大双眼看着她说，四妹，你开什么玩笑？别耍小孩子脾气。

她把他一把推在竹子上，眼里涌着水波，脸上跌落着瀑布说，我一直都喜欢你，难道你一点也看不出来？

代时说，你是我的妹妹。我一直把你当我的妹妹。

她说，你把她退了，等我两年。只等两年我就嫁给你，我给你生孩子，我给你煮饭洗衣。我给你，总之，我什么都愿意为你做。说着她就扑在代时的怀里，勾着代时的脖子，将火热的嘴唇凑过去。

代时推开她，恼火地说，你再这样我就叫舅妈了。

她呆了。原来代时对她一点意思也没有。这些都是她带着少女的光环，独自一人在杂草地里编导，独自一人在杂草地里演练，独自一人在杂草地里寻觅。最终寻觅到的不是鲜花，而是一窝扎进心里的刺。她软软地倚在竹子上，眼睁睁地看着代时从她的身旁走开，离她越来越远，越来越远。

秀桃摘一片带露的丝茅草在手里玩着说，你还喜欢他？

李四妹崽凝视着山湾的夜晚不说话。

秀桃说，单相思太痛苦了，你别这么傻！

李四妹崽用一颗石子在地上胡乱地画着说，我丢不开他，我愿意为他做一切，甚至愿意为他死。

第二天夜里，李大妈突然回来说不愿意照顾秀桃的瘫痪母亲了。秀桃只好搬回去。母亲还是叫秀桃去读书，整天咿咿呀呀地闹着，哭着。秀桃坚持了一段时间，实在没有办法，又跪着求李大妈和她换活路。李大妈不愿意，李四妹崽就把她妈往秀桃家推。秀桃又住进了李大妈家里。

一天夜里，秀桃和李四妹崽正在阶沿上推嫩苞谷，代时突然披着月光，从夜色中走了来，像个黑魔。李四妹崽像寒冷中的人见到了火球一样，甩下推磨棒就去给代时弄酒菜。代时坐在门槛上一边抽烟一边看着秀桃。秀桃推着磨，红着脸不看他，只看上扇磨子的转动。

一盆黄灿灿的苞谷米米数着秀桃的脚步，在石磨的挤压下，魂归故里，变成了人们所需要的细脂粉末。

秀桃将苞谷浆浆捧进盆子里，用水冲洗了磨子。然后将一盆苞谷浆浆做成馍。一切收拾完，李四妹崽还在陪着表哥喝酒。代时叫秀桃喝酒，秀桃不。代时去拉她，拉她她也不喝。洗了脸脚就进房间睡觉去了。她和李四妹崽睡一个房间，李四妹崽一会儿要进来，所以她没有反锁门。半夜的时候，她迷迷糊糊地感到有人进来，她以为是李四妹崽。谁知那人却压在了她的身上，进入了她的身体。等她完全清醒过来，女儿红已经染了一床。

她哭着抓他打他。他抱着她说，宝贝，心肝，我爱你！你知道我有多喜欢你吗？你简直把我害死了，这段时间我都为你失魂落魄，夜里睡不着觉。知道吗？我吃饭想你，走路也想你。别哭了宝贝，我会对你好的。秀儿，桃儿，我真的很喜欢你。我要把那个女人离了，娶你。你是我的女人，是我代时的女人！我一辈子都爱你！爱你到地老天荒！

第二天，李四妹崽不敢看秀桃。秀桃也不看她，也不和她说话，只闷着做事。

过了几天李大妈说她要走人户。秀桃心里清楚李大妈累了，烦了，又不愿意和她换活路了。没有人愿意长期照顾一个瘫痪病人。李大妈决心不再和秀桃换活路，秀桃只好收拾东西回去，用柔弱的身躯，扛起母亲那瘫痪的身躯。

母亲见她回来，歪着嘴叽里呱啦地闹着，又开始以绝食的方法逼她回学校去读书。她流着泪跪在母亲床前说，妈妈，你只养了我一个，我不回来照顾你谁来照顾你啊？母亲不听，非要秀桃回去上学。

秀桃急得不知怎么办才好。秀桃站在母亲床前流泪，秀桃走到堂屋里流泪，秀桃走到阶沿上流泪，秀桃走到院坝里还是流泪。

泪像一天的雨，汇集成了一条河，淹没了秀桃的青春和希望。

她想不出什么办法来，就给陈文打电话。陈文和秀桃在一个湾里长大。他们的脚印重叠成无数首童谣。弯弯曲曲的乡间路是他们的五线谱。他们的音容笑貌交织在一起，幻化成一个又一个童话故事，出版在陈家湾村的山水间。

秀桃在陈文的帮助下，花钱到医院开了一个患有急性肝炎的报告单，骗母亲说学校叫她回家休养。母亲信以为真，但几个星期过去了，秀桃还是守在家里，母亲就呜里哇啦叫她回学校去。秀桃一边给母亲擦洗着身子，一边说她耽搁了那么多课，补不起来了，回学校也是白花钱。母亲歪着嘴闹了两天，哭了两天也只好作罢。

时光在秀桃的青春河流中，不打一声招呼地溜走了。

命运的铁轨再次弯曲，再次变道。

事态像魔鬼一样把她引向一个深深的黑洞，让她长久看不到一点儿的亮光。月经已经超过二十天还没有来，秀桃的心里慌乱起来，她到村委会去找代时。代时正和一个村民开玩笑。见了秀桃只看一眼，不与她说半句话。秀桃没想到会遭到这样的冷遇，她的心里有一股被冰冻的刺激和难受。她生气地走到他的面前，希望他看她一眼，给她打个招呼。但是代时不理她，不懂她，转身拿着一份文件去复印。她呆站一会儿想跟过去，代时的短信却来了，叫她在村委会坝子下面去等他。她转身到村委会坝子下面，看路边的草，看灰白的路，踢路面上的石子泥块，数着焦急的脚步，足足等了半个小时，代时才出现。但代时没有在她身边停留一分钟，像根本没有叫她在这里等似的，与她擦肩而过，从后背摔下一句话，我在李家院子等你。你回村委会去待一会儿再来。

秀桃站在乡村公路上，无可奈何地看着代时的背影，心里既感到好笑又感到愤怒。她真想捡起石块朝他的后脑打去。

秀桃不是他代时手里的木偶，她不会听他的摆布，她掏出手机给他发短信说，我怀孕了，赶快带我到医院去做流产。

代时回信说，到约定的地点来，来了再说。

秀桃回信说，就在电话里说。你说什么时间带我到医院去？

代时回信说，你不来，我什么也不管。你这个人，我叫你来一起商量，就好像我要吃了你一样。快点来！

秀桃突然觉得人生许多事情，都不是由自己主宰和决定的。她像一个小黑点一样凝聚在乡村公路上。她突然觉得自己是那么渺小，那么无力。她呆站了一阵，受着代时的遥控，回到村委会站了一阵，然后绕道来到李家院子。李家院子有五户人家，四户人家都移居县城，一户人家外出打工，过年才回来。整个院子静得像座古墓。

秀桃踩着厚厚的竹叶，穿过茂盛的杂草走进李家院子，惹籽籽粘了她一身。正在她恼恨那些惹籽籽时，代时从一个破屋里探出头来，压着声音喊她，像搞地下工作似的。秀桃走过去，站在屋外。代时说，你进来！快进来！

秀桃不进去，她不想离这个人太近。如果不是怀孕了，打死她也不愿见他。秀桃哭起来了，她说，你害死我了！

代时说，你进来，进来我们一起商量。

秀桃还是远远地站着不进去。代时急了，一把将她拉进去说，你要让人看见才好呀！

秀桃挂着一脸的泪水说，你做都做得还怕人看见？

你人年轻，有些事你不明白。活人难！我跟你说，以后有事给我打电话，不要贸然撞进村委会。

秀桃哭着说，你害死我了！你害死我了！你把我害死了！

代时控制不住自己的情感，来不及说其他的事，一下将她推倒压在身下。秀桃挣扎着，叫骂着，但一切都是徒劳的。她感到自己像一只羊羔，代时像一只猛虎。

她后悔不该到这里来。真后悔。

事后他任凭她打，任凭她骂。等她打够了，骂累了，就把她搂在怀里抚摸着她，安慰道，宝贝别急，我会处理好的！你是我代时的宝贝，我不会委屈你。我很爱你，真的很爱你。我要和那个臭女人离婚，我要和你结婚。

秀桃推开他，脸上挂着泪说，可是我不爱你！

代时说，你会爱上我的。你会慢慢爱上我的。任何事情都有一个过程嘛。

我不会！永远也不会爱上你这样的卑鄙下流之人！

代时捧着她的脸，用舌尖舔着她脸上的泪说，你会的。一定会的。

秀桃哭着大叫道，不会不会不会！

代时捂着她的嘴说，小声一点！说后抱着她说，你好好想一想会不会？你现在怀上了我代时的种。说着他在她的腹部动情地抚摸起来。

秀桃放声大哭起来，你为什么要这样害我啊？！

代时亲秀桃一口说，我不是害你，我是爱你，傻女孩，我的傻女孩。

代时确实爱上了秀桃，他真的要和他的妻子离婚。但他的妻子不离，找来在镇上当领导的堂哥和他谈话。堂哥说，为什么要离婚？

他不能说他遇到了一个灰姑娘。他说，我们性格不合。

堂哥抽着烟，透过烟雾看着他说，据我所知不是这个原因。

代时避开堂哥的眼光说，是这个原因。我没骗你。

堂哥潇洒地吐出一口烟雾，严厉地看着代时说，一个男人要想玩，就得学会外面彩旗飘飘，家里红旗不倒。如果没有学到这一招，你就别玩！

代时瞠目结舌地看着堂哥。他发现自己在堂哥面前，他还不如一个小学生。

堂哥对他大谈高论，给他讲了很多做男人的哲学。他不敢说一句反对的话。妻子耍花招他不怕，妻子哭闹他不怕。但是堂哥他怕。他的发展靠的是堂哥。堂哥的话虽说不是圣旨，但他得听。可是听了堂哥的话，秀桃怎么办？他的内心好矛盾啊。他打心底里爱秀桃啊，秀桃那么美。秀桃的美不像臭婆娘的美，臭婆娘的美是用化妆品修饰出来的，带着脂粉味道，有些夸张。而秀桃的美像树枝上吐露出来的新叶，像刚刚绽放的花朵，那美是天生的，是自然，那美散发着一股巨大的魅力，让人无法抗拒。

妻子不离婚，他也不想放弃秀桃。他实在无法离开秀桃，秀桃就像鸦片，他已经上瘾了。他不能把她让给别人，秀桃是他的，永远都是他代时的。他代时不是一般人，多少事都处理好了，还怕留不住一个女人？他有的是办法，首先，尽量拖延时间，让秀桃把儿子生出来。只要秀桃把儿子生出来，秀桃就会默认他是她的男人，他就有理由和机会靠近她，占有她，拥有享受她的专有权。到时秀桃不同意也得同意，她一个女人既要供养一个瘫痪母亲，还要拖着一个孩子，她不依靠他代时依靠谁？

主意打定后，秀桃打电话叫他陪她去做流产，他就找理由往后推，叫秀桃别急，说村委会工作多，等忙空了他就陪她去。

秀桃等到肚里的孩子都五个多月了代时都还没有忙空。秀桃不能再等了，她独自一人到了医院。可是医生不给她做流产，说五个多月的胎儿只能做引产，但是引产必须要人陪同。秀桃呆了，怎么办？她没有亲人。这样的事她不可能叫陈文来陪她。她又给代时打电话。代时一听她要做引产，骑上摩托就直奔医院。秀桃心里涌起了一丝感动，但转眼就消失了，代时一句话不说，把她拉上车就往回走。

他把秀桃载到进村的拐角处，便叫她步行回家，说等几天他忙空了就陪她进医院引产。说罢龙头一拐就朝与秀桃相反的方向突突地跑了。

时间踩踏着秀桃的心，浓缩着忧愁的苦汁，凝聚成消不去的愁绪，一天一天地叠加。

代时一直没有空。

秀桃肚子渐渐大了，胎动的次数越来越多，让她突然觉得生命的神奇和伟大，一股慈爱的母性油然而生，她决定要把孩子生下来，让代时成为孩子的父亲，让她成为孩子的母亲。渐渐地她不那么恨代时了，甚至她有些离不开代时了，等着代时与他的妻子离婚，与自己结婚。但是直等到儿子出生都没有等到代时离婚。

代时又约秀桃到那间空屋里去，秀桃不去。代时就晚上提着东西到秀桃家来。秀桃把他推出屋子，叫他滚。他不滚，他跪在秀桃面前说他爱她，要这样偷偷地爱她一辈子。秀桃一瓢淅水朝他头上泼去，哭着说道，你想我不明不白地给你当一辈子情妇？不可能！你认错人了！你打错算盘了！我秀桃没有那么贱！

代时不放弃，天天夜里都往秀桃家里跑，说他爱她，工作时在想她，走路时在想她，连吃饭的时候都在想她，她是他的心，她是他的肝，她比他的生命还重要！他要爱她一辈子，只爱她一人。他对天发誓，他对月亮发誓，对星星发誓，对陈家湾村的山神爷发誓。如果他代时说了半句假话谎话就天打五雷轰。他说我的宝贝我的心肝我的秀桃你就接受我的爱吧，我保证好好爱你，我保证承担起这个家庭的一切责任，当一个好男人，当一个好父亲。秀桃不理他，叫他滚。他不滚，如一具生根的黑魔。

有天夜里，他干脆不走了，秀桃到哪里他跟到哪里。秀桃说我真恨不得一刀杀了你！代时说你杀了我我还好受得多。说着递一把菜刀给秀桃，叫秀桃杀了他。秀桃气得真的举起了刀。代时一把夺过秀桃手里的刀，当的一声摔在地上。然后抱着秀桃亲吻起来。秀桃推开他，跑到池塘边放声大哭起来。如果不是为了母亲，如果不是为了儿子，她真的要一刀杀了这个害得她人不人鬼不鬼的魔鬼。

代时追到池塘边，挨着她坐下说，是她不离，不是我不离。她不离我也没有办法。秀桃，结婚不就是多一张纸吗？没有那张纸我代时照样对你好，对孩子好，照样承担起一切责任。请你相信我。相信我好吗？秀桃大叫道你为什么要这样缠着我？！代时说因为我爱你！

秀桃感到苦水直往心里灌。泪水洒落在堰坎上，没有一点痕迹，泪水洒落在堰塘里，没有激起一点涟漪，她的泪水原来是这样的无声无息，她的痛苦只是她秀桃一人的痛苦，没有人为她分担！

母亲一天要弄脏很多次床单。秀桃每天要给她换几次衣服，换几次床单。有天夜里，秀桃到堰塘里去给母亲洗脏被单，正洗着，代时鬼似的走了来。

秀桃恼火地说，你来干什么？

我来陪你。

不需要！

你需要。这样的夜晚，说不定就钻出一个坏人来了呢。

天下没有比你更坏的人！

代时笑道，男人不坏女人不爱！

秀桃觉得那笑像一把刀直刺她的心，她拿起盆子，弯腰从堰塘里舀起一盆水朝他泼去。代时跳到一边哈哈大笑。秀桃再要舀水泼他，他就跳下水去抱着秀桃猛亲猛吻起来。秀桃气得肺炸，猛一下把他推进堰塘里。堰塘里的水很深，代时一下就不见了。秀桃吓傻了，她急忙弯腰朝水里喊，代时！代时！

月光下，代时不见了，堰塘里只有一波一波的涟漪。一股巨大的恐惧直朝秀桃袭来，代时淹死了，她是凶手！她朝四周呼喊着救命，可是四周寂静无声。怎么办？她急得正想跳下堰塘去找代时，代时却突然像水怪似的从水里冒了出来。她急忙伸出手去，将他拉上岸来。她说，没事吧？

代时抹着脸上的水说，我的水性好。

秀桃拍着胸口说，吓死了我！简直把我吓死了！

代时将下着雨的身子紧贴在秀桃身上说，看把你急成这副样子，这说明你爱我！桃儿你再把我推下去吧，只要你爱我，我死了也值。

代时一点点地剥离着秀桃，浸润着秀桃的骨髓，浸染着秀桃的心。生米已经煮成熟饭，她渐渐地被代时的炽热融化了，渐渐地信了代时的甜言蜜语，渐渐熟悉了代时的气息，习惯了他的味道。

有一天，代时追到地里去帮秀桃干活。干了一阵两人坐在地里歇息。秀桃问代时，我变老了你还爱我吗？

代时吻她一口说，我最浪漫的事就是看着你慢慢变老。

秀桃抚摸着他的脸说，那我变丑了呢？

代时说，丑了我也爱你！那你就是我代时的丑小鸭。

说后两人抱在一起翻滚起来。笑声吹开了地边的野花。两只野兔站在地边愣愣地看着两个翻滚在地里的人。

秀桃的青春腾飞起来了，秀桃的生命里满是彩虹，满是鲜花，满是甜蜜和幸福。秀桃和代时重复着夏娃和亚当的故事，秀桃和代时演绎着白马王子和灰姑娘的浪漫剧幕。秀桃的日记里写满了她和代时的诗篇。

秀桃憧憬着美好的未来。

但是谁也没有想到一场黄疸性肝炎毁灭了她的美好，破坏了她本就虚无缥缈的美梦。那是在一个数九天，秀桃突然病了，人变得又黄又难看。她希望代时陪她进医院，她希望代时关心她，照顾她。但是代时被她的丑吓呆了，她的脸黄得就像黄表纸一样。他从来没有见过这么丑的女人。他觉得那个美丽的秀桃不见了。他代时要的是那个美丽的秀桃。这个病病歪歪的黄丑女人不是他代时喜欢的对象。他没有必要在她身上浪费时间，浪费精力。而且这种病有传染性。据说患上这种病的人肝会慢慢烂掉。想起都可怕。他必须尽快离开她，躲开她。

代时远远地离开她了，不看她，不问她，秀桃给他打电话他不接，秀桃给他发短信他不回。秀桃再打电话，他索性把她的电话号码拉进了黑名单。秀桃的心受伤了，秀桃的心痛了，秀桃的心凉了，秀桃的心死了。她一人躺在医院里的病床上，淹没在泪河中，想明白了许多东西，看透了代时的嘴脸。什么我爱你，什么我想你，什么最浪漫的事就是看着你慢慢变老，什么丑了我也爱你，什么你就是我代时的丑小鸭。一切的一切都是骗人的鬼话。

十天后，秀桃出院了，青春美丽的秀桃又回到陈家湾村。代时禁不住眼前一亮，又天天往秀桃家跑。像哈巴狗一样围着秀桃转。说他马上就去与妻子离婚。秀桃不理他，他又跪着发誓要一辈子爱她。秀桃端起一盆洗脚水朝他泼去，叫他滚！他不滚，说他爱秀桃，真的爱秀桃。说秀桃住院的时候他确实很忙。叫她别生气。求她原谅他。他保证以后好好爱她。

秀桃怀着一腔恨意说，我变丑了你真的会爱我吗？

代时说，我代时对天发誓，你再丑我也会爱你！你再丑我代时也会爱你一辈子！

第二天，秀桃让他所有的细胞都开始萎缩。秀桃穿着她母亲的衣服，脸上满是黑灰，头发蓬乱不堪。代时吃惊地看着秀桃说，秀桃，亲爱的你怎么是这副样子？

秀桃说，你不是对天发誓，说我再丑你也会爱我吗？说我再丑你也会爱我一辈子吗？

代时说，亲爱的，宝贝，你别开玩笑。快去把衣服换了，把头梳一梳，把脸洗一洗。

秀桃不动，看着他只是笑。第三天代时去，秀桃还是这副模样。第四天代时去，秀桃还是这副模样。代时不再喊她亲爱的，不再叫她宝贝。他厌恶地皱皱眉头，从秀桃家退了出来。从此再也不到秀桃家去。秀桃在心里哈哈大笑。嘲笑男人的虚伪！蔑视男人的誓言与承诺！

第四章

李松和陈书记是下午两点过到秀桃家的。李松刚走到秀桃家的房背后，就听到惊天动地的麻将声。秀桃正和钻天猫、甘二嫂、三娃子在院坝里打麻将。秀桃五岁的傻儿子逮着一只鸡崽，从地上捡起一坨石头塞进小鸡嘴里。小鸡崽惨烈地叫唤着，拼命地挣扎着。

李松环顾了一下，院坝上、阶沿上、屋子里一团糟，满地的渣滓有一两寸厚，脏衣服地上一件，磨子上一件，烂鞋子阶沿上一只，院坝里一只。饭桌上的碗东倒一个西倒一个。秀桃的头发就像狂风中的稻草，脸上和脖子上就像结满污垢的树叶。

李松的心在开裂。

李松的心突然难受起来。

李松的心突然疼痛起来。

这是秀桃吗？这是一个才二十三岁的女人吗？

秀桃没有看见陈书记和李松。她在专注地摸着牌，出着牌。她说幺鸡，她说二条，她说碰倒，她说和了……

陈书记站在她的身边喊了她几声，她才抬起头瞟着陈书记和李松，冷冷地说，有事吗？

陈书记说，我们是无事不登三宝殿。

钻天猫看陈书记一眼说，你是不是来吃秀桃的猪脑壳（介绍朋友）？

甘二嫂附和着笑起来。

三娃子从陈书记包里摸出烟，夹一支在耳朵上，燃上一支，猛然吸几口笑道，老烧火，你媳妇昨晚在电话里给你说普通话没有？

陈书记一巴掌打在三娃子头上说，你一天正事不做，说怪话憨得行。

几人说笑着。秀桃看一眼李松，飞快地将视线移开，红着脸低头看桌上的麻将。

陈书记收住笑，对钻天猫甘二嫂和三娃子说，我们找秀桃有点事。

几个人仍然坐着不动。

钻天猫将一只脚跷在凳子上，满不在乎地说，什么屁事？

三娃子打个哈欠说，我的钱还没有赢回来呢。这段时间我是孔夫子搬家——全是输（书）。

甘二嫂撇着嘴说，哟，陈书记，谁没做正事？

几个人说着又开始打起麻将来。

李松和陈书记相互看一眼，传递着无奈。看来，他们只好晚上再来找秀桃。

李松和陈书记晚上去时，秀桃正在喂瘫痪母亲的饭，一口一口地喂着，像母亲喂婴儿的饭，很仔细，很认真，生怕母亲呛着。秀桃喂完饭，给母亲洗脸，换床单，然后像个专业护理人员一样给母亲按摩肩，按摩颈，按摩手，按摩腿，按摩脚。母亲那白胖的脸上洋溢着满意，洋溢着幸福。

李松感动了，被秀桃的一片孝心感动了。

等秀桃空下来，时间已经是深夜十二点。

李松和陈书记坐在阶沿的条凳上，秀桃靠在磨面机上，懒洋洋地看着一地的灯光。

李松说，秀桃，我是陈家湾村驻村扶贫第一书记李松。

你那天不是介绍过了吗？

我和陈书记今天来的目的是请你出任村文书工作。

秀桃看着脚前的灯光说，我不会到村委会来工作的。你们另外找人吧。

李松看着秀桃问，为什么？

秀桃低头揉搓着自己的手说，不为什么。

陈书记和李松对视一眼，深深地吸一口冷气说，村委会不只他一个人，还有我和李书记呢。再说村委会是陈家湾村的，又不是他代时的，你是为陈家湾村的村民工作，不是为他代时工作。

秀桃低头不语。

李松看着灯光下的秀桃说，难道你就为了不想看见一个人而失去一份工作吗？

秀桃看着地上的阴影沉默不语。

李松感到了面前的难度，但是他的目光不离开秀桃的脸，继续说，文书工作能体现你的价值。

秀桃突然抬眼看着李松问，我还有价值吗？你看我这副样子还有价值吗？

李松说，你才二十三岁，正是青春蓬勃，充满希望的年龄。

秀桃叹口气说，我的一切早被魔鬼吞噬了。找不回来了。

李松的心痛了一下，说，别失去信心。

秀桃说，哀莫大于心死。

李松说，你放开眼睛，看看外面，地上有月光，天上有星星和月亮，山坡上有树有花。

秀桃说，生活不是作诗。

陈书记咳嗽两声，直直身子，生气地说，你这个女子，怎么是四季豆不进油盐呢？年纪轻轻的，别总是打不起阳气。你应该好好向李书记学学。他比你大不了几岁。

秀桃不再说话。李松看见她眼眶里的泪花在灯光下闪烁。

陈书记和李松的心白费了，不管他们说什么，秀桃都不愿意出任村文书。她说她现在别的什么也不想，只想躲在家里照顾母亲。

李松和陈书记为文书人选苦恼极了。他们又找谁出任村文书呢？村里的年轻人都外出打工去了，只有三娃子没有出去打工，但他好吃懒做，游手好闲，再说他小学都没毕业，又不好学，读那点书可能早已经还给老师了。黄三旺四十几岁，只读过小学二年级，肯定胜任不了村文书工作。唉，如果甘麻子有一点点文化，多少能够做一点事，他们也懒得伤这些脑筋。现在团不团结是次要的，工作上需要人手才是重中之重。

李松的神经被工作拉紧了，晚上开始失眠，这天夜里三点过就醒了，再也睡不着，索性起床做资料。做了几个小时，觉得头有些昏涨，他闭着双眼，用手指揉了一阵太阳穴。

早饭，他打算不去陈书记家吃，他没有胃口，一是夜里没睡好，二是工作上的事样样愁煞人。

他打开院墙门，走下石梯，顺着乡村公路前行。这时已经快七点，天已经大亮，春天的薄雾在山湾里流动，薄纱似的覆盖着山坡，让陈家湾村显得有些神秘。干田里的菜花不惧薄雾，带着露珠仍然灿烂地笑着。菜花的笑是没完没了的，从初春笑到现在，一笑就是一个春天，一笑就是一个季节。

陈家湾村虽然偏僻，但是坡不高，地势开阔，田土都很大块，也很平坦，土质也还好。李松看着一片片的荒地，心里想，如果每块田土里都种上庄稼，或者栽上果树，那又是什么情景呢？

　　李松伫立在乡村路上，凝视着山湾，思考着，憧憬着。正在这时，一辆豪车划破陈家湾村早晨的沉寂，从晨雾中神奇般地钻了出来，鱼似的从他的身旁溜了过去。他感到无比惊诧，原来这个贫穷的陈家湾还有富人。他转过身，视线跟踪着那辆宝马车。

　　上午，陈书记一到村委会，李松就问那辆豪车的车主。陈书记说那辆宝马车是陈文的。陈文是陈家湾村的能人，有经济头脑，会赚钱，人年轻，敢闯敢干，有冲劲。虽然年轻，但也有些经历了。他开过茶楼，开过酒店，包过工，赚了三四千万。但开融资公司又全部赔了进去。现在正到处找项目做。

　　李松正凝神思考，代时突然建议叫陈文担任文书工作。陈书记怕陈文看不起村文书这个职务，没有表态。李松也感到代时的建议有些不沾边，也没表态。

　　代时说，陈文这段时间没事做……

　　陈书记打断代时的话说，开玩笑，人家是老板，挣大钱的人……

　　代时说，你们信不信，我能让他出任文书……

　　李松激动地打断代时的话说，你如果能叫陈文出任村文书，那就给我们村委会注入了新鲜血液，增添了新生力量。那你简直就是功不可没！

　　代主任说，到时奖励我什么？

　　陈书记嘿嘿地笑道，奖励你一个美女。

　　代主任嘿嘿地笑道，这个我最喜欢。

　　大家呵呵笑起来。笑得春阳在满湾闪烁，笑得鸟儿在满湾唱歌。

李松亲自开车把代时送到陈文家门口，抱拳对代时说，拜托你了！希望寄托在你的身上！

李松和陈书记不得不佩服代主任的能力。陈文在他的说服下出任了村文书，胜任了文书工作。他不但写作能力强，协调能力也很强。现在李松轻松了许多，凡是文字方面的工作他都放心地交给陈文做。

李松的眼前刚刚是道路平坦，眼里刚刚是春风和谐，谁知甘麻子的女人突然找他来了。那是周三下午，李松走访回来，正心情愉悦地吹着口哨，甘麻子的女人突然闪身站在他的面前破口大骂。

甘麻子的女人一知道男人被免去了文书职务就给代时打电话。代时支支吾吾说了几句就挂断了电话，女人再打过来他就不敢接。而且他知道，他不接电话，她肯定会到村委会来泼闹。于是他慌忙丢下工作，溜出村委会，骑上摩托往镇上跑。谁知，刚转过弯到三社地界，突然看见甘麻子的女人像个巫婆似的叉开腿站在公路中间。代时一个急刹，苍白着脸下了车。

女人拉着代时，哇的一声哭了出来。代时吓得四处张望了一下，急忙制止女人说，别哭！有话我们换个地方说。

女人拉着他不放手，说，就在这里说。你给我说清楚，为什么把我的男人下了？！

代时挣脱着说，别这样拉拉扯扯的！让人看见不好！有话我们换个地方说。

女人哭着说，我就要在这里说！呜呜，你这个没有良心的！

代时压低声音说，别哭别哭，求求你了！我们到前面的山坡上去说好不好？

我不去，就要在这里说！你给我说清楚为什么要下我的男人？！

听话，宝贝。我们到前面坡上去说。我会把事情说清楚，我肯定会给你说清楚。听话宝贝。我不但把事情说清楚，而且还会满足你的要求。

你哄我。

哄你我不是人。

你如果再敢跟我要花招，我非找你算账不可。我可不像秀桃那么好惹。

秀桃能和你比吗？你是一朵带着花粉味道的鲜花，她是一堆臭不可闻的狗粪。以后不要在我的面前提起她，一提起她我就作呕。

女人见代时如此赞美她，如此贬低秀桃，心里不免得意，一高兴就依了代时。

女人走上山坡就把代时按在地上撕打起来。代时抓住女人的手说，下你男人不是我的主意，我能下你的男人吗？你男人是我提起来的。我下他不是自己打自己的脸吗？你怎么就不动脑子想一想呢？

女人哭着说，你是村主任，你不同意，谁也下不了他。你别哄我，我又不是傻子。谁不知道这个村什么都是你说了算。

代时擦着女人脸上的泪水说，傻女人，那是过去的事。现在变了，一切都变了。姓李的是县上派来的领导，他说下谁就下谁，包括我这个村主任。

女人半信半疑地看着代时说，不可能。

代时翻身将女人压在身下，猛亲几口说，我们是什么关系？难道我还会对你说假话？你想想我什么时候对你说过假话，半句假话都没说过。我的心肝我的宝贝，你说这么多年我哪样没有依你，我哪样没有照顾你们家？我把我自己都全部贡献给你了！

甘麻子的女人很快就被代时的甜言蜜语所迷惑，和代时在山坡上翻滚得惊天动地，像两只纠缠在一起的野兽。

事后，代时看着女人脸上的红晕说，哥哥好不好？

好。

晓得是谁装的怪了吗？

晓得了。

甘麻子女人心里的怒火一股股地往上冒。男人干文书工作干了这么多年，干得好好的，姓李的说下就下了，一年损失他们家一万多块钱的收入。她非找他拼命不可。姓李的是个砍脑壳的冒失鬼，难道就不晓得问一问，她是谁？她，甘麻子的女人，是村主任的情妇，她有靠山，在陈家湾村，她谁都不怕，还怕你一个地皮都没有踩热的外地人么？她从坡上冲下去，直奔村委会，不料李松却入户走访去了。她一脚朝村委会大门踢去，门没踢坏，脚却痛得钻心。

女人心里的怒火没有找到出口，嗖嗖地直往上蹿。她就在村委会等，等不到他就不走。今天她非骂他个狗血淋头不可。等了一阵，李松果然回来了。女人一见到李松就唾沫星子飞溅，越骂越起劲，什么恶毒的话都骂了出来。

李松说，大姐，你别骂人。你听我解释，扶贫工作任务多，天天都需要人做文字工作。我们也是没有办法，请你一定理解。

女人跳到李松面前将一口唾沫吐在李松的脸上，泼闹道，理解你妈个鬼！你跑到我们这里来称王称霸！我男人当了这么多年的文书都没人说他半句，你一来就把他下了。害得我们家每月少一千多块钱的收入。你断了我们家的财路！你不是人！我跟你拼了！说着就像一只母老虎一样扑向李松。

李松说，大姐你冷静点，冷静点。边说边躲避着女人的进攻。陈书记一步跨过去，站在李松面前，挡着女人的魔爪，呵斥女人道，你懂点道理行不行？！话已经跟你说清楚了，你还闹什么？！

女人撇着嘴对陈书记说，咦，陈书记你到底帮谁说话？你的胳臂肘怎么往外拐呢？你们都欺负我，我不活了！说着就倒在村委会的坝子里撒起泼来。

李松从来没有见过这么凶这么泼的女人。他说，大姐你起来，别这样闹了。

女人捶打着自己的胸口说，你们不恢复我男人的文书职务我就死给你们看。

李松的脾气上来了，大声地说道，恢复是不可能的！

女人翻着白眼跳起身来，再次朝李松扑去。李松说，你再这样我就报警了！女人看一眼代时，突然又坐在地上哭闹起来。女人连着这样哭骂了几天。气得李松肺炸，气得李松头裂。李松有好几次都想报警，但把手机摸出来又放了回去。旁边许多村民都觉得李松这个驻村扶贫第一书记真不容易。大罗拐等人劝走甘麻子的女人后，还说了些宽慰李松的话，李松心里满是感激的潮。

第五章

这天中午，李松带着陈书记和陈文入户走访回去，路过田坎，看见大罗拐哄着秀桃的傻瓜儿子帮他运秧苗。五岁的傻子光着屁股在田里运一阵秧苗又捣一阵乱，他把秧苗摔在大罗拐身上，然后拍打着田水哈哈大笑。大罗拐也跟着笑。笑后叫傻子又去运秧苗。傻子开始要赖，说他要回去了。大罗拐哄他道，再帮我运一阵，我一会儿回去给你煮蛋蛋。傻子说我早晨吃了蛋蛋的，不稀罕。大罗拐说那我唱歌给你听。说罢便一边插秧一边说着民谣。

> 月亮月亮光光，芝麻芝麻烧香，烧死麻大姐，气死幺姑娘。幺姑娘，不要哭，买个娃娃打鼓鼓，鼓鼓叫唤，买个灯盏，灯盏漏油，买个枕头，枕头开花，接个干妈，干妈脚小，一脚踩到癞疙宝。

傻子听着大罗拐的歌谣，呵呵地笑着又开始运秧苗。

大罗拐见傻子在他的民谣声中运秧苗很认真，就又接着唱道：

> 沙河涨水水漫坡，梳妆打扮去会哥，萤火虫儿来照路，

哪怕天黑石头多……

傻子突然问大罗拐，瞎爷爷，萤火虫儿照着路的时候你看得见吗？大罗拐说右边这只好眼看得见。傻子说我今晚给你捉很多很多只萤火虫，让你两只眼睛都看得见。大罗拐有些感动，用沾着田泥的手，亲昵地揉了揉傻子的头。受着宠爱的傻子仰起脸看着天上的太阳又说，瞎眼爷爷，天上的太阳啥时候落下来。大罗拐说晚上。傻子说等它落下来了你帮我捡着。大罗拐说捡起来干吗？还是让它回到天上去吧。傻子说不要让它回到天上去，我要让它陪我的妈妈。大罗拐不想再跟他说太阳的事了，说认真了他怕傻子真的问着他要太阳。他调转话头，又给傻子说民谣：

栀子花儿瓣瓣多，没娘女子跟哥哥，堂屋梳头哥哥骂，灶房洗脸嫂嫂说，哥哥嫂嫂不要嫌，亲亲带妹三两年，有朝一日时运转，打根金簪当饭钱。

大罗拐六十多岁，走路一拐一拐的，脚下像有许多障碍物。他的左眼是被哥哥打瞎的。那年他三岁，哥哥五岁，母亲从伙食团端回一根红苕，分给他和哥哥吃，哥哥狼吞虎咽地把自己那半截红苕吃了就来抢他的。他不让，握着半截红苕，往门角里躲，往灶屋里躲。父亲和母亲都饿得躺在床上，像瘫痪了一样，没有一丝儿力气管两个打闹的儿子。哥哥抢不到红苕，就从墙上取起秤杆朝他打去，秤钩扎进左眼，顿时鲜血飞溅，他痛得昏了过去。哥哥吓傻了，慌忙往屋前的黄连树上爬，父亲拿起竹竿去打他，他慌忙往屋顶上跳，草房上的朽木不堪重负，他惨叫一声，从屋顶上滚下去重重地摔在地上，顿时鼻子口里都来血。血，鲜红的血流了一地。哥哥看着父亲张了张嘴，想说我饿，我饿，但是他没有说出来就断了气。

哥哥死了，剩下一个弟弟和一个妹妹，不久妹妹饿死了，父亲母亲随后也患水肿病死了。弟弟患有癫痫病，二十五岁那年发病从悬崖上摔下，致残瘫痪在床上，吃喝拉撒都靠哥哥大罗拐。在饥饿中长大的大罗拐，像长在石滩滩上的树，又瘦又矮。又瘦又矮不说，一只眼睛是瞎的，还有一条腿是拐的。加上一个瘫痪在床的弟弟。谁看得上他？连一个说媒的人都没有。

大罗拐不怨天，也不怨地，他拖着残疾的腿，带着一只好眼种地，养家畜，伺候弟弟，让时光在他的脸上写下沧桑，刻下年轮。

李松见大罗拐插秧缺人手，便挽起裤脚跳下田去。陈书记和陈文见此也跳下田去帮大罗拐插秧。傻子见田里的人多了，高兴地乱跑起来，田水溅了他一身一脸。

陈文爱怜地把他抱上田坎，捉了一只蜻蜓给他。傻子拿着蜻蜓一边往家里跑，一边唱着瞎眼爷爷教他的民谣：

小老鼠，上灯台，偷油吃，下不来，叫爹娘，都不来，叽里咕噜滚下来。

初夏的阳光点燃了田水，满田银光闪烁。大罗拐的歌声响彻山湾：

手把青秧插满田，低头便见水中天。心地清净方为道，退步原来是向前。

陈文接着唱道：

> 骑马，蹲裆，插秧。倒影，蓝天，成行。白云相间，一簇簇绿叶，秧苗插翅，一排排雁翔！弯腰弓背手凉，田里净是泥浆浆。仰头朝天舒气，环顾水田无疆。何时苦尽甘来，转眼碧波金黄！稻谷脱穗上场，我心诗句飞扬！

在一片民谣声中，大家愉快地插完了九分田的秧苗。李松上田坎洗完腿上的泥巴时，已经是北京时间十三点四十一分。村广播正播放着优美动听的葫芦丝。

第六章

这天，李松到王妹崽家走访。王妹崽不在家，院子里的人说她在地里砍麦子。

王妹崽一人在地里砍麦子，砍得十分艰难，砍得十分痛苦，她跪在地里，砍一刀麦子，喘一阵气。六岁多的女儿躺在地边睡着了，满身都是蚂蚁和默默蚊。李松的心被触碰痛了，全身起着鸡皮疙瘩。孩子应该在床上睡觉，怎么让她躺在地上让蚊子叮咬让蚂蚁攀爬呢？他爱怜地把孩子抱起来，叫王妹崽背回去。王妹崽喘着气说麦子已经老了，再不砍麦子会全部落在地里。李松生气了，说人重要还是麦子重要？硬逼着王妹崽把女儿背回去。王妹崽只好听从李松的话，把女儿背在背上，但力不从心，刚直起身，又软了下去，痛苦地坐在地上仰着脸大口喘着气。李松见此，跨步上前，帮王妹崽把孩子抱回家。

李松再次见到了王妹崽的居住环境。吃住都在借住的半间偏偏房子里。房顶上有很多个天井，一下雨就漏。石板装的墙壁有很多条缝，冬天风直往屋里灌。半间偏房接着两间猪圈，臭味满屋都是。

李松怀着沉重的心情询问着王妹崽的情况。

王妹崽的娘家在一个偏远的山村。王妹崽不到两岁母亲就死了，父亲给她找了一个后妈。后妈不让她上学，叫她在家里带妹妹，叫她到堰塘里洗尿片，叫她在满是冰霜的地里割胡豆苗，叫她在火毒的太阳下掰苞谷。叫她顶着推磨棒推苞谷馍馍，推苞谷凉粉。叫她煮饭，叫她砍猪草喂猪。总之不让她有一点儿的休息时间。她没有灶台高，就搭一根凳子。有一次她做苞谷馍馍慢了，后母就骂她。她觉得委屈，忍不住哭了起来。后母咬牙切齿地骂道，死婆娘，说你两句你就掉起马尿水来了。说着冲过去把她站着的凳子一脚踢开。她双脚悬空，失去重心，一下扑在锅里，烫得她哇哇直叫。好半天她才爬起来，两只手烫满了泡，痛得她仰天大哭。

后母不但没有一点后悔之意，而且还编造一些谎言，说她是抢吃锅中间的油馍馍烫着的。父亲听信后母的话，对她又是一阵拳打脚踢。这样的冤枉，这样的委屈是说也说不完，道也道不尽的。有一次王妹崽逗哭了妹妹，后母一扁担朝她打去，将她打倒在鸡窝里，活生生地把她脖子打歪。后母不但没有后悔之意，反而还到处说王妹崽在鸡窝里偷蛋煮把脖子摔歪了。

谁都知道王妹崽是个苦命的女孩。十五岁那年，后母为了得到十万元的聘礼，把她嫁给一个五十多岁的老头。老头有些心理变态，从来不把她当成一个有生命的东西，从来不把她当成一个渴求珍重的女人，完完全全把她当成一个用钱买来的玩具，一会儿打她，一会儿又哄她。打起来像打敌人，脸上一拳，胸口一拳，腿上一脚。往墙上碰，往地下按，恨不得打死她。高兴起来把她当宝贝，恨不得把她捧上天。王妹崽越来越难以忍受。有一次被他毒打后，她想一死了之。可又转念一想，自己没有必要为他死。她倚在树上伤伤心心地痛哭了一场。然后起身走出山湾。想到外面的世界去寻找一个女人应有的人生，想到外面的世界去寻找一个女人应有的生活。可是她举目无亲，一切都是陌生的，冷酷的。

她不知何去何从，她像一条流浪狗一样四处流窜。

有天夜里，她躺到车站候车室里的椅子上，被一个男人弄醒。她有些恼火，起身正想大骂，男人已经躺下了，把她躺的位子占了一大半。她推他，他不动，一点也没有想让她的意思。她骂了几句，只好另外找一张椅子躺下。

不料第二天他们在街上相遇了。她说，真是冤家路窄。

他笑着说，没想到，我们原来是一路的。

她气呼呼地说，我不是流浪汉，我只是没有家。

他笑着说，还不是一样。你这个人守着一身的宝不用，也跟我们一样来受穷。

她知道他说的什么。气不打一处出地大声冲他说道，我是人！说后将秀发一甩，转身而去。

没想到，第三天夜里，他们在公园里的椅子上又相遇了。车站的保安知道他们是流浪汉就把他们从候车室赶了出来。深夜里的公园就只有他们两人，他们开始像朋友一样聊起天来。男人把他的名字和家里的情况告诉了她。她知道他不是一个无家可归的人，只是打麻将钱输多了，偷跑出来躲债。她劝他回去。他说他不敢回去，怕别人追着他的屁股要赌债。她说你躲也不是办法呀。唯一的办法是回去挣钱还人。他叫起来了，说那么多。她说慢慢来。只要你认账，别人也不会要你的命。他觉得她说的话有道理，便默然无语地看着一地的灯光。

过了两个夜晚，他看着灯光下的她说，你如果愿意和我过日子我就回去。

她仰头看了半天的天，说，三娃子，我跟你回去可以，但是你不许打我，永远都不许打我。

我不打你，一辈子都不打你。我说话算数。

还有，要对我好，把我当一个人。

我不把你当人当狗呀？

说后两人抱在一起，翻滚在公园里的草地上。

三娃子把她带回家，老实实在家里过了一年，又旧病复发。赌博和流浪在他的人生中，像两条具有强大磁性的轨道，致使他难以脱离。

王妹崽没有户籍，生下来的女儿也没有。更痛苦的是她患上了哮喘病。

李松真想狠狠地揍这个没有责任心的男人一顿。他找来三娃子的号码，打电话说王妹崽病得厉害，叫他立即回家。三娃子一句话不说就挂断了电话。李松再打过去，三娃子不再接听，索性关了机。他才不会回到乡下去受累，太阳晒人不说，麦子又割人。

李松气得摔了电话。陈书记说你生这种人的气值吗？

李松坐在村委会连抽了三支烟。然后拿起手机，翻出妻子的电话。他好几天都没有给妻子打电话了，他居然把她忘了。妻子生气了，冷冷地说有事吗？李松倒抽一口冷气，说没事就不可以给你打电话吗？妻子说谢谢你还想得起我。说罢就挂断了电话。他的心里有些难受，他原打算叫妻子帮他找台割麦机。没想到他的话还没有说出口，妻子就挂断了电话。他愣愣地站了半天，叹口气，翻出一个哥们的电话，拨通说，王哥，帮我找台割麦机。

松哥，这么久不见你的影子，原来你是到桃花村找村姑去了呀。

你来不来？

算了，我发扬风格，让你独享。

单位领导没有安排到你，算你小子运气好。

我这种不求上进的人，没有能力胜任重任，所以不在领导的视线内。谁叫你奔跑在时代的前列？

言归正传，赶紧帮我找台割麦机。

你叫我到哪去跟你找割麦机？

城边的太吉桥边有很多辆割麦机在那里过夜。

跑路可以。但是你要说清楚帮谁割麦。

一个带着病身拖着孩子的女人。

哈哈！

别笑得这么阴险。实话告诉你，我现在体内几乎没有荷尔蒙了。

被谁掏空了？

哥们，我没有时间和闲心跟你开玩笑，赶快去帮我联系。

李松找来割麦机帮王妹崽把麦子收了回去，又把她送到县医院去找专科医生给她治疗哮喘，然后亲自帮王妹崽母女俩上了户口。

王妹崽患了几年的哮喘病经过一段时间的治疗，终于控制住了。王妹崽的身体好了，她和女儿的户口也上了，不再是黑人。王妹崽觉得陈家湾村的阳光变得格外灿烂。王妹崽的生命里有了活力，脸上重现出青春的光泽。

李松见此十分高兴，心里涌起一股股助人为乐的快感。

谁知一股黑风却扑面而来，说他睡了王妹崽。他有口难辩，满脸的苦涩多得都快要掉下来了。他抽烟的量增加了两倍，上午到甘麻子店里买两包烟，下午又到甘麻子店里买两包。

甘麻子的推销店里聚集了很多人。现在的农村人多数不喂猪，种庄稼也不像以前那样一挑一挑地担起水粪去灌，也不像以前那样一锄头一锄头地除草，都是做懒庄稼，不用农渣肥，全部用化肥，用除草剂。所以空闲的时间很多。每天吃了早饭就往甘麻子店里跑。闲言碎语就是从这里滋生出来的。

甘麻子两口子对李松是恨之入骨，一有机会他们就朝李松的后背放冷箭，喷毒汁。他们把李松睡了土妹崽的消息传遍整个陈家湾村不说，还打电话告诉在外面打工的人，自然也要传到三娃子的耳朵里。

甘麻子给三娃子打电话时，三娃子刚从一个小孩手里要到半个馒头。他把一口馒头包在嘴里听着甘麻子的电话，听后不像一般男人那样气愤，也不像一般男人那样狂怒，反倒有些高兴。他把一口馒头哽下去，跳着笑道，哈哈！机会来了，我三娃子就要发财了，就要发大财了！

他把半个馒头狼吞虎咽地吞下，拍拍手，抹抹嘴，然后挤进人堆里，弯着身子，苦着脸将一只污黑的手伸在人面前，说他的包被人抢了，没有车费回家，叫人行行好。有的人躲开了，有的人给他一块，有的人给他两块。很快他就要够了车费。要够了就不再要，多一分他三娃子也不要。他很快就有钱了。不是几块几十块，而是十万。姓李的睡了他的女人肯定不了十次，他问他要这个数算是便宜他了。姓李的是什么人物？是扶贫第一书记，是国家干部。他最怕什么？他最怕人举报他，他最怕丢掉铁饭碗。

县城没有到陈家湾村的车，只有到河中镇的车，他只能赶到河中镇，再步行回陈家湾村。三娃子是晚上七点过回到陈家湾村的。他没有回家，从进村的拐角处踏进荒草地，顺着山杆走到村委会后坡，隐藏在树林里，等到看科教片的村民走完了，才翻院墙跳进村委会坝子，敲门喊李松出来谈判。命令李松拿十万块钱出来。说只要李松给他十万块钱，他半句话不说就走人。李松看着夜色中的三娃子说，我一分钱也不拿。

三娃子说，我的女人不会让人白睡。

李松恼火地说，你听谁说的？请你不要相信那些胡言乱语！

三娃子说，你别管谁说的，反正你睡了我的女人是事实。

李松说，你凭什么说我睡了你的女人？

三娃子说，你没有睡她你会请人帮她收麦子吗？你没睡她你会带她去看病吗？你没睡她你会帮她和小朵上户口吗？

李松直视着三娃子说，我还错了？

三娃子说，别说得像观音菩萨似的。你们这些城里人比西门庆还好色，见女人就想睡，睡了还不想负责任！

李松轻蔑地说，你还知道责任二字！

三娃子说，别跟老子转移话题。你睡了我女人的事是公了还是私了？

真是莫名其妙！别无中生有好不好？

三娃子感到钱并不是那么容易得到，他气急败坏地说，姓李的，你到底给不给？别敬酒不吃吃罚酒！难道你真要逼得我举报你？难道你真要逼得我让你丢掉铁饭碗？难道你真要逼得我把你睡我女人的事发在网上去？

李松不说话，直直地看着三娃子，月光下的三娃子，脸苍白得没有一点儿血色。

三娃子见李松不说话，以为他怕了，更步步逼近，抽出刀来逼着李松拿出十万块钱。刀在月光下闪着寒光。李松感到面前这个人已经是无可救药，他替他感到万分可怜。

就在这时陈书记和陈文带着王妹崽赶来了。李松知道三娃子是来者不善，所以在出来前就给陈文和陈书记打了电话。

王妹崽上前就给三娃子两个耳光，打得三娃子愣愣地看着她，像不认识她似的。王妹崽以前是一个哮喘病人，走路都困难，现在打起人来，却像母老虎一样凶猛。王妹崽流着泪数落着三娃子说，你这个没有良心的东西！你在外面不管我们的死活不说，居然还听信别人的教唆跑回来行凶杀人！你要杀就杀我！嫁给你这样的男人我也不想活了！说着将刀往她的歪脖子上拉。在场的人都惊呆了。李松一步跨过去挡开了快要靠近王妹崽脖子的刀，刀锋深深地刺进了李松的手臂。血，鲜红的血在月光下闪着红光。红遍了陈家湾村的山山水水，红透了村民的视线。

第七章

　　扶贫工作在顺着李松的思路一步一步地推进。经过很长一段时间的摸底走访，他发现这个村离"精准"二字还差起一大截。他必须痛下决心，把不贫困的人家统统清退出去，让真正的贫困户享受到扶贫政策，让"精准"二字体现出来。

　　这天吃晚饭的时候，李松把这个想法告诉了陈书记。陈书记低头吃饭不说话。李松把筷子放在碗里，看着陈书记问道，你的意见怎样？

　　陈书记夹一块肉放在李松碗里说，年轻人多吃点。

　　李松把肉喂进嘴里，咀嚼着说，不调整是不行的。不调整上面来查着我说不脱，你也说不脱，我们大家都说不脱。李大妈、甘二嫂他们家比我还富，哪里需要扶贫。

　　陈书记说，在他们的眼里，国家的钱不要白不要，便宜能占就占。钱这个东西是越多越好。

　　李松有些激动，把筷子往桌上一放说，不依政策条件了？

　　陈书记说，在某些人的眼里没有政策和条件的概念。

　　李松说，你们这个村里的人思想非常有问题。

　　陈书记说，有些事不是那么好办的。说后呼呼地往嘴里刨饭。

这个夜晚又是一个失眠的夜晚。现在李松是经常失眠。以前他不知道失眠是什么滋味。现在他知道是一种痛苦的滋味，非常非常痛苦。

他坐在村委会门口的石梯上，心情沉重地凝望着陈家湾村的夜晚。陈书记已经把话说明了，调整贫困户不是一件简单的事，工作量增加不说，最重要的是牵涉到关系户。扯着藤藤瓜瓜动。上次只在会上提了一下，就引起了一场大大的风波，闹得差点打出人命。这次如果真正落到实处，不知是十几级台风，还是八九级地震。

他突然感到心好累好累，头好痛好痛。这是以前从来没有过的现象。李松觉得自己有些力不从心，李松觉得自己老了许多，老得像个百岁老人。

他仰躺在地上，看着天上的月亮和星星，似乎在寻求帮助。可是月亮无法帮他，星星也无法帮他，他自己也想不出两全其美的方法。只有一个难字在脑中闪现，在心里跳跃，耗费着他的精力。

难啊！这比考大学难，这比考公务员难，这比找妻子难。这不知比单位上的工作难多少万万倍。考大学，考公务员只需要付出努力就行，找妻子只需要付出情付出爱就行，单位上的工作只要尽职尽责就行。可是这扶贫工作不是他尽职尽责就能做好的。面对着形形色色的村民他一点也不了解。他生在城市，长在城市，在父母的腋窝里长大，天天见的是有文化有内涵的人，做的是与文字打交道的工作。而现在，他天天见到的是村民，是田土，是山坡，是野草，是不知名的各种树木。一个陌生的世界开启在他的眼前，让他费力地辨认着，让他努力地适应着。几个月时间在扶贫路上才仅仅是一个开始，遥远的途中不知还有多少困难。面对着艰巨的任务，他该付出怎样的努力去完成呢？面对着重重困难，他该怎样超越自己？他该怎样挑战自己？他该付出怎样的努力去克服呢？

李松突然起身站立在陈家湾村的中心，他仰望着上空的星光和月光，仿佛已经把陈家湾村的地气之灵融入到了体内。他对自己说，别无选择，再难也要按照正确的方向前行。

事情比李松预料的还要难得多，他把调整贫困户的决定一宣布，立刻如同捅了一个马蜂窝。代时与他大闹一场后，骑车走了。接下来是钻天猫、甘二嫂、李大妈、黄三旺登场表演，他们将自己的粗野自私表现得淋漓尽致。甘二嫂和黄三旺为了一个共同的目标现在站到了一起，枪口一齐对准李松。几个人围着李松闹，非要李松恢复他们的贫困户不可，他们要继续享受低保政策。李松耐心地给他们讲道理，说政策。他们哪里会听。钻天猫上前猛推李松一把说，我们拿的是国家的钱，你有什么权力管？别在这里指手画脚地捣乱！爬回你的城里去！

甘二嫂将唾沫星子喷在李松的脸上骂道，你个龟孙子！别跟老子说那些道理和政策！老娘是大老粗，没文化，听不懂那些，也不管那些。老娘只想要回我们的贫困户。

李大妈将臭嘴逼到李松的脸上骂道，爹妈死得早的东西！没人教的东西！你一来就做些断子绝孙的事！还说扶贫。你扶你妈个啥子龟儿子贫嘛？害得我们一年少领几大千。你个龟儿子王八蛋！不是你妈个好东西！

黄三旺龇着满口的黄牙，将满嘴的臭气喷在李松的鼻孔里，用脏手指着李松的鼻子说，懂规矩就给我们马上补上去，不然我们跟你没完！

几张翻动着的嘴，就像几挺机关枪，直朝李松扫射。

李松的头都要炸了。他觉得自己完全置身在一个黑洞中，即将被怪兽吞噬。

周围有很多围观的人，那里面有甘麻子和他女人幸灾乐祸的冷笑，也有充满好奇的眼光，更多的是期盼和敬仰的目光。秀桃、王妹崽和大罗拐也在人堆中。大罗拐和王妹崽的目光里不但有敬佩之情，还有一种近似于亲情的东西。李松的心为之一震，他仿佛从迷雾中看到了一丝亮光，他微微感到欣慰。他没有做错，他所付出的艰辛与努力，将会给真正的贫困户带来安慰，带来幸福，带来快乐！他用餐巾纸擦去脸上的汗，擦去脸上的唾沫星子，对钻天猫、李大妈、甘二嫂和黄三旺慎重地说，你们别在这里闹了，闹也没有用。我们如果不按政策办事，是无法向上面交代的……

钻天猫打断李松的话骂道，你龟儿子想往上爬就拿我们做垫脚石，就拿我们开刀！世界上有你这种做法吗？！

甘二嫂推着李松哭闹道，你龟儿子不好向上面交代就来整我们！你好不好交代关我们屁事呀！你赔我们的损失！

李大妈哭着扑向李松，你这个有人生没有人教的野种，你原来是踩在我们的头上往上爬！

甘二嫂也哭着朝李松扑去，你升官发财走红运，却让我们舀水不上锅，你好狠毒啊！老天爷啊，以后我们靠什么过日子啊？

两个女人抱着李松的腿哭闹着，两个女人的鼻涕口水弄得李松满裤子都是。这条裤子是今年情人节时妻子送他的礼物，他非常爱惜，没想到会遭到这样的踩躏。他心里的怒火一股一股地直往脑门冲，他真想一脚一个，踢她们去见阎王！可是理智告诉他，不能这样。他不单单是一个有血性的青年男子，而且是陈家湾村的扶贫第一书记。他必须受到约束，委屈地吞下泪水。

他咬着牙忍受着精神的疼痛！

两个女人用放泼的方式逼着李松恢复她们的贫困户，钻天猫和黄三旺用威胁的方式逼着李松恢复他们的贫困户。李松的嗓子已经说哑了，他说，你们不贫困，就说明你们有能力，就说明你们很光荣，就说明你们用自己勤劳的双手，用自己的聪明才智改变了生活，是大家学习的榜样。

钻天猫说，姓李的，你用这些话来哄我们，你嫩了点。你乌龟不把贫困户给我们补上去不得行！老子就是打破脑壳也不依！

甘二嫂哭闹道，别说这些好听的话来迷惑我们，我们没有那么好哄！我们要要回那几千块钱。你给我们补上去，不补上去我就死给你看。说着就在地上滚起来。

李大妈抱着李松的腿更加放声大哭起来，我们没有那几千块钱怎么活啊？你还我们的钱！你还我们的钱！

黄三旺指着李松的鼻子说，你补不补？你龟儿子到底补不补？不补老子弄死你！

李松那首乘风破浪的航船一次次触礁，他防不开，他躲不过。他苦着脸，几乎是哀求着说，你们要懂道理，你们要明白政策。政策我们已经组织你们学过好几次，村委会的墙上也贴得有。你们怎么还不明白？你们怎么还来找我闹啊？

李大妈哭闹道，我们要我们的钱，你死舅子给我们说什么政策嘛。我们怎么遇到你这么个整人害人的人嘛！你做这些恶毒事，山神爷都会惩罚你！你出门会被车撞死！你妻子儿女会得暴病而死！

黄三旺瞪着眼睛，鼓胀着脖子，用脏手点着李松的鼻子威逼道，你龟舅子到底补不补？

李松直直地站着，昂着头说，一切按政策办事，没有二话可说！

钻天猫冷笑道，你这个乌龟是不见棺材不流泪。说后朝黄三旺使个眼色。

黄三旺明白钻天猫的意思，指着李松说，好，看来你龟舅子是非吃罚酒不可。看老子今天不弄死你！你以为我们农村人好欺负得很！说着就冲去拿铁铲。陈书记冲去拦他，他一把将陈书记推倒在地，陈书记奋力爬起来想再次去阻拦，钻天猫却一把箍住他。陈文想上前去劝阻，却被甘麻子两口子拉着。空气紧张起来，李松被李大妈抱着双腿，无法抵抗黄三旺的猛烈进攻，看来非得被黄三旺砍死不可。就在这千钧一发的时刻，王妹崽像一条猛虎一样跃出人群，用娇小的身躯拦住穷凶极恶的黄三旺，接着大罗拐扑过去夺下黄三旺手上的铁铲。

李松的泪水出来了，王妹崽一个弱女子每次为了他都表现出这样的勇敢与无畏。大罗拐的脚走路那么不方便，可是为了给他挡住危险却发挥出了不可想象的潜力。暖流漫过李松的全身，抚慰着心伤与心痛，激活着他全身的细胞，恢复了他的精神，稳定了他前进的步伐。

几家被清退的贫困户不依不饶，闹到天黑都还在闹。大罗拐突然大声地叫道，你们别闹了！贫困户难道就光荣得很吗？我不愿意评为贫困户吃低保，你们谁愿吃就吃去！别在这里闹得昏天黑地的！

大家愣愣地看着大罗拐。李松说，大罗拐叔叔，你自身双重残疾，家里还有一个瘫在床上的癫痫病人，你理所当然该享受国家的扶贫政策。

大罗拐说，我能走能做。我不愿意谁养我。人要活得有点人样。说罢一跛一拐地走了。

陈书记指点着几个闹事的人说，你们听听，你们看看，你们好好向大罗拐学学。

几个闹事的人也闹累了，低垂着头离开了村委会。

第八章

　　县上领导和扶贫办领导过几天要来陈家湾村督查扶贫工作。李松的头都大了，许多工作需要研究，许多资料需要完善。这些都需要村委会全体成员齐心协力。可是代时突然生病住院，陈文突然辞职走了，工作没人做。李松天天夜里加班加到两三点，星期天也休息不成。自己累得筋疲力尽不说，妻子也是满腹意见。这天夜里他们在电话上吵起来了。

　　妻子说，你是不是只要工作不要家了？

　　李松说，现在工作一大堆，你说我怎么办？

　　妻子说，你又不是一辈子蹲在陈家湾村，你那么认真干什么？

　　李松说，我不认真行吗？你别烦我了好不好？我忙得都快断气了。

　　妻子说，好好好，我不烦你！你永远也别回来！说后挂断了电话。李松仰靠在椅子上。悬挂在屋顶上的灯怪异地看着他。他坐起身，深深地吸一口气，一巴掌拍在办公桌上，好像办公桌惹了他似的。

　　一支烟抽完他又开始做资料。做到两点他实在来不起了，他的头昏昏沉沉的，思路一点也不好，打字总是打错，眼睛胀胀的，只觉得电脑上的字在跳跃，在闪烁，在重叠。他扑在桌子上，觉得整个肉体都在分裂，都在飘浮，完完全全不属于自己。他这才明白什么叫累得散了架。

他扑在办公桌上休息了一会儿，提起桶到水井里去打水。一步一步踩着石梯走下去，走到第三梯的时候，发现脚下的石梯在往一边倾斜，他下意识地想收回脚，但是来不及了，他的双脚突然悬空，完全不受自己控制，身体像皮球一样滚了下去。他在地上躺了好几分钟才爬起来。他的右脚扭伤了。他一扭一拐地走向水井边，但扯水竿却不见了，他用手机照着四周，找了一圈还是没有。没有扯水竿，水怎么扯得起来。没有水他怎么洗漱啊？不洗澡可以，但口不可能不漱，脸和脚不可能不洗吧。扯水竿会到哪里去了呢？往日都在井台上，不可能是被小孩拖跑了吧？他仰起头望着满天的星星，望了很久很久。

这个夜晚没有水供他洗漱。有史以来，他第一次没有漱口，有史以来，他第一次没有洗脸没有洗脚。他就这样臭烘烘地倒在床上睡着了。可刚刚睡着，他就梦见钻天猫、黄三旺、甘二嫂、李大妈在抓他的脚。他猛然惊醒，却见一只只老鼠爬在床上嗅他的臭脚。他惊恐地将它们踢开，再不敢入睡。这是一个恐惧而又痛苦的夜晚。

在他的帮扶村，他最最基本的需求都没有得到满足。

第二天早晨，李松亲眼看到钻天猫拿着扯水竿去井里担水，扯起水又将扯水竿带回。李松疑惑地看着钻天猫。钻天猫刚走进竹林时，黄三旺担着水桶出来了，默契地从钻天猫的手里接过扯水竿。黄三旺扯完水同样将扯水竿带走，在途中递给出来担水的甘二嫂。甘二嫂扯完水，同样在途中递给李大妈。像是在做接力赛。李松感到好笑，觉得他们太有心机了，为了不让他扯到井里的水，他们会那么煞费苦心地谋划出这么一个计策来，他们会那么艰难，那么笨拙地拿着长长的扯水竿传来传去。

陈书记把早饭舀到桌上，见李松一拐一拐地走进来，吃惊地问李松是怎么一回事。李松把昨晚摔跤的事和扯水竿的事一一告诉了陈书记。陈书记气得骂出了脏话。

这个早晨陈书记的心情很沉重。他知道那石梯是谁捣的鬼。但是他不能说。说了会得罪一帮子人。他不说，李松也知道。李松不是傻子，他知道石梯是钻天猫一伙人捣的鬼。但是他没有真凭实据。话说回来有真凭实据又能怎么着呢？比如说扯水竿一事是他亲眼看到的。那又怎么样呢？他们这些行为又够不上犯法，又够不上犯罪。你能把他们怎么样呢？你总不可能像他们那样满口脏话地大骂他们一顿吧？你总不可能像他们一样挥拳踢腿地打他们一顿吧？

委屈吧。

忍让吧。

这顿早饭，李松只吃了半碗饭就吃不下去了。旋风看着李松说，这段时间你顿顿饭都吃这么一点点，是我煮得不合胃口吗？

李松说，不是。是我没有休息好。

陈书记看着李松那消瘦的样子心疼地说，看你都瘦了一大圈了。注意一下身体吧。身体是本钱。

李松痛苦地说，工作一大堆，烦心事一件接一件，唉！

陈书记叹口气说，我也是爱莫能助，爱莫能助啊，文字上的事我想帮忙都帮不上。看着你忙得昏天黑地的，看着你天天夜里加班我这颗心痛啊。代时这个鬼装病不说，还唆使陈文辞职，明摆着是抽你的吊脚楼。我不但没有阻拦住，反而还被他抢白了一顿，说我不为本湾人说话，胳膊肘往外拐。说我讨好你是为了保住这顶乌纱帽。

旋风突然哈哈大笑起来，说，他把你想得太聪明了！你如果有这么聪明我睡着都要笑醒。

陈书记看一眼老伴说，他个鬼，净说些不沾边的鬼话！气得我只有翻白眼。唉，我拿他一点办法也没有。

旋风说，大家眼睛都是雪亮的，当着不说他代时，背着都说代时太不把上面派来的领导放在眼里了。我说人做事不要做得太绝了。我不信，他堂哥能当一辈子的官。某天垮台了，凤凰落毛不如鸡。

李松突然感到心悸头晕，一下软在桌子上。陈书记和旋风惊慌地站起身，父母似的关心着李松。

过了两分钟，李松抬起头来，坐直身子说，没事。

陈书记含着一眶老泪说，李书记，你太累了！不要为了陈家湾村的工作把身体弄垮。本来就够苦的了，如果再把身体搞垮，你不但对不起你的妻子，也对不起你自己啊。

旋风抹一把眼泪说，也对不起我和老头子，眼见着你受这么多苦，受这么多委屈，我们的心里难受啊。你的年龄和我们的儿子一样大。人心都是肉长的。

陈书记起身给李松舀了一碗饭说，吃，再吃几口，咬着牙巴吃。别去生那些鬼二五的气。

李松望着面前这两位慈祥的老人，深受感动。一股股暖流激活了他全身的细胞。

李松在陈书记的竹林里砍了一根扯水竿，放在井台上，但是到晚上去扯水又不见了。李松的肺都快气炸了。天天都没有水用，这可怎么活啊？

想办法吧。不然他的脸上和身上都会堆满污垢，牙齿也会像黄蜡那么黄。他想什么办法呢？最简单的办法是像他们那样砍一根扯水竿用了带回。可是这太小孩子气了。但是有什么办法呢?俗话说,人生活在狗群里,就要学会打狗的本事。

第二天,他又在陈书记的竹林里砍了一根扯水竿,也学着钻天猫他们一伙人的样子,扯了水就拿回去。但是他让别人钻了空子。钻天猫、甘二嫂、李大妈和黄三旺几个人在水井边扯着嗓子乱骂起来,说李松没有素质,连一根扯水竿都要拿。这样的人上面还派来当扶贫第一书记。他根本不配当扶贫第一书记,叫他滚回城里去吧。李松无法辩解。扯水竿实实在在是自己拿回来的,证据确凿地立在村委会办公室门口。围观的村民用疑虑的眼光看着李松。这时的李松真想大哭一场。

陈书记实在看不下去了。他冲出办公室,指着钻天猫一伙人说,你们个个的鬼太不像话了!你们个个的鬼太过分了!你们有本事就把这些精力用在发家致富上去!

甘麻子鼓着双眼瞪着陈书记说,咦,陈书记,你是哪里的人选出来的书记啊?

钻天猫揶揄地说,陈书记现在有县上的人做靠山,哪里还用得着我们陈家湾村的人给他举砣砣嘛,他可能很快就要调到县上去当领导了。

甘二嫂扁着嘴,拖长着声音说,哟,是说嘛,麻雀的声音都变成凤凰的声音了。

李大妈撇着嘴说,啧啧!只可惜老啰!

陈书记忍无可忍,大声吼叫道,闭上你们的臭嘴!滚,都滚回去!再闹我就送你们到派出所去蹲黑房子!

一群人翻着白眼,嘀嘀咕咕,骂骂咧咧地慢慢散去。

下午,李松和陈书记去参加镇上的紧急会议,车子却突然开不走了,一检查,车轮被人划了一条大口。李松气得直说,这里没法待了，我打报告回单位去。

陈书记说，先把会开了再说回去的话吧。

李松说，我开个鬼呀！车子都没有，这么远我和你走路去呀？！

人群里哄笑起来。李松一看，钻天猫和甘麻子笑得脸都变形了。李松的泪水快流出来了，但他马上又忍住了。他叫陈书记借来一辆摩托，带上陈书记一起去镇上参会。会上，代时的堂哥点名批评李松，说李松做事莽撞，独断专横，做工作一点不讲方式方法。没有工作能力不说，还一点素质也没有，连一根扯水竿都要拿。那扯水竿能拿吗？家家都要扯水用。吃水用水是人们最基本的需求，作为一个驻村扶贫第一书记，怎么会去剥夺人民群众最基本的需求呢？这是原则上的问题。这个问题我们一定要向上面反映。这个问题具体该怎么处理由上面领导决定。

李松站起身说，代镇长，你经过调查没有？

代镇长愤怒地看着李松，拿起桌上的举报信，高高地举在李松的眼前说，你凭什么说我没有经过调查？举报信一大堆！你这工作到底是怎么做的？啊？

李松软下身坐在座位上。陈书记握着李松的手小声地说，别急，冷静点。

夜里，李松和陈书记坐在池塘边，陈书记安慰着李松。

李松望着山湾里的黑夜，很久没有说话。他的心仿佛被黑夜包裹着，挤压着。

陈书记像父亲一样说着安慰李松的话。

李松手上的表，在山湾的静夜中嘀嘀嗒嗒地走着，声音清脆而又有力量，像是在抗击着山湾的黑夜，像是在蔑视着山湾的沉寂。

月亮从云层里钻了出来，将半个月的时间写在上面。陈书记望着天上那圆圆的月儿说，这个月的时间又过了一半了。

李松心里一惊，是呀，时间过得真快。自己必须尽快站立起来，不然自己会被时间吞没得无影无踪。李松挺挺身子，仰望着天空，像是在和月亮打着招呼。

山湾里，一切有生命的东西，仿佛都在地气的滋养中，发出吱吱的生长声。

李松望着天上的月儿，吐了一口气，又深深地吸了一口气。这时的李松，觉得自己已经强大起来了。这时的李松感谢那些事，感谢那些人。是那些事，是那些人，让他懂得了很多，学会了很多。

他抽了一支烟，将烟头摁灭，扭头对陈书记说，我明天到县上去找有关领导反映这个村的情况。把问题说清楚，该处理谁就处理谁。代时闹情绪甩工作，装病住院不说，还故意叫陈文辞职。他堂哥，代镇长，讲私人关系，歪曲事实，道听途说，一点不从工作出发，没有一点镇长的风范。

陈书记拍着李松的肩，嘿嘿地笑道，对，打蛇就是要打七寸。代时的嚣张主要仰仗于他的镇长哥哥，钻天猫、甘二嫂、李大妈的狂妄又仰仗于代时。只要把顶头那个人治一治，下面这些猫虾自然就会威风扫地。

李松说，这些歪风邪气，再不杀一杀，这个村的工作简直没法做了。我就不信没有说理的地方！我就不信没有人管得了他们！我就不信我治不了他们！

池塘里，月亮温柔地躺在柔美的水中，青蛙按捺不住一腔喜悦，朗诵着赞美的诗篇。

李松与陈书记商讨后，心情突然畅快起来，禁不住一个猛子扑进池塘的怀里，像青蛙一样遨游在柔波中，激活了池塘里的水，也激活了水中的月亮。

陈书记那苍老的脸上展开了月光一样的笑容。他望着水中欢跃的李松，心里升起几多佩服和希望。

夜里九点过，李松吹着口哨，步行回村委会。月光在山村的夜晚制作动漫。李松翻过坡，走进甘家院子的竹林里。竹林里一片黑暗，一群人融在阴影里，正在欢天喜地地议论着李松，说李松马上就要滚蛋了！李松走过去，像什么事也没有发生过一样跟大家打招呼。大家都愣住了。甘麻子突然哈哈大笑起来，钻天猫也跟着哈哈大笑起来，在场的甘二嫂、李大妈和黄三旺也都一起笑了起来，笑得满竹林里的竹叶都颤抖了起来。

李松镇定地站在他们中间说，等两天我忙空了来举办一次比笑大赛。你们每个人都来参加。

甘麻子的女人撇着嘴说，李书记，你怕是举办不成了。

李松说，我明天到县上去找县领导反映陈家湾村的情况。把情况说明了，县领导不但不会调我回单位，而且还会鼓励我继续在陈家湾村扶贫。

一群人不再说什么。白他一眼，哼一声，转身离开了他。

他立在竹林里，看着他们鬼影似的移出竹林，消逝在山湾的夜里。

第二天，李松的车子还没有进城，代镇长就追上了他，说他有急事要与他商量。李松知道他紧张起来了，说明天吧。代镇长递支中华烟给李松。李松推说感冒了。代镇长急得满头大汗，说我确实没有经过深入调查，都是那帮无知的农民捣的鬼，我向你赔礼道歉！真诚地向你赔礼道歉！

李松不看他，看着前方说，那我们一起去向县上领导反映陈家湾村的问题。

代镇长头上的汗更多了，他擦着汗说，我们回去研究一下，理一下头绪，明天一起去。李松掉转车头，与代镇长回到镇上。但并没有研究陈家湾村的情况。代镇长叫副镇长与李松聊天，他关在办公室里打电话。

中午代时意外地出现了，与往日判若两人，他请李松到他家去吃饭。李松不去，代镇长与代时一人架着李松一只胳膊，抢人似的把李松拉到了他们家。菜是喊的外卖，全是高档菜，酒是茅台酒。李松没有动筷子，也没有举酒杯，他说他的胃不舒服。代时忙叫女人倒来开水，问他要不要去看医生。那关心跟亲兄弟似的。

李松拒绝了虚假，脸上仍然堆积着凝重。代时心里有些虚。代镇长却心里有数地吃着菜，喝着酒。他知道谁能治服李松。尚方宝剑一来，李松的态度自然会转变。果然不出所料。第一个电话是妻子的。妻子劝他算了，只要代镇长管住代时，叫他不要再嚣张就行了。李松支支吾吾地应付着妻子。

李松知道遇到高手了，代镇长不止抓一张王牌，肯定还有第二张王牌。果不其然，他刚挂断妻子的电话，局长的电话又来了。局长问他近期的扶贫工作情况。李松连工作带委屈一起汇报了。局长说，你付出的辛苦，你所受的委屈，我都知道。李松啊，人要学会转弯。现在对方已经认识到错误了。你见好就收吧。你的工作是扶贫，你要想尽一切办法让陈家湾的村民脱贫，让家家户户富裕起来，这才是你的主要任务。我们派你去陈家湾村扶贫是全面考察了的，你不要辜负我们局班子对你的期望，好好干。努力搞好各种关系。关系就是生产力。

李松放下电话，在代时家的卫生间里待了很久很久。他的态度被这两个电话彻底改变了。他不再去找县领导了。局长和妻子说得对，只要代时配合他工作，管住那批关系户就行了。

李松心里的态度转变了，但表面还装得像包青天一样冷漠。他要让代镇长和代时再心虚几天。他要让代镇长和代时好好认识自己的错误。他要让代镇长和代时好好认识认识他李松。

　　第二次代时宴请他，他拒绝了。第三次代时宴请他，他也拒绝了。第四次代镇长宴请他，他把陈书记一起请去，但不进代时家，而是进了镇上的伙食团，喊了几个菜，要了一斤桂花酒。说他今天做东。两杯酒喝下去，李松就开门见山地说，代镇长，我以后的工作要仰仗你支持。

　　代镇长说，你客气了，我们互相支持，相互支持。

　　代时接上说，李书记，我代时过去是做得不对，你大人有大量，你一定要多多海涵。

　　李松说，过去的事我们不再提了，画上句号。扶贫工作任务重，我们必须携手同行，没有二话可说。

　　代时喝下一杯酒，将嘴角上的酒一抹说，没有问题，我保证全力以赴。

　　李松与他击掌相握。

第九章

　　代时回来上班的第二天，李松又走进了秀桃家。秀桃冷冷地看他一眼说，你是来叫我赔钱的吧？

　　李松被问得莫名其妙。

　　秀桃说，你的车轮是钻天猫唆使我的儿子划破的。轮胎换成多少钱我赔多少钱。谁叫我生了这么一个傻子呢？

　　李松扭头寻找着傻子问，你儿子呢？

　　我把他关在屋里，免得别人再叫他干坏事。

　　快把他放出来。我不会让你陪一分钱的，你想多了。

　　秀桃的脸上有了一丝轻松的表情。她把儿子放出来，端起衣服到池塘边去洗。李松牵着傻儿子跟在她的身后。傻儿子长得既像秀桃，又像代时，很乖，长大了肯定是一帅哥。

　　傻儿子仰头看着李松问，你是我的爸爸吗？

　　李松愣了一下说，我是你的爸爸。这话一说出口连自己也吓了一跳。

　　秀桃的脸一下红到了耳根。

　　傻儿子拍手大笑道，我有爸爸了！我有爸爸了！我有爸爸了！爸爸我要花花。傻儿子指着池塘里的荷花，天真而又可爱。李松挽起裤子一脚踩下去，没想到池塘里的泥那么软，水那么深，一下淹了他半截身子。

傻子笑道，爸爸的腿不见了，爸爸的腿被鱼摆摆吃了。李松笑着摘了两朵荷花递给傻子。傻子拿着荷花欢天喜地地跑了，他却半天起不来。堰坎有一米多高，不管他怎么用力都爬不起来。秀桃埋头洗衣服，装作没有看见。

李松说，哎，你不会见死不救吧？

秀桃说，自己能下去，自己也能起来。

李松又试了几次，还是爬不起来。李松说，嘿，你真的是见死不救呀？快来拉我一把。秀桃见他真的起不来，就走过去向他伸出双手。秀桃费了很大的劲才把李松拉上岸来。惯性把秀桃推倒在野草田里。李松伸过手去拉她，秀桃却避开他的手自己站了起来。

李松抓住时机说，原来，你不需要任何人的力量就会站起来。可见你是一个多么自强自立的人。

秀桃看李松一眼说，你是夸我还是讥讽我？

李松笑笑说，我这个人喜欢发现人的优点，也擅于学习人的优点。人只有在学习中才能不断提高自己。你说是不是？

秀桃转身又去洗衣服，她的动作很娴熟，很敏捷，也很优美。她把一件衣服的水拧干，放在盆子里，用湿淋淋的手拂了一下散乱在脸上的乱发说，你是来讲学的吗？

李松笑笑说，我是来寻找青春气息的。

秀桃揉搓着衣服说，那你找错人了。

李松笑着说，我是火眼金睛。你二十几岁，正是青春蓬勃的时候，正是令人羡慕的年龄。我在你这个年龄段的时候写诗写小说，幻想当诗人，幻想当作家。

秀桃放下手里的衣服，抬起头看着李松说，我也有过想当作家的幻想。我还在校刊上发表过两篇小说呢。

李松看到秀桃的眼里突然闪烁着青春的光芒，他知道自己的钥匙拿对了，他兴奋地说，那我算是找到知音了。

秀桃低下头去洗着衣服说，那都是过去的事情。

李松说，秀桃，盛年不重来，一日难再晨。

秀桃揉搓着衣服说，草木也知愁，韶华竟白头。有些事，你不知道。

李松说，人的生命似洪水在奔流，肯定会遇着岛屿和暗礁。但顽强可以征服世界上任何一座高峰。

秀桃伤感地说，夜来城外一尺雪，晓驾炭车辗冰辙。雪变成冰，冰又被车辗碎了！

李松突然发现，秀桃是一个很有才情的女子，他钦佩地看着她说，当眼泪流尽的时候，留下的应该是坚强。秀桃，能够战胜自己的人才是强者。

秀桃将又一件洗干净了的衣服放进盆里，抬眼看一眼李松，又低下头去洗衣服。

李松说，很多东西都可以拾回来重新开始。

秀桃不语。李松眺望一眼山湾，又将目光集聚在秀桃身上。他说，你用微信吗？

秀桃说，申请了一个没有用。

李松说，微信会给人带来很多信息很多知识，发图片也很方便。

秀桃说，用流量很费钱的。

李松说，我明天请我朋友来给你把 Wi-Fi 安起。有 Wi-Fi 就不用流量了。

秀桃说，谢谢！没有必要。你的工作那么多。

李松说，用起微信你就不会孤独，你就不会寂寞，你就会获取很多东西，甚至会看到一个博大的世界，与一切的人与一切的事都是零距离。

秀桃不语，只是低头洗衣服。

李松呆呆地看着秀桃，觉得这个女人一旦挣脱出阴影的厚壳，一定是一个非常出色的人物。他在心里暗暗下决心，一定要拉她一把，让她找回信心，重新站立起来，活出精彩，出任村文书。

李松问，你喜欢读哪些作家的作品？

秀桃没有回答他。他接着说，我喜欢读鲁迅、托尔斯泰、巴尔扎克等一些名作家的东西。这么说吧，凡是经典名著我都喜欢读。

秀桃说，以前在学校我读过一些名著，现在基本没有雅兴读书。

李松说，不读书可不行。有时间还是读读书吧，广泛的阅读会打开你的视野，会让你的思想上升很多个台阶，会提升你对事物的认识能力和判断能力，以及处事能力。

秀桃笑道，会让死亡腾飞吗？

李松纠正道，会让死亡远离，会让生命的活力腾飞。

秀桃脸上的阳光又阴了，她低头看着堰塘里的水说，那都是你们这些年轻人说的话。

李松笑着说，是你年轻还是我年轻？

秀桃脸上的阳光又复活了，她笑道，是你。

李松大笑道，是你是你！

说后两人哈哈大笑起来。

李松收住笑说，我今天来还是为村文书一事。

秀桃揉搓着衣服说，另找人吧，我说过不会来村委会工作的。

李松看着她说，你要正确估计你的价值。

秀桃说，一个又老又丑的人还有什么价值？

李松说，秀桃，你不丑，你很美！真的很美！

秀桃叹口气说，美是过去的事。我的心老了也死了，万念俱灰。

李松心情沉重地说，你不要活在过去。暴风雨过后会有彩虹。月亮走了会有太阳。

秀桃伤痛地说，我跌进一个又一个黑洞，我这辈子爬不起来了。我也不想爬起来。我不想再与丑陋的东西相遇。我只想躲藏在我丑陋的躯壳里慢慢消亡。

李松看了一下天，努力将心里的忧伤和沉重驱除，他说，秀桃，你不能这样消沉，你不要埋没了自己，你不要辜负父母给你这么美丽的人生，你不要辜负自己这么美好的青春。

秀桃哭了，泪水滴落在堰塘里，荡起一波波涟漪。她说，我还有什么美丽的人生？我还有什么美好的青春？我的心早已成为碎片，早已带着死亡的细胞跌入了深渊，再也拾不回来了。

李松的心情无比沉重，他忧郁地看着满堰塘里的荷花。荷花像是在笑他，笑他的又一次失败。

傻儿子突然从干田里跑出来，像走大路一样走进了堰塘里。只听到咚的一声，傻儿子就不见了。秀桃疯了似的叫了起来。李松闪身跳进堰塘里。拔开荷叶和荷茎，拼命在水里寻找着傻子，找了几分钟才找到。他把他用力托出水面，费力地向岸边靠近。

把傻儿子救上岸，他已经累得筋疲力尽，他真想倒在堰坎上休息几分钟。但是傻儿子已经被水窒息。秀桃跪在堰坎上惊恐地哭叫着。围观的人都说完了完了。李松懂得救助溺水儿童的方法，他顾不得自己的疲乏，带着下雨的身子开始采取系列的急救措施。在他的嘴下，在他的手下，一个沉睡生命渐渐地苏醒了过来。

荷花笑了，在场的人都感动了。秀桃终于又看见了蓝天白云，终于又看到了人世间的美好。

山湾的风带着缕缕荷花的芬芳，在金色的阳光中流动。

第二天李松叫来朋友给秀桃安 Wi-Fi。朋友一进他的住地就叫起来了，李松这是什么环境？你过的什么日子啊？赶快想办法打道回府吧。

李松甩一支烟给他说，看你这样子就像国王见了布衣的生活一样。别这么大惊小怪的好不好。

朋友摇着头，一片啧啧声。

李松笑道，别这样，说不定哪天你也会派到农村来当扶贫第一书记，我不信你就不活人了。

朋友说，我才不来，打死我也不来。这样的环境这样的日子，还不如让我去死。

李松说，依你这么说我就不活了。好吧，我今晚死，明天早晨又活过来。

说后两个人哈哈大笑起来。

笑后朋友说，广阔的农村真是锻炼人呀。几个月不见我的松哥老成得像个哲学家了。

李松说，哲学家像我这个样子吗？你把哥的品位说得太高了。

朋友说，你继续干，好好干，等你把三年扶贫任务一完成，说不定你就是第二个弗洛伊德。

李松诙谐地说，我不研究性，这里没有研究对象。

朋友狡狯地看着李松说，你没有？你没有一个团。我看你完全是生活在花丛中，你看你累得又瘦又老，却是神采飞扬！

李松说，这里有花吗？

朋友说，情人眼里出西施。那个什么王妹崽，还有那个秀桃，你是不是都染上了？不然你怎么会为她们那么尽心尽力。

李松说，你小子满脑子都是些什么乱七八糟的东西！我看你真是太清闲了，真该把你派下来当驻村扶贫第一书记，看你还有不有这份闲情逸致。哥们，告诉你儿女情长的事是需要时间和精力的。实话告诉你，我现在不但满脑子都是工作，连肠子里都装满了工作。建卡立档，结对帮扶，选聘文书，整理农家书屋，建设全国文化信息资源共享工程基层服务点，建设村级文化活动室，争取社道路改造，争取经济项目。争取下来后还要一个个地去实施……

朋友举起手打断李松的话说，求求你别说了！我听着心脏都受不了了。哎，你千万别光荣了啊。

两人聊了一阵，李松叫朋友在他的床上午休。朋友躺下又跳起来了，说这哪是人躺的地方。说后去上厕所，但走进去又退了回来。李松问他怎么了？他说解不出来，他从来没有见过这么简陋的厕所。

夜里，李松加班加到两点过，躺在床上骨头散架，满世界金星飞舞。他觉得自己不能再这样累下去了，再这样累下去怕真的要光荣了。他必须尽快做通秀桃的工作。他摸出手机，点开微信，有很多红色数字，有朋友的，有妻子的。妻子发了无数条文字信息和语音信息。他没有时间一一查看，按住说话键，十分歉意地对妻子说，亲爱的，对不起，我实在太忙了。等忙空了我就联系你。只说了这么几句就把妻子的对话框关了。

他深深地吸了一口气，然后打开秀桃的对话框，发了一个表情图过去。秀桃居然没有睡，也发了一个笑脸过来。

他挥舞着手指说道，这么晚还没有睡？

她回复道，你还在加班呀？

李松抓住机会说，是呀，这么多材料我不做怎么办啊？过几天上面要来检查。秀桃沉默了。李松觉得又说到秀桃的为难处了，忙把话题转到文学上去。他相信水到了渠一定能成。果然一谈到文学秀桃就来劲了，仿佛又回到了学生时代。李松从言情小说转到励志小说。他们先是用文字，接着是按键说话，后来用微信语音，再后来用微信视频。

两人聊着笑着。

李松意外地发现秀桃变美了，美得像出水芙蓉。他有些不相信自己的眼睛，以为是一种幻觉，他揉了一下眼睛，没错，那确实是秀桃的脸。她脸上的污垢不见了，头发光滑而又柔软地流泻在她的肩上。他惊喜地说，秀桃，你完全可以和董卿比美了。

秀桃说，别那么夸张。我发现你这个人最爱使用夸张手法了。我以前的脸那么脏你居然也说我美。

李松说，我的眼睛是在炼丹炉里炼过的。我火眼金睛，具有很强很强的穿透力。

秀桃大笑道，这么说你是孙悟空，我就是白骨精啰。我在你眼里有这么坏吗？

李松大笑道，不是不是。

秀桃笑道，我倒想当妖精呢。

李松笑道，你不是妖精，你是仙女！

秀桃笑道，是吗？那我就加紧修炼！

李松马上转入正题，说，秀桃你就把文书的重任挑起来吧，这个村只有你才有这个能力。

秀桃把脸隐藏起来，突然沉默不语。

李松看着视频里的空白说，怎么不说话了？你认真考虑考虑，就算是帮我。

秀桃将脸露在视频里说，李书记，你应该知道我不想来村委会工作的原因。

李松沉思片刻后说，其实也没什么，各做各的事。为一个伤害过你的人而埋没你自己的才华，损失你自己的利益，你不觉得实在太傻吗？秀桃，你应该好好生活，好好发挥你的聪明才智，让自己的光彩照亮你的人生，这样你的母亲会更开心。你如果出任文书一职，每月会多一千多块的收入，你们家的生活也会好一些。你才二十几岁，你的路还长，你必须战胜自己，走出笼罩着你的阴影。过去的事只是一段历史，你应该画上句号。

秀桃幽幽地说，人是有记忆的。

李松说，忘记过去，重建未来，用勇气装饰你的生命，用坚强涂抹出一天的云彩！秀桃，你有这个能力！我相信你！

这夜，李松说了很多，秀桃还是没有答应出任村文书。

文书的位置空着，资料没有人帮着李松做，陈书记很着急。他又到了秀桃家两次，秀桃还是没有同意。陈书记吃饭的时候都在叹气。他说秀桃这孩子太固执了。

李松没有说话，大口吃着饭菜。陈书记和旋风好奇地看着李松，觉得他已经百炼成钢。

这段时间，李松的胃口突然好起来了，他仍然是每天夜里加班加到两点过，但一点也不觉得累，一点也不觉得苦。人这个东西只要精神好，再多的事都累不倒。李松的精神肌肉这几天很壮硕。他有了一些新收获。秀桃渐渐地复活了，是在他的滋养下复活的。成就感让他体内的细胞增加了很多，荷尔蒙也在猛涨。

陈书记心痛地看着李松说，你不可能长期兼职文书工作吧？人的精力是有限的。虽说你年轻，但是长期干两个人的工作身体还是吃不消。

旋风将散乱的头发拢起夹在耳朵上说，找代时去说说吧，或许秀桃会听他的话。

陈书记说，对，解铃还须系铃人！找他去说说。

李松心里有数，他相信自己一定能打开秀桃的心门。他将一口菜吞下说，不用。相信我。刘备三顾茅庐，我来他个十顾茅庐。

李松相信自己一定能攻破秀桃心里的堡垒，让她在陈家湾村的土壤里重新生长，让她在陈家湾村的阳光中焕然一新。他坚定不移地给秀桃做着思想工作。白天他到她家里去，夜里在微信上用文字用语音用视频与她聊天。

这天夜里十二点过，李松给秀桃发微信，过了几分钟秀桃回复说她母亲在发高烧。李松跳下床就往秀桃家跑。这个夜晚没有月亮也没有星星，李松从小在城里长大，从来没有在这样漆黑的夜晚，走过这样杂草丛生的弯曲小路。他不知摔了多少跤才走到秀桃家的院子。刚走到秀桃家的房背后，一条狗突然叫着冲了过来，他一闪身跳到一边，捡起一砣石头朝狗打去，那狗叫着跑开，时近时远地狂吠着。

秀桃的母亲已经烧得烫手，在村卫生室看肯定不行，必须送医院。李松背起秀桃的母亲，踩着杂草，与弯曲的小路一起弯曲着，十分艰难地穿行在山湾的黑夜里。秀桃走在李松的后面，用手机照着路。

把秀桃的母亲送进县医院已经是深夜两点过。李松马不停蹄地帮着交钱，帮着送报告单，帮着拿药。一直忙到凌晨五点过。

李松敲门回家把妻子吓了一跳。妻子说，你疯了呀这时回来！

李松说，我想你了。说后倒在床上就睡了。睡得像条死猪一样。

妻子看着他那张黑瘦而又疲惫的脸，泪水像泉水一样涌了出来。

　　秀桃的母亲出院后，李松在夜里又继续给秀桃发微信。他发了很多条开导人的微信和励志的文章给她。

　　这天凌晨三点过一分，李松给秀桃发了一条《你当岁月是友情，岁月当你是知音》的微信。秀桃看了一遍又一遍，读后与李松讨论。她说这篇文章写得太好了，能触动人的灵魂。李松抓住机会，将此文重复给她听：夜色，从最后一缕阳光里殷殷铺开，握着轻轻的风，携着柔柔的月……其实每个人的心里都装着两个世界，一个是前面的世界，一个是后面的世界。聪明的人常常在两个世界里相互取暖，而执着的人往往一意孤行，困在前面的世界里迷茫，却从不给自己一刹那的工夫，去转身摸一摸身后那个世界里的温度。生活让人鉴别了人心的差异和做人的不一样，可这世界就需要有太多的差异，来平衡自然界的阴阳交错。三百六十度的角度，和三百六十种的认知就是对世界最好的解释。关爱别人是慈悲，了解别人是智慧。此长彼短，无须谁对谁错，东西南北都是方向，上下左右都是位置。你当岁月是友情，岁月当你是知音……

　　秀桃彻底被感化了，她的心门终于敞开了，红艳艳的心儿在她的青春舞曲里欢快地跳动着。她含着一眶春雨，激情澎湃地接着李松的话说道，风在夜影里伴奏，人在境意里和弦。播一份沉沉的记忆于土壤里，无论长成什么，都是我前世今生的情缘。皎洁的月色，在温柔的夜里徐徐流淌，像一弯清浅的岁月，又恰似一缕袅娜的花香。愿在这份静谧中，去把心里的故事轻轻涤荡。心若轻，身则轻，身若轻，意念便不再是脚的枷锁。当心里的一切不再千重万折，目光里的岁月也一定是美丽的。你当岁月是友情，岁月当你是知音。

秀桃的心终于被李松的心力热度暖化了，秀桃的心终于被这段深邃优美的文字浸染了，释怀了。多年围困着她的阴影厚壳就这样被李松一点一点地剥离了。她突然觉得阳光是那么的灿烂，月光是那么的柔美，她还是那么的年轻。秀桃活过来了，她重新拾回了自己的信心，她重新拾回了自己的美丽。

李松对她的帮助一件件地记录在她生命的日记里，存储在她的数据库中，一汪一汪的温情，一波一波的感动激荡着她的心，引导着她的灵魂展翅高飞。

李松在秀桃敞开的心扉中定格为一知己。

秀桃终于迈出了她人生转折的第一步，答应李松出任村文书工作。

这对于李松来说是一件多么高兴的事啊！他忘记了深夜，他打开手机里的音乐，在小屋里欢快地跳着街舞。屋子很窄，不碰着他的手，就碰着他的脚。但这无所谓，现在任何东西对他奔放的喜悦都构不成障碍。此时此刻，任何东西都限制止不了他细胞的生长，活力的飞扬。

陈家湾村的夜晚是寂静的，李松的心却是欢腾的！

秀桃的出现让代时大吃一惊，她穿着一身整洁的衣服，头发自然流泻在身后，认真洗过的脸既光滑而又紧致。代时在心里想，这个女人怎么一下就脱胎换骨了呢？他撞李松一下说，用的什么方法？

十顾茅庐。

你真有能耐。

李松摸出烟，与代时接上火说，我是费了九牛二虎之力才把她请来的，你千万别把她吓跑了。

代时深深地吸一口烟说，我向李书记保证，一定把她当国宝。

陈书记笑着走近他们说，你两个这样神神秘秘的在说什么？

代时笑着说，李书记在给我打预防针。

陈书记高兴地说，这下好了，男女搭配干活不累。李书记我佩服你！年轻有为！后生可畏！我老了，真是自愧不如，真是自愧不如呀！说后呵呵地笑起来。

第十章

半夜两点过李松正在做一个与妻子游泳的梦，陈书记的电话突然把他惊醒了，说黄三旺家快出人命了。李松跳下床就往黄三旺家跑。

黄三旺家围了很多人，黄三旺和他的儿子打得正激烈。黄三旺一扫把给儿子打去，儿子伸手抓住扫把用力一拉，黄三旺就饿狗吃屎似的扑在了地上。黄三旺爬起身，抓起一根板凳朝儿子砸去，儿子一偏身，黄三旺重心失控差点倒在地上。儿子往外跑，黄三旺冲过去堵在门口，不让他出去。儿子气急了一把推开他，黄三旺像根树桩一样倒在石板地上，头碰出了血。黄三旺轻伤不下火线，洒着点点鲜血，抓起一根扁担追打着儿子。儿子从院坝里跑到房子背后，又从房子背后跑到院坝里，黄三旺紧追不放，一边追一边喘着粗气骂道，老子打死你这个败家子！

陈书记上前去拦，他一把推开陈书记，接着又去追。儿子年轻气盛，追急了干脆站着让黄三旺打。黄三旺正在气头上，一扁担打下去，儿子像狂风中的树枝一样，惨叫一声倒在地上，鲜血染红了石板地，鲜血染红了陈家湾村的夜晚。

黄三旺吓傻了，摔下扁担，无力地跪在石板地上，狼嚎一样哭起来。

李松走拢的时候陈书记直对他说，出人命了！出人命了！

这个后半夜，李松没有闭一下眼，他开车把黄三旺和黄铭送进医院。黄三旺一分钱也没有，说他家的钱全部被儿子吸毒用了。李松叹口气从自己包里掏出钱来垫上。

李松帮黄三旺忙完已经是凌晨五点过十一分。他不想回去打扰妻子，在车子里躺了一个多小时。六点半他想回去看看妻子，又怕妻子盘问他，心疼他，数落他。他长长地吸了一口气，找一个早餐点，吃了一碗米粉，就又赶回陈家湾村工作。

代时到镇上开会去了，秀桃在做资料，陈书记在扫村委会坝子里的尘土。扫完喘着气向李松道辛苦。说李松做了好事，说如果不是李松开车送黄铭进医院，黄铭必死无疑。李松抽了一支烟问起黄铭的情况。陈书记坐在李松办公桌的对面讲述起来。

黄铭今年二十一岁，初中文化，十八岁时跟着甘二嫂的儿子到云南去打工，第一年拿了三千块钱回来，第二年第三年，也就是前年和去年一分钱也没有拿回来。黄铭每个月的工资是四千多。黄三旺问他钱呢？黄铭说朋友借去了。黄三旺也没多说什么，只是叫他早点把钱收回来，存着将来结婚用。谁知今年大年过后，湾里打工的人都陆陆续续出去了，黄铭却不行动，天天伙起一群哥们在城里鬼混。黄三旺进县城找了几次，茫茫人海中只有别人的儿子，却没有他儿子的一个影子。黄三旺带着失望，空洞着身躯返回陈家湾，守着老屋的寂寞，穿梭在悲愁的云雾中。

昨天傍晚，黄三旺正在赶鸡鸭进圈，黄铭突然回来了。黄三旺问儿子这段时间死哪去了？儿子不说话，敲开锅盖，见是一锅南瓜稀饭，便坐在灶门前抽了一支烟。然后，将一锅南瓜稀饭舀在盆子里，在柜子里拿出五个鸭蛋，正准备煎时，黄三旺跑上前去将蛋抢在手里，说是要凑去卖钱的。黄铭气得朝一根凳子踢去。

凳子的坚硬击败了他的肉体，让他的脚痛得钻心。等脚上的疼痛过去后，他气鼓鼓地喝了两碗南瓜稀饭，抹抹嘴，进屋走了一圈，然后站在堂屋门口，问黄三旺要三千块钱。

黄三旺吃惊地看着儿子说，你还要钱？我在造钱呀！自从春节回来，你都要了好几次钱了。你这哪里是在要钱，你这简直是在要我的老命。泪水涌出黄三旺的眼眶，我一天肩担背磨，喂鸡喂鸭变两个钱，你以为容易吗？你龟儿子开口就是几千。你是不是成心要把我憋死？！

黄铭木然地坐在门槛上。半天抬起头来说，想给就给，不给就算了！说这么多干什么？！

黄三旺擦一把脸上的老泪说，你叫我拿什么给你？我卖点粮食卖点鸡蛋存几个钱，你东要几千西要几千就要完了，现在我手里一分钱也没有了。

黄铭说，那你就等着收我的尸吧。

黄三旺惊恐地看着黄铭说，你惹了什么祸？快告诉我！

黄铭看着山湾里的黑夜不说话。黄三旺在他面前顿着脚说，我的老祖先人你在外面到底惹下什么祸事了？！快告诉我！你要把人急死！

黄铭被问急了，站起身冲着黄三旺说，我杀人了！我杀了人！

黄三旺的魂都被吓跑了，他全身发抖，双腿发软，整个身体没有一点支撑力，瘫软地跪在地上，号哭道，老天爷啊，我头辈子到底做了什么可恶事嘛？这辈子生了这么一个孽障！天啊！

黄铭蹲下身把父亲扶起来说，起风就是雨。我哪里会去杀人嘛。我还没有坏到杀人的地步。

黄三旺抹去一脸的老泪，破涕为笑，说，你个狗杂种把老子的魂都吓脱了。

黄铭帮父亲把院坝里的晒席扛在阶沿上，在屋里又转了一圈，像在侦察什么似的。黄三旺把院坝里的块子柴抱进灶屋里码好，然后坐在堂屋里与儿子有一句没一句地说着话，他的话大体意思是叫儿子把借给别人的钱收回来，不要再天天伙起那伙鬼二五耍了，出去挣几个钱是几个钱。儿子的意思是叫他不要管这么多，他都二十一岁了。

两个光杆司令在堂屋里干巴巴地坐到十一点过，黄三旺又再三重复了那些叫儿子挣钱收钱不去与人鬼混的话，然后迟迟疑疑进屋去了。黄铭还没有想睡觉的意思，他一点睡意也没有，精力旺盛地坐在堂屋里的凉椅上，跷着二郎腿耍手机。

黄三旺本来还想说儿子几句，但怕儿子反感，所以忍了。但人躺在床上，思想却像长了翅膀，想了这件事，又想那件事，睡意好像全部跑到山坡上去了。

一点过，他爬起来检查鸡圈门，见儿子还在耍手机，便催道，你还不睡？快睡吧。睡得了。

儿子厌烦地说，哎呀，你睡你的嘛！别在这里唠唠叨叨的烦我。他只好又摸回自己的屋子，死人似的躺在黑洞中。不知是什么时候，他突然听到屋里有窸窸窣窣的响动，他翻身坐起，问是谁？

黄铭慌乱地说，我，是我，我找电筒上厕所。

黄三旺抢白他道，你是才来的新人呀？厕所里不是有灯吗。

黄铭说，哦，我忘了。说着退出去。

黄三旺倒下又睡，睡到两点过起来，儿子正在阶沿上与人通电话，黄铭说，二毛哥你明天再赊些给我，我肯定会想办法给你钱。

黄三旺听到这话，朝屋外挪了两步，靠近儿子，想知道儿子在二毛那里赊什么。

二毛是甘二嫂的儿子，这些年在外面不知做什么生意，发了大财，在城里买了两套房子一个门面。过年开了一辆奔驰回来，风光无限的样子。甘二嫂脸上的笑容就像六月间的太阳那么烧人。那份得意，那份自豪，那种财大气粗的样子，让人羡慕嫉妒恨。

　　黄三旺收回思想，他不想想那么远，不想去想别人家的富有。他集中精力看着黑夜中的儿子，只听儿子低声下气地说，毛哥，二毛哥，求求你再赊些给我。

　　正在百思不得其解时，他听到了二毛的声音，你小子总是赖账，说好了回去拿钱给我，现在又变卦了。你叫我怎么相信你？

　　黄铭说，我爸确实没有钱，有钱他肯定会给我的。上几次我要着就立马给你了，这次我确实没有要到。

　　二毛说，你已经欠起我三万多块了。你拿什么给我？拿命呀？！难受死你吧！我不会再赊白货给你了，一丁点都不会赊给你了！

　　黄铭说，求求你再赊点白粉给我，二毛哥我好难受啊！你再不赊给我，我就要死了。相信我二毛哥，钱我会给你的，肯定会给你的，一分都不会少。只是迟早的问题。

　　二毛说，你狗日的又借了那么多高利贷，我怕你给不起。

　　黄三旺的五脏六腑都碎裂了，他的儿子，他含辛茹苦养大的儿子，他盼他成才的儿子，他盼他早日成家立业的儿子，现在不但没有成家立业，反而成了一个吸毒鬼。人人都知道一旦染上毒瘾这辈子就完了，一旦染上毒瘾家就破了，人就亡了。黄三旺突然明白过来了，儿子这几年挣的钱不是借给了别人，而是全部拿去买了白粉，家里的钱也全部要去买了白粉。天呐，儿子被毁了，他的希望破灭了！以后的日子怎么过啊？！这个败家子！这个不成器的东西！黄三旺心里的爆炸物被点燃了！他从堂屋里冲出来，正准备与黄铭同归于尽时。黄铭突然大哭起来了，边哭边冲着电话里的二毛说，二毛，都怪你把我引向了吸毒的深渊！是你害了我是你毁了我！

黄三旺听明白了，是甘二嫂的儿子二毛把黄铭引向吸毒之路的。他毁了黄铭，也毁了他黄三旺的希望，也毁了他们家的快乐！让他们家跌进了没有早晨的夜晚！他日他甘二嫂家的祖宗八代！他要拔光他二毛母亲的头发！

黄三旺气得脸色发青，嘴唇打战。他一把夺过儿子的手机，冲着二毛骂得五花八门。二毛说，老把子，赶快找钱还我，不然我要你儿子的命！

黄三旺说，你等着吧，还还还，我还你妈两个白眼！你把我的儿子引向了邪路，老子要找你拼命！我儿子被你毁了，老子这辈子还有什么希望啊？老子啥子想头也没有了！龟儿子！杂种！你害得我们家破人亡！老子非找你算账不可！

二毛嘿嘿地笑道，气死你这个老乌龟！你这辈子累死也还不清黄铭的欠账，你儿子不光欠我三万多，还在别人那里借了高利贷。你可怕还没有砍死我，你就气得翻着白眼，两脚一蹬，命归黄泉见阎王去了。嘿嘿！

黄三旺突然感到天旋地转，他有些站立不稳，他赶紧靠在石柱上。半天才缓过气来。他摔了黄铭的手机，像老虎一样龇着牙向黄铭扑去。战争就是这样开始的。

陈书记说完伸着脖子喘了一口气。

李松心情沉重地抽了两支烟。陈家湾村有人贩毒，陈家湾村有人吸毒，他不可能袖手旁观，他不可能充耳不闻。贩毒吸毒都是非常严重的问题，都是违法的行为，他必须上报，他必须配合有关部门立即禁止，立即摧毁贩毒集团，将贩毒分子捉拿归案，将吸毒人员送往戒毒所。

李松向县上禁毒缉毒大队反映了二毛贩毒和黄铭吸毒的情况。

黄铭尿检后，进了戒毒所。

黄三旺费尽心思，在儿子那里了解了二毛制毒和贩毒的情况，带领儿子黄铭，配合禁毒缉毒大队，端了二毛的贩毒老窝，逮捕了以二毛为首的贩毒团伙，没收了二毛的全部家产。

黄三旺算是出了一口恶气。

甘二嫂儿子判刑，财产没收，人财两空，面子大扫，气得昏死几次，卧床病倒十几天。

甘二嫂从病床上爬起来的第一件事，就是与黄三旺拼命。她拖把锄头，跌跌撞撞地走到黄三旺的家里，黄三旺不在家，门是关着的，院坝里有两只鸡在觅食，她一锄头砸去，两只鸡飞扑着跑了，她追了一阵没有追着。转身一锄头砸在水缸上，水缸纹丝不动，只印下了一个锄头印，记载着她的愤怒和仇恨。她觉得有些累，坐在地上喘了一阵气，然后站起身，像小孩一样，从地上捧起泥土，撒进黄三旺的水缸里。那一缸清幽幽的水立刻变得浑浊不堪。她还不解恨，又吐两口痰在黄三旺的门上。然后拖着锄头有气无力地走出黄三旺的院坝，继续寻找黄三旺报仇。

她的儿子坐牢，他们家的财路断了，他们家的财产没收了，这笔账不是一时就算得清的，这份深仇大恨不是一时就报得了的。她这辈子跟他黄三旺没完，下辈子，下三辈子也跟他黄三旺没完，就是死了她也要找他报仇雪恨。

路过黄三旺的菜园地，她一脚将围栏踢开，两锄将菜园地里的海椒茄子豇豆番茄铲了，她仿佛是在挖黄三旺的眼睛，她仿佛是在铲黄三旺的胳膊和腿，她仿佛是在铲黄三旺的耳朵。她带着极度的愤怒和仇恨干完这一切，累得心都要掉了。

她靠在锄把上喘着粗气歇息了一阵，又继续寻找黄三旺。黄三旺正在水田里施肥，她两锄把黄三旺稻田的码口挖开，刚施了肥料的田水，呵呵地笑着奔向下面的田里，奔向别人的田里，去肥沃别人的秧苗。在里边施肥的黄三旺全然不知。她干完这件事，从田坎的一边绕过去，站在黄三旺对面的田坎上，叉着腰，指着田里的黄三旺哭骂道，龟孙子，我们挖了你们家的祖坟呀你这么恨我们！你把我们家害得好惨啊！

黄三旺的气不打一处出，他说，你还好意思来找我闹，是你的儿子二毛先害我们！

甘二嫂捽一把鼻涕在秧苗上说，是你自己不管住你的儿子，吃了白粉来怪我们。

黄三旺说，你教出那样丧尽良心的狗崽子，害得多少人家破人亡！你还好意思来找我闹。我没有找你算账就是好事！

甘二嫂捡起土块朝黄三旺砸去，黄三旺头一偏躲过了。黄三旺说，有理走遍天下，无理寸步难行。这回是你们家先招惹我。谁叫你的儿子去做那种害人的事？！

甘二嫂又捡起土块去打黄三旺，一边打一边骂，我儿子害了你姐儿妹儿呀？我儿子害了你家黄花闺女呀？你为什么要这样恨我们？！甘二嫂的连环炮打得黄三旺在田里难以安身，他的秧苗被砸倒了，他的头上肩上都分别挨了重击，怒火一股股地从黄三旺的心里冲了出来，他骂着冲上田坎，一把将甘二嫂按在田里，一边打一边骂。甘二嫂没有还击的能力，杀猪般地叫着喊救命。

李松被这种纠纷弄得十分烦恼。他把两个人拉到村委会坝子里，叫他们继续打。两个人像两只战败的鸡，沮丧地用一双仇恨而又愤怒的眼睛瞪着对方。

黄三旺带着满脸的抓伤起诉道，李书记，我在田里施肥，既没有惹她，又没有招她，她像个疯婆子一样，捡起石头土块来打我。我是忍无可忍才出手打她的。

甘二嫂吐着口里的血，哭着申冤，她说，李书记呀，你可要为我撑腰，他想把我们家斩尽杀绝！他想占我家那两间破房子。他欺负我一个女人家，他把我按在田里想把我淹死！你看嘛，我满脸都是田泥。呜呜，他把我的内脏都打烂了，我的口里出血，我的身上也出血，我活不成了。她一把鼻涕一把泪地哭着，他欺负我这个弱势群体！我要去找妇联！我要去找县领导！

甘二嫂的嘴里吐着血，腿上流着血，裤子都被染红了。李松紧张了，陈书记也紧张了，这怎么得了！出了人命谁负责？这个黄三旺下手太重了，把一个人打得内外出血。

陈书记踢黄三旺一脚说，你个鬼下手怎么这么狠？你打阶级敌人呀！打死人了你去填命！

李松说，黄三旺啊黄三旺，你怎么不考虑后果嘛？快，赶快送甘二嫂进医院！

黄三旺说，打死她活该，是她自己惹火烧身！

李松冒火了，命令道，快送她上医院！

黄三旺白李松一眼说，我送她进医院？我还要送她进火葬场呢。

李松靠近黄三旺，指着甘二嫂那被血浸透了的裤子说，你再不送她进医院就要出人命了！

黄三旺看着甘二嫂裤子上的血，心也虚起来，也怕出人命。出了人命，那可不是闹着玩的，他黄三旺也会像二毛一样去蹲黑房子。他听从李松的话，叫甘麻子把摩托借给他用一下。甘麻子看着自己的女人，等她发话。

甘麻子的女人瞪着甘麻子说，还愣着干什么？别等人家落气了你才去推摩托！

甘二嫂见黄三旺要送她进医院，便拉着李松的手说，李书记呀，他会在路上把我摔死的。我不要他送，我不会上他的贼船！

黄三旺瞪着甘二嫂说，不是贼船，是摩托！

甘二嫂挖黄三旺一眼，又回过身拉着李松说，你叫他赔我三千块钱，我自己到医院去找医生。我多的不要，只要三千块钱。

黄三旺叫起来了，疯婆娘，你抢人呀！你的儿子把我们家的钱都缴光了，你还要钱，一开口就是三千，你当我在造钱呀！你干脆把我这条老命拿去算了！

甘二嫂呜呜地哭着说，你把我的内脏都打坏了，叫你拿三千块钱出来你还心痛！呜呜！哎哟！哎哟啊！痛死我了！我要死了，我活不出来了！快把三千块钱给我！

黄三旺说，要钱没有，要命有一条！

代时说，黄三旺，你是不是等着填命？你打人都打得，赔钱就赔不得了？你下死手打一个女人，你于心何忍啊？

甘麻子听到这话，收回脚步说，代主任，说话不要站在个人立场上，你作为一个村主任说话要公平合理。她把黄三旺一家害得家破人亡还不肯罢休？还要去找人家闹事！这简直不合理嘛。黄三旺完全是自卫还击。打死她也是她自找的！活该！

代时说，我们不说过程，我们只说结果，只看眼前，人家全身流着血你说该怎么办？

甘二嫂趁势坐在地上大哭道，我要死了！我全身的血都快流干了！我活不成了！我死了变成鬼也要来找你黄三旺！快赔我三千块钱，我要进医院！

甘麻子的女人朝甘麻子使个眼色说，是三哥出手太重了，把人家打得遍身是血。依我说该谁负责就谁负责。说着将甘二嫂从地上扶起来，将裤子一拉说，让我看看伤到哪里了。甘二嫂没有想到甘麻子的女人会来这一手，提着裤子就跑了。在场的人都愣住了。甘麻子的女人看着甘二嫂仓皇逃窜的样子哈哈大笑道，你骗得了别人，还骗得过老娘这双眼睛！明明是那里流出来的血，却偏说是三哥打出来的血。三哥能打到那里面去吗？简直不要脸！简直太搞笑了！

大家明白甘二嫂是想用月经来骗黄三旺的钱，都突然哈哈大笑起来。笑得树上的鸟儿都飞上了天。

晚上，李松没有胃口，不想去陈书记家吃饭。陈书记劝了他几句就走了。秀桃见李松心情不好，便不急着回家，陪李松坐在石梯上。

李松抽着烟，一支接一支。

秀桃劝解道，别生气。

李松摁灭烟头上的火说，我就不明白这些人，你说他们整天这样打打闹闹有意思吗？

秀桃说，甘二嫂这辈子可怕都要恨黄三旺了。他们之间可能随时都会发生战争！

正说着，黄三旺上气不接下气地跑来投诉甘二嫂，李书记啊，那个疯婆子撒了我一水缸的渣渣，还把她的臭痰吐在我家门神上。这个疯婆子完全疯了！她把我菜园地里的菜全部铲了不说，又把我田里的水也放干了。李书记，你可要为我做主啊，我那田里今天才撒了肥料。几十斤的肥料全部流到别人的田里去了。现在我的田里一滴水也没有了，你说我今年还有什么收成嘛？这块田里的谷子是我们家的口粮啊。我的老天爷，我以后的日子怎么过啊！黄三旺说着突然蹲在地上哭了起来，我怎么遇到这么个疯子婆娘嘛，如果她儿子不把我儿子引去吸毒，我怎么会带人去端他的老窝。是他们先惹我们，不是我们先惹他们啊李书记。

李松的心里烦透了，但是他还是控制着自己的情绪说，别哭了。你是男人，别跟女人一般见识！

黄三旺抹一把鼻涕，擦在光脚背上哭道，难道我就等她骑在我的头上屙屎？李书记，你去看看我那一缸子的泥土。你去看看我的稻田，现在一滴水也不剩了，放得干干净净的。

李松皱着眉头说，缸子你回去洗了就是，田里的水我找人帮你抽，肥料我赔你。

秀桃心烦地对黄三旺说，你们少给李书记添乱了好不好？他已经够苦够累了。

黄三旺抹一把脸上的泪说，秀桃啊，你是看到的，是她在惹我，不是我在惹她。

秀桃说，你遇着甘二嫂这样不讲理的疯子了有什么法？疯狗咬你一口，你不可能去咬疯狗一口吧？你惹不起她就躲开她嘛。

黄三旺说，秀桃，劝人的话我也会说。如果别人骑在你的头上拉屎，你能容忍吗？我让她？我如果让她她会觉得我好欺负！我黄三旺今天当着李书记的面，在天坝坝里说一句，只要她甘二嫂敢惹我，我就决不怕她。我还怕她一个女人家了，笑话！我黄三旺奉陪到底！跟她战斗到底！人不犯我，我不犯人，人还犯我，还他一针，人再犯我，斩草除根。说罢摔着手气哼哼地走了。

李松感到头在无限膨胀。他拿这些人真没办法。接下来还会发生些什么呢？真是无法预料。陈家湾村的一切都是陌生的，他无法透过山透过树透过人的外表看到内在的东西。他没有孙悟空的火眼金睛！他不能预测明天又会发生些什么闹剧。一切都没有彩排，事情会突然发生，剧幕会突然上演。一幕幕剧情完全出人意料，常常让他瞠目结舌，常常让他措手不及。

李松真想冲着山湾大吼一声。

李松抱着头痛苦地说，这个村怎么会有这么多鬼事。我一天解决这些鸡毛蒜皮的事都解决不完，你说我还怎么扶贫啊？

秀桃说，别生气，生气伤肝又伤肺。

李松抬起头，长长地舒一口气。他最近老是这样长吁短叹。心里像压了千斤重担一样。

两人望着山湾的傍晚许久都没有说话。秀桃在想该怎样安慰李松，怎样才能减轻他的烦苦。李松在想如何提高村民们的思想素质。

正在这时妻子的电话不是时候地打来了。李松心烦地说别来烦我，我的事情多得很。说完就挂断了电话。

秀桃看着黄昏中的李松说，别像谁都惹了你一样。

我必须尽快想办法提高这些人的思想素质。

有什么高招吗？

李松默默地想了一阵说，首先提高这些人的文化素质。尽快与有关部门联系建设全国文化信息资源共享工程基层服务点，成立村级文化活动室，完善农家书屋。让文化冲洗人们脑子里的污垢，让文化构建新思想，新观念。

这想法不错。

两人又谈了一阵，秀桃起身给李松倒来一杯热开水，李松捧在手里，暖着手心，暖着心窝，渐渐温暖了全身。

秀桃伸过手去，紧紧地握着李松的手，将她的热力和关爱传递给他。

李松回握着秀桃的手。

两只手交织在一起，紧紧地握着，久久地握着。

山湾的夜晚，寂静而又深远。

清新而又湿润的空气在山湾里无声无息地流动着。

两人坐在夜晚的帐篷里，知心知己地交谈着。李松说了很多陈家湾村的问题，拟定了很多解决办法。秀桃提出了一些建议。然后劝他遇事不要急，不要生气。开导他要爱惜自己的身体，要对自己负责，要对家人负责。

秀桃的话像一股股涓涓细流，像一汪汪温泉，让李松的心里舒适起来。他拍着她的后背说，我没事了，你快回去吧。

有件事想对你说。

说吧。

我要退出贫困户。

你一人负担两个人。

我要靠自己改变生活，我要要回自己的面子，我要要回我的自尊。

你再考虑考虑吧。

我已经考虑好了。我在村上每月有一千多，另外我开了一个网店代售化妆品，也有一些收入。我们家年人均收入已经超过四千，完全可以脱贫。

你们家才吃几个月低保。

尽快给我取消了。你不知道，我现在一听到我们家是贫困户我的神经就会受到刺激。母亲是我的，儿子是我的，一切责任该我负。我才二十几岁，我完全可以挑起这个担子。我不需要任何人怜悯我。

李松被秀桃的自强自立感动了，他紧紧地握着秀桃的手说，你的精神完全站立起来了！

秀桃说，这完全是你的功劳！

李松送秀桃回家。走进院子边的竹林里，秀桃说，你回去吧，我马上就到家了。

李松说，竹林里黑，我送你过去。

穿过竹林，秀桃又叫李松回去。李松没有说话，继续送着秀桃，直到把她送进家里，才转身往回走。秀桃的眼里湿润了。有史以来，她第一次得到一个男人的关爱。

李松吹着口哨，刚回到村委会。王妹崽就端着一碗苞谷凉粉来了。苞谷凉粉是新鲜苞谷做的，不老不嫩。佐料不是城里常用的那种油辣子，是在地里摘的新鲜辣椒，在锅里用油炒后，勾上豆粉，起锅时加上韭菜，蒜泥。原汁原味的乡村味道，香极了，好吃极了。

王妹崽家离村委会有一公里多。千里送鹅毛，礼轻人意重。

李松的泪水出来了。

李松把王妹崽送到村委会门口说，王姐，我今天到你们家来贴帮扶明白卡和脱贫攻坚到户政策你不在家。他没有说他把慰问金从门缝里塞了进去。

王妹崽说，我看见了。你好帅！

李松知道王妹崽只认得明白卡上的相片，不认得上面的字。他说，我明天再来给你讲讲脱贫攻坚到户政策和明白卡上的事宜。

王妹崽说，我明天又要下地做活路。

李松说，那我现在给你讲讲吧。我们给每家贫困户都做了一张明白卡。上面有一名县领导，有一名农技员，有一名结对帮扶责任人，有扶贫第一书记。你们家的帮扶责任人就是我，上面有我的电话号码。如果生活上有什么困难可以直接给我打电话。我也会经常入户帮扶你们和打电话关心你们。政策方面你们可以享受教育保障政策，社会保障政策，危房改造政策，产业发展政策。教育保障政策就是朵朵上学的教科书费、作业本费一律免费。如果读住校一年可以得到一千块钱的补助。医疗救助政策，你们每年的医疗保险由财政代缴。你们健康体检免费，生病住院医药费报销百分之九十。不涉及你们的政策我就不说了。危房改造政策，你们可以就地重建，也可以易地搬迁。产业发展政策就是你们如果要发展种植业或养殖业。可以贷款一万至五万元。

王妹崽说，我不搞哪些，我最怕借钱了。

李松说，房子的事呢？易地搬迁还是就地重建？

我不易地搬迁。

为什么？

安置房喂不成牲畜。

那就地重建呢？

不忙。等一两年再说。

另外家里要做到六顺六净。

王妹崽茫然地看着李松，不明白什么是六顺六净。李松解释道，六顺六净就是家具摆顺，农具码顺，小件搁顺，床铺理顺，柴草堆顺，畜禽归顺，房顶干净无蛛网、地面干净无垃圾、水沟干净无淤积、厨房干净无油污、厕所干净无臭味、圈舍干净无积粪。一句话就是把家里的卫生做好，让自己的居住环境得到改善，一家人住着舒适，没有细菌侵扰，少生病。你们家这项工作有点大，我明天来帮你做……

王妹崽急忙摇手道，别别别，我自己做，我自己做，哪个要你做。

李松说，别客气，我明天中午来。

王妹崽说，你来帮我做清洁不把我羞死！千万别来，我自己做我自己做。

李松说，我尊重你的意见。但是你忙得出来吗？

活路手上赶。

一定注意安全。

你放心吧。

也要注意身体，慢慢做，别把自己累坏了。

谢谢你！

王妹崽往回走了一段路突然又折身回到李松面前，弯腰曲背地从包里掏出一个信封，递给李松说，我差点忘了，这钱我不能要。

这是我给你们家的慰问金。一点心意。

我要你的钱成什么人了！王妹崽把钱塞在李松的手里转身就走。

李松呆呆地看着月光中的王妹崽，觉得每一个个体都值得尊重。他告诫自己以后帮助贫困户一定要讲方式方法，首先要考虑到对方的面子和自尊，一定要尊重对方，不要把自己当成救世主。

第十一章

  李松了解到陈家湾村一直是用卫星接收信号，家家户户的屋顶上安个锅盖，信号一点不稳定，频道少不说，图像一点也不清晰，屏幕上全是麻子点点，让村民觉得可惜了几千块钱的高清彩电。

  李松觉得这是一个问题，必须尽快解决。他向单位领导汇报，单位领导立即联系有关部门，协调给陈家湾村安光纤。光纤非常细小，但通信容量大、传输损耗小，不受电磁干扰，一根光纤可以把声音、文字、图像变成光信号，以30亿千米/秒的速度传送。

  李松要给每家每户安光纤，大家齐声欢呼，奔走相告，说李书记要给他们安光纤，解决看电视难的问题。

  陈家湾村沸腾了，天不见亮大家就聚集在村委会，簇拥着李松，叫李松先安他们家。

  李松说，别急别急，每家每户都要安。你们回家去等。等安光纤的人到了，我就带着他们一家一家地给你们安。保证你们不再看雪花电视，保证你们收几十个台。

  村民们一听能清晰地看电视，还能收几十个台，都高兴地叫了起来，真的有这么好？啊呀！太好了！李书记，你做好事了！

  钻天猫说，安光纤要不要我们给钱？

李松说，不用你们给一分钱。

甘二嫂说，安起光纤还用不用锅盖？

李松说，不用锅盖，用机顶盒。

甘麻子的女人拖着好听的声音说，肯定不会再用锅盖，一山不容二虎嘛。

甘二嫂撇撇嘴，话里有话地说，怎么不能一山容二虎呢？能。完全能！

甘麻子的女人红着脸，仰头去看天。

李大妈在人群里踮着脚望着李松说，李书记，安起光纤真的没有麻子点点了吗？

大罗拐看着甘麻子脸上的麻子打趣地说，麻子是天生的，怎么会没有呢？

甘麻子笑着，拍一下大罗拐的头说，我这脸上的麻子还好，一点不影响我走路，一点不影响我看东西。

大罗拐说，我走路像跳舞，你学不像嘛。我一只眼睛看世界，一只眼睛看自己，你没有这本事嘛。呵呵。

旋风说甘麻子，说人别说人的痛处。

大罗拐说，他爱怎样说就怎样说，我不计较，我无所谓。

黄牙看着大罗拐嘿嘿地笑着。大罗拐拍一下黄牙的脑袋说，你笑个屁。老实说你昨天上街是不是又去耍了小妹？

黄牙憨憨地笑着说，哪有的事。

黄三旺说，叫李书记在县城里给你找个老婆。

甘麻子的女人瞪着几人说，别在这里扯闲条。说后看着李松说，李书记，如果安起光纤还是看不清楚的话我们就懒得安。我们不做脱了裤子打屁的事。

李松说，肯定清晰得多。不信，先安一家你们看看。

大家欢呼雀跃，争先恐后地要求安第一家。甘二嫂说，李书记，先安我们家。我明天要去看儿子。

黄三旺说，你又不是大妈生的。哪家没有事哇，我还有事呢。李书记，排队，排到哪家是哪家。

甘麻子的女人拖长着声音说，三哥，你等甘二嫂先安嘛。别人要到监狱里去看儿子。人家多光荣嘛。

甘二嫂的眼睛绿了，骂人的脏话又开始满天飞扬。甘麻子的女人和黄三旺毫不相让，一起冲锋陷阵，对准甘二嫂扫射，伤人的话，刺心的话，恶毒的话直从他们的嘴里喷出。两战相交，把陈家湾村的天都要闹垮了。

李松的头大了，心炸了，他大声吼道，别闹了！有什么你们不能好好说吗？一开口就骂人！不知你们哪有这么多骂人的话？多骂一句难道有人给你们发奖金？少骂一句难道就要死人？给你们说了，家家户户都要安，只是早一天迟一天的问题。这么多年你们都过去了，一两天时间难道你们就等不得了！都回去，各人在家里等。

甘二嫂朝黄三旺面前吐一口唾沫，黄三旺瞪甘二嫂一眼，转身离开村委会。

其他村民慢慢从村委会散开，边走边说李书记我在家里等啊。

陈书记嘿嘿地笑着坐在办公桌旁。李松看一眼代时又看一眼陈书记，觉得这两个人都是好好先生。陈书记五十几岁的人了，他只想栽花，不想栽刺。能不出面就尽量不出面。代时是个非常圆滑的人，能不得罪人就尽量不得罪人。因为，他们太了解这些村民了——他们没有多少文化，他们的心眼比针眼还小，一根眉毛就遮脸，你如果得罪了他（她），他（她）一定会报复你的。所以这个村为难的事都是李松出面。针对这个问题，李松在村委会班子会上多次提出，要各施其责，要最大化地发挥村领导的作用。但是代时和陈书记听着就听着，既不反对也不改进和执行。

今天，李松想抓住机会，开个短会，说说他们两个当好好先生的事。李松一人甩一支烟说，村班子是群龙的头，必须摆正位置，拿出威信，把村民朝正确的方向领。发现不对的地方要及时纠正，即时制止。

陈书记吸一口烟，将瘦小的身子直了直说，让你们这些年轻人好好发挥发挥。希望寄托在你们年轻人的身上。

李松说，陈书记，您不能推杯，在位一天就要尽一天的责。

代时透过袅袅升起的烟雾，偷看一眼秀桃，对李松说，这些没有文化的人，他闹他的，你不去理他就对了。他们有精神闹，你就让他们闹，别当一回事。

李松大声地说，天都要闹翻了你还不当一回事？依我说应该好好整治整治这些人的思想，包括我们村班子的人。

代时抽着烟看外面。陈书记抽一口烟，咳嗽两声，又望着李松嘿嘿地笑。

秀桃倒一杯开水放在李松面前，又倒一杯开水放在陈书记面前。

代时说，还我有呢？给我倒一杯。

秀桃像没有听见一样。秀桃在村委会上了将近一个月的班，从来没有单独与代时说过一句话，也没有正眼看过代时一眼。说工作上的事看着办公桌说。她不想看他一眼，不想和他多说一句话。陈书记安排他和代时坐一间办公室，她不，她要与李松坐一间办公室，与李松用一张办公桌。开会她总是坐在李松身旁，将身子隐藏在李松高大的身躯后面，让代时看不着她，让李松的身躯装满她的视线。代时实在控制不住自己就走过去与李松要烟或接火，借此瞟上秀桃几眼。

李松请了三个人来安光纤，村班子分成三组带队，四个人分成三组，内中一组是两个人。代时对李松说，你一组，陈书记一组，我和秀桃一组。陈书记笑，李松说好。秀桃不说话，把建好的卡装进文件盒里，跳出办公室就跟着李松跑了。代时在后面说，哎，秀桃你和我一组。走这边。我们到三社。

秀桃不理他。

他看着秀桃的背影，大声地叫道，你听不听安排？你到底听不听安排？

秀桃懒得跟他说话。

李松说，他叫你和他一路呢。

秀桃说，羊子不和狗打伙。

李松说，别把情绪带到工作中来。

秀桃生气地说，我什么时候把情绪带到工作上来了？请问我哪样工作没做好？说着泪水就在眼眶里闪烁。

李松的心一颤。是呀！秀桃的工作很出色，自从她来村委会任文书起，他的工作就轻松了许多。在女人面前说话，他怎么这样不谨慎，这样不小心呢？他让秀桃委屈了。他忙安慰秀桃道，是我措辞不当。请别往心里去。

秀桃擦干眼泪说，我碍你什么事了吗？

没有没有？

我跟你走错了吗？

没有没有？快别哭了。别人看见还说我欺负了你呢？

我巴不得你欺负我。

说后两人都笑了。

李松说，你笑起很美。

我丑得令人讨厌呢？与别人同路别人都嫌。

你别冤枉人。

我没有冤枉人。我说的是实话。不是吗？

两人走进院子，秀桃拖一根竹竿，叫李松走前面。

李松说，我是男人，我应该保护你，你走前面吧。

秀桃说，狗咬着会很痛的，你走前面。

李松说，我是男人，你走前面。

两人穿过竹林，见安光纤的人还没有来。于是站在院子的一头等。

太阳将满世界的热力都集中起来，烧烤着大地，将满湾的禾苗都烤蔫了。只有知了叫个不停，给这世界增添了活力。

秀桃见李松满脸的汗水，从包里摸出餐巾纸递给他。李松擦着脸上的汗水说，你站到树荫下去，这太阳太晒人了。

秀桃用手扇着风说，我不热。

李松看着秀桃那晒得通红的脸说，不热？你还不热？看你的脸都晒红了。你为什么不打把伞呢？

秀桃说，我是农村人不是城里人。

李松说，打伞难道还要分城里人和农村人？在地里做活路不方便打伞就不说了，平时能打伞就尽量打吧。女人，要学会保护自己。

秀桃的心里流过一道清泉，荡起一股股清凉。

李松见秀桃不说话，扫视一眼空无一人的院子，看一眼繁茂的竹林，诙谐地说，是集热力于一身？

秀桃看一眼李松说，是收太阳过冬。

说后两人都笑了起来。

李松看了秀桃一阵，突然问道，陈文最近的情况怎么样？

秀桃说，好像还在找事做。前段时间说有一个什么项目，但被人抢去了。现在这个社会竞争很激烈。

李松的眼里闪过一道亮光，正想说什么，安光纤的人过来了。两人便带路往黄牙家走。黄牙六十多岁，是一社的社长。黄牙上无老，下无小，一辈子与女人无缘。一人住在两间土墙房子里。土墙裂了很多条大缝，大得几乎能钻进人去。为了不让小偷钻进去，他胡乱塞了些柴草在里面。屋里黑漆漆的，灶屋黑漆漆的，一口铁锅也是黑漆漆的，像快要断气的老妇人。李松这是第四次到黄牙家来，第一次是入户走访，第二次第三次是动员黄牙离开这座危房，到敬老院去。但黄牙不去，说不自由，说不方便。李松今天再次进屋查看了一遍，觉得这座房子再也经不起时间的考验了，墙上的裂缝像老虎的嘴一样让人可怕，随时都有可能倒塌。

李松站在阶沿上，递一支烟给黄牙说，光纤不忙安。

黄牙把烟夹在手指上，叫起来了，为什么？

你这房子很危险。你马上搬到敬老院去。

黄牙憨憨地笑着，露出一口黄牙说，李书记你放心，我住了这么多年都没事。人这个东西该在哪里死是有定数的。

李松看着黄牙说，你这房子真的很危险，不能再住人了！你收拾一下，我明天到敬老院去给你办手续，办好就送你去。

黄牙跳起来了，像有人要送他下油锅似的，他说，李书记，我哪儿也不去，就是死我也要死在这座房子里。

李松说，你到敬老院一切都是政府买单，不愁吃不愁穿，还有很多老伙伴。

黄牙说，再好我也不去！我死也要死在这里！你给我把光纤安起。

李松实在不放心，看着满是裂缝的墙说，黄社长，你这房子实在存在安全隐患！存在很大的安全隐患！你必须搬！这次不能由你！

黄牙说，是你住在这里还是我住在这里？我已经说过多少遍了，我哪儿也不去！就是到天堂我也不去！

李松严肃地说，我再说一遍这房子不能住人！你必须到敬老院去！必须去！

黄牙说，我不去！

李松说，不去不行！你不去我抬也要把你抬去！

黄牙转身跑进灶屋，拖出一把菜刀架在脖子上说，李书记，你如果要我到敬老院去我就死给你看！

李松吓得脸色发青，忙说，你把刀放下！把刀放下！快放下！

黄牙说，我不放下。除非你不再逼我到敬老院去。

李松说，好好好，我不送你到敬老院。你把刀放下，快放下。

黄牙说，说话算数？

李松说，算数算数。

黄牙将刀从脖子上拿开，李松一把将刀抢在手里说，黄社长，黄大叔，黄爷爷，我是为你好啊？你为什么要这样吓我嘛。

秀桃从包里摸出几张餐巾纸，叫李松擦擦脸上的汗。李松将擦了汗的餐巾纸扔在地上对黄牙说，那你搬到村委会来和我住。秀桃撞李松一下。李松看秀桃一眼又对黄牙重复道，到村委会和我住。

黄牙咧嘴笑道，你不怕我把你臭死呀？

李松感到一阵恶心，谁愿意和黄牙这种人住在一起？可是这破屋实在存在很大的安全隐患。黄牙如果砸死了从责任上他说不脱，从良心上他过不去。他这个驻村扶贫第一书记真难啊！像个管家婆一样，什么破事都得管。不管不行，不管就是失职。

李松再次对黄牙说，您收拾一下跟我走吧。

黄牙咧嘴一笑说，谢谢你李书记。我哪儿也不去，我就在我这破屋里，我死也要死在这里。

李松看着这个满口黄牙的矮个子孤老头，摇摇头，叹口气，他实在拿他没有办法，他太固执了。

李松心中的火气，只有烧燃自己的心，只有烧燃自己的肺。

李松叫安光纤的人给黄牙把光纤圈在阶檐上。

傍晚在回去的路上秀桃对李松说，你这个人做事太认真，这样太累了。你给他把话说清楚就对了，他不搬砸死了也怪不着你。你还生什么气嘛？

李松忧愁地说，他住在这样的破烂房子里，你说谁放得下心啊？

晚上，李松召集村班子召开紧急会议，研究黄牙的住房问题。代时说，你动员了他几次，他自己不愿意离开那破屋，我们也没有什么办法。

陈书记说，我们已经尽心尽责了，他不愿意离开他的鬼屋，我们总不可能把他抬起走吧。

秀桃说，还敢抬起走，今天李书记动员他离开他的危房，他不但不听，还把刀子架在脖子上，扬言如果硬要他到敬老院他就一刀抹了自己，把人的魂都吓脱了。

代时抽一口烟说，大家都知道你李书记是一而再，再而三地叫他离开破屋进养老院，每次都是拍了照的。即便砸死了我们也没有责任。

李松将烟头摁灭在烟灰缸里，抬起头看着大家说，责任是没有责任。但是良心上过得去吗？一个活生生的人砸死了，我们的良心过得去吗？这事完全可以想办法避免，我们为什么非要等悲剧发生呢？我的意见是马上给他就地重建。

代时说，嘴巴两块皮，说话不费力。五保户不能享受就地重建补助。我问你，钱呢？钱从哪里出？

李松说，钱我去争取。人员代主任组织。质量陈书记把关。事情就这么定了。

会议刚开完大罗拐和黄三旺就跑来拉李松到他们家去看电视。

大罗拐激动地说，那光纤真是光亮，一接上，电视的雪花点点就没有了，太神奇了。图像清晰得就像一潭清水。万万没有想到我这辈子还能看到这么清晰的电视……

黄三旺控制不住一腔的激动打断大罗拐的话说，还多收很多台，太好了！简直是太好了。李书记呀，你又为我们做了一件大好事！我们感谢你！我们感谢你呀！走，请到我们家去看电视。

正说着，甘二嫂和几个村民也陆续给李松打来电话，说的是同一个话题。也是说电视清晰不说台也收得多，也是说李书记为陈家湾村做了一件大好事，也是感谢李书记，也是请李书记到他们家去看电视。李松说，别急，我一家一家地来看。

接下来的几天李松果然是一家一家地去，但不是去看电视，而是去处理一些让人笑哭不得的事。他们有的不开机顶盒的电源，说放不出电视。有的调不来台，望着满屏幕的频道急得乱按遥控器。李松一家一家地教，教他们开机程序，教他们调频道，调音量。累出了满身汗水。

几天后，黄牙的破危房软弱的倒下了，告别了危险，告别了黄牙，告别了陈家湾村，结束了黄牙的古老与凄凉。

三个月后，原地而起的两间砖墙房，巍然屹立在陈家湾村，树立了人道与人性的丰碑，闪耀着扶贫的光环，宣告着黄牙未来的希望和美好生活。

第十二章

这天，开村班子会，李松提出要建全国文化信息资源共享工程基层服务点。

代时说，建吧，多给我们陈家湾村出些新招吧。

陈书记说，新生事物我们都接受。不过我不太明白这东西，以前从来没有听说过。

李松说，全国文化信息资源共享工程是国家建设的一项重要工程，是不受地域和时空限制的一种文化传播渠道，能迅速扭转贫困地区的信息匮乏和文化落后的状况。一句话就是继承和弘扬中华优秀文化，实施科教兴国和以德治国。

代时和陈书记茫然地看着李松。

秀桃说，李书记，你能不能不说那么深奥？

李松笑笑说，简单地说就是我们有看不完的电影，有听不完的讲座，有听不完的音乐，有看不完的电子图书，有学不完的科学知识和文化知识。

秀桃说，有这么好呀？

李松说，有海量的科学文化知识。建设全国文化信息资源共享工程基层服务点的目的，是提高村民的文化素质和村民的思想境界，增加村民的科学知识。

陈书记说，我明白你的意思了。是该给大家的脑子里装点新东西了，免得一个个的鬼开口闭口就骂人。

李松说，请来的技术员还是在陈书记家搭伙，一人一天给三十块钱。麻烦陈书记安排一下。

陈书记说，几个人？几天？

李松说，先计划三天，人员大概是两人。

代时看着李松问，来人的生活费是村委会出吗？

李松说，不，我出。

陈书记说，不行，给我们做事，你出不合适。

秀桃看着李松说，什么都是你出？你又没有开银行？

李松说，我有工作经费。

陈书记说，你把工作经费留着下次再花。

李松说，不再说了，凡是我请来的人，生活费一律由我负责，不给陈家湾村增加一点负担。

李松在县图书馆，请来了两名全国文化信息资源共享工程支中心的技术人员。将几台电脑装好，接通互联网，建起了全国文化信息资源共享工程基层服务点。又储存了很多种植技术和养殖技术方面的资料在电脑上，以便村民随时查看和学习。

秀桃第一个点开全国文化信息资源共享工程网站，她惊喜得跳了起来。正如李松所说的那样，有看不完的电子图书，有听不完的文学讲座，有听不完的科普讲座，有听不完的养身健康知识讲座。心声音频馆里有海量的有声读物，外国文学名著，国学经典，历史、哲学、科普、教育等，简直是应有尽有。秀桃说，天呐天呐，太好了。现在我们陈家湾村的人有享用不完的精神食粮了。我们再也不会感到空虚！我富有了！

李松第一次看到秀桃这么高兴，心里特别快乐。李松开玩笑道，你干脆搬到村委会来住，下班尽享精神食粮。

秀桃说，好呀。

代时咳嗽一声说，秀桃，精神食粮又不能当饭吃。做梦首先要把饭吃饱。

陈书记说，你个鬼，别在这里起消极因素。

秀桃说，低俗的人永远看不到一个制高点。你说是不是陈书记？

代时的脸色有些不好看。李松慌忙把话题转开，说，秀桃，你在广播上通知村民今晚到村委会坝子里来看电影。

代时不解地看着李松说，看什么电影？电影在哪里？

李松说，全国文化信息资源共享工程基层服务点配有投影仪和幕布。以后每个晚上都可以放电影给村民看，每天都可以放讲座给村民听。

陈书记拍着李松的肩笑着说，你又给陈家湾村做了一件好事。

李松说，我们还要选派一个人，跟着支中心技术员学习使用资源和放映技术。

秀桃跳起来毛遂自荐，我学，我学。

李松说，你不行。你家里的事那么多。

秀桃说，我忙得出来，李书记。我现在有王姐帮我呢。秀桃说的王姐就是王妹崽。因为两个人常在一起说李松的种种好，一说就是一两个小时。王妹崽说她的健康是李松给她拾回来的，秀桃说她的灵魂是李松给她找回来的。王妹崽说李松的点点滴滴。秀桃说李松在扶贫过程中的艰辛。两人语言交汇，情感相通，渐渐就成了互帮互助的好朋友。秀桃帮王妹崽解决不识字的困难，王妹崽发挥出自己干活的能力，帮助秀桃照料瘫痪的母亲，帮助秀桃照看傻儿子。

李松说，这工作一领上就没个完，多数时间晚上都要放映，一放就会放到九十点。

秀桃说，我愿意。

陈书记说，不行秀桃，这不是一个两个晚上的事。

秀桃说，陈书记，你放心，我能坚持。

代时从鼻孔里喷出两股浓烟，醋意浓浓地说，陈书记，人家一切都是想好了的。酒不醉人人自醉。你担忧什么？李书记住在村委会，自然会天天夜里帮她，自然会天天夜里送她回家。世界上还有什么事比这更美呢？

秀桃的脸红了，骂了一句什么转身走开了。

李松说，代时，你开玩笑也要找对人嘛。人家秀桃不会开玩笑。

代时在鼻子里哼一声，骑上摩托回家去了。

下午七点，村委会的坝子里拥满了人。夏天要八点过才黑。放映必须要等天黑，不然幕布上显不出图像。放映前，人们拉开嗓子摆龙门阵开玩笑。

李大妈说，大罗拐，李书记真有能耐，把城里的光纤和屏幕都弄到我们陈家湾村来了，你还不赶快问他再要一样东西？

大罗拐睁着一只眼睛看着李大妈说，啥子东西？

李大妈说，女人。你叫李书记把城里的女人给你弄一个来。

大家哈哈大笑起来。

大罗拐嘿嘿地笑着说，城里女人看不上我，干脆你嫁给我吧。我保证让你怀上双胞胎。

李大妈扁着嘴说，瞎鬼，满世界的男人死光了我也不会看上你的。

甘二嫂笑道，大罗拐，你实在想生双胞胎，就和你们家的母猪生吧。

李大妈撇撇嘴说，他这个样子，母猪都怕会嫌他。

哈哈哈哈！笑声飘扬在陈家湾村的上空，染红了晚霞，增添了鸟语。

秀桃没有时间听大家的闲扯，她集中精力，专心致志地跟着全国文化信息资源共享工程支中心的老师学放映技术。她不只是听理论，她亲自动手操作。不明白她又问，直到弄明白为止。

王妹崽叫女儿带着傻子坐在第二排，自己跳到秀桃身边大惊小怪道，桃，你居然能弄这个洋玩意儿？你真行啊，我的乖乖。

甘二嫂说，人家秀桃有文化，哪像你这个婆娘大字模模黑，小字认不得。

甘麻子的女人撇着嘴说，人家秀桃现在是在阳光雨露的哺育下，茁壮成长！你看她现在好光鲜，光鲜得人人都想摸一把。嘻嘻！

王妹崽是不会让人奚落她的好朋友的，她说，我们的秀桃是一清二白的，哪像有些人，一张脸不要。

甘麻子的女人正在啃烧苞谷，听着王妹崽这样含沙射影地说自己，气得将一个烧苞谷朝王妹崽打去，王妹崽一跳，那个烧苞谷就直朝代时飞去。一坝子的人都拍手打脚地大笑起来。甘二嫂说甘麻子的女人在抛绣球。甘麻子的脸紫一阵白一阵地骂女人道，死婆娘，你就不能安安静静地坐桩桩坐着！惹得别人来说你！女人想回击男人，想骂王妹崽，但被代时的眼光制止了。

坝子里的太阳还迟迟不想回家，恋地恋人似的，将一腔的余光和余热留在地面，拥抱着人们。知了在村委会周围的树子上和阳光比赛似的，一个音调拉下去，像在撕一块大得无边的破布。

秀桃把一切都准备好了，只等天黑。

李松又怕村民说些乱七八糟的话，便叫大罗拐给大家说民谣。

大罗拐摸摸头，抹一下嘴嘿嘿地笑两声说，我说什么呢？

王妹崽的女儿小朵说，瞎爷爷说"张打铁，李打铁，打把剪刀送姐姐"。

甘麻子的女人瞪着王妹崽的女儿低声呵斥道，别像你那个老母猪！少在这里喳喳喳的！

李松说，随便说吧，你的资料库里有的是，随便提一个出来。

大罗拐想一想说，那我就说个收麦忙吧。

> 割完麦，打完场，谁家姑娘不想娘。见了娘，泪汪汪，婆家收麦俺太忙，东方发白就起床，先做菜饭后烧汤，一肩担到地头上。五月天，热难当，大汗淋漓湿衣裳。推个车运到麦场，撒晒翻场带簸扬，没有一事不帮忙。一日三餐俺独当，还要摸黑洗衣裳。

等大罗拐说完。甘二嫂说，李书记，大罗拐这些都是老调调，我们的耳朵都听起茧子了。你干脆讲个新鲜的给我们听听吧。甘二嫂这么一说，一坝子的人都纷纷要求李松讲故事。李松想了想说，好吧，我给大家讲个《农夫智斗魔鬼》的故事。

大家说这个好，正对我们的景。

李松说在远古时候，有个在老爷家做工的农人，他做事吃苦勤劳，所以老爷非常喜欢他。有一次老爷对他说，你若能给我两把银子，或是能把泥沼地里的魔鬼撵走，我就给你自由。农人心里寻思，要银子难办，可是撵走魔鬼倒能行。他请铁匠用铁丝帮他拧了根短马鞭。他拿着马鞭到湖边去，用烂泥捏成小柱子。忽然魔鬼从水里钻出来问他，你在这儿做什么？农人指指烂泥捏的柱子说，哦，我打算在这儿造一座神庙，你瞧，柱子都做好了。

魔鬼对他说，你决不会在这儿把神庙盖成功的，我们要掐死你！话一说完，马上钻到湖底，报告魔王……

钻天猫打断李松的话说，天黑了，我们看电影吧。

王妹崽问，李书记，魔王怎么说？

李大妈问，后来怎么样？

李松说，下回分解下回分解。现在看电影。说后坐下来陪大家一起看电影。片名叫《一切都好》。

投影仪的光柱照亮了陈家湾村的夜晚，给人们带来了新奇，带来了文化气氛。村民们出神地看着屏幕，他们的思想被电影中的人和事所牵动，他们的情感随着电影中的人和事不断地变化着，电影中的人笑他们也笑，电影中的人哭他们也哭。

放完电影，两个技术员要回城。李松觉得天太晚了，留他们明天回去。两个技术员说这几个晚上他们都没有休息好，现在他们的任务完成了，就该打道回府。

李松说，你们明天再教教秀桃吧。

一个技术员说，秀桃不错，已经学会了。再教我们就要把她带走了。

另一个技术员说，秀桃好学好钻，是一个难得的人才。李书记，你真是慧眼识珠。我们非常羡慕你有这样一个秘书。

李松看着秀桃，满意地笑了。

两个技术员归心似箭。时间已经是十二点过，李松很不放心他们夜晚开车，再三挽留。但他们实在不想在这乡下住了，这里的一切他们都不习惯。他们很佩服李松。他们不知道他是怎样坚持下来的。他们不知道他还有那么长的时间该怎么过？他们一边收东西一边说，李书记，我们就要与这艰苦的日子说拜拜了。你还要在这里坚守，还要在这里百炼成钢！但别忘了二胎任务啊。

说着两人拿好东西就与李松和陈书记握手道别，要与代时告别时却不见代时。

送走两位技术员后，陈书记和李松站在乡村公路上抽烟闲聊。秀桃踩着石梯到村委会坝子里去收拾投影仪和幕布。她的动作很快，三两下就把投影仪撤了，又一样样地抱进村委会办公室。当她把幕布放在李松寝室门口时，突然听见里面有响声。秀桃感到很奇怪，李松还在下面的公路上，里面是什么声音呢？难道钻进野狗野猫了？秀桃拉开灯，代时和甘麻子的女人赤条条地裸露在灯光下，秀桃大叫一声退出房间，跑出村委会办公室。

深夜一点，李松躺在床上正看微信，秀桃突然抱着床单凉被来了。李松疑惑地看着她。秀桃说他床上的床单和凉被太脏了。说着将床上的床单和凉被扯起扔在地上，将她抱来的新床单和新凉被换上。然后看着李松说，乡下凉，你晚上盖凉被冷不？如果冷的话我再给你拿床毛毯来。

李松说，盖凉被正合适。

秀桃说，你休息吧。我走了，我把这些脏东西抱走。

李松不想麻烦秀桃，说，我拿回去洗。

秀桃慌忙说，不行不行，这么脏不能拿回去。说着抱起脏床单和脏凉被就往外跑，生怕污染了李松寝室里的空气。秀桃觉得脏床单和脏凉被是洗不干净的，她把它们扔进了粪坑。她不能让代时和甘麻子女人的晦气沾在李松那高洁的身上。

第二天，秀桃进城去了一趟，专门给李松买了一套新床单和新凉被。

第十三章

这天，李松刚送走督查组的人，就听见有人在喊出人命了！说王妹崽自杀了。李松拉起秀桃就往王妹崽家跑。王妹崽口吐白沫躺在地上。李松把她抱上车，送进县医院，抢救了两个小时才抢救过来。医生说王妹崽需要住院观察。

李松叫陈书记安排人照顾王妹崽的女儿小朵和秀桃的家人，让秀桃照顾王妹崽。自己参加了县上的扶贫工作会议后，就去找那个差点害死王妹崽的三娃子。

三娃子仍然在外面流浪。昨天上午回来。敲开锅盖舀了两碗冷红苕稀饭下泡咸菜。因为咸菜吃多了，口有些干，于是在水缸里舀了一瓢冷水，咕嘟咕嘟地喝了，将瓢摔在缸子上，然后像一个小偷一样在屋里乱翻一通。小朵问他找什么？他没好气地叫小朵滚出去。小朵哭了。他蹲在石柜子上朝小朵吼道，别号了！你再号，毛狗精就要来抓你！你再号山神爷就要来收你！小朵被三娃子吓着了，不敢再哭出声，压抑着声音抽泣。三娃子在石柜子上，在房梁上，在箩筐里，在粮食里，在衣服里都没有找到他想要的东西。

他对张大着眼睛看着他的女儿小朵说，不准告诉你妈我在屋里找东西！

小朵说，爸爸，你找什么？

三娃子说，你管老子找什么！不准问。

小朵缩在屋角里，张着一双惶恐的眼睛看着她的爸爸。三娃子朝她走去说，老子走投无路了真想把你弄去卖了。小朵吓得又要哭起来了。三娃子瞪着眼说，不准哭！你再哭老子摔死你！小朵扁着嘴，不敢看三娃子。觉得他不是自己的爸爸，是李松叔叔说的魔鬼。

这时，秀桃在外面喊小朵。小朵像见了救星似的往外跑。三娃子怕秀桃知道他回来了。他还欠秀桃两千多块钱的赌债呢。他一把拉住小朵说，不准告诉别人我回来了！听见没有？如果你不听话，我就把你拉去卖了。小朵怕三娃子把她拉去卖了，充盈着两眶泪花，慌忙点点头。三娃子用左手爱怜地摸摸她那娇嫩的小脸，然后松开拉着小朵的右手。小朵像被囚禁了许久的鸟儿突然被放飞了似的，迅速而又活跃地跑了出去。

三娃子抱着头在门槛上坐了许久，然后去找王妹崽。王妹崽在地里砍苞谷。他站在树荫下看了一阵累得满脸通红的女人。然后默默地走过去帮着砍苞谷。王妹子看他一眼说，今天的知了会把雨叫下来。

男人说，叫不叫得下来，我也不晓得，反正我是在毒日头下，在地里头，在你的身边砍苞谷。

王妹崽冷笑一声说，黄鼠狼给鸡拜年会安什么好心？

男人说，你男人我在你心里就猪狗不如？

王妹崽说，山神爷都晓得，你说话一点也不算数。说好了要对我好，说好了不再出去赌不再出去流浪，可是你说话像放屁！

男人说，我只是出去打打麻将，我又没有出去杀人放火。

王妹崽一刀砍断一窝苞谷说，你还算好人呢？！说着泪水就滚落在脸上。你知道我一人在家里多苦多累吗？既要带孩子又要做包产地。

男人说，我叫你别做这么多地，你不听。累着了又来抱怨。

王妹崽用手背擦去一汪挡着视线的泪水说，我不做这么多地一家人吃什么？我不做这么多地女儿将来读书用什么？

男人说，你龟儿子婆浪考虑那么远干什么嘛？将来？将来人活成什么样子还说不定呢。

王妹崽说，都像你这么闭着眼睛过日子，不饿死才怪！我怎么就嫁了你这么一个男人？早晓得我还不如就跟那个变态狂过一辈子，至少我不会坐在天井里让雨灌死，至少我不会被冰雪冻死！至少我不会在这毒日头里被晒得发臭！早晓得是现在这种日子，我还不如一死了之，一了百了。王妹崽伤心地哭诉着，她身上仿佛有很多个泉眼，泪水和汗水像瀑布一样倾泻着，湿透了她的生命。

三娃子咬牙切齿地骂道，龟儿子死婆娘！号你妈的丧！老子都快烦死了你还哭！老子回来难道是来看你这副哭神样的？老子恨不得一脚把你踢下崖去！

王妹崽抹一把泪说，你踢呀！不踢不算人！我早就不想活了！我如果不是想到我的女儿无人管，我早就死了几回了。

三娃子恨恨地看着王妹崽说，老子好不容易回来一次，你就这样对待我。没良心的女人！你去死吧，老子不会请个断手臂来拉你。

王妹崽不想和他闹了，她觉得自己太累了。她只想哭，哭她的命运，哭她的悲苦。她一边砍苞谷，一边哭着。诉说着她的心声，控诉着三娃子的不仁与不义。

三娃子，一个大男人，一个七尺男儿，作为一个父亲，作为一个丈夫，作为一个家庭的主人，大半年回来只砍了几窝苞谷就觉得热了，就觉得累了，就坚持不了了。他摔下手里的刀，跑到地边的树子底下去躲荫，去乘凉，去享受惬意。丢下王妹崽一个女流之辈在毒日头里，在黄土地里，在苞谷丛中，抗击着烈日，数着泥土的颗粒，滴着汗，流着泪，一刀一刀，一窝一窝地砍着苞谷，显示着坚韧与不拔。

地里响着嚓嚓的收割声。弱小的王妹崽，弓着身，将一窝窝结实而又饱满的苞谷费劲地拢在手里，挥舞着刀子。刀子在阳光下闪烁着耀眼的光芒。

知了助威似的叫着。鸟儿热得没有了叫声。他们家的狗，站在树荫下，张大着嘴，吐着红红的舌头，直喘粗气。

王妹崽在地里劳作着，太阳残酷地蹂躏着她，不经她的同意，便将她的身影贴在地上，任凭地里头的蚂蚁和昆虫侵扰。

太阳狠毒地剥离着王妹崽。当遍湾的鸡公打鸣的时候，当村广播响起的时候，太阳武断地拉正了王妹崽的身影，无情地摧毁她的线条，将她的影子浓缩成一团，变成一个活脱脱的畸形。

男人在树荫下睡了一觉醒转来，一地苞谷已经收完了。王妹崽已经不在地里了，山坡上除了庄稼除了野草除了树子没有其他任何的活物。他家的狗也不待见他，视他为陌路人，将他抛在寂静的山坡上，知恩知情地跟着王妹崽回去了。他觉得自己好没趣，好孤独。他呆望了一会儿树枝，坐起身顺手抽了几根丝茅草在口里嚼着，茫然地眺望着山湾。他觉得自己很渺小，渺小得不如一条狗，渺小得不如一只蚂蚁。狗有人给饭吃。他没有。蚂蚁可以无拘无束地活动，无拘无束地获取食物。他不能。他现在又欠起三万多块了。他多次发誓不再赌了，但是欲念指挥着他，叫他去把输了的钱赢回来。欲念一次又一次地让他走进茶楼。很多次他赢回来了，但贪心又纵容他，叫他多赢些，再多赢一些。结果上帝又开始惩罚他，让他一输再输，让他输红了眼，让他输得发疯，让他决心战斗到底，不赢回来决不下桌子。他红着眼，连续战斗几天几夜，头昏了，眼花了，手脚软了，但是他的精神不垮，他还要打，他要把输的钱赢回来，把别人包里的钱全部归为己有。他瞪着发绿的眼睛，恨不得伸过手去把对方的钱抢进自己的包里。

他开始有了恨意，觉得这个世界太不公平，凭什么他身无分文，别人却腰缠万贯？凭什么他露宿街头，别人却在豪宅里搂着女人狂欢？凭什么他为下顿饭发愁，别人却开着几百万的豪车？凭什么凭什么？他们难道都是靠自己的辛苦和能力挣来的吗？不是。他们如果是靠自己的辛苦和能力挣来的，他会心服口服，也会效仿他们，也会学习他们。可是他们好多是靠关系，是靠搞投机倒把发的财。他瞧不起他们。打心底里瞧不起他们，甚至唾弃他们。靠搞投机倒把不算本事？他觉得他们还没有他干净。

王妹崽刚煮熟午饭，三娃子就回来了。见小朵不在家，也没有问。王妹崽不满地看他一眼说，你哪里像一个当爸爸的人！说后站在院坝里喊小朵。山湾里只有王妹崽的呼声，没有小朵的应声。屋里只有王妹崽和三娃子，没有小朵那可爱而又活泼的身影。

王妹崽有些着急，叫上秀桃帮她找，她们一家家去问，她们到处找，竹林里，山沟里她们都仔细地查看了，全湾都找遍了，但是都没有小朵的影子。问傻儿子，傻儿子说小朵死了。王妹崽一听，大叫一声昏倒在地上。秀桃熬起姜开水把王妹崽救活，又开始找小朵。她不相信小朵会死。好好的一个孩子怎么会死呢。李松也带着大家帮着找，找了两个多小时也没有找到小朵。李松开始分析，上午小朵和傻儿子一直在一起，傻儿子肯定知道小朵的一些具体情况。他蹲在傻儿子的面前，拉着傻儿子的手，详细地问着一些情况。问得十分吃力。傻儿子说话不像正常人，总是颠三倒四，说出的话让人费解，实在叫人难以理出线索。

李松抽了一支烟，又继续问，他相信总有一句话会让他听懂，总有一句话会让他理出线索。他拉着傻儿子的小手问，小朵姐姐死在哪里？你带我们去找她好吗？傻儿子摇摇头说，小朵姐姐不让我给你们说。李松松了一口气，知道小朵还活着，他看一眼秀桃，对傻儿子说道，你不告诉我们小朵姐姐在哪里，小朵姐姐会饿死的。小朵姐姐饿死了就没有人带你玩了。

傻儿子在李松的说服下，带着一群人往一堆菜籽秆走去。李松把小朵从深深的柴堆里抱出来。王妹崽悲喜交加，搂着女儿哭道，幺儿啊幺儿，你把妈妈吓死了。说后捧着女儿那满是黑灰的小脸，亲了这边又亲那边。亲后带她回家。小朵却哭着说不回家。王妹崽问她为什么。她说爸爸要卖她。王妹崽擦干小朵脸上的泪水，抚摸着女儿的小脸说，别怕，有妈妈，他不敢卖你。再说爸爸怎么会卖你呢。小朵伤心地哭着说，爸爸是这么说的。他就是要卖我。妈妈，我不回去！王妹崽紧紧地搂着女儿说，爸爸是逗你玩的。不管王妹崽怎么安慰，怎么说服小朵，小朵都不肯回去。秀桃只好把小朵带回自己家。

王妹崽回去，男人跷着脚正在灶背后啃苞谷，王妹崽像头母狮子似的朝他扑去，还没等他反应过来就把他按在柴灰里打起来。结婚这么多年王妹崽只是哭诉过，只是埋怨过，但是从来没有出口骂过他，打过他。今天的王妹崽像是疯了，又打他又骂他。骂他猪狗不如！咒他车撞死雷劈死！骂得他喘不过气来，打得他站立不起来，好在王妹崽打累了，自己歇了手。

三娃子站起身一边骂王妹崽是母老虎，是疯婆子，一边拍打着身上的柴灰，一边吐着口里的血。

王妹崽哭着说，你这个猪狗不如的下流东西！虎毒还不食子呢？你不管家里的事就不说了，人我带，活路我做，没有房子住我忍，可是你为什么还要打女儿的主意？你这个挨千刀的死舅子！

三娃子靠在满是黑灰的石板墙上，低垂着头觉得自己真他妈的不是个东西！他想安慰她，嘴里却朝她吼道，别号了！再号我就活不出来了！

王妹崽听了这话，真怕男人一刀抹了脖子，就压下一腔委屈，将泪水吞进肚里，站起身舀两碗红苕稀饭端在石柜子上。石柜子是多用的，里面装粮食，上面既堆杂物又当饭桌。男人见只有一碗泡豇豆和一碗苞谷馍馍下饭，就皱着眉头说，这也是一顿饭呀？

王妹崽瞪他一眼说，你这么懒的人，还想吃龙肉？还想吃山珍海味呀？

三娃子低头吃了两口饭，把碗一推，从鸡窝里捡起四个鸡蛋放进锅里。鸡蛋是王妹崽凑去卖钱的，怎舍得煮来吃了，她冲过去从锅里抓起鸡蛋，用抹布擦干，放回柜子里。三娃子气得一脚朝狗踢去，一脚朝凳子踢去，气愤地对王妹崽说，天下谁个女人会像你这样对待男人？你这简直是虐待狂！

王妹崽哭起来了，一边哭，一边说，我不拼命积攒点钱，你回来要钱我拿命给你呀？我不拼命积攒点钱，小朵将来读书用什么？

三娃子没有理由再说什么，低头吃饭。吃完饭，把碗一推，顺势倒在床上。王妹崽把碗洗了，正舀苞谷水喂猪，突然电闪雷鸣地下起暴雨来。院坝里晒了一院坝苞谷，王妹崽急忙撂下潲水瓢，奔向雷雨中抢收苞谷。正收着三娃子来到她的身旁，一言不发地帮着抢收。一股暖流漫遍王妹崽的全身。她王妹崽有男人，在这风雨雷电中有男人在身旁，有男人帮她。她感到好充实！她感到好幸福！她控制不住一腔情爱的涌动，噙着一眶热泪，扑在男人的怀里激动地说，你如果经常都这样该有多好啊。

男人说，你对我好点我就不到外面去了。

王妹崽说，说话算数。

男人说，算数。

王妹崽仰望着雷雨中的男人说，我怕你说话又不算数。

男人抹一把脸上的雨水说，有天做证有地做证，这回我三娃子说话一定算数。

王妹崽踮起脚吻了三娃子几口，又急忙抢收苞谷。

风突然停了，雷电收回去了，暴雨也不下了，天笑了，阳光将地上的雨水燃放了起来，满世界金光灿烂。王妹崽将收到箩筐里的苞谷又倒在晒席里，推开。一晒席的苞谷米米，接受着暴雨后的阳光，显得鲜艳无比。

王妹崽被一阵雷雨折腾后，没有觉得累，她把屋里的漏雨扫了，撒上一层灰，然后，给三娃子煮了十个鸡蛋。三娃子感动地摸着王妹崽的脸说，煮这么多你不怕把你男人胀死。

王妹崽笑着，塞一个鸡蛋在三娃子的嘴里说，把你胀死了免得你往外面跑。

三娃子吃着蛋，呵呵地笑着说，死婆娘先煮你四个鸡蛋就像要了你的命，这下煮十个心就不痛了？

王妹崽依偎在三娃子的身上说，你回来和我一起做活路才挣十个蛋的钱呀？老公，别再往外面跑了，我们辛苦点，多攒点钱，将来好供女儿读书。我吃了没有文化的亏，我不能让女儿没有文化。我要让她上好学校，考清华北大。

三娃子将第七个鸡蛋吞下肚子，鼓着眼睛说，读那么多书干什么？现在又不包分配，没有关系读了大学还是找不到工作。你在这山湾里没有见多少世面，不知道现在的形势。

王妹崽执拗地说，管他找不找得到工作，我都要让女儿读大学，把我没有学的文化都学到肚里去。

男人吞下第八个鸡蛋说，你有这想法我也不反对也不阻拦。不过你要知道供一个大学生需要很多钱，不是三五两百的事。

王妹崽说，钱又怎么样？钱都是人挣来的。我已经下定决心要供女儿上大学，哪怕是砸锅卖铁我也要供小朵读书。

男人吞下第十个鸡蛋，抹着嘴，打着饱嗝说，死婆娘，你说得就像自己有钱得很样。

王妹崽立起身扬起眉头说，我有钱，我就是有钱呢。

男人的眼睛一亮，笑着说，你有钱？我不信。

王妹崽扬着眉得意地说，嘿，你三娃子不信的事多着呢。

男人把话题进一步深入下去说，我每次回来要钱，你总说没有没有，每次都只给我几十块，就像穷得叮当响一样。

王妹崽说，你这么不争气，你说我不留一手怎么办？

男人一把抱着王妹崽说，想不到你这个傻婆娘还这么狡猾，像个狐狸精一样。

王妹崽笑着说，都是被你逼出来的。

三娃子动情地亲王妹崽一口，拂去她脸上的乱发，然后抚摸着她的脸说，我以后好好在家做活路，再也不让你一人在家受苦受累了。你说得对，我们一定要多攒点钱，让我们的女儿小朵上大学。

三娃子是个男人，说话算数，真的不往城里跑了，下午跟着女人到地里抱苞谷秆，翻红苕藤。真是妇唱夫随。王妹崽心里高兴一阵又有些起疑。心想男人表现这么好是不是又要问她要钱？如果他又要问她要钱，她就说没有钱了，实在要要的话，又像以前那样给他八十块九十块，绝对不超过一百块。但是这次她错了，男人根本不问她要钱，一心一意地帮着她干活。这简直是太阳从西边出来了，这简直是太阳围着地球转了，这简直是陈家湾村全部变成平原大坝了。阿弥陀佛！阿弥陀佛！真是阿弥陀佛！

夜里男人更是百般体贴，百般温柔，搂着她说了很多很多的话，说他躺在公园，望着天上的星星和月亮，心里却想着躺在破屋里的妻子和女儿。说他在城里的所见所闻。说城里的女人打麻将比他还有气质。说城里的女人穿的高跟鞋，差不多有高跷那么高，走起路来噔噔噔的，像钉了铁掌的骆驼。王妹崽在他的怀里拱了拱，笑着打断三娃子的话说，就好像我没有见过城里人一样。

男人突然想起王妹崽也有城里的经历，便笑道，我忘了你也在城里待过，你也深入过城市。不过你没有我的经历丰富，你见的都是些皮毛，皮毛而已。

王妹崽笑笑说，我是没有你见得多。你说你说，你继续说。

成就感从三娃子的心底涌起，他说，我跟你说嘛，那些城里的婆娘嘴唇涂得就像刚吃了人的妖精，眉毛画得像锅烟墨，胸脯耸得就像喜马拉雅山那么高。

王妹崽打他一下说，你的狗眼别总是往别人的胸前看。我警告你，你跟我老实点！你的心要是在别的女人身上，那你就别再回来了！

男人突然激动起来，眼前闪现着无数张美丽女人的脸，他一边大动着一边说，女人，我的女人，你是我三娃子的女人。王妹崽嗷嗷地叫着，跟着男人飞翔在快乐的天空中，遨游在幸福的海洋里，抵达一个又一个高潮！

这天夜里，两人都没有睡意。王妹崽望着破屋顶上的无数个天井，向往着以后的美好日子，只要男人回来和她踏踏实实过日子，他们的生活就会像芝麻开花一样节节高，存款也会像鸡下的蛋一样，一天比一天多，每年存几千块钱是没有问题的。这样按计划存下去，将来女儿读大学的费用一点问题也没有。

三娃子搂着女人，回想着他一次次输钱的情景，回想着张张问他要钱的冷酷嘴脸。心里盘算着一些事。

深夜三点，三娃子突然问王妹崽，老婆，你打算存多少钱供女儿读书呢？

王妹崽说，这个说不清，尽量一点一点地存吧。

三娃子抚摸着她说，现在你存了好多了？

王妹崽翻过身去说，睡吧。

三娃子将她的身子扳过来，借着昏暗的光线看着她说，两口子都不说实话，显然你不信任我。这样的话，我回来还有什么意思呢？

王妹崽开始换位思考，是呀，两个人如果不能相互信任，在一起生活还有什么意思呢？王妹崽贴紧三娃子，对着他的耳朵悄悄地告诉了他们家现有的存款数。三娃子惊喜地翻身按着女人，疯狂地又要了女人，夸女人是世界上最能干的女人！最最了不起的女人！

这个夜晚，连陈家湾村的空气里都流动着晕眩的醉意。王妹崽太幸福了，幸福得有些昏了头，她不但告诉男人她存了三万块钱，而且还告诉男人十三张存票都藏在石柜里的谷子里。

第二天早晨男人帮她把苞谷晒了，又到地里去给红苕苗上肥。上了半亩地，三娃子说中午想吃点肉，王妹崽摸出十块钱叫三娃子到镇上去割几两肉。三娃子说，你怎么这样抠？几两肉一家人怎么吃嘛?

王妹崽说,你和女儿吃,我不吃。

三娃子不再说什么,快速地跑回家,将十三张存票摸到包里,借一辆摩托狂奔镇上。

中午王妹崽回来的时候,三娃子把肉已经炒好了,肉不止几两,是两斤多,三娃子添了些钱,他要让女人也美美地吃一顿肉。女儿小朵还是不肯回来,三娃子就舀一碗叫王妹崽送到秀桃家去。

这顿午饭吃得特别的温馨,这顿午饭吃得特别的幸福。这顿午饭吃得特别的恩爱。这是王妹崽嫁给三娃子以来,吃得最舒服的一顿饭。

午饭后三娃子到院坝里去翻晒苞谷,王妹崽从石柜子里飞快地掏出报纸包,打开数了一下存单,一共十三张,一张也没有少。这时三娃子回来了,他扯起凳子上的衣服,擦着快流进眼里的汗水说,你把存票拿出来干什么?是不是怀疑我偷拿了几张?

王妹崽尴尬地笑笑说,不是,我,我捧谷子喂鸡。说着迅速将存单裹进报纸里,放进石柜中,然后捧了一捧谷子,撒在阶沿上,逗鸡吃食。一群鸡欢扑着朝食物跑来。

三娃子跟在王妹崽的身后说,你别哄我。你就是怀疑我。你数了少一张没有?

王妹崽有些不好意思地说,没有。一张也没有少。看来我老公现在是真的想成心过日子了。

两点过,三娃子说去秀桃家接小朵。但五点过,王妹崽抹完一挑苞谷了,也不见三娃子将小朵带回来。她将一挑湿苞谷米米倒在院坝里的晒席里,敞开,拍拍身上的苞谷须须,关上门,到秀桃家去。她以为三娃子在秀桃家打麻将。但秀桃家根本就没有三娃子的影子。小朵和傻子在秀桃家的阶沿上捉蚂蚁。秀桃去村委会工作去了。王妹崽从小朵口里得知，三娃子根本就没有到秀桃家去过。王妹崽心里空空的，有些不安。她转身又到别的家里去问，都说三娃子没有去过。她转身往村委会走，看三娃子是不是到村委会去了。刚走到甘家院子的竹林里，迎面碰着黄三旺。玩笑两句后，黄三旺告诉她三娃子又进城去了。王妹崽愣在竹林里半天都没有动一下。黄三旺怕惹麻烦，撒腿走开。半晌王妹崽突然哭着骂三娃子是骗子！骂三娃子是块废铁，难以成钢！骂后，拖着软软的腿，带着空空的心往回走。

推开门，屋里静静的。屋子像怪兽的嘴一样向她张开着，她的心里涌起一阵撕扯的疼痛。她软软地倚在破烂的门框上，泪水像蓄满悲愁的洪水，直倾而下。

昏天黑地地哭了一阵后，她想起了她的存票。她走进充满柴灰味和猪粪味的屋子，弯腰从石柜子里掏出报纸包，又数了一遍，一张也没有少。可仔细一看上面的数字，一张存票上只剩一百块，十三张存票加起来是一千三。王妹崽晕了。她的双腿打着战，她靠在一棵核桃树上，颤抖着手给三娃子打电话。三娃子的手机却已经关机。王妹崽的身体被掏空了，王妹崽的心被掏空了，王妹崽的家也被掏空了，整个世界空空如也！

王妹崽又被男人骗了。王妹崽觉得自己太傻了。她怎么会这样轻易地相信男人呢？她怎么这样不长记性？她，一次又一次地被男人骗。三万块钱，天知道她是怎样一分一厘地积攒起来的。她从来没有吃过一个蛋，一个一个地凑起去卖。她从来没有煮过一顿干饭吃，把余下的粮食拿去变成钱。每年杀了猪她只留几斤肉给女儿吃，其余的全部卖了。三万块钱，她存了六年时间，她存了十三次，那都是一分一分一角一角凑起来的呀。男人，她的男人，与她生了一个女儿的男人，她愿意和他过一辈子的男人，把她当成一个傻子来哄骗。她想不通,怎么也想不通。她从床底下拿出一瓶农药,一仰脖子喝了下去。

李松为王妹崽的这次遭遇深表同情,但仔细想来,只有帮助三娃子认识错误,改正错误,引他走上正途,才能从根本上避免这种悲剧。但是他跑遍了县城里的每一个茶楼都没找到三娃子。

第十四章

　　李松想丰富村民精神生活的另一个举措是成立文化活动室，组建一个演出队。他争取了一套音响和十几套演出服装。

　　代时一听李松要成立演出队就反对，他说，李书记，这里是农村，不是城市，哪有时间和闲心搞这些玩意儿？唱歌跳舞都是你们城里人的事。

　　李松说，城里人是人，农村人也是人，城里人能做的事，农村人一样能做。

　　代时冷笑一声说，你如果想要秀桃成为城里人你就把她调进城里去，别在陈家湾村搞些不着边际的玩意儿。

　　秀桃不满地看着代时说，代主任你这是什么意思？

　　李松看着代时说，工作上的事，你怎么扯到我和秀桃头上来了？

　　陈松说，代主任，你要适应新形势，要发展就要有创新，没有创新怎么发展？

　　李松将烟头用力地摁在烟灰缸里说，治标先治本，扶贫先扶志。我认为人的精神内涵很重要。所以我扶贫首先抓的是人的精神构建。

　　一席话说得陈书记直点头。

秀桃用钦佩的眼光看着李松说，李书记，我为你点赞。你没有必要给有些人说那么多。说起他也不懂，他自身的素质没有达到这个层面。

代时想冒火，陈书记制止了他。

陈家湾村要成立演出队，由秀桃登记。村民们都纷纷来报名。

陈家湾村的空气都长上了翅膀！

陈家湾村的泥土也开始飞扬！

陈家湾村的鸟语更加优美动听。

秀桃没有料到村民们的积极性这么高，报名者远远超过了预计的人数。

甘麻子的女人说，把那些没有文化的人裁下去。王妹崽生气地说，我虽然没有文化，但是我年轻。一句话惹祸了。甘二嫂、李大妈和一些年龄大的都一起上前攻击王妹崽。

秀桃忍不住了，大声吼道，你们这是干什么嘛？你们难道要把她嚼起吃了！

大家见王妹崽有秀桃护着就减弱势头，小声嘀咕道，是她说话伤人！谁没有年轻过？谁会吃了唐僧肉长生不老？

甘麻子的女人说，秀桃，我先把话说在前头，你不能下我。

甘二嫂说，也不能下我。不管怎样我也要参加。

李大妈说，我也要参加。

我也要参加。

先说不要下我哈。

村民们围着秀桃纷纷要求参加。秀桃的头都大了。秀桃没法只好向李松求救。李松说这本来就是群众性活动。只要她们有这份热情，都让他们参加吧。秀桃说涉及服装问题。李松说增加几套就是。男的也可以，大家一起娱乐，一起健身。现在不是提倡全民健身吗?

男人们听说他们也有戏,都抢着报名。大罗拐也来报名。大家看着他直笑。李松说你们笑什么?人家是身残志不残,人家是满身的艺术细胞,满腹的民歌民谣。人们见李松这么一说,就不好反对大罗拐参加演出队,把讽刺和嘲笑的话语收了回去。

人员组织好后,李松便派秀桃到县上去参加广场舞培训。秀桃学会后回来教大家。音乐飘扬在陈家湾村的上空,融入人们的听觉系统里,浸润着人们的心田。陈家湾村的人们舞起来了,人人脸上都带着笑容,人人都充满着活力,人人都变得灵巧而又年轻,人人都变得美丽而又可爱。

下班的时候,李松如果不加班,就会跳街舞给大家看。那舞姿,那酷样,无不触动人心!无不令人赞赏!

陈家湾村的鸟儿在音乐中展翅飞翔,陈家湾村的花儿在音乐声中绽放。

王妹崽的女儿小朵也带着秀桃的傻儿子随着音乐跳起来,舞起来。代时身上的细胞也在发痒,他时不时哼上两句,时不时舞动几下,惹得秀桃都想笑。

李松觉得光是广场舞太单一了,叫秀桃打造几个具有地方特色的节目,丰富内容,给人新鲜感。

秀桃说,我的艺术细胞被山坡禁锢了,灵感飞不出陈家湾,还是你指示吧。

李松想了想说,《象山花锣鼓》和《耍旱龙》都是具有地方特色的节目。

秀桃不明白地看着李松问,什么是《象山花锣鼓》啊?

李松回想了一下说,《象山花锣鼓》是四川省非物质文化遗产。是四川古代十分有特色的音乐,创始于清朝,由象山民间鼓乐手组成，在民间流传至今。象山花锣鼓的乐器由大锣、大鼓、大钵和四个马锣组成，演出灵活，节奏跳跃。演奏曲牌根据侧重乐器不同，形成不同的情感色彩，主要展现村民的情感纠葛和矛盾冲突，极富有情趣。

秀桃突然明白了李松的用意，他是想让陈家湾村的村民在趣味中得到感受，得到欢乐，受到启发和教育。但这项工作她从来没有接触过，觉得有些棘手。她看着李松说，这对于我来说太复杂了点。

李松看着她笑笑说，和尚都是人学的，航母都是人造出来的。

秀桃笑笑说，那是超凡脱俗的人，那是科学家。

李松的眼里闪着笑意说，科学家还不是人？

秀桃避开李松那双蕴含着睿智的眼睛说，人与人不同。

李松的眼光紧盯着秀桃的脸说，有什么不同？你只不过没有干他们那行，你如果干上他们那行，说不定比他们还行，比他们还能呢。如果实在不行我们就只排曲五的板凳鼓。这一段既别致，又有情趣，而且还具有地方特色。你把陈家湾村的一些小故事编几个，用板凳敲打成乐，相互传情，以此表达情绪。

秀桃还是一脸难色。李松揽一下她的肩说，别愁得开不出花的样子。我到县城里去请一个老师……

秀桃注视着李松，觉得面前这个男人真是多才多艺，真是雄心壮志，说要干什么，就要干什么，而且非干成不可。她别无选择，她只好说，好吧，一切听你的。

李松又揽一下秀桃的肩说，我相信你小姑娘！

秀桃的体内涌过一股热力，她拢一下头发，小声地说，你真是我命中的魔王。

李松说，你说什么？

138

秀桃瞟他一眼说，没说什么？我是说你的脑子里怎么会有如此多的想法。

李松看着秀桃有些出神，这个女人几个月前像滚在泥灰里的花朵，现在却像一朵出水芙蓉，娇嫩，鲜艳。他情不自禁地说，秀桃，你真的很像明星。

秀桃害羞地一笑说，我如果像明星，我就不在陈家湾村当泥鳅，捏烂泥巴坨坨了。

说后两人都笑了起来。

笑一阵后秀桃说，是你拯救了我。

李松说，是你自己拯救了自己。

秀桃说，如果不遇上你我可能就那样灰蒙蒙地过一辈子了。

一时两人对视着，都不说话。

沉默一阵后，秀桃说，那那个《耍旱龙》又是什么？

李松说《耍旱龙》是我地的民间龙舞。道具是竹编龙头，竹编龙身，龙身的节数是七节或十节，竹编上敷上彩纸。耍旱龙时，在龙舞锣鼓的伴奏下，一个人舞着竹编龙头，几个人舞着竹编龙身，做着五龙归位和蛟龙翻滚的姿势和形态。五龙归位是龙头从中心点开始，分别向东西南北昂头，点头，龙身随之摆动，完成东西南北方位后，复归到开始时的中心点上。蛟龙翻滚是长龙分顺时针和逆时针形成圆圈来回滚。舞姿优雅而又壮观。

秀桃用崇拜的眼光出神地看着李松，不明白他的肚里为什么会存储这么多东西。

李松说，有了这个节目，陈家湾村在过年过节时就热闹了，就有气氛了。

秀桃说，这个节目不现实，首先我们没有那么多男人。这个节目一定要男人对不对？我们不可能把大罗拐喊去舞龙吧。

李松说，也可以抽几个女人。

秀桃说，不行，年轻一点的女人只有甘麻子的女人和王妹崽。上了年龄的女人不敢用，龙没舞几下，腰扭伤了，摔中风了，那可不是闹着玩的。

李松叹口气说，你也是一个前怕狼后怕虎的人。

秀桃生气地说，你说什么？

李松忙笑道，那就只好取消。不过，只增加一个《象山花锣鼓》我还是觉得节目有些单一。

秀桃想了想说，那编几个小品。

李松说，可以。

秀桃说，我不一定写得好。写完了你指导哈。

李松说，这个我不是内行。不过我可以去帮你请导演。

秀桃根据陈家湾村的一些现象写了三个小品，一个是《扶贫款》，一个是《远离毒品》，一个是《接大娘进城》。李松叫秀桃先排练《扶贫款》。他在县城里请了一个导演。秀桃先安排钻天猫饰演驻村扶贫干部马海，大罗拐饰演村干部李主任，甘二嫂饰演村民南瓜花。但是这三个人都没有文化，没有文化怎么背台词。于是只好改变计划，安排李松饰演驻村扶贫干部马海，代时饰演村干部李主任，秀桃饰演村民南瓜花。代时不愿意参加这些莫名其妙的活动。陈书记只好出卖老脸饰演村干部李主任。

一个月后，也就是八一建军节，《扶贫款》上演了。村民们怀着无比的新奇感和莫名的兴奋观看着节目。

看完节目大家拍手称好。王妹崽说这些事好熟悉呀，我们像似在哪里见过。黄牙嘿嘿地笑看着甘麻子的女人和李大妈。两个女人有些无地自容。甘麻子的女人恼火地说黄牙，快把你那口黄牙闭上，太让人恶心了。黄牙更加张大嘴巴，现出他那满口的黄牙。

大家退后几步哈哈大笑起来。大罗拐说黄牙注意点形象。不然让秀桃写进戏里多丢人。甘二嫂和甘麻子的女人红着脸起身去上厕所。李大妈讪讪地说秀桃写的不是我，写的是甘二嫂和甘麻子的女人。大家看着她嘿嘿地笑。李大妈低着头，像似自言自语地说，我们以后可要注意点形象，不然被秀桃写进去多不好啊。

《象山花锣鼓》也很快排练出来了。陈家湾村的文化氛围浓得凝聚成了片片彩云。村里所有的人都能哼唱《象山花锣鼓》的曲谱，连秀桃的傻儿子都会哼唱，冬不儿，龙东。冬不儿，龙东。乙东，乙东。弄，壮。……啪，垮。啪，垮。啪，垮垮。……弄弄，当当。弄弄，当当。……

大罗拐整天更是哼唱不离口，鸡叫了！天亮了！薅秧子的下田了——来！把花锣鼓打起啥！要得——朵，朵，嘟嘟嘟单，嘟嘟嘟单，嘟嘟嘟单单，嘟嘟嘟单，大田栽秧行对行，姐儿妹儿舅子老表下田插秧忙，要问薅秧为啥子？嘿嘿，行里头有名堂，有名堂，嘟嘟嘟单，嘟嘟嘟单……大田插秧，阿呜，阿。行对行来。呀儿依儿哟。妹妹我下田薅秧阿呜阿为啥子哟。呀儿依儿哟，打了谷子，办嫁妆哟。大田插秧，阿呜，阿行对行来，呀儿依儿哟，哥哥我下田薅秧阿呜阿，为啥子哟呀儿依儿哟，打了谷子，去拜堂哟。……几里嘎呐拐拐，拐溜，溜哟，情哥情妹……弄弄当，弄当弄当，一对鲤鱼儿，跑忙忙哟，田坝那头去拜堂哟，几里嘎呐拐拐，几里嘎呐拐拐拐，拐溜溜哟，情哥情妹哟……

第十五章

这个周末，李松又想加班写本季度的扶贫工作汇报，写下季度的扶贫工作计划。秀桃见他有几个星期没有回去了，便说，书记大人，工作该做，家也应该要。

李松叹口气说，家和工作难以两全啊。

秀桃说，我觉得你还是应该尽量把家放在心上。

鱼和熊掌不能兼得。

你把下季度的扶贫计划说出来，我帮你写。

这是我的工作任务。

什么你的我的。

李松噙着一眶眼泪看着秀桃。秀桃总是让他很感动。她什么事都为他着想，有些事他没有想到的，她帮他想到了。有她在身边，他省很多事，省很多心。秀桃完全成了他的左臂右手。秀桃在工作上帮助他，在身心上给了他无穷的热力。自从秀桃来到村委会工作他就开心多了，胃口也好了许多，食量都快赶上猪八戒了，身体也壮了很多，棒得有些像运动员。

有很多个夜晚，他一人躺在陈家湾村的深处，望着茫茫无际的黑夜，听着屋背后鸟儿的梦呓声，心里会突然觉得秀桃是某部书里钻出来的女侠。

人都是感情动物。李松在村民们的心里播撒了彩虹，村民回馈他的是花香。秀桃是这样，王妹崽大罗拐和黄牙也是这样。大家闻知李松要回城去，都纷纷送来土特产。王妹崽端来一盆苞谷凉粉，提来五十个土鸡蛋，大罗拐送来一大背梨子，黄牙送来一箩筐菜和两只鸡，秀桃送来一大袋花生。

　　李松的泪出来了。多么憨厚的村民啊，你给他（她）一滴水，他（她）就以涌泉来相报，你给他（她）一寸土，他（她）就会还你一座山。

　　李松回到家里已经是七点过，妻子不与他说话，把酒给他倒起，把菜端在桌上就又蜷缩在沙发上刷微信。

　　李松喝一口酒，看着沙发上的妻子说，几周不回来就像不认识我了呢？

　　妻子不答话。李松又说了很多话，她还是不开腔。李松不介意，吃一阵菜又问，儿子呢？

　　妻子抬起头说，你还想得起儿子？你还想得起这个家？我以为你在陈家湾村定居了呢。

　　李松抿一口酒笑着说，我分分秒秒都想着你和儿子。

　　妻子冷笑一声说，你哄鬼去吧。分分秒秒都想我和儿子？你分分秒秒想的是陈家湾村的人，想的是陈家湾村的事！

　　李松觉得有愧，低头吃菜，不敢看妻子。

　　妻子继续说道，家里的事你现在从来不管，从来不过问，就好像这个家不是你的。有事给你打电话你还烦得很，说一两句就把电话挂了，让我把要说的话卡在喉咙，吞进肚里。我欲哭无泪。我就好像不是你的妻子，而是一个问你要钱要情的低贱小三。

　　李松觉得自己确实过分了，让妻子受委屈了。他放下筷子，嬉皮笑脸地走到妻子面前说，对不起啊老婆！

妻子哀怨地看着李松说，你现在心里眼里都是陈家湾村！有本事你就别回这个家！有本事你就长期住在陈家湾村！

李松蹲下身拉着妻子的手说，我检讨自己，确实没有将时间和精力分配均匀。老婆你别生气！我检讨我检讨！

妻子抽出手，冷冷地看他一眼又开始看微信。李松觉得问题有些严重，垂头想了想，觉得自己应该挣挣表现，弥补弥补。他挽起袖子，系上围腰，将碗筷洗了，把一大盆衣服洗了，又把地拖了。然后对妻子说他去父母家接儿子。妻子生硬地说儿子今晚住父母家。

李松站在窗边抽了一支烟，望了一阵窗外，然后回过身来挨着妻子坐下，试探着去拉妻子的手，妻子不让。李松厚着脸皮说，让我感受一下你的温度吧，让我感受一下你的爱吧。

妻子冷着脸说，你都成铁人了你还需要温度你还需要爱？

李松笑着说，我这辈子成不了铁人。说着将嘴唇压在妻子的嘴唇上。

一阵激动后，妻子吻着他的脸说，你再不管家里的事我就一脚把你蹬了。

李松捧着妻子的脸说，别说得这么狠。

妻子拍着他说，你看我是不是刀子嘴豆腐心。说后又偎入丈夫的怀里，温柔得像只猫。

第二天，李松把梨子和花生分送给邻居，然后与妻子研究怎样回礼。妻子说给大罗拐和黄牙买一袋芝麻糊买一袋麦片，给王妹崽的女儿小朵和秀桃的傻儿子买两包糖。

李松站在窗边抽了一支烟，回过身来坐在妻子的身边说，回礼要讲点艺术，我觉得应该投其所好。王妹崽在拼命地给她的女儿攒钱，正好她女儿下周二生日，我们不如给她女儿包六百块钱的红包，给大罗拐和黄牙买两瓶酒，给秀桃的儿子买一套衣服。

妻子皱皱眉头说，这是倒贴呢。这么麻烦，以后少去要人家的东西。

李松说，你这个人说话怎么这样难听。礼尚往来是几千年的中国传统文化，几千年的中国传统美德……

妻子打断李松的话说，够了！李书记，别给我上课！

李松吻妻子一口说，别河东狮吼行吗？

妻子噙着一眶泪说，我就是要闹！你几个星期回来一次，心里想的还是陈家湾村的人。

李松说，我心里想的是陈家湾村的人，但我身边坐的却是你呀。

妻子哇的一声哭了出来，一边哭一边数落着李松，原来我只是你的身外之物，你的心里根本就没有我。我算什么啊？你的心里眼里装的全是陈家湾村的人，装的全是陈家湾村的事。我可怕连陈家湾村的一只猫一只狗都不如。好寒心啊！

李松觉得自己实在有些愧对妻子，忙将妻子搂入怀里，百般哄劝。哄了半天才把妻子的泪水止住，哄了半天才把妻子的笑容唤醒。妻子撒娇地说，本来就是嘛，什么王妹崽呀，什么秀桃呀，什么黄三旺呀，什么黄牙呀都是你心目中的重要人物，你整天都关心着他们。把我，把我们这个家完全忘到九霄云外去了。你是陈家湾村的扶贫第一书记，你有责任帮助陈家湾村的人。但是要有一个度嘛。我觉得你管得太多了，根本用不着你一次又一次地送王妹崽进医院，她有男人。王妹崽母女俩的户口你也不应该去跑，累死累活不说，还贴钱请人吃饭。户籍的事完全应该由村书记村主任管。国家给他们一千多块钱不就是让他们为村民办事的吗？哎，你什么都去管。你知道别人怎么说吗？

李松吸一口冷气说，我不在乎别人怎么说。我只在乎你怎么说。

妻子说，我怎么说？我也觉得有些不正常。

李松叫起来了，莫名其妙，简直是莫名其妙！我觉得你这种人也应该派去驻村扶贫。

妻子冒火了，从沙发上站起身冲着李松说，那你就派我去驻村扶贫！你安的是什么心？你到底是不是我的男人？你的心里根本就没有家，眼里根本就没有我。上次我做人流你陪过我吗？上个星期我下乡扶贫脚崴伤了你问过我一句吗？前两天我重感冒你关心过我吗？妻子的泪水从眼里奔涌出来，顺着脸颊往下流淌，流到了李松的心里。

李松一把抱着妻子说，对不起，对不起，你做人流的时候正置市上来检查陈家湾村的扶贫工作。当时文书又走了，一时又没有找到接替文书工作的人，所以我一人做两人的工作。那段时间我天天夜里都加班，累得我都不知道自己姓什么了。算我欠你的，别哭了。等扶贫工作完成后，我回来加倍弥补，天天照顾你，给你当保姆，洗衣做饭，拖地带孩子我全包了，不让你再受一点累，不让你再受一点苦。把你当贵妃……

妻子看着李松的眼睛问，我是贵妃？

李松反应过来了，忙笑道，你是皇后！我把你当皇后一样伺候。

妻子笑了。

两人温情脉脉一阵后，妻子向李松请教了扶贫方面的事。他们单位也有三个扶贫村，她有六户扶贫对象。单位开会解读扶贫政策的时候她在医院做流产，所以有些不太清楚。李松详细地给她讲解了扶贫政策和扶贫方面的知识，并教她做扶贫手册上的资料和帮扶方案。还教了她许多入户走访的方法和帮扶措施。

星期六他们是这样过的。星期天李松以为会轻松愉快地过一天。谁知他们买菜路过万福河畔时，看见一个人躺在亭子里的椅子上。李松觉得有些像三娃子，走近一看果然是三娃子。李松一把将他拉起来。三娃子迷迷瞪瞪地看着李松。李松真想扇他两耳光。李松压了压火气说，这里躺起舒服吗？

三娃子猥琐地站在他面前说，我，我在一个工地上打工。

李松说，你在工地上打工，睡在这里干什么？现在都快十点了。

三娃子说，我，我在这里等一个人。

妻子拉着李松说，闲事少管，走路伸展。我们走。

李松推开妻子的手，非管三娃子不可。

妻子怒火冲天地说，你管他干什么嘛？他又不是你的舅子老表！

李松说，他是陈家湾村的人，我不管行吗？

妻子说，难道陈家湾村所有的事所有的人你都要管吗？真是太平洋的警察，管得个宽！

李松冲妻子说，不管不行！这个人差点把他的妻子害死！

妻子说，他害死他的妻子关你什么事？

李松推着妻子说，我找他谈谈。你先去买菜。

妻子说，我不。我要和你一起去买菜。说着又拉李松走。李松掀开她的手，坚持要管三娃子。

妻子着急地说，你有好几个星期都没有回来休息了，今天你就好好休息一天行不行？说着又拉李松走。

李松从妻子的手里挣脱出来，大声地冲妻子吼道，走开！别管我！三娃子不回家就好像是他妻子造成的。妻子见他当着这么多人的面，一点也不留情面地吼她，顿时感到万分委屈，哭着跑了回去。

李松顾不上理妻子，他要好好教育教育三娃子，劝他不要再赌博，劝他不要再浪荡，劝他不要再伤王妹崽的心，劝他回到陈家湾村去踏踏实实过日子。

可是三娃子能听吗？三娃子说，李书记，你过你的阳关道，我过我的独木桥，我们井水不犯河水。

李松耐着性子说，你这样长期在外面露宿不是办法，会生病的。你还是回去吧，你的女儿都七岁了，你应该负起一个男人的责任，你应该负起一个父亲的责任。现在政策这么好，有粮食补贴，还有各种各样的项目，种植方面有，养殖方面也有，只要能吃苦就能赚很多的钱。你回去选一个项目做，过不了几年你不但能还清一切赌债，还能修高楼，还能买轿车。

三娃子冷笑一声说，还能养很多女人。

李松严肃地说，我给你说正经事。

三娃子说，说正经事你找错人了李书记。快回去吧。你的女人都怕哭成泪人了？回去晚了难得跪搓衣板，难得背台词老兄。

李松带着恳求的口气说，明天坐我的车回去吧。

三娃子看了一阵川流不息的车，回过头来问李松，有烟吗？

李书记刚摸出烟，三娃子就一把抢了过去。倒出一支点上，再倒出一支夹在耳朵上，然后将剩下的烟装进自己那又破又脏的裤包里。李松皱了皱眉头。三娃子猛抽两口烟，朝李松吐着烟雾说，救苦救难的扶贫书记，你能不能借两百块钱给我？我都有好几顿没有吃饭了。

李松厌恶地看着他，真想说饿死你活该。但嘴上却说，我就弄不明白，好好的家你为什么不回呢？

三娃子又猛抽两口烟，笑笑说，人各有志，人各有志！

李松说，你这样吃了上顿没有下顿有趣吗？

三娃子笑笑说，李书记，你说的就是外行话了。万事万物都有他好的一面。我觉得我这种生活方式好，我是乐在其中，虽然露宿街头，虽然肚子挨一些饿，但是有趣。你知道吗，每天我能看到很多美女，每天我能见到很多稀奇古怪的事。你呢？除了忙，还能有什么呢？

李松摇摇头，他拿三娃子这种人真没办法。

三娃子又吸了几口烟，从鼻孔里喷出两股浓烟说，李书记呀，我可是你的扶贫对象啊。

李松说，正因为你是我的扶贫对象我才管你。

三娃子呵呵地笑着说，好事做到底，好事做到底。说着伸出手问李松要钱。

李松皱皱眉头说，你完全可以自食其力。

三娃子见李松不给他钱，收回手，气愤地骂道，你说扶贫原来是你妈一句空话！你们这些官场上的人就晓得唱高调，一点实际的东西也没有！

李松心里流过一股从来没有过的难过。他拉着三娃子的手说，走，我送你回家！

三娃子从李松的手里挣脱出来，恼火地说，我不回去。

李松以为他拿了家里的钱，回去不好向妻子交代，便说，这次你拿了家里的钱不对，只要你向王妹崽道歉，王妹崽就会原谅你。王妹崽虽然没有文化，但她还是很明理的。

三娃子的眼里露出凶光，瞪着李松说，谁说我拿了家里的钱？我根本就没有拿。我怎么会拿家里的钱。简直是胡说八道，简直是诬蔑好人！

李松说，你的女人王妹崽会说谎话吗？

三娃子说，我没有拿。真的没有拿！李书记，我如果拿了家里的钱我天打五雷轰！

李松心里的怒火一股一股地往外冒，他提高声音说，你还是不是一个男人？你如果是一个男人就应该敢做敢当！你知不知道你的妻子差点被你害死？！

三娃子的目光有些躲闪，他说，活天的冤枉呀，李书记，我真的没有拿家里一分钱。是那个死婆娘不识数乱说的。你别听她的。你想她一个女人家哪会存那么多钱？除非是野男人给她的。

李松控制不住一腔愤怒，一个巴掌朝他打去。李松这下惹祸了，李松这下是打死癞子赔好人。三娃子大闹着说国家干部打人！说驻村扶贫书记打扶贫对象！泼闹后，掏出手机拨打12345，举报了李松。李松有口难辩。被单位领导严厉批评后，又被市上县上通报，还扣了两季度的绩效。

李松一肚子的委屈。妻子满腹的意见。好长一段时间妻子都不与他说一句话。

第十六章

这个周末，李松不想回家，妻子还在气头上。他想约几个朋友，但又是非常时期，扣了那么多钱，只得节约再节约，不然妻子非和他离婚不可。

人这一辈子，一次又一次地经历酸甜苦辣麻，一次又一次地顶着风雨上，滑着冰雪过，稍不注意就栽进山沟里了，稍不注意就栽进冰窟窿里了。一次又一次带着滴血的伤口，痛彻了心扉，模糊了视线。一次又一次打掉牙齿，将委屈的泪水往肚里吞咽。

李松窝在村委会里，耍手机，吃方便面。两天时间他准备了六盒方便面。

连续耍五六个小时的手机，耍得眼花缭乱，耍得头晕目眩。他放下手机，倒在床上，关闭双眼，在黑色的宇宙中休息了一阵。然后起身走出村委会办公室。他要到哪去呢？剩下的几十个小时他该怎么打发呢？他站在村委会坝子里，突然感到从来没有过的空虚。人，原来是这么的贱，累着比闲着好。人，原来是这么的矛盾，忙着的时候总想闲着，真正没事做的时间，会突然觉得空虚。

他想到外面去走一走，又怕陈书记和秀桃来叫他去吃饭。他不想麻烦人。他又转身回到村委会办公室，拿出手机，打开微信，按着说话键对妻子说，在干吗？还在生我的气吗？别生我的气了好不好？说后，他松开手指，盯着对话框，等待着妻子的回复。一分钟过去了，五分钟过去了，对话框里没有语音也没有文字出现。他的心里涌起一阵阵难受。他又发了几条微信，又发了几个表情图。如果妻子回一个字或回一个表情图，他的心就会飞起来，他的心就会暖起来，他就会马上开车回去，狂热地拥抱她，疯狂地爱她要她。但是他没有得到妻子一个字的回复。妻子，他的妻子，是这样的无视于他，是这样的不在乎他，是这样的无情，是这样的冷酷。似乎有无数颗刺在刺他的心。他感到被妻子抛在了冰雪中，踩进了冰窟里，他的身冷，他的心更冷，浑身上下从里到外都很冷很冷。他摔下手机，心里升起一股不满与傲视，你冷落我，我也会慢慢冷落你。这么想后，他弯腰从地上的一包书里抽出一本，坐在办公室里看起来。书是农家书屋的书。农家书屋是国家的一个文化工程，每个村建设一个，平均配备出版物1550册，书架六组，每年补充图书700册。农家书屋工程是乡村文明形态的新型载体，是扩展和深化农村公共文化服务体系的一种手段。但陈家湾村的农家书屋一直没人管理，没人重视，书一包一包地堆在地上。李松计划下一周将图书上架，让农家书屋发挥应有的作用。

李松再次享受到了看书的悠闲，再次享受到了看书的乐趣，再次感到精神的充实和富有。

周一上午。李松在村班子会上提出整理农家书屋。代时带着嘲讽的口气说，李书记，你回两天城就又带回来一些新思想，这真有些让我们应接不暇呀。

李松说，代主任，你说错了，这个周末我根本就没有回城，这个周末我是在书堆里过的日子。

秀桃惊讶地看着李松，心里想，他为什么又没有回去呢？难道他还在和妻子闹矛盾？难道他又吃了两天的方便面？天哪，这样下去他的身体怎么受得了啊？

代时说，李书记，我们正事都做不完，你就别节外生枝，一会儿一个新花样了。

李松说，代主任，农家书屋是国家文化工程之一，是乡村文明形态的新型载体，是扩展和深化农村公共文化服务体系的一种手段。国家投入这么一大笔资金，买这么多书，我们不可以把它像废纸一样堆在地上烂掉。

代时说，你说建起农家书屋有什么作用？能当饭吃吗？能当钱用吗？

李松说，国家建设农家书屋工程主要是解决农民群众"买书难、借书难、看书难"的问题，让农民在家门口就能学习科学文化知识。

秀桃给李松泡一杯茶，递在他的手里，小声地说，别人说不建就不建吧。你在这里能待多久？何必费这些牙巴劲。

李松喝了两口茶，一股暖流漫遍全身，他的身和心顿时舒服了些。他清清嗓子接着说，农家书屋主要是传播先进文化，满足广大农村群众最基本的精神文化需求，体现人文关怀和增强村民精神内涵。

代时说，陈家湾是农村，不是城市，这里都是农民，你说谁会看书？你说谁会把书当成精神食粮？我觉得国家建设农家书屋纯粹是浪费钱！纯粹是浪费资源。也不是我代时在跟你李书记唱反调。我明确地告诉你，你把书上在书架上也没人看，真的没人看。依我说就堆在地上，过一段时间把它当废纸卖了。

李松把茶杯放在办公桌上说，代主任，国家是不会白花钱买书的，有关部门会随时来督察农家书屋的建设工作。我们必须尽快完善。我的意见是这周内，请县图书馆的人来给我们指导，该上架的上架，该分类的分类，该编目的编目，该做借阅登记册就做借阅登记册。另外我们还要安排人管理。

代时叹口气说，李书记，做事不要那么认真。上面来检查我们随便应付两句就是。上次来检查，我们说过两天完善，上面的人也没有说什么。

李松气得又喝了两口茶。陈书记直了直身，他每次要发表意见时总是先直一直腰。他说，代主任，久走夜路会撞鬼。上次说过去了，下次不一定说得过去。据我所知，其他村的农家书屋都做得像模像样。我们村不说做得很好，至少也不要落于人后。我的意见是按李书记说的办。李书记是上面派来的领导，是陈家湾村的扶贫第一书记。他规划的每一项工作我们都要积极配合，都要大力支持，没有二话可说。

代时把脸车向外面，不再发表意见，一口一口地抽烟，一口一口地吐烟雾。烟雾从他的体内喷薄而出，从他的面前袅袅升腾。秀桃觉得他就像一个制造烟雾的恶魔。

散会后，李松立即联系县图书馆。县图书馆馆长是个很敬业的人，当时答应第二天带三个工作人员来。李松安排秀桃跟着学图书分类上架等一系列知识。

第二天早晨七点过，李松刚吃了早饭回来，见秀桃提着一个袋子走进办公室，便说，早呢。

秀桃不说话，从袋子里拿出保温桶，打开盖子，端出蒸蛋，叫李松吃。

李松知道是秀桃的一片心意，他不吃秀桃会生气。

他噙着一眶泪，心里暖暖地吃着甜甜香香的蒸蛋。正吃着陈书记来了。陈书记呵呵地笑道，我们家的饭菜不够好，秀桃特意给你加餐，秀桃特意给你补充营养。李松吞下甜甜香香的蛋。呵呵地笑着。秀桃红着脸，拿起保温桶转身去洗。

县图书馆的工作人员很专业，也很能吃苦。三天时间就完成了两千多册图书的分类上架工作。农家书屋的图书分类不像公共图书馆那么细，一共分为六大类。秀桃怕记不住，用笔记录起来。李松翻开秀桃的笔记本，只见，一政经类，包括哲学、社会科学总论、政治、法律、军事、经济类图书。二文化类，包括文教、语言文字、文学、艺术、历史地理类图书。三科技类，包括自然科学总论、数理科学和化学、天文学、地球科学、生物科学、农业科学、工业技术、交通运输、航空航天、环境科学、安全科学等图书。四生活类，包括医药卫生，生活常识类图书。五少儿类，包括各类型图书中少儿读物类图书。六综合类，包括丛书、百科全书、词典、年鉴。李松看完后表扬秀桃道，很不错。秀桃抢过笔记本说，别看，我的字写得不好。李松高兴地笑笑。

将农家书屋完善后，县图书馆馆长说在陈家湾村开展一次读书活动。代时又是反对，说在陈家湾村搞读书活动犹如在牛背上绘画，滑稽而又可笑。他觉得城里人都有神经病，搞的全部是些莫名其妙的事。陈书记也不赞成，说这有些不着边际，陈家湾村如今大多数都是老年人在家，这些老年人没有几个读过书。馆长说我们开展读书活动的目的就是要带动人读书，就是要让人喜欢上书。李松思忖一阵后说，那我们不一定谈读书心得，我们讲故事行不行？

馆长点头道，也行。

开会研究后，秀桃就在广播上通知村民到村委会活动室来听故事。

李松首先抛砖引玉，他清了清嗓子，正准备讲时，王妹崽说，李书记你把上次那个，那个……

李大妈说，对，那个农……

甘麻子的女人接话道，农夫与魔王的故事……

大罗拐纠正道，不是农夫与魔王的故事，而是农夫与魔鬼的故事。

李松笑道，我都忘了，不知讲到哪里了。

大家一阵哈哈大笑。

黄三旺转动着眼珠说，讲到，讲到……

甘二嫂瞪着黄三旺骂道，讲到魔鬼跟你妈上床。黄三旺回击了一句，但被众人的笑声压住了。

秀桃说讲到魔鬼去向魔王汇报。

李松接着讲完了《农夫和魔鬼斗智》的故事。大家听后又是鼓掌又是欢笑。

笑一阵，大家等着下一个人讲，却迟迟没有人接上。

哑场了。李松说接上接上。等了半天还是没有人接着讲。李松点名叫陈书记讲。陈书记为难地说，你知道我肚里没有几滴墨水。再有，我人老记性又不好，讲了上句，可能就想不起下句。

代时见李松点名，怕点着他，慌忙起身绕到后坡去解手，半个小时也不见回来。

李松觉得冷场不太好，又讲了一个《卓筒井传奇》的故事。他说在很久很久以前的一天，一个憨厚结实的汉子穿着大红裤衩在地里赤脚插秧，正退步插秧，突然见田里冒出一串串的气泡。他有些害怕，慌忙跳上田坎，一脸迷惘地坐在田埂上思索。

中午，他回家吃饭。老婆玉娘端出饭菜，问秧插完没有？他说田里有鬼，泡泡一串串地冒，我怕，不敢插秧了。玉娘说你才是鬼，不快些插完，耽误了收成，明年我们吃什么？他无法辩解，闷声吃饭。玉娘没完没了地唠叨。他心烦地说，别唠唠叨叨个没完。等我弄清楚田底下到底是什么，我再插秧。玉娘说那你快去。他放下筷子，进了竹林，砍了一个中等粗细的竹子，打通每个竹节，插入田里看，但什么也没有，只见一片漆黑。晚上回家躺在床上，自言自语地说，插了这么久，什么都没有，唉，插了也是白插。躺在他身旁的玉娘翻身压在他的身上说，谁说会白插，今晚插了，明年丰收……

大家哈哈大笑。

李松喝了两口水，清了清嗓子，接着说道，男子抓住玉娘的手，脸现苦状，说我不是说你。玉娘说，你不是说我你说谁？他说我要在田里钻一口井，看看田里到底是什么在冒泡。这夜他没有睡意，望着一屋的黑暗想了一夜。第二天，他砍了一根大竹子，架起两个高台，将竹子打入田底下，拔竹时取出泥土，再将竹打入地下，随即冒出了水。这时候旁边围观的人说风凉话，切，这有什么稀奇？不就是水嘛！我们这儿到处都是水。男子说，天上下的雨是老天爷的水，这地下的水是土地公公的圣水。有人说，哎呀！那这回全村都要倒霉了，你挖了土地的圣水，你挖了土地的财库，土地要降灾给我们怎么办？随即一个巫婆跑来说，天灵灵、地灵灵、席地麻扎哄……

村里人为了消灾，用木盆舀起男子打出的水，跪拜三天三夜求土地公公饶恕。天明天暗日出日落几天过去了，木盆里的水干了，盆底有白色颗粒，百姓一尝发现是盐，脸色开始由先前的肃穆转变成高兴，大家开始欢呼，大家开始欢笑，人群中有人说，快感谢土地公公。

突然，土地不高兴地出现了。他说谁要你们感谢！男子听后立即跪拜，说土地公公，都是我一个人的错，请你饶恕乡亲们吧。人群也随即纷纷下跪，请求饶恕。这时，天现异象，佛光普照，观世音菩萨出现了，她说土地，上天有好生之德，你不得责罚他们。普度众生，可增你万年修为。土地不满地哼一声。观世音菩萨对众生说，你们再去钻口井，在井口起一灶，天天烧火做饭给土地公公消气。土地笑道，这还差不多。随后，土地、观音飘然而去。男子带领百姓依言而做。果然，新钻的井，喷出之气用火石一点就着，人们赶紧盖灶。因男子钻井为人们找到了食盐和用之不尽的天然气，人们为纪念他，称他为卓筒，给他打出的井命名为"卓筒井"。从此，上天的偏爱就开始了。人们过上了世外桃源般的生活。有童谣唱，钻两口井，一个起灶，一个晒盐。盖一间屋，讨一个老婆，生一地娃娃。田园诗般的生活，传唱着大英人的智慧，展现了古代大英人钻井取盐和利用油气做饭的画面。

李松讲完这个故事后，还是没有人接上，秀桃见此讲了一个《盐婆的故事》，她说，传说很多年以前，有一个少女叫阿鸽，她每天上坡捡柴都要用竹筒装两筒山泉水回家煮饭。有天，阿鸽收拾灶台时思念阿山，心不在焉，把她接回的山泉水打倒了，那个装水的碗在灶台上旋了几转就要落地了，阿鸽迅速地去抓那个碗，不料将燃着的松油灯碰倒在柴堆里，一堆柴顿时燃了起来，吐着火舌，发出呵呵的笑声，像要吞噬整个世界。阿鸽用青草把大火扑灭后，发现那碗倒在灶台上的水全部成了白色颗粒，她喜不自禁地叫了起来，盐！盐盐盐！是盐！从此人们就称阿鸽为盐婆。

秀桃的故事讲完了，还是没有人接上。李松想了想，动员大家说，大家讲，可以不讲书上的故事。讲你们肚里的故事。讲了我给你们发奖金。这钱我出，讲完立即兑现。

活动室里立即响起一片掌声，立即响起一片笑声。

大家讲故事的兴趣被李松调动起来了。

大罗拐站起身，举着手说，李书记我讲我讲，我先讲。

黄三旺也站起身说，我先讲。

甘二嫂站在凳子上举着手说，我先讲我先讲，女士优先。

甘麻子的女人站起身摇着双手说，别争别争，我讲了你们再讲。

黄牙憨憨地笑着说，我给你们讲传说。传说很精彩，我先讲。

大罗拐说，在陈家湾村，谁也没有我肚里的传奇故事多。

黄三旺说，小时候，每天夜里，我妈都给我讲故事。

甘二嫂打断黄三旺的话说，你妈把你拉进坟墓里去讲呀，龟儿子。大家听我说，小时候，我婆最喜欢给我讲故事了，什么一个和尚担水吃，两个和尚抬水吃。什么观音菩萨三姐妹，一个在南海，两个在遂宁……

黄三旺打断甘二嫂的话，对李松说，李书记，别听她的狗皮膏药。我先说我先说！

李松笑着对大家说，别争别争！都别争！每人讲一个……

甘麻子的女人打断李松的话说，李书记，我不止一个，我有很多个。

甘二嫂、黄三旺、李大妈等人都站起身说不止一个。

李松笑道，你们安心把我包里的钱掏完呀，手下留情吧，我包里的钱都是老婆给我的生活费。

大家哈哈大笑起来，说，李书记，你原来也是一个炮耳朵呀！

李松笑着说，开玩笑的。你们尽管发挥，这点钱我李松还是给得起。大家坐下坐下，从前排开始。甘二嫂听说从前排开始，便一下从后排窜到前排那个空位子上去。大家指着甘二嫂哈哈大笑起来。黄三旺鄙夷地骂甘二嫂道，是你妈个啥子东西嘛？几块钱就把眼睛打瞎了。骂声被笑声淹没了。

陈书记第一个讲了鸡公滩的传说，他说，隆盛镇历史悠久，山清水秀，风景宜人，有诗云，四根石柱向坛垭，鸡公金鹏啄莲花。红岩五龙绕妻水，长滩犀牛坐月华。离隆盛场镇一里左右的妻江河中有一险滩，滩下有一巨石突出，形如雄鸡，传说开天辟地自有人间烟火以来，每到亥末，石鸡便带头先啼，两岸家鸡便和声报晓，农夫闻声便起床做饭，持锄耕耘，孩童朗读书文。更有趣的是在其脚下有股水常涌，人们称为石鸡之尿，此水源远流长，清洁可口，人们视为清泉甘露。

陈书记讲完，接下来是甘二嫂。甘二嫂讲的不是故事，也不是传说。她讲的是什么谁也不明白。黄三旺冷笑道，看着别人吃豆腐牙齿快。哼！甘二嫂正要还击。李松挥着手说下一个，下一个接着讲。

接下来是钻天猫、黄牙、李大妈和黄三旺，他们都像甘二嫂一样乱七八糟地说了几句。引得大家哄堂大笑。

大罗拐说，言归正传，言归正传。该我说了，该我说了，你们张起耳朵听啊。说故事说民谣是大罗拐的特长。只要你喜欢听他说，他说几天几夜都没有问题。他今天讲的是《回马地名传说》，他要比过所有的人，不然他的特长就不是特长，不然他大罗拐就不是大罗拐。他说大英回马镇，历来大家都叫它回马场，其名来源于有趣的传说。

回马老街有一古庙，叫马堵寺。马堵寺居高而建，雄伟壮观，寺内南边的拦马殿内塑有两匹高头大马，昂首飞蹄栩栩如生。传说在殿里时有香客说它在眨眼，时有香客说马耳在扇动，时有香客说马蹄在踏动，时有香客说马尾在驱蚊虫。寺中时有僧人说马不见了，时有僧人说马又回来了。

话说寺外北边是窑坪堡，方圆三公里内，满是成堆的土陶残片。当地农民时常发现有两匹马从这里通过，穿过沿江一带的农田，直奔金井坝。这事一传十，十传百。一年冬天，有十几个好事的愣头青年，非要把这众说纷纭的事弄个水落石出。夜里，大家身穿烂袄子，外披蓑衣，手持扁担、棍棒，昼夜在拦马殿守候，一夜无动静，十夜无动静，一月无动静，两个月还是没动静，但到了第二年春天的一个晚上，大家挤在一起迷迷糊糊似睡非睡时，突然听到一阵声音，大家屏住呼吸，睁大眼睛，果真看见两匹马像一阵风，飘然跨出拦马殿，冲出山门。这十几个愣头青年不敢出声，紧跟其后，只见两匹神马走过窑坪堡，直奔金井坝。大家躲在坝边的麦田里，静静地看着。神马在草坪上尽情地奔跑着，嬉戏着，嘶叫着。

东方渐渐露出鱼肚白，河面上升起一层薄薄的轻纱，天快亮了，神马向原路飞奔。有一愣头小子想要抓住一匹神马以此证明传说，说时迟，那时快，他从麦田里跳出，挥起扁担击中刚跑上坎的一匹神马的一条前腿。这匹神马小腿顿时渗出血来，一跛一跛地追赶另一匹神马。大家跟着血迹追到拦马殿，两匹马已端站原位，满身湿淋淋的，有一匹马的前脚断了。大家惊喜交加，奔走相告，说拦马殿塑的两匹马神了，活了。从此马堵寺的香火兴旺起来。

后来，寺中僧人多次请塑匠前来修复马腿，但不管手艺多高超的塑匠都无法修复，修后仍然断裂。人们传得愈加神乎其神。长久以往，人们就把金井坝江边的草坪叫跑马坪，窑坪堡叫走马窑，街叫回马场，一直流传至今。

大家听得津津有味。大罗拐讲完了，大家还张着一双眼睛望着他。

活动结束后，李松掏出钱包给大家发奖金，秀桃和大罗拐带头不要，大家也跟着摇手不要。说他们的精神已经鼓胀起来了。李松感到高兴，鼓励大家说，文化就是力量，文化就是营养。我们以后要多开展文化活动，让陈家湾村的文化氛围浓厚起来，让我们每个人都受到文化的滋养。我相信只要我们的脑子里有文化知识做底蕴，我们的步子就会坚定，我们的步子就会有力量。现在农家书屋的书全部上架了，有政经类，有文化类，有科学类，有生活类，有少儿类，有综合类，你们有时间就来找秀桃借书看，看书对大家有好处。

大家欢呼雀跃。能识字的当场就开始借书，有人不知道借什么书，秀桃就给他们推荐。

县图书馆馆长激动地握着李松的手说，这是我们文化扶贫最有意义的一次活动。李书记，你很会做工作。我们回去宣传宣传，叫其他村也仿照着陈家湾村开展活动，引导和激励村民们读书。

第十七章

　　陈家湾村在扶贫的春天里，草绿了，树绿了，山绿了，田土也绿了。绿茵中，绽放出无数朵鲜艳无比的花，那是春花。李松要让这美丽无比的春花结上硕果。李松要让陈家湾村插上致富的翅膀，飞向蓝天白云，成为一道引人注目的霞光和彩虹。

　　经过长时间的构想和调研，经过认真的梳理和规划，李松启航了，他为陈家湾村争取的经济作物项目已经到位，要种的经济作物已经规划成文。现在要做的是找一个承包责任人。他考虑了许久，觉得陈文是最适合的人选。开会研究时，陈书记十分赞同。代时却不同意，说分给各家各户做。李松不同意代时的意见，他觉得分给各家各户做不成规模，也不符合项目管理。那样不但不见效，还会把项目整死。陈书记支持李松的意见，对代时进行了一番说服，代时勉强点头赞同。

　　晚上李松带上秀桃进城，约陈文喝夜啤酒，说了他的规划，动员陈文出面承包项目，陈文有些犹豫，怕政府的补助到不了位。李松给他讲了很多扶贫政策。陈文还是有些犹豫。李松说我们打交道也不是一天两天了，你应该相信我，也应该相信政府。陈文喝下一杯酒不表态，直直地看着秀桃。秀桃看一眼李松，然后对陈文讲了一番承包经济作物项目的大好前景。说后敬陈文一杯。

陈文醉意浓浓地玩笑道，秀桃，你叫我包，我就包。我听你的，一切都听你的。

秀桃抿一口酒说，我们不是跟你开玩笑，我们是让你东山再起，走上致富之路。

陈文喝下一杯酒，抹去嘴唇上的残汁，看着李松说，资金能到位吗？我担心的是这个。

秀桃叫道，你是一朝被蛇咬，十年怕井绳呀？！

陈文说，经验告诉我，最好是摸着石头过河。

秀桃说，陈文，别活在过去的阴影里！现在的阳光是明媚的，现在的阳光是灿烂的！

李松说，没有百分之百的把握我不会来找你谈。

陈文一个劲地纠结资金问题。秀桃突然有些瞧不起他，鄙视地看着他说，陈文，你现在怎么变得这么世俗？开口闭口都是钱钱钱。

陈文的自尊心受到了伤害，他给自己的酒杯满上，重重地把酒瓶放在桌上，酒在酒瓶里荡漾着，起了一层细碎的浪花。他看着秀桃说，虽然钱不是万能，但没有钱是万万不能的。秀桃，我知道你也瞧不起我。

秀桃知道自己把话说重了，忙解释道，不是，不是，我的意思是你是陈家湾村的人，你应该带动陈家湾村的人走向致富之路。李书记把桥已经搭起来了，把路也铺好了，你只管带着大家往前走，难道你还不愿意……

陈文喝下一杯酒，摆着手，打断秀桃的话说，我是应该回报家乡，可是我现在是手长袖子短。

李松感到了难度。

秀桃说，陈文，我觉得问题不是资金，而是你的思想。

秀桃这一针见血的话让陈文一惊。他抬眼望着她，只见她满脸闪烁着青春的光泽。

陈文有些迷醉，回忆着她是什么时候不再叫他陈文哥哥的。想起来了，是在他结婚那天她不再叫他陈文哥哥的。也就是那年的国庆节，他，秀桃的陈文哥哥，从小在一起玩耍的陈文哥哥，曾经说要娶她的陈文哥哥结婚了。他举杯敬她酒时，秀桃冲口就说，陈文，你好酷！你好帅呀！

陈文用自己的酒杯碰着秀桃的酒杯笑道，你将来找一个白马王子，比我帅气得多。

秀桃红着脸，看一眼全场的人，伤心地说，我不找男人，我这一辈子都不找男人。

陈文有些酒不醉人人自醉的样子，他看着秀桃，半开玩笑半认真地说，早知道，我就该再等你几年，实现我小时候的诺言。

一句话，唤起了秀桃的回忆。陈文十一岁，秀桃五岁那年，他们在刚收割后的稻田里捉鱼，陈文捉了一条又一条，秀桃连一只虾也没有捉到。秀桃着急地说，陈文哥哥我怎么捉不到啊？

陈文说，你是个笨蛋！

秀桃生气了，嘟着嘴说，我不是笨蛋！陈文哥哥才是笨蛋。秀桃为了证明自己不是笨蛋，一定要捉起一条鱼来。她双眼盯着水里，看见一条鱼就扑过去，常常摔倒在水里。摔倒又爬起来，她努力着，她不相信自己捉不到鱼。小小的一个人儿在泥田里艰难地逞着能。但最终还是竹篮打水一场空。

中午的时候，陈文将他捉的鱼分了一多半给秀桃。秀桃高兴地跳了起来，田水溅了她一身，也溅了陈文一身。

两人一起往田坎上走，走到田边，秀桃发现三个鸭蛋，惊喜地捡起来，给陈文哥哥两个，她自己留一个。陈文不要，叫她拿回去。秀桃觉得陈文给了她那么多鱼，她捡着三个鸭蛋，就应该给他两个，以此表示她的感激之情。秀桃这么想着就硬将两个鸭蛋塞进陈文的衣服包包里。

两人一起到堰塘边去洗脚，秀桃不敢下水，陈文就叫她坐在堰坎上的洗衣石上，他到水里去把自己的手脚洗后，就一把一把地浇起水给秀桃洗手，给秀桃洗脚，给秀桃洗脸。

正洗得认真，李大妈挑着红苕到堰塘里来洗，一见这场面，便大笑道，陈文，你这孩子真懂事。看你待秀桃就像待小媳妇一样。

秀桃不喜欢李大妈。不是不喜欢她今天的玩笑话。而是觉得她平时嘴臭，老爱告状。有一天她摘了她家一个西红柿，她告到母亲那里，她一回家就挨了母亲一巴掌，母亲一边打她一边告诫她，下次你再去摘人家地里的东西，我打死你！从此，她再也不敢去摘人家一匹菜，再也不敢去摘人家一个果。

秀桃不看李大妈，她把脸别在一边，看堰坎上的铁线藤，看地上的蚂蚁。

等李大妈走了，陈文笑秀桃道，秀桃，你怎么了？是生李大妈的气了吗？

秀桃抬起头，瞪一眼李大妈的后背说，她上次告我的状，害得我挨了一顿。还有她老说我不是我妈生的，是我妈在田坎上捡的。

陈文用手搓洗着秀桃脚上的泥巴不说话，他听大人们说秀桃的亲生父母连着生了三个女儿，因为想一个儿子，就忍着心痛，把刚刚生下三天的她甩在陈家湾村的关门田坎上。秀桃的养父养母结婚多年没有生孩子，一见她，如获至宝地捡回去，当亲生女儿一样待。

秀桃见陈文不说话，便拍着他的头笑道，嗨，嗨，陈文哥哥！

陈文直起身，看着秀桃直笑。

你笑什么？

李大妈说你是我的小媳妇。

秀桃带着哭声说，好嘛，陈文哥哥，你拿李大妈的臭话来欺负我。

陈文扯起自己的衣服擦着秀桃脚上的水说，我不是欺负你，我长大了真的要你给我当媳妇。你愿意吗？

秀桃高兴地连声说道，愿意愿意！我给你生娃。生很多很多个娃娃。

陈文说，一言为定。

一言为定。

不反悔。

反悔是小狗。

两人勾着手指笑道，拉钩上吊，一百年不许变。

转眼十几年过去了，童真的誓言磨去了棱角，沾上了尘土，被万紫千红淹没了，随时光的流失而消逝了。

秀桃举着酒杯，眼里闪着晶莹的泪花笑道，小狗干杯！

陈文被回忆扯得差点回不来。儿时是多么美好，多么富有诗意啊。人为什么要长大呢？长大后人的思想就会变。他高一时进城读住校，城里的李馨爱上了他。李馨是城里人，父母都是高干，拿高薪。她没有秀桃长得好，但比秀桃会打扮，穿着时髦。这对于从小看着山山水水，看着简朴的农村人长大的陈文来说，是一种别样的风味，是一个巨大的磁场，是一种无法抗拒的诱惑。他很快接受了李馨的爱，并狂热地爱上了李馨。从此，他很少回忆儿时的美好，很少想起秀桃，也难以想起他儿时的誓言。

现在李馨带着儿子离开了他这个商场上和社会中的败将，他儿时的记忆突然又鲜活起来了，他和秀桃在黄葛树垭口抓子的情景，捡山螺蛳的情景，爬黄葛树的情景，掏鸟窝的情景，满坡遍野乱跑的情景，在水田里摸鱼的情景，涨水时在码口上接鱼的情景，一幕幕地出现在眼前，就像放映似的。

他隐隐地觉得他和秀桃的情缘还没有断，还会续起来，重新缠绕在陈家湾村的古树上，重新生长在陈家湾村的新枝上。他对秀桃的爱就像一只飞出去的鸽子，又突然飞回来了。他有时感到吃惊，人的里程怎么会像在绕圈呢？人的爱怎么也会有回归？像魔术师手上的道具，不管千变万化，最终都会变回原来的样子。难道真是众里寻他千百度，蓦然回首，那人却在灯火阑珊处吗？

李松一个劲地说着经济作物项目的前景，说着陈家湾的美好未来。但陈文的情思却一直游离在另一个世界。他目不转睛地看着灯光中的秀桃，觉得她越来越美丽，越来越风韵。他在心里对自己说，这朵花是我的，这朵花原本就是我的，我一定要把她要回来。

李松正在加大马力说服陈文时，妻子的电话突然来了，催他回家。李松说他的任务还没有完成。妻子生气了，觉得李松现在的心和身都在陈家湾村。在陈家湾村他不会想到她，不会想到孩子，不会想到家。回到城里他应该想到家想到她吧，可是他那颗心仍然收不回来，仍然定居在陈家湾村的深处，深夜一两点了都还在为陈家湾村工作忙碌。她把电话摔在床头柜上，下床去把门反锁了，让他去与工作同床共枕。她关了灯，躺在床上生李松的气，觉得他是一个工作狂，非把自己累死不可。世界上哪去找这么老实的人，非要把工作做得精益求精。经济作物项目的事，在村民大会上征求一下意见，愿意包就包，不愿意包就算了，革命又不是请客吃饭。哪还会自己花钱请人喝夜啤酒说好话。她翻了一个身，一股气堵在心里，很难受。她看着一屋的昏暗，在心里继续抱怨李松道，你这样用心良苦的结果是什么呢？人家发财了能记住你吗？人家如果失败了怨你恨你，还要骂你，不但骂你，还要骂你妈，骂你的祖宗八代。李松啊李松，你为什么就不能学会敷衍？你为什么就不能学会偷闲？你为什么就不能多陪陪我？你拥抱着工作而冰冻着我，让我天天夜里独守空房。李松啊，你现在的心里眼里都是扶贫工作，难道扶贫工作比妻子儿子还重要吗？比家还重要吗？

她气哼哼地翻一个身，又翻一个身。她仿佛听到门外有摸钥匙的声音，她翻身跳下床去打开反锁，然后又飞速地回到床上，蒙头装睡。但是久久没有响起丈夫进屋的声音。屋里仍然静悄悄的。她探出头来，屋里一片昏暗。李松根本就没有回来，是她心里想他盼他回来产生的一种幻觉。她叹口气，呆呆地望了一阵黑夜中的寂静。然后翻身跃起，准备去找丈夫，走到门口突然想到自己根本就不知道丈夫在哪里。深更半夜的，她必须问清楚了再去。她掏出手机，拨通丈夫的电话。丈夫担心她的安全，不让她去，说他马上就回来。

她悻悻地回转身去，重重地倒在床上，等待着丈夫归来。此时此刻，她是多么想偎在丈夫那结实而又温暖的怀里，嗅着他的气息，感受着他的强健，感受着他的热力，幸福而又甜蜜地进入梦乡。可是丈夫不懂她，迟迟不回来，让她饱尝着苦等苦盼的滋味。泪水在寂静的底部，在夜晚的深处奔涌而出。她有男人跟没有男人一样。男人的心不在她的身上，深夜两三点都还不回家，一点儿也不知道她在等他，她在盼他，一点儿也不知道她有很多话要对他倾诉，工作上的，家庭中的，情感方面的事她都想对他倾诉。可是丈夫一点机会也不给她，让她一肚子的话找不到出口，堵在心里一个劲地回旋，一个劲地咆哮，一个劲地澎湃！

李松啊，你不是一个称职的丈夫，你没有尽到一个丈夫应尽的义务和责任！

她辗转反侧，越想越气愤，再次跳下床去把门反锁了。她决心不让他回家，让他去和扶贫工作亲吻。但是她上床躺了几分钟，又下床将门的反锁打开了。打开回身走几步，气不过又将门反锁上。反反复复好几次，但最终还是狠不下心来。她爱他。他是她的男人，家门应该永远为他敞开着，她的心门也应该永远为他敞开着。她打开灯给他发微信，柔情似水地对他说夜已经很深，该回家休息了。她在等他。李松简短地回了一条，叫她先睡。说他把事办完就回去。热心再次遇到了冰。她生气地给他发了好几条微信，但是他一条也没有回。

李松不是生妻子的气，他的时间和精力现在没法顾及妻子的感受。经济作物项目的事他已经协调好了，只等陈文接手。陈家湾村只有把经济作物项目搞起来，才能很快致富，才能彻底脱贫。他考察过，陈家湾村只有陈文才有这个能力承包。陈文是个人才，只要他拾回自己的信心，他一定能搞好这个项目。陈文曾经失败过，有些前怕狼后怕虎，这也是正常现象。只要他明白过来，理清了思路，看到了项目的前景，他就一定会运作好经济项目，当好陈家湾村的致富带头人。所以他必须想办法说服他，一个小时说不服他，他用两小时，两个小时不行，他用十个小时。他就不相信自己说不服他。

陈文打了两个哈欠说，都两点过了，我们撤退吧。

李松递支烟给他说，难得找到你这个大忙人，再聊几句。

陈文连连打着哈欠说，改天吧。改天再聊行吗？

秀桃说，有约会吗？

陈文含情脉脉地看着秀桃不说话。秀桃迅速地将视线从陈文脸上移开，去看李松。

李松也不是铁人，也觉得一阵阵睡意袭击着他，但他必须战胜困倦。他起身到洗手间去洗了冷水脸，又精神饱满地回来继续做陈文的思想工作，说了很多，但都没有唤起一抹浅笑的阳光。

夜已经更深了，秀桃连连打着哈欠，觉得疲乏极了，有些坚持不了了。但李松仍然不放弃，继续费着口舌。

陈文笑道，哥们，你这是熬鹰呀？

李松说，我们在等着你给我们解压呢。你不高抬贵手，我回家也睡不着觉。睡不着还不如就在这里聊天。

陈文说，我们明天再聊吧。

李松说，明天有事。

陈文说，后天吧。

李松说，后天也有事。

陈文说，那等你忙空了再说吧。

李松说，不能再等了。我不喜欢把一件事拖来拖去，我喜欢快刀斩乱麻。时间不等人呀陈文。

陈文说，我没有见过做事这么认真的人。

李松说，经济作物项目的规划和政策我都反复说了。你明确表个态吧。

陈文说，这个项目是很有前景，但是我确实没有钱垫资。

秀桃生气地说，难道你就不会借呀？！做大事的人谁不借钱？

陈文说，你以为钱那么好借呀。

秀桃说，你的人脉那么好，随便从数据库里提几个出来，筹集资金的问题就解决了。这些李书记都是摸了底的。

171

陈文叫道，好哇，你们原来在暗暗地调查我，你们在随时跟踪我！

秀桃笑道，GPS 定位，GPS 定位。

几个人都笑了起来。

李松说，你承包这个项目，不愁赚不到钱。表面我是让你带头让陈家湾村的人富裕起来，实际上我是首先让你富起来，站起来，找回过去的陈文，成为陈家湾村的一面旗帜。

秀桃说，陈文，李书记是让你走上金光大道，他给你栽了一颗摇钱树呢。

陈文说，你们这是二重唱呀。看来你们今晚非让我答应不可了。真如你们说的那样，我感谢天感谢地！但是如果我再次栽了呢？我找谁去？我这颗心已经是千疮百孔了，再也经不住刺激！再也经不住失败了！

李松把陈文的酒杯酌满，真诚地看着灯光中的陈文，再次说道，别总是想着失败。陈文我是要你挣钱，让你发财，让你带动陈家湾村的人走上致富之路，不是让你亏本。这个你要弄明白。前期你垫一部分资，政府出一部分，后期有政府的补助不说，还有丰厚的收入，你愁什么？地一到手就见利。你算算，药瓜亩产三千至五千斤，每斤能卖一块钱。你觉得划不划算？

陈文仰脸喝下一杯酒，将杯子放在桌上说，如果能结这么多斤，这药瓜就种得。我就怕结不到这么多斤。

秀桃说，李书记到外面去实地考察过。难道他会骗你？

李松说，冬桃的亩产量是五千斤至八千斤，每斤能卖八块钱左右，这品种是从山东引过来的，与其他桃子一样，春天开花结果，但是它的成熟期比其他桃子要晚几个月，其他桃子是五六月份，而冬桃是国庆节左右，错过了与其他桃子的收获季节，所以它就能卖到好价钱。它有一个好听的名字，叫映霜红。既好看又好吃。

陈文想到离他远去的妻子，伤感地说，好看，不一定好吃。

秀桃想开陈文的玩笑，但又怕打断了李松的思路，影响李松的工作效果，于是就忍住了。

李松说，核桃的亩产量……我们说干核桃，干核桃的亩产量是五百至六百斤，每斤能卖二十五块左右。我觉得这几种经济作物都做得。我星期天到很多地方考察过……

陈文喝下一杯酒，打断李松的话说，李书记，药瓜当年能见成效，但是核桃要八年才结果，冬桃好像也要好几年。

李松说，你说的是过去的实生苗。老兄，一切都在改进，现在谁还栽实生苗，我们栽嫁接好了的核桃树，第二年就结果，只是结了果就不长树枝，所以要打掉。第三年就有收成。冬桃第二年结果。一结果当年就见效。冬桃树和核桃树头一两年树小，可以在里面做些兼种，比如花生、海椒、西红柿、黄豆、绿豆、南瓜、西瓜、藤藤菜、小白菜、菠菜、豌豆尖、青菜、萝卜、花菜等一些低矮植物，以此增加经济效益。等树长大后，拿一部分地种黄精，拿一部分地养鸡。

陈文说，黄精是什么东西？

李松说，一种中药材，不怕树子荫。

陈文说，依你这么说，满地都是金。

李松说，那当然。

李松的话，犹如露水，一点一点地浸润着陈文的思想，一点一点地打开他的眼界，引领着他前行。几个小时前那种不想回陈家湾村承包经济作物项目的思想渐渐瓦解了，消逝了。取而代之的是承包经济作物项目的雄心，取而代之的是赚钱的热望。但陈文现在不是热血青年，而是商场老手，他不会轻易让人看到他的内心，他不会轻易表态，他说，我考虑考虑再说吧。

秀桃站起身冲陈文说道，天哪，说了大半夜，我们的口水都说干了，你还说考虑考虑。这么好的一件事，你还考虑什么嘛？你这个人真是四季豆不进油盐！

李松满脸微笑地拉秀桃坐下。秀桃不坐，拉李松走，说，我们另外去找人，我不信没有他红萝卜丝丝就不成席了。

陈文看着秀桃直笑。李松把秀桃扶回座位，笑道，别急，陈文已经同意了！

陈文吃惊地将目光移向李松，心里想，这个家伙的眼睛真有穿透力？简直比 X 光线还强。

李松递一支烟给陈文，进一步确定陈文的态度，他说，你如果不相信我的话，星期天，我带你再去考察考察。

陈文摇着手说，NO，NO，今晚你已经带我考察了很多次了。

李松松了一口气，看着秀桃愉快地笑了起来。这个夜晚的啤酒没有白喝，话没有白说，夜没有白熬。陈文在凌晨四点终于表态承包经济作物项目，为李松的启航加了油，为陈家湾村的致富打开了发动机。

承包责任人落实后，接着具体考察全村的土地丢荒情况，研究出整套方案，规划出果林片区。这天，李松把陈文请回来，计划与村班子一起围着全村走一转。代时不想去，说他的痛风病犯了。李松知道他在装病，毫不客气地说，坚持一下。今天的工作，村班子成员一个也不能少。陈家湾村这么宽，几千亩地，我们不可能天天邀起去走。我的意思是，我们边走边看，边走边发表意见，现场办公，全盘进行研究，全面进行规划。

代时不满地看一眼李松，虽然满腹意见，但是找不出一条不去的理由。他绕着办公室的外墙到后面厕所里去解了手，然后气鼓鼓地跟在李松后面，像一根拖尾巴。

李松说，陈文，这次我把你硬拖回来建设家园，你是不是觉得我有点武断？

陈文笑道，何止。简直是有些霸道！不过很温馨。

说后大家都呵呵地笑起来。陈书记一次又一次地表扬李松。代时一次又一次地朝地上吐痰。

秀桃跳过一条沟，跟在李松背后说，陈文，你那么傲气，是不是觉得陈家湾村地盘小了，养不起你这只金凤凰？

陈书记笑着说，陈文不是金凤凰，秀桃你才是金凤凰。陈文是雄鹰。

陈文笑笑说，雄鹰在辽阔的草原上，不在陈家湾村。

秀桃说，你是什么意思啊陈文？儿不嫌母丑，狗不嫌家穷。

陈文笑道，你理解错了，我不是嫌生我养我的家乡小，我的意思是说我不是雄鹰。

秀桃笑笑说，你不是雄鹰，那你是什么？是狗熊？是麻雀？

陈书记看一眼秀桃，又看一眼陈文，以为陈文会生气，谁知陈文却亲昵地附到秀桃耳边，小声地说了一句什么，便哈哈大笑起来。几个人见陈文哈哈大笑起来，也跟着畅快地大笑起来。

李松带着大家从一社开始，准备一个社一个社地看过去。李松不想走马观花，他要站在坡顶上去看着村社的全景，掌握实际数据和实际情况，有凭有据地和大家一起进行规划，进行分析，进行研究。但是每个社都一样，没有一条路可以通向坡顶。鲁迅先生说，世上本没有路，走的人多了也便成了路。那么现在反过来说，山上原本有路，没人走就不成其为路了。是的，山路早已经被人们遗忘了，早已被丢弃了，很多路段都悲凉地垮塌了，在无边无际的寂静中成为野草的河床。

山湾里，因为劳力的流失，很多熟地变成了荒土荒地，里面长满了野草，山湾成了野草的海洋。

代时望着密不透风的杂树野藤说，李书记这怎么上去啊？

李松拨开刺篱笆，露出脸来说，这确实是个难题。但是如果掌握不到全村的土地情况，怎么进行规划呢？

陈书记说，走吧，杨子荣能穿林海，难道我们就不能踏野草。

李松说，姜还是老的辣。向陈书记学习，走。

一群人艰难地穿行在山路上，一米多深的野草缠着他们的脚，绕着他们的腿。长长的刺篱笆划破了他们的肌肤，刺进了他们的肉体。

走到二台土，再也分辨不出路的方向。代时坐在杂草丛中再也不想走了。陈书记也累得上气不接下气。

秀桃看着茫茫的草海说，真是野草疯狂的时代！

陈文说，怎么办？

李松思忖一下说，这样吧，你们歇着，我上去侦查侦查。说着用手分开茂密的野草和芭茅朝坡上走去。秀桃跟在李松的后面。陈文也想跟去，代时一把拉住他说，别去当电灯泡。陈文还是想跟去，代时说，根本找不到路上去，他们走不到十步就会回来。

陈文看着一片草海，觉得代时的话说得对，于是收住脚步，像陈书记和代时一样，踩倒一团野草坐下歇息。

李松不想要秀桃跟着自己，他叫秀桃回去。秀桃不回去，执拗地跟着他。李松急了，说，这路实在难走，你快回去！

你一个城里人都不怕，我怕什么？

李松说，我是男人。

秀桃紧跟在李松后面，一边用手挡住朝她扑来的芭茅叶子，一边说，我是女人。

说后两人都笑了起来。

那密集的芭茅让人防不胜防，挡着这张，那张又疯狂地朝他们扑来。李松是男人，能忍受住那火辣辣的刺痛，但秀桃是女人，总是痛得忍不住叫起来。秀桃的每一声惊叫都触碰着李松的心。他时常会停住脚步，回过身来，怜爱地看着秀桃，心疼地问，痛吗？像他身上没有被芭茅叶划过一样，像贾宝玉站在雨中却问别人衣服淋湿没有一样。

穿过九亩大土的芭茅林，又进黄泥土的杂树林。

秀桃说，这块地是我们家的。

怎么不种庄稼呢？

下面的地都做不完，谁还做这坡地。

你做了多少地？

一亩多。

田呢？

几分。

粮食够吃吗？

米够吃，面买起吃。我没有种麦子，我种油菜、苞谷。

据我了解多数人家都是你这种情况。

还有很多人家没有种地呢。

你是说外出的人家？

不。我所指的是一些在陈家湾村的人家。他们只种点小菜，粮食全买。

他们的经济来源靠什么？

有的靠打工的家人拿钱回来，有的靠养老保险。只有钻天猫李大妈王姐和大罗拐叔叔比较舍死，把别人不愿意做的好地做了些。但是也做不完，坡上的地丢荒不说，下面大块大块的田和土也长满了野草。

种地赚钱吗？

除了肥料和人工根本没有啥子收入。外出打工少说也要挣三四千块钱一月。三四千块钱你说要买多少粮食？所以没有人想窝在家里种地。

养猪的人家比例大不大？

养猪麻烦，只有百分之二十的人家养一两头过年吃。

不做地的人家领不领退耕还林补助、粮差补助和粮食补贴？

领，照样领。

据说你家的退耕还林补助、粮差补助和粮食补贴全被代时卡了。有这事吗？

请你不要提这事好吗？

我要叫他——补发给你。

求求你不要说过去的事好吗？

李松看着秀桃那痛苦的样子怔住了。他的目的是想为秀桃讨回公道，没想到却揭开了秀桃的伤疤，让她的伤口鲜血直流。他急忙转开话题，说了很多别的话才让秀桃从痛苦的记忆中走了回来。

两人往坡上走去。

繁茂的野草剥夺了地面的尊严，遮挡着人的视线。李松和秀桃凭着感觉踏步向前，常常跌进泥坑里，摔得浑身疼痛。这次秀桃刚从泥坑里站起身，突听呱的一声，一个东西从她的眼前嗖地一下飞了过去。吓得她大叫一声瘫坐在地上。

李松以为是什么野兽，慌忙折下一根树枝当武器。秀桃定定神，突然大笑起来。原来她惊飞了一只下蛋的野鸡。

李松摔了手里的树棒说，我还以为是什么野兽呢？

秀桃环顾一下四周说，这么茂密的树林，这么茂密的草，完全可能有野兽。万一有野兽怎么办？

我保护你！

你保护我？

你怀疑我？

有点。

两人都笑起来。旁边的两只野兔听见声音，猛地朝远处跑去。几只白鹤也拍闪着翅膀朝远处的树上飞去。

秀桃说，好诗意，好生态啊。

李松说，我们要拔去这些野草，栽上果树，既能起到美化和绿化作用，也能增加村民的经济收入。这才是现代人的愿望和目标，这才是当今的乡村风貌。

那样当然更美。不过……

不过什么？

乡村再美，你们城里人也不会长期住下去的。秀桃话里有话地说。说后脸有些发烧，心也跳得有些异常。在这样的荒山野岭，她怎么一张口就说出了这样泄密的话呢？她真大胆，她真不知道害羞。话一旦说出口，就收不回。她有些吃惊！她有些忐忑！她怕吓跑李松，她怕李松从此不理她，她怕李松小瞧她鄙视她。

老天，她怎么会有这么多个怕啊？她怎么这样在乎李松啊？说不清楚。人生，最最说不清楚的就是情感问题。

她怕李松回过头来看她，慌忙拂一下散乱在脸上的发丝，扭头去看四周。

李松的身子在杂草丛中僵持了几秒钟，又举步向前。

两个人在荒草丛中，像两只爬行动物。他们越过杂草丛生的土地上山杆，山杆上的路杂草丛生不说，还有很多垮塌的残缺。

李松在前面开路，遇到有危险的地方，李松就牵着着秀桃过去。秀桃感受到了李松的强健与强力，心里荡起一股股热浪。

山坡上有阳光的温度在流动，有阳光的灿烂在充盈。

越往上走越艰难，山杆上的树密密麻麻，像屏风，像围墙。李松觉得这哪里是山湾，这简直是原始森林。李松生在城市，长在城市，从来没有到过山湾，从来没有穿越过树林，从来没有走过杂草丛生刺篱笆铺藤的山路。他的脸和手被芭茅划伤了，被刺扎痛了，他仍然迈步向前。有一次他摔在沟里，刚爬起来又摔倒了。

秀桃的泪水出来了，他这是为什么啊？他一个城里人，他只在这里待一段时间。他干吗要这样认真？他干吗非得改变陈家湾村的面貌？为了改变陈家湾村他超越他自己，战胜他自己，做他从来没有做过的事，做别人不愿意做的事，克服他从来没有克服过的困难，克服别人不愿意克服的困难。这是为什么？她不明白李松？她太不明白这个城里的男人了。她仿佛觉得李松也有些像她的傻儿子，傻得透彻，傻得可爱。他干吗不知道偷闲？干吗不知道应付呢？从陈家湾村人的角度来说，她十分赞赏李松为陈家湾村所做的一切，她十分感谢李松为陈家湾村开辟的致富路，创造的彩虹桥。从一个女人的角度来说，她怨他不应该这样认真卖力，不应该这样为了工作而累自己，苦家人。家人是自己的，身体是自己的。为什么不能多留一些时间给家人给自己呢？为什么不能多把一些轻松舒适给家人给自己呢？

秀桃说，我们回去吧。

李松说，已经快到坡顶了。

你这是何苦呢？

李松拍一下秀桃的肩，笑一下说，走吧，小姑娘，我们不做半途而废的事。

费了九牛二虎之力，他们终于登上山顶，李松用手机把全社的面貌拍了下来，估计了丢荒面积，并记录在手机便签上。秀桃见李松如此认真，自己也不能马虎，一一记录在手机便签上。

李松站在坡顶给陈书记打电话说可以顺着坡梁走遍全村。

陈书记正要接话，代时抢过陈书记的电话说，我们不会上来的。在下面也可以看到丢了多少荒地，在屋里也可以估算出全村的面积，没有必要千辛万苦地跑到坡上去。说罢就挂断了电话。

李松愣在坡顶。

秀桃说，他们不上来，我们也懒得跑了。他能估算就让他估算吧。我们何必这样千辛万苦，我们何必这样劳心费神。

李松的心里沉沉的，他真想骂一句，他真想大叫一声。他也想放松自己，也想过得舒适一些。可是陈家湾村的土地历来没有一个准确数字。如果这次不估计准确，订多少药瓜种子？订多少株冬桃树苗？订多少株核桃树苗？订少了不够，订多了又是一种浪费。这些细节不得不考虑。

八月的天气，虽说交了秋，但还是很热，太阳附在人的身上，消亡了所有的舒适，增加了很多热量。知了在树子上，像撕着无边无际的破布一样，一个单音拉下去，没有一个尽头。树木热呆了似的立在山杆上，野草经不住烈日的烘烤，蔫搭搭的。一些野兔野鸡，一些白鹤和小鸟傻愣愣地看着山顶上的这两个外界人士。

李松叫秀桃带路，顺着山梁到了其他几个社，每个社都拍了全景图片，都一一做了记录。

跑遍全村后，秀桃舒了一口气，诙谐地说，我们在搞测绘吗？

李松笑笑说，算是吧。我们不是地质队胜似地质队。我们今天的决定很英明，虽然上坡吃了些苦，但是节省了很多时间。几天的工作一天时间就完成了。

秀桃说，算得上是神速。

李松说，主要是你的功劳。

秀桃侧着头，妩媚地说，怎么表扬我呢？

请你喝酒。

我不喝酒。

那请你吃冰激凌。

两人相视一笑。

工作一完成，两人就放松多了，同时倒在草地上看天。李松的身体虽然在休息，但脑子却在飞速地运行，他在脑海里回放着陈家湾村的全景，思考着经济作物项目的实施，憧憬着陈家湾村的未来。

秀桃仰望着天空，回忆着童年的快乐。妈妈一直把她当宝贝。父亲离家出走后，她是妈妈的唯一亲人，妈妈对她更是疼爱有加，把她当儿子待，任她满湾满村跑。她跟李四妹崽到过六社的风吹大坡，躺在山顶上说金鸡报晓的神话故事。她跟着陈文跑遍了每个社的山坡，到四社的黄家坡钻过毛狗洞，到十一社的黄葛树垭口爬过黄葛树。她爬不上，陈文就用头顶她上去。她站在陈文的头上调皮地欢笑着，笑得咯咯的，引得满树的黄葛树叶都直朝她点头，引得邻近树上的小鸟偷觑着她鸣叫。

五点过他们想回家，李松说直接下坡从十一社回去。叫秀桃带路，秀桃却傻傻地显出一脸茫然。她不知道下坡的路在哪里。到处是满满的树木，到处是满满的杂草。她无法估计山路隐藏在何处。多年前，山坡上的树是稀稀拉拉的，路是灰白灰白的，就是夜里也看得见。而现在满坡遍野都是一片绿海，没有一点路的影子，就是神仙也无法寻找到一条下山的路。

秀桃着急地说，没有路呀，怎么办？

李松说，找找吧。

两人一路找过去，路没找到，却走到了悬崖边。李松急忙拉着秀桃返身回到黄葛树下，商量着回去的路线。商量后决定按上午的路线返回。

两人顺着上午的足迹往回走。走了一段路秀桃突然觉得肚子饿，这才想起他们今天中午没有吃午饭。

秀桃停下脚步，在路旁摘了几个刺梨子和一把红栽栽，叫李松吃。李松怀疑地看着刺梨子和红栽栽，怕有毒，不敢吃。秀桃笑着扯起衣服将刺果果上的刺擦干净后，示范性地吃起来。一边吃一边说，小时候陈文经常带我到坡上来摘刺果果吃。你吃吧，含维C。

李松的肚子实在饿得不行了，在秀桃的鼓动下，吃了两个，酸酸的，涩涩的，不想再吃。从包里摸出烟来，想抽一支，突然想起安全问题，又将烟放回包里。

秀桃狼吞虎咽地吃完刺果果和红栽栽后，开始抱怨道，陈书记和陈文也不管我们，连电话都不给我们打一个，一点也不够意思。说罢掏出手机，想骂陈文几句。一拨号才发现这坡上没有信号。这才知道自己错怪了陈书记和陈文。

李松说，我们把手机拿在手上，一有信号我们就给陈书记打电话报平安。

山坡上没有一个人影，连狗也没有一条。山坡仿佛被人们遗忘了，凄美地回到了远古时代。鸟儿在树上鸣笛，野鸡一只又一只从他们的面前飞过，野兔一只又一只从他们的眼前跑过。

路上秀桃发现了很多窝野鸡蛋。她想捡些回去，只可惜她没有带箩筐和背篓来。夏天身上只穿了一件衣服，没法脱衣服下来包。李松见秀桃恋恋不舍满心遗憾的样子，便剥了几张棕树叶，给她包了十几个野鸡蛋。

秀桃边往回走边说，可惜了可惜了。早知道有这么多野鸡蛋我就担一挑箩框来。

李松开玩笑道，舍不得这些野鸡蛋，你就住在山坡上吧。

秀桃妩媚地冲李松一笑说，只要你批准，我就住在这里修行。

李松笑道，算了，你这一辈子脱不了尘缘。

两人都呵呵地笑了起来。

秀桃说，我们找些柴来烧蛋吃，好不好？

李松连忙制止道，不行不行！容易引起火灾。

你的安全意识真强。

没有安全意识可不行。

两人一边走，一边说笑着。秀桃不想把脚步加快，她希望时间永远停留在此刻，整个世界就只有她和他。李松却一个劲地催她走快点。

她说，时间还早呢？

李松说，我们必须赶在天黑前下坡，否则我们找不到下坡的路。

秀桃幽幽地说，找不着才好呢。

一时两人都不说话，只有他们的脚步在与野草交融，在与野草对话。走到三社的垭口上，秀桃突然发现一窝鲜艳无比的野花，撒娇要李松帮她摘。李松怕耽误时间，催她前行。她生气了，自己穿过杂草去摘。李松见她非要不可，只好拉住她，自己上前去帮她摘。

走到二社的垭口秀桃想歇歇，李松推着她说，再坚持坚持吧，很快就到一社了。

秀桃觉得怅然若失。闷闷地往前走。因为生气，身子有些硬，脚步有些重。

翻过二社垭口，李松和秀桃同时嗅到一股浓烟的味道。李松说，怎么这么大一股烟子味啊？

秀桃说，是村里人在煮晚饭吧。

李松又深吸了两口空气，敏感地说，不对。这烟味太浓了！

两人再往前走时，就发现代时他们歇过脚的那块地里冒着浓烟，闪着火星，喷着火舌。李松惊叫道，不好了！说后带上秀桃往制高点跑，找有信号的地方打电话。找了很久才找到一个地方有信号。李松给陈书记打电话，叫陈书记带领全村的男男女女，老老少少带上刀子和锄头马上到一社来扑火。秀桃早已把手里的鲜花和野鸡蛋丢了，颤抖着手给陈文打电话。

李松跑了一天，又饥又乏，真的不想动。但是大火吐着火舌，疯狂地欢笑着，迅速地扩散着，容不得他喘一口气。李松吐口气，立即投入到打火的战斗中，他发挥出超人的潜力闪电般地摘下一堆树桠，叫秀桃运送，他到前面去扑火。说罢就拖两根树桠朝大火冲去。秀桃冲上前去，一把将他推在后面，叫他运送树枝，她上前去扑火。李松怎么会让她上前去呢？他是男人，他要把安全留给她。他挣脱出秀桃的手又往前冲。秀桃哭着跪在地上抱住他的双腿，不让他去，说太危险了。李松急了，把她拉起来，一把将她抱到离火海较远的地方，大声地对她说，不准你上前来干扰我，你只管给我运送树枝。听见没有！

秀桃从来没有见李松发过这么大的火。她吓傻了。她跪在地上向正用树枝扑打着火苗的李松哭喊着。李松的眼泪被浓烟熏出来了，他睁不开眼睛。李松的脸被浓烟熏黑了，被大火烤痛了，他不管。秀桃的心被李松震撼了。她站起身，擦干眼泪，拖起树枝冲向火海，与李松并肩作战。

185

李松不会让秀桃来承受浓烟的熏染，不会让秀桃来承受烈火的烘烤！他一把将秀桃推在后面，再次命令她不要上前。秀桃的心再次被李松深深地感动了。这个男人给予她的情，给予她的恩，她几生几世也感激不尽，她几生几世也报答不完。她一边哭着一边给李松运送着树枝。

等陈书记带领大家拿着刀子和锄头来到现场时，李松的脸已经被熏成了一个黑包公。秀桃和陈书记拉他到一边去休息，他不。他怎能在这火势冲天的紧要关头去休息呢？他忍着疼痛和疲倦，指挥大家割隔离带。

大家在李松的指挥和带领下，快速地割着浓密的杂草，快速地砍着杂树。一个多小时，几米宽的隔离带成功地出现在火势汹涌的四周，阻止了火势蔓延，孤立了火苗。

大火向李松敬了最后一个军礼，渐渐地隐退了。

把大火扑灭后。全村的人都累得筋疲力尽，个个瘫软在地上。

月亮已经出来了，费力地看着烟雾弥漫的陈家湾村。

钻天猫说，是哪个龟儿子放的火？害得老子累得要死。

大罗拐说，幸好李书记叫我们割开了隔离带，不然这个湾会全部烧成灰。

代时说，李书记，今天感受如何？

李松看他一眼没有说话。

代时打两个哈哈，接着说，有意义吧，既爬了山，又看了树……

李松说，是呀，有绿色养眼，有美女相伴，简直是一次别有情趣的体验。

代时酸酸地说，原来李书记是在创造一段野史。

李松笑道，可惜你错过了这个机会。

代时哼一声，扭头看四周。四周是夜晚的帐幔。

甘麻子说，李书记，你带秀桃浪漫了一天不说，还在这块地里烧野鸡蛋吃。你不是经常在会上说安全问题吗？你作为陈家湾村的扶贫第一书记，也应该以身作则，带头提高安全意识嘛。

李松没有精神说话，他全身软软的，被火烧伤的手疼痛难忍。

秀桃说，别打胡乱话。

甘麻子说，我在打胡乱说吗？

秀桃说，我和李书记转过二社垭口就看见这块地里燃着火。

甘麻子的女人拖长着声音说，难道是鬼放的火吗？

秀桃看一眼代时说，是鬼放的。是那个鬼的烟头引起的。

代时嘿嘿笑道，谁不晓得李书记的烟瘾大。李书记这个人什么都好，就是烟瘾太大了。你吃他的二手烟吃得受不了了，经常给他提意见，他都改不了这个毛病，不吃烟好像要死人一样。这下好了吧，引起这么大一场火灾。

秀桃直视着代时说，别嫁祸于他人！

代时把秀桃拉到一边，小声地说，我晓得你对他好。但再好也用不着这么张扬啊。作为一个村的人，我告诫你，千万别昏了头，城里人不可靠，他只是和你玩玩而已，他不会给你多少情，他不会给你多少爱。你别痴心妄想他会对你好一辈子，更不要痴心妄想他会娶你……

秀桃忍无可忍，狠狠地给了代时两个耳光，一边打一边骂道，代时！你卑鄙！你无耻！你以为谁都会像你这样下流！

代时想还手，陈书记走过来一脚踢在代时的小腿上说，你个鬼还有心说这些话！祸都是你个鬼惹的。当时我叫你别抽烟，陈文也叫你别抽，你不信。就像鬼找着你一样。今天幸好有李书记。不然你狗日的非蹲黑房子不可！

第十八章

　　李松手上的烧伤很严重，又红又肿，满手是泡，陈书记叫陈文送他进医院，他拒绝了。大家不放心，送他到村委会。

　　一湾人见李松的烧伤这么严重都无睡意，李大妈捞来一碗咸菜，叫李松敷上。王妹崽拿来蜂蜜，叫李松敷上。甘二嫂拿来鸡蛋，叫李松用蛋清敷。黄三旺从水缸下抠了些青苔，叫李松贴上。李松感激地看着大家，不知道到底该用什么好。

　　秀桃一直在百度上查找治疗烧伤秘方，这时突然抬起头来说，芦荟！谁家有芦荟？烧伤用芦荟最好。

　　李大妈说，我们这些土办法都不行吗？

　　秀桃说，不行。快找芦荟！

　　没有啊。

　　到哪里去找？

　　我们这个村都没有。

　　甘二嫂说，我家院坝里原来有一窝，去年打水泥院坝就铲了。早晓得有用就该把它留着。

　　秀桃着急地说，那怎么办嘛？

　　陈书记说，秀桃你再在网上查查，看有没有其他办法。

　　秀桃打开手机，大家都围在她的身旁。秀桃说，你们别围着我，到农家书屋去找医药书，看上面有没有良方。

大家往农家书屋走去，各自抽一本医药方面的书，用粗而大的手指笨拙地翻着书页，努力辨认着书上的字。正全体总动员时，代时突然拿着几皮芦荟叶子进来了。

秀桃急忙把芦荟叶子撕开，敷在李松的烧伤处。没几天李松手上的红肿和泡泡全部消了。

李松又投入到紧张有序的工作中，召开村班子扩大会议，把他拍的全村实景图片，以及录像和文字记录转给陈书记，转给代时和陈文，让他们翻看后发表意见。

代时翻看后，将手机甩在办公桌上，皱着眉头说，我看着一片草海头都大了。你说一条路都没有怎么种经济作物？李书记，我们不说别的，单说地里的野草都够我们全村人扯一辈子。一辈子可能都扯不完。

陈书记咳嗽两声，直直身子，叹口气说，李书记啊，难度确实有些大，每块地里都长满了野草，芭茅和杂树。如果要种经济作物，首先要将这些野草芭茅和杂树清除。那么人力呢？就目前村里的这几个人真的是无能为力。

代时说，依我说就算了。别折腾来折腾去的。

陈书记说，我们把下面的地，也就是村民种着的几块地用起来就行了。

李松说，人们种着的地不能动，让大家种粮食。我的意思是把坡上的荒地开出来，用起来。

代时说，李书记，你如果需要业绩作为提升的资本，到时编些资料我们签字盖章就是。

李松看着代时，有那么几分钟气得说不出话来。

秀桃控制不住自己的情绪，愤怒地瞪着代时说，代主任，你别总是狗眼看人低！李书记是一心想把陈家湾村的穷帽子摘掉，根本就没有想过提不提升的问题。

代时回击道，你怎么知道他没有想过呢？难道你是他肚子里的蛔虫？

陈书记恼火地一挥手说，大家说话和气一点。别总是吃铁吐火的！我们是一个班子！不是一个小集团！我再次郑重其事地说，别把个人情绪带到工作上来。李书记是上面派来的领导，是来帮助我们脱贫的，他所做的工作我们是看在眼里的，群众也是看在眼里的。我们没有理由不尊重他！我们没有理由不服从他安排！

会场里静默了一阵。李松吐了一口气，一人摔了一支烟说，经济作物项目已经争取到了，这项工作我们必须做，再难也要实施。我的意见是成片种植，形成规模。比如说一社二社三社四社五社种冬桃，冬桃一亩地可栽八十至九十株，第二年挂颗，亩产五千至七千斤，价钱一般是七至八块钱一斤。另外在桃花盛开的时节，我们可以把当地的名小吃和土特产组织起来，举办一个桃花美食节，开展乡村旅游。六社七社八社九社种植核桃。核桃株距三至四米，行距五至六米，一亩地可栽四十株左右，三年结果，亩产干核桃大概在五百至六百斤，每斤售价是二十五块钱左右……

代时打断李松的话，冷笑道，核桃从来没有听说过三年就挂果的。一般都要八年才结果。

李松说，八年那是实生苗。我们不种实生苗，太慢了。我们种植嫁接树，第二年就结果，只是……李松的电话突然爆响起来，李松吓了一跳，电话是妻子打来的，接通不听妻子说一句话，只简短地说了一句，我在开会，就挂断了。手机刚放在桌上，妻子的电话又打来了。李松真想关机，但是又怕单位领导，镇上领导，扶贫办领导和一些贫困户来电话。他再次对妻子说了一句开会，然后调成振动。调成振动状态的手机一点也不老实，在办公桌上，在李松的面前不停地摆动着，不停地发出呜呜的声音。李松很想好好和妻子聊一阵，可是妻子的电话来得不是时候。他正研究经济项目工作，想尽快实施和落实。这个时候他能接听妻子的电话吗？他没有这份精力。他知道妻子这样一次又一次地给他打电话肯定有事。但是他确实没有办法，他李松不会分身术，他没有孙悟空的本事。他是有单位的人，他担负着社会职责，不完全属于妻子和家庭。鱼和熊掌不能兼得。

手机在办公桌上不停地摆动着，发出呜呜的低吼。秀桃实在看不过意了，就拿起李松的手机到外面去，想对对方说李松正在研究工作。谁知对方一听她的声音就切断了电话。

她站在村委会坝子里，愣愣地望着李松的手机屏幕，心里明白她今天不但没有帮上李松的忙，有可能还给李松惹了祸。她悻悻地走回办公室，代时正用一双讥讽的眼睛看着她，她没有好气地瞪他一眼，将李松的手机放在李松面前，又开始做笔记。

李松接着说，只是为了树的成长，第二年的果不能要。十社十一社种药瓜。药瓜当年结果，亩产三千至五千斤，一块钱一斤。

代时哼了一声，将目光移向外面，不看会场上的任何一个人。

陈书记说，陈文，你经常在外面跑，见多识广，你发表发表意见，出出高招。

陈文说，李书记规划得很好，我们就按他说的执行。这些年陈文在城里生活学会了很多东西，他自身也有一些人生经验，算得上是一个老手。那天晚上，他被李松浸染后，按捺不住那颗赚钱的心，深夜骚扰了几个生意上的哥们。几个哥们都说这是一笔赚钱的大生意，有国家的大笔资金补助，有李松单位的助推，有李松的力挺，肯定会有丰厚的收入。听了朋友的意见后，他又开车亲自去考察，看李松是不是说得太夸张了，看李松是不是为了完成扶贫工作任务在哄骗他。考察后他对李松肃然起敬，李松一句假话一句空话也没有。李松确确实实去考察过，确实对经济项目进行了一番认真的分析和评估。李松和单位领导也确实为陈家湾村争取了一大笔实施经济作物项目的经费。陈文心里有数了，他陈文很快就要东山再起了，他觉得李松是一个值得信服的人，觉得李松到陈家湾来扶贫，是陈家湾村人的福气。

代时的目光扫过来了，意思是叫陈文要冷静。陈文却避开了代时的眼光。他与代时是好朋友，平时也爱听代时的话，但要看代时的话对他有不有利。比如上次代时叫他摔下文书工作，他二话不说就摔下了。文书工作每月一千多块钱，完全是浪费他的时间和精力。而现在的经济作物项目，代时劝他不要接手，说不愿意再次看到他栽进泥坑里。陈文嘴上说着感激的话，心里却像明镜似的——代时不是为他好，而是在和李松唱对台戏。他陈文当然不可能牺牲自己的利益，而成为代时的利用工具。

陈文摸出烟来，先摔一支给代时，再递一支给李松和陈书记。然后接上火，抽着，让烟头上闪烁着火星。

陈文用手指弹着烟头上的烟灰说，我这次回陈家湾村来承包种植业，是为了回报生我养我的这块土地，是为了带动全村人走向富裕的路，是让大家不等不靠过上幸福的好日子，这也算我为大家效力。我的种植业搞起来了，就是代主任和李书记提升的资本，只是你们将来当了领导不要忘记我就行……

陈书记打断陈文的话说，你个鬼别扯那么远，也别唱高调，说些吃得的话。一句话，这个项目对我们陈家湾村到底有没有好处？

陈文说，肯定有好处！

代时不满地看着陈文说，有多大的好处？你说到底有多大的好处？我看全是纸上谈兵！痴人说梦！

陈文用力将烟头摁进烟灰缸里说，一句话说明，人人能挣钱，家家能建房，家家能买车。

代时哼一声，冷笑道，你在白天说梦话吧。我看你这个人是上当上不怕！

陈文把李松实施经济作物项目的原因和理由说了一遍，陈书记听后，佩服地看着李松笑道，李书记还真成了一个农业专家了呢。看来我是白活了，看来我是应该退居二线了。唉，我落伍了，跟不上形势了。

李松说，最近几个星期天我开车到处考察了一下，向别人取了些经。取回来我就现炒现卖。

陈书记呵呵地笑起来，大家跟着也笑了起来。

代时哼一声，冷嘲道，戏台都没有搭起就唱起戏来了。

李松说，我的意思是叫陈文牵头，陈文承包，如果村民愿意参加种植承包也可以，出租地也可以。出租地一亩三百块。至于说地里的杂草问题，我去联系推土机和挖掘机。

代时接话道，推土机和挖掘机长得有翅膀吗？

李松说，这个不用愁，我找我们单位领导去争取国土项目和高标准农田水道项目。这两个项目落实下来，陈家湾村的社道路就会四通八达。

陈书记站起来，激动地握着李松的手说，这太好了！真是太好了！李书记，你费心了！你辛苦了！你为我们村做好事了！我们村几辈人也忘不了你！你功德圆满！功德圆满呀！

代时说，说的比唱的还好听。

李松说，我的意思是先铲几条土坯路，把荒地开出来，栽上果树，种上药瓜。路的问题慢慢解决。

秀桃满含感激地看着李松。代时最讨厌秀桃用这种眼光看李松了。他假咳几声，将一个纸杯摔进垃圾桶里。秀桃知道他的意思，冷冷地看他一眼，哼一声，继续做记录。

会议继续展开激烈而又认真的讨论。代时一直固执己见，不同意搞什么经济作物项目，不同意搞什么种植。他觉得不现实。他觉得李松现在完全是在拿陈家湾村做舞台，表现自己。

陈书记最先觉得难度大不同意，后来听了李松和陈文的意见后也同意了。

代时现在是势单力薄。顶不住李松的强力崛起！他连着抽了几支烟，心里有些不甘心不服气。他扔下烟头想再做一些努力，但又实在想不出什么令人信服的理由。举手表决的时候，代时居然也慢慢地升起他的五指手。这让李松很高兴。

李松最后说，前期所做的工作都是些零碎的工作，都是些搭桥的工作。现在的经济作物项目工作才是重头戏。只有把这台戏唱好了，陈家湾村才能真正走向致富道路，陈家湾村才能彻底告别贫困，迎来富裕。

第十九章

　　李松整天沉溺于工作中，根本不知道他与秀桃的谣言已经像一股毒烟一样侵蚀着他的家庭。

　　周末，李松回家，开不开门，钥匙失灵，锁心是陌生的，强硬地拒绝着钥匙进入，故意与他作对似的。他以为妻子在家把门反锁了，但敲了半天门，屋里也没有回应。他给妻子打电话，妻子不接，他给妻子发信息妻子不回。他正不知所措时，邻居探出头来说，你妻子换锁没有给你说吗？

　　是呀，妻子换锁怎么不给他说呢？他有些生气。他又给妻子打电话，妻子还是没有接，他又给妻子发信息妻子还是没有回。他抽了一支烟，往岳母家走。岳母和岳父都是一张冷脸对他。妻子连一张冷脸都不想给他，关在屋里不管他敲多久的门都不出来。他纳闷，不知这几个人怎么了？不知到底发生了什么事？他李松今天真成了丈二和尚摸不着头脑了。他回过身，站在岳母面前说，妈，家里出了什么事？

　　岳母冷笑一声说，问你自己！

　　他一头雾水，递一支烟给岳父，岳父用手挡开他的烟说，你扶贫扶出故事来了呢，有能耐，真有能耐！事情到了这一步，我也不想说什么，你抽个时间和我女儿把离婚手续办了吧。我们家的人有的是志气，不会赖着你。说罢不容李松再说半句话，就把李松推出了门。像赶一只苍蝇像轰一条狗一样。

李松不知所以，站在岳父岳母门外给妻子打电话，妻子还是不接，他给她发信息，问她他到底做错了什么事？问她他到底犯下了什么滔天大罪，一家人这样用冰砸他的心，一家人这样把他当狗一样赶出门外！妻子不回，一条也不回，一个字也不回。

李松看着冷漠的铁门，期盼着妻子能从铁门的猫眼里看他一眼，期盼着妻子把门打开，出现在自己面前。但是没有，这完全是他的幻想。一个小时过去了门没有打开，两个小时过去了，铁门还是无情地紧闭着。看样子，妻子和岳父岳母，是要把他永生永世隔绝开。

他的心痛。

他的泪涌。

李松拖着双腿一步一步地走进电梯。他希望这时电梯出故障，把他永远关在电梯里，或者坠下去把他摔死。但是电梯很正常地工作着，顺利地把他载到一楼，张开大口把他吐了出来。

夏天的暴雨说来就来，不让人有一点准备。他没带伞，像一条没人要的狗，在岳父岳母所住的小区里徘徊，在岳父岳母所住的小区里受着暴雨侵蚀。他仰着淌着雨水的脸，看着岳父岳母的窗户，他希望妻子，他希望岳母岳父看见他可怜的样子软下心来，收留他。可是没有。一切都是他的幻想。痛苦撕开他的心，裂开他的肺，将带血的碎片满世界抛撒。他捡不回，他拾不起。他感到心里好空，身子好空，夜晚好空，世界好空。他什么也没有，赤条条地暴露在雷雨中。一切转眼即逝，温柔的妻子突然不见了，慈祥的岳父岳母突然间也消失了。

他仰天大叫。

他任凭雷雨浇灌。

小区的园林里一片哑然。他，突然感到好孤独，好无助。从来没有过的孤独和无助。

泪水再次往下滑落。

雨累了，不想再陪他落泪了。路灯射进园林里，分裂成很多条黑影，连他的身影也分成了好几个。树叶上残留的雨水一颗一颗地往下滴落，很忧伤，很凄美。

李松走出这个以前他很熟悉，现在却很陌生的小区。一身下着雨的衣服裹着他的身体，让他很不舒服。

他进服装店买了一套衣服。

人这一辈子最终只有自己爱自己，只有自己疼自己，只有自己给自己疗伤。

李松觉得活人是艰难的，是痛苦的，是忧伤的。

李松觉得人生的路途中满是雾霭，满是电闪雷鸣，满是荆棘丛生。

李松拖着沉重的身躯，带着满心的伤痛，在夜灯的冷嘲下，在夜晚的冰冻中住进了酒店。

李松在自己的家门口却住进充满陌生人味道的酒店，这是他做梦也没有想到的事。他的人生导演真的太蹩脚，竟然把这么冷酷无情的情景剧安排在他的生活历程中。

在从陈家湾村回来的路上，他憧憬着这个周末的家庭生活，他特意在大罗拐家里买了一只土鸡，准备明天浓浓地给妻子炖一锅鸡汤。妻子喜欢吃饺子，他特意在乡镇上给她割了两斤土猪肉，准备给她包些饺子放在冰箱里。星期天他准备带妻子去游泳。另外他还要对妻子说很多很多工作上的事，告诉她他已经开始给陈家湾村穿新装了。告诉她他很想她很想她，白天想，夜里更是想，想得难以控制，想得夜里常常失眠。

谁知事情会是这样呢。明明是晴空万里的一块天，却突然电闪雷鸣，乌风暴雨。

生活中的事是这样的急骤变化，比六月间的天气还难以预测。生活没有彩排，会突然间出现一件你预料不到的事，就像恐怖分子的袭击。

这夜李松没有睡，睁着眼睛到天明。天亮后他约了几个哥们在生态园喝茶。几个哥们见了他都一齐叫了起来，问他是不是从哪个煤窑里钻出来的，这样灰头灰脑，又黑又瘦。李松苦笑一下，泪水差点从眼里掉下来。几个朋友再仔细一看，见他满脸愁苦，见他满脸憔悴，相互传递着眼色，不便细问，也不好打趣。他也不好启齿。一个男人被女人关在门外，一个男人被岳父岳母轰出家门，这是何等的丢人啊，这是何等的没有面子啊。一个男人愿意吃苦，愿意受累，但不愿意让自己的女人冷落，不愿意遭遇到岳父岳母的冷脸。一个男人愿意承受世人的刀枪穿透，但不能忍受被自己的亲人抛进万丈冰窟。

难道人的一颗心就是这样被啃噬的吗？

难道人的精神就是这样被摧残的吗？

几个朋友闷闷地喝了半天茶，闷闷地吃了一顿饭就散了。分手时，几个哥们用力地握了握他的手，用力地揽了揽他的肩，给他助威给他助力似的。

午饭后，李松把那只鸡和两斤土猪肉放在岳父岳母的门口，给妻子发了一条短信，然后转身进了电梯，刚走到楼下，那只鸡和那两斤肉就从楼上飞了下来，差点砸到他的头上。

李松仰头看着妻子那张充满愤怒的脸，心彻底碎了，泪水奔涌而出，倾泻而下。

李松到陈家湾村是下午四点过，他到甘麻子店里去买方便面和烟。一堆人正在嘻嘻哈哈地议论着什么，一见他都住了口，像突然贴上了封口胶一样，用一种异样的眼光看着他，就好像他刚从舞台上下来没有谢妆似的。

甘麻子的女人说，哟，李书记回来了呀？我们陈家湾真是山好树好地好，人也好。你才回去不到一天又回来了。

几个人挤眉弄眼，哈哈大笑起来。

甘二嫂怪声怪气地说，秀桃刚刚还来过村委会，看你是不是回来了。

李大妈附和道，你早到几分钟就对了，也省得人家白跑一趟。真是不凑巧啊。

甘麻子的女人拖长着声音说，这有什么嘛？李书记一个电话，一条微信，秀桃就会立马转来。嘻嘻。

哈哈哈哈！

再明白不过的话意了，他李松和秀桃有那种关系。一个驻村干部和一个村民有那种关系。天呐，这是哪儿跟哪儿啊？这是谁的编导？这样的虚构怎么没有一点根基。这简直是无中生有！这简直是造谣！家里的山体滑坡家里的泥石流会不会是这谣言所致？应该是。肯定是。不然妻子怎么会用铁门把他挡在千里之外呢。不然岳父怎么会用手挡开他的烟，说他扶贫扶出故事来了呢。不然岳父怎么会叫他抽个时间和妻子把离婚手续办了呢。岳父是个明理的人，他不会无缘无故说出这种酷似八级地震十级台风的话来。

李松抱着几盒方便面站在一堆女人们面前，想说几句什么，但是他说什么呢？他说他和秀桃是清白的，没有任何男女关系？这不是此地无银三百两吗？他训斥她们几句，叫她们别无事生非，叫她们别捕风捉影，叫她们别张起嘴巴说瞎话，叫她们……他能这样说吗？半个字没有说出口，这群女人可怕就要吐他一脸的口水。

人生有许多事要忍，要强忍！

人生有许多事要让，要强制自己让。

他把方便面摔在寝室，死了似的倒在床上。

他感到床在旋转。

他感到天在旋转。

他感到地在旋转。

他感到整个世界都在旋转。

他就像坐在翻滚列车里一样，倒过去，翻过来。完全不受自己控制地旋转着，旋转着。

谣言是钻天猫编造的。钻天猫是代时的哥哥，女儿在一家公司任部门经理，发展得很好，在城里有车有房，有门面。钻天猫两口子领着女儿给他们买的养老保险，种着八九亩地，一年还养好几头肥猪，日子过得相当滋润，之前却一直吃着低保。李松按政策把他家从贫困户里清退出来，他怀恨在心，一直找寻着刺穿李松胸口的机会。终于他发现李松和秀桃有些亲密，于是编造谣言，四处传播。他要好好利用这个谣言，出出心头之恨。他让湾里人知道不说，还打电话叫在城里流浪的三娃子把这事告诉李松的妻子。三娃子不想多事，钻天猫就另出高招，用微信红包转两百块钱给三娃子做辛苦费。三娃子正是弹尽粮绝，正是山穷水尽，哪里见得钱。拿了钻天猫的钱，三娃子就成了钻天猫的传声筒，把这事绘声绘色地告诉了李松的妻子。

第二十章

推土机和挖掘机在陈家湾村发出铁牛一样的声音，不停地工作着。村民们好奇地观看着，议论时代的进步，赞赏机械化的神速。这天一堆人正笑着说着，钻天猫突然大叫一声朝推土机冲去，双脚站成八字形，双手叉腰挡在推土机面前，吓得机手立即踩了刹车。

李松和陈书记不知道缘由，慌忙跑过去。结果是推土机经过钻天猫的菜地不小心推掉了几窝菜。陈书记叫钻天猫让开。钻天猫说，他把我的菜铲死了。

陈书记说，这么几窝菜值几个钱？

钻天猫说，我不管它值几个钱，我的菜长在地里好好的，没惹他没招他，他凭什么给我推死？

陈书记说，推荒地是为了给我们陈家湾村的人谋福利。

钻天猫，又不是给我一个人谋福利，凭什么损失我家的菜？

李松说，多少钱？

钻天猫说，你说值多少钱？这些茄子和海椒都是我留的种子，一颗海椒种子明年种一窝海椒，一窝海椒明年结多少斤海椒，一窝海椒的种子后年种多少窝海椒，结多少斤海椒，后年的后年又种多少窝海椒，又结多少斤海椒，大后年的大后年又结多少斤海椒。一窝茄子的种子明年种多少窝茄子，结多少斤茄子，这些茄子的种子后年种多少窝茄子，结多少斤茄子，大后年结多少斤茄子，大后年的大后年结多少斤茄子，你算算，你自己算算。

李松听得一愣一愣的，有这种算法吗？这明显是胡搅蛮缠。但是面对着这种横蛮不讲理的人，李松一点办法也没有。讲理说不通，说歪理他不会。他叹口气说，你算。算出多少我给你多少。

钻天猫认真地数起来，一窝两窝三窝四窝五窝六……十二窝海椒，十三窝茄子。李书记，你记一下。如果觉得不对你们再数一数。

陈书记气得忍无可忍，朝钻天猫一脚踢去，钻天猫一跳，陈书记踢在了一坨石头上，正痛得龇牙咧嘴，钻天猫突然像疯狗一样扑过来将陈书记按在地上，挥拳打起来。李松上前劝阻。钻天猫顺势滚在地上喊救命。说光天化日之下，村支书和扶贫驻村书记打人！甘二嫂和李大妈一窝蜂跑过来，不问青红皂白就与李松抓扯起来。陈文、黄牙、大罗拐和一些群众把甘二嫂和李大妈拉开。李松已经是满脸挂彩。旋风流着泪把陈书记扶起来，流着泪擦着陈书记脸上的血，流着泪拍去陈书记身上的泥土。秀桃噙着一眶泪摸出包里的餐巾纸递给李松，示意李松擦去脸上的血。

钻天猫在地上滚着爬着，谁也拉他不起。陈书记拉着李松说，走，等他在这里放死放泼。

钻天猫见李松和陈书记要走，迅速滚过去抱着李松的腿哭叫道，你们打死人不管！哎哟啊！我站不起来了，我的肺都被打裂了。我的腿也被你们打断了，哎哟啊！救命啊！

李松活了三十多岁，见过很多人，但是从来没有见过如此耍泼如此不讲道理的人。他对抱着他双腿的钻天猫说，你放开我！请你放开我！

钻天猫像条蛇一样死死地缠着李松不放。陈文劝，劝不开，拉，拉不起。

村民们小声地说，啧啧，人不要脸百事可畏。这种人真是丢陈家湾村人的脸。

就是，人家李书记为我们陈家湾村做这么多事，谋这么多福，他不但不感恩，还这样要横要泼。

地里到处都是菜，吃不完还烂在地里呢。

就是，几窝菜值个钱嘛，闹得这样乌天黑地的。

他这是故意闹事，故意找岔子。

一辈子只看着钱。啧啧！

推土机手在一边冷眼旁观，这时实在忍不下去了，跑过去拉着钻天猫说，你起来，你要多少钱我赔你，你别缠着李书记没完没了的！这事不关李书记的事，不关其他任何人的事。菜是我推的，我赔你！

钻天猫仍然死死抱着李松，代时朝甘二嫂使眼色，甘二嫂明白了代时的意思，拉着李大妈围着推土机手，要他赔钻天猫两千块钱。

李松看出代时的心机，觉得他们太不像话了，太过分了。他再不拿出点威性来，他们就要翻天了。他说，看来这事我解决不了！你们等着，我请县上的领导和派出所的人来解决。说着掏出手机。代时见势不妙，忙对扑在地上死死抱着李松双腿的钻天猫大声呵斥道，还不快起来给李书记赔礼道歉！钻天猫像接了皇帝令牌似的立即站起身，不解地看着代时。代时再次呵斥道，还愣着干什么？！快给李书记认错！钻天猫一个脑筋急转弯，这才明白同胞兄弟的意思，急忙拉着李松拿手机的手说，李书记，你大人有大量，我是一时糊涂，你别计较。大人不计小人过！大人不计小人过！

李松原本也只是想吓唬吓唬他们，见钻天猫这样，便挥手叫他们走。

旋风看着李松和陈书记一脸的伤说，难道就这样算了？

秀桃也愤愤不平地说，不能就这样放过他们。他们太嚣张了！

许多村民也打抱不平地说，李书记陈书记，你们不能这样心软。应该好好收拾收拾他们。你们为陈家湾村尽心尽力地工作，得到过什么？什么也没有得到，还让他们这一群人说打就打。这让我们的良心过意不去啊。

村民们越说越激动，有的人掏出手机准备给镇上领导打电话，有的掏出手机准备打 12345，有的掏出手机准备报警。但都被李松制止了。他不是怕事。他是没有时间，也没有精力纠缠在这些莫名其妙的事情中。他还有很多扶贫方面的工作要做。经济作物项目的实施，国土项目和高标准农田水道项目也都要尽快争取，尽快实施。

李松挂着满脸的彩，吹响着实施经济作物项目的号角。山湾里机器隆隆，人声欢笑，泥土翻卷，没几天通往各社坡地的土坯路出来了，没几天全村的荒地开拓出来了，野草全部埋入泥土，成为肥料。一块块高低不平的荒草地突然间变成了一块块平坦的、散发着泥土芬芳的土地。陈家湾村的面貌改变了。

陈家湾村的土地笑了。

陈家湾村的土地用鲜活的姿态拥抱着村民。

陈家湾村的土地用庄严的姿势向李松敬礼，向时代汇报。

陈家湾村的土地即将用旺盛的生命力孕育禾苗，绽放花朵，结出硕果。

李松在村民大会上把经济作物项目，国土项目和高标准农田水道项目——向村民汇报后，详细介绍几种经济作物。

钻天猫说，李书记，你再说一下冬桃，我人老耳朵背，没听清楚。

陈书记见李松的嗓子说哑了，便没有好气地说钻天猫道，你个鬼，耳朵打蚊子去了呀。

李大妈和几个女人一直在摆龙门阵，这时转过脸来看着陈书记说，我也没有听清楚，还一头雾水呢。

甘麻子的女人在耍微信，这时抬起头来对李松说，李书记，你干脆再说一遍。一遍我们不明白，多说几遍我们就记下了。

甘二嫂戴着老光眼镜一直在低头做十字绣，这时抬起头来，摘下老光眼镜说道，一两遍谁记得全嘛，再说几遍嘛。

李松清清有些疼痛的嗓子，再次耐心地说道，好，好，我再说一遍。这下听好，好话不说四遍哈。

大家哈哈大笑起来。

秀桃把李松茶杯里的冷茶倒了，续上热开水。李松喝了两口，觉得一股热力顿时从体内升腾起来。甘麻子的女人朝李大妈和甘二嫂传递着眼色。李大妈和甘二嫂扁扁嘴，会意地笑了起来。

李松清清嗓子接着说，冬桃一亩地可栽八十至九十株，第二年挂颗，冬桃是从外地引进的一种水果，春天开花结果，成长期较长，国庆左右成熟。冬桃的亩产大概是五千至七千斤，一般可卖八块至九块钱一斤。我们用一社二社三社四社五社，大面积种植桃树。来年春天利用桃花举办桃花美食节，开展乡村旅游。

会场里一片哗然，一片议论。李松喝一口茶，润润干痛发哑的嗓子，又继续说，六社七社八社九社我们计划种植核桃。核桃株距三至四米，行距五至六米，一亩地可栽四十株左右，第三年结果，亩产干核桃大概在五百至六百斤，一斤干核桃能卖二十五元左右。十社十一社呢，我们计划种药瓜。药瓜当年结果，亩产三千至五千斤，一元钱一斤。愿意承包的可以租别人的地，也可以在自己地里种，不愿意种的可以将土地出租出去，每亩三百块。

陈家湾村的山花绽放了，人们的笑脸像向日葵，人们体内的细胞活跃起来了，飞翔起来了。村民们异口同声地说，谁说不愿做，我们都愿做，收入这么高，效益这么好，就像开了一个小银行一样。

像大米饭里出现的一颗老鼠粪，钻天猫说话了，这明明是城里人在吹牛，你们就信以为真。我不晓得你们这些人的脑壳是怎么长起的，一点不晓得分析。他说起比唱起还好听，冬桃第二年就结果，每亩能产五千至七千斤。每斤能卖八九块。就像金子能从天上掉下来一样。大家难道没有买过桃子？啥子仙桃能卖那么高的价钱？那么高的价钱别人买起吃了能登仙？

甘二嫂起哄道，简直吹得天花乱坠。花八九块钱买一斤桃子又不是傻子。

李大妈撇撇嘴，哼一声，冷嘲道，冲壳子都冲到天上去了。

甘麻子说，别脑壳发热，大家冷静点。

村民们没有种过经济作物，也没有见过成规模的经济作物项目，听钻天猫甘麻子甘二嫂和李大妈一捣鼓，许多人都开始转变想法，跟着议论起来。

钻天猫见自己的话起了作用，便更加激昂地说，说得个简单！你们想想，树栽在地里不管理就能结果吗？他哄我们栽树是为了给某些人梳光光头，是为了给某些人涂脂抹粉，是为了给某些人搭台梯朝上爬。

甘麻子接嘴说道，到时别人当上了官，拍拍屁股一走了之。我们呢？白给别人当垫脚石不说，又来把树子挖了。土瘦了，人也累。这不是做些劳民伤财的事吗？大家不要昏了头，给人利用了。

甘二嫂和李大妈起哄道，就是，脱了裤子打屁，搞些空事。我们不做。

王妹崽不满地看着甘二嫂和李大妈说，李书记是一心想让大家富起来。

甘麻子将一把鼻涕甩在地上，瞪着王妹崽说，你懂个屁，你只晓得他和你上床安逸！

王妹崽气得满脸通红地骂钻天猫道，乱说会烂舌根！

黄牙憨憨地笑着说，依我说核桃树栽得，冬桃和药瓜都种得……

甘麻子的女人说，那你就做嘛，反正我们不做。

大罗拐说，做了还有补助。

钻天猫吐一口痰在地上说，补助个鬼！你信着嘛，你们都信着嘛。明明是在哄我们上钩。等把树栽进地里，他说的又是另一番话了。他现在想往上爬，一心想做些让领导看得见的事。几年过后他走了，你去找鬼呀。吃亏倒霉的可是我们这些脸朝黄土背朝天的泥鳅儿。

村民们似乎恍然大悟，纷纷点头道，也是，也是呀。

大家讨论一番后，都统一说不承包，也不种植。都愿意把土地租给陈文。

李松说，你们要考虑好。

村民们说，说不做就不做有什么好考虑的。

李松说，你们都确定把地租给陈文？

村民们说，三百块钱一亩能兑现吗？

陈文说，这点请大家放心。我陈文是在这个湾里长大的，我是陈家湾村的人，跑不了，搬不了月亮家。

钻天猫的新招又出来了，他说，我们要五年五年地租。陈文，你先付我们五年的租金。

村民一听钻天猫这样说，都起哄叫陈文先预付他们五年的租金。

陈文叫起来了，他说，天哪，这怎么可能啊。我现在一分钱都没有挣着，哪去找这么一大笔钱来预付？

钻天猫吐一口痰在地上说，你不预付五年的租金，我们就不租，我们就让土地丢荒。丢了这么多年我们又没饿死又没穷死。

甘麻子用手擦着鼻子附和着说，对，不预付五年的租金我们就让土地丢荒，让土地长野草，开野花。

村民们也纷纷说，对，不预付五年的租金，我们就让土地丢荒。

陈书记咳嗽两声，直直腰，大声说道，起哄什么？！起哄什么？！一只麻雀叫唤起来，满山满湾的麻雀都跟着叫唤！一个个鬼的脑子里装的全是豆渣！自己不长脑壳！别人怎么说你们就跟着怎么说，一点也不动脑子想一想。你们这些木儿脑壳总有一天会后悔！我明确告诉你们，陈文不可能预付你们五年的租金，任何一个人都不可能预付你们五年的租金。你们别把算盘打得太精，天下没有先买后卖的事。打个比方，我明年卖一条猪给你，叫你今年给我钱，你愿不愿意？你们说愿不愿意？大家都是吃米长大的，将心比心嘛。

大家哑然了，会场里一片肃静。是呀，陈书记的话说得对。让陈文先预付五年的租金这不是无理的要求吗？这完全不可能。

陈书记接着说，有没有不愿意租地给陈文的？这次如果不愿意我就让你丢一辈子的荒，你们做得出初一，陈文就做得出初二。我看吃亏受穷的是谁。不愿意租地给陈文的站起来。秀桃给我把名字记上。

大家相互望着，没有一人站起来。先前闹事的钻天猫等一些人都把头埋得低低的。生怕陈书记点他们的名，生怕陈文不租他们的地。

李松松了一口气，佩服地看了两眼陈书记，然后接着陈书记的话说，乡亲们，这次要的经济作物项目是为了改变陈家湾村的面貌，是让大家走上富裕之路，不是为了给我涂脂抹粉，不是为了我升官发财。我被县上派到你们陈家湾村来扶贫，我有责任向上争取多种项目，有责任让陈家湾村变好变美，让大家的包包鼓起来，过上不等不靠的好日子。一句话说到位，我所做的一切工作都是为了摘去陈家湾村的贫困帽子，让陈家湾村穿上光鲜亮丽的新装。栽核桃栽冬桃种药瓜，目的是把所有的荒地利用起来，目的是让大家有事做有钱挣。你们自己种呢，有可观的经济收入，不愿种呢，把土地租出去有收入不说，你们还可以在陈文的承包地里打工……

黄三旺打断李松的话忙问，多少钱一天？

陈文接道，附近承包地里给的都是八十块钱一天，我也给八十块。

陈总，我来一个。

我报名。

我报名。

我也报名。

村民们纷纷报名，都希望每天能在陈文手上挣到八十块钱。对于他们这些丢不开家里到外面去打工挣钱的人来说，每天能挣到八十块钱是多么好的一件事啊。

大家说好安逸，在屋门口也能挣到钱。

我先报名。陈总。甘二嫂抱着十字绣，戴着老光眼镜跑到陈文面前，要陈文当场表态。

黄三旺也跑过去说，我先报。

甘二嫂不满地瞪着黄三旺说，放你妈的狗屁！明明是我先报。

黄三旺毫不相让地瞪着甘二嫂说，我先报！

甘二嫂将唾沫星子飞溅到黄三旺的脸上说，我先报我先报！

我先报！

我先报！

陈文说，别闹别闹，所有的劳力我都要，所有的劳力我都要。

晚上，陈书记拿出人参红枣酒，对李松说，来我们两爷子喝一杯。

李松一杯一杯地敬着陈书记。他感谢陈书记为他压台。姜还是老的辣。陈书记的话句句说在点子上，就像打蛇打在七寸一样，精准得让对方动弹不得。他一出招，钻天猫就没有空子钻，就没有半句话说。李松一开始就定陈文承包经济作物项目。陈书记说这样不行，村民会有意见。一定要征求村民的意见。让大家心服口服。李松怕一家种几十窝管理不好，坚决不同意。陈书记就笑着说，你放心吧，即便有人想种也会被钻天猫动摇。

李松不明白地看着陈书记。陈书记说，钻天猫是一个唯恐天下不乱的人，他肯定会唆使大家起哄。不信，你看吧。

李松倒吸一口次冷气。

李松听从了陈书记的意见，今天在村民大会上征求了大家的意见，果然如陈书记所预料的一样。李松领悟了陈书记的经验，见识了陈书记的智慧，明白了陈书记的用意。如果不在会上征求大家的意见，即使是大家不愿意承包，也会说村班子和李松不让大家承包。意见征求后，谁还会有话说呢？陈书记真是英明。

李松再次举起酒杯对陈书记说，陈书记，我敬您！我拜您为师！

旋风看着陈书记含满爱意地微笑着。

陈书记与李松碰着杯说，事情经历多了，你自然就会知道该怎么做。

从此，李松对陈书记的敬佩之情更深了一层，不管什么事李松都要事先请示陈书记，征求他的意见，寻求他的指导。

第二十一章

这天，李松带着陈书记、代时、秀桃和陈文察看全村的开荒情况，一个陌生电话传来一个晴天霹雳的消息，说李松的妻子被人砍了，现在已经送进县人民医院。李松经不住这一噩耗的刺激，顿时感到天旋地转，苍白着脸差点倒下。

代时说，你妻子多少岁了？怎么还和人打架斗殴呢？

陈书记恨恨地瞪代时一眼说，这个时候你还说这样的风凉话。

代时今天是随意问一话，并无恶意。见陈书记这样误解他，心里有几分憋屈，想冒火。陈文见此，急忙递一支烟给代时说，少说两句。

李松飞奔回去了。秀桃人没有跟着李松，心却在李松身上，万分不放心，怕他承受不了。她无心做自己的工作，也无心做地里的活路。她站在地里，她依在树上，她靠在门框上，接连不断地给李松发微信，安慰他别急。

大罗拐打电话安慰李松道，你为陈家湾村做了这么多好事，陈家湾村的生灵，陈家湾村的祖先，陈家湾村的山神爷都会保佑你的妻子脱离险情。

去医院的路上，李松一直在落泪，他心痛着妻子，担心着妻子。

除了安慰李松，秀桃做什么都心不在焉。中午担水，水桶没有系上扯水竿，就叭的一声扔进了水井里。

秀桃爬在水井边，用扯水竿钩了半天也没有将水桶钩起来。正无可奈何地望着水井里的水桶叹息时，王妹崽提着一个水桶，端着一盆藤藤菜走来笑道，水井里有男人吗？你这样出神地望着。

秀桃无心与王妹崽开玩笑，她苦着脸说，王姐，我的水桶掉进水井里了。

王妹崽笑笑，弯腰放下水桶和藤藤菜，就往井里钻。吓得秀桃大叫起来，你干什么王姐？快上来。王妹崽的动作很快，等秀桃弯腰去拉她时，她已经踩着井臂上的石棱，移下去将倒在水井里的水桶捡了上来。

秀桃按着一颗快要跳出来的心，抱怨着王妹崽，你不要命了呀？！

王妹崽不以为然地说，小菜一碟，小菜一碟。

你把我都吓死了。叫也叫不住你，一钻就下去了。你的胆子太大了。你说万一栽进去了怎么得了？！

我的命大！小时候我经常到水井里去捡水桶。大人们只要把水桶掉进水井里都叫我去捡，条件是煮一个鸡蛋给我吃。在家里我从来都吃不到一个鸡蛋，后母从不煮一个鸡蛋给我吃。为了能吃到那个鸡蛋，只要有人叫我到水井里去捡水桶，我就立即钻进井里去。那时人小，不知道什么是害怕，不知道栽进井水里就活不出来。有一次我脚踩滑了，滚到井水里去了，院子里的人把我救上来，后妈骂那人多管闲事，说我这样嘴馋的人早就该淹死，淹死了免得将来祸害人。

王妹崽说着泪水就滚了出来。秀桃爱怜地擦去王妹崽眼角上的泪水说，不去提过去那些伤心事。现在你当家做主了，鸡蛋可以煮起吃个够。

王妹崽擦干泪水说，鸡蛋怎么吃得够。

秀桃无心多说，担水回家。

第二天，秀桃到水井边洗菜，又见王妹崽洗一大筐菜，便问她洗这么多菜干什么？

王妹崽左右环顾一下，悄悄地对秀桃说，我那个死鬼上午从后山上溜了回来，像是在躲避什么。他叫我不要告诉任何人他回来了。

秀桃心里一惊，立即想到李松妻子的事，王妹崽突然悄悄地说，桃儿，我觉得你和陈文比较般配。他离婚都这么久了，孩子也没有跟着他，一点负担也没有，他对你也有意。

秀桃听着王妹崽的话，看着水井里的自己，将一只水桶重重地甩下去，水井里的水突然发出一声闷响，一串水花立刻溅了起来。她扯起一桶水，放在水井边，又将另一只水桶放进水井里。王妹崽等秀桃扯起第二桶水，又说，你不会爱上那个人吧？

哪个？

李书记。

要死。人家是有妻子有儿子的人。

我知道你不会这么糊涂。那些事都是别人编造的谣言。

秀桃看着水桶里的水幽幽地说，不是谣言才好呢？

王妹崽吃惊地看着秀桃问，你说什么？！

秀桃回过神来，红着脸说，啊？我说什么了？我什么也没有说呀。

王妹崽笑笑，伸手到秀桃的腋窝里去搔了一下痒说，你什么都没说？你是在说梦话是不是？说完后咯咯地笑了起来。秀桃却笑不起来。王妹崽不傻，看出了秀桃的愁苦，问秀桃心里有什么事？秀桃告诉她李松的妻子出事了。王妹崽非常吃惊，十分同情。

她说她要去看望李松的妻子，叫秀桃与她一路。

下午王妹崽捡了两百个鸡蛋，提了两只鸡，借了一辆摩托，载上秀桃直奔县人民医院。路上秀桃开玩笑说，姐，两只鸡多少钱？两百个鸡蛋多少钱啊？你算算？心痛不心痛啊？

王妹崽说，李书记救过我两次命。我的命你说值多少钱？人嘛，要知道感恩。这么两只鸡这么两百个蛋算什么啊？他就是要我这个人我都会给他的……

秀桃紧搂一下王妹崽的腰，笑着说，你原来还有这种贼心呢。看不出来。

王妹崽笑道，好东西谁不想要啊？他是一个难得的好男人。

秀桃说，收起你的贼爪子吧！得不到的东西就别乱想，不然你会得菜花癫的！

王妹崽呵呵地笑道，我们大哥莫说二哥。大家都差不多。

说后两人大笑起来。

摩托车向县城奔去，两个女人的秀发借着风力，神气地朝后飘扬着。

两人走到病房门口，见李松正握着妻子的手在落泪，两个女人不好意思进去打扰，悄悄退出走廊，将东西放在医院门卫室，打电话叫李松去取。

秀桃和王妹崽刚要走出门卫室，就看见大罗拐黄三旺和黄牙等也提着大筐小筐的鸡蛋朝医院走来。秀桃拉着王妹崽急忙退回门卫室，等一群人走过了她们才走出门卫室。两人在县城里逛了一圈，一人买了一条裙子，天黑了才骑着摩托回陈家湾。

妻子手臂上的刀伤是三娃子砍的。三娃子，那个好吃懒做的三娃子，居然厚颜无耻地跑到李松家去找李松的妻子错钱。这天李松的妻子吃了喜酒刚回家，就听见有人敲门。李松的妻子打开门，他一步就跨了进去，像他的家一样。李松的妻子皱皱眉头。三娃子说自己没钱吃饭了，要借几百块钱。李松的妻子说自己没钱，三娃子说，我是陈家湾村的人，我的扶贫责任人是李书记，你是他的女人，你有责任为你男人分担责任，几百块钱对于你们家来说不算什么。

李松的妻子气得肺炸，她说，你是一个男人，长得有手有脚，又是健健康康的，自己怎么不去挣钱？我们又不是你的父母，就是你的父母也不会管你一辈子！

三娃子说，我找你借点钱，你怎么就教训起我来了呢？你搞清楚，我是向你借钱，我不是向你要钱。你的男人如果不是陈家湾村的扶贫第一书记，我是绝对不会来找你的，哪怕饿死街头我也不会向你开口的。我这个人穷是穷，但是我穷得有骨气！

李松的妻子生气地说，你要借钱去找李松借，我确实没有钱。

三娃子冷笑一声，不说话了，在茶几上抓一把瓜子，仰躺在沙发上，将瓜子壳飞吐在沙发上。李松的妻子哭叫道，我已经把话给你说清楚了，我没钱！你到底还要怎样嘛？

三娃子冷冷地看她一眼，将一颗瓜子壳飞吐出来说，我不怎样。我向你借几百块钱，急用。

李松的妻子说，我要上班了，请你出去。

三娃子说，你去上班吧，我帮你们看家。

李松的妻子气得说不出话来。三娃子说，你放心地去上班吧，我不会把你们的家电搬去卖，我没有这么笨。我等你们的宝贝儿子回来，小鲜肉肯定值不少钱。

李松的妻子吓傻了，她的脑里出现一片空白后，急忙摸出手机准备给李松打电话。三娃子翻身跃起，抢夺李松妻子手上的手机。李松的妻子不给，三娃子就拿起茶几上的水果刀一刀朝她的右手臂刺去，李松的妻子惨叫一声软在地上。三娃子不过是嘴上功夫，见血从女人的手臂上喷涌出来，吓得丢下刀子就往外逃。

李松请了十天公休，准备好好照顾妻子。但是才第三天，县扶贫办就通知他说本市要在陈家湾村召开扶贫工作现场会，叫他交流扶贫工作经验。他没有好气地说，我妻子在住院，我要照顾妻子。说罢就挂断了电话。手机还没有装进包里，单位领导的电话就来了。他哽咽着对领导说了他妻子被人刺伤的事。领导叫他克服个人情绪，克服个人困难，顾全大局，以工作为重。

李松欲哭无泪。

妻子见此安慰李松说，你去吧。叫我妈来照顾我。

李松和妻子之间的疙瘩是大罗拐解开的。那个星期天，大罗拐进县城看病。走到万福桥碰着提着一大袋菜的李松。李松把菜放在小区门卫室，陪他去县医院看了病，然后硬拉他到家里去吃午饭。

大罗拐人坐在沙发上，一只好眼睛不看电视，看李松的妻子。李松的妻子沉着一张脸，不与李松说一句话。李松问她话她也不搭理。起初大罗拐以为李松的妻子是不满意他的到来，后来才发现她那张冷脸是专门对准李松的。大罗拐等李松的妻子进厨房，便悄悄问李松发生了什么事。李松叹口气说是村里的谣言引起的。妻子现在把他视为陈世美，视为西门庆，把锁换了不让他进家门，害得他一次又一次地叫开锁王。不管他怎样解释她都不听，她都不信。她断定他和陈家湾村的秀桃有关系。她说她的心淌血了，她说她的心碎了，她说她的心死了，她非跟李松离婚不可。

大罗拐听罢，气得大声地骂起了钻天猫。李松的妻子正在厨房里切菜，突然听到客厅里的骂声，以为发生了什么事，忙跑出来看。大罗拐见到李松的妻子那张美丽的脸，骂声就停止了。他笑笑，和李松接火抽烟。

吃饭的时候，李松给妻子选了一块没有刺的鱼肚肉，妻子气呼呼地挑起甩进李松的碗里。大罗拐抿一口酒，将杯子放在桌上说，小女子，李书记是一个好男人，我们村很多人都说他是一个难找的好人。你不要去听那些谣言，不要中别人的计。李书记为了扶真贫真扶贫，把不是贫困户的钻天猫等一批人从贫困户中清退了出去。所以这些人对李书记怀恨在心，处处与李书记作对，编造些谣言污蔑李书记，先说李书记和王妹崽有关系，现在又说李书记和秀桃有关系。钻天猫花钱请三娃子把谣言传到你的耳朵里，目的是破坏你们的夫妻关系，目的是破坏你们的家庭。小女子，你这么聪明的人怎么上这种当呢？李书记是你的人，他到底是个啥样的人你自己心里难道不清楚呀？他对你好不好你自己心里难道没有数呀？

大罗拐的话像一双巧手解开了女人心里的疙瘩，唤回了她对李松的心，唤回了她对李松的情，唤回了她对李松的爱。当场女人脸上的线条就柔美了起来，她说，瞎伯伯，你别把他夸到天上去了，他这个人，哼！上次儿子患重病，我给他打电话，他说在开会就挂了，也不问一问是什么事。我再打过去就是一个女人的声音。

李松说，我已经给你解释过多次了，当时我正在研究经济项目一事。

妻子说，谁知道呢。

大罗拐说，小女子，这事我可以做证。当时我正在村活动室里。代主任在和李书记唱反调，你说他哪有时间和心思接你的电话。秀桃见此接了电话。

大罗拐说的话与李松说的话相吻合。妻子觉得确实误会了。妻子给李松倒了一杯酒，又连连给李松拈菜。

大罗拐呵呵地笑着，又饮下一口酒。

妻子的伤口还在发炎，他不放心妻子，不忍心丢下她不管。妻子用她那只好手深情地抚摸一下李松的脸，然后推着他说，你走吧，我没事。

李松握着妻子的手，泪水双颗双颗地往下滴。滴在妻子的手上，滴在病床上，浸染着妻子的心。

李松忙完现场工作会，妻子已经出院回家了。他又欠起妻子一笔情，又欠起妻子一笔爱。现在他最对不起的人就是他的妻子。他没有尽到一个丈夫应尽的责任和义务。他没有尽到一个父亲应尽的责任和义务，更没有尽到一个儿子应尽的责任和义务。儿子的责任、父亲的责任都是妻子一手揽，一肩挑。他愧对妻子。他内心深处有一种深深的歉疚，难以弥补的歉疚。

这天，秀桃在十一社的开垦地里悄悄地告诉李松，三娃子躲藏在家里。这件事秀桃在心里考虑了很久，她的内心很矛盾。王妹崽是她的好朋友，她理所当然该为她守口如瓶。但如果不告诉李松不但对不起李松，而且还包庇了三娃子，让他更加猖狂，更加嚣张。

李松听后毫不犹豫地报了警。警车很快带走了三娃子。王妹崽歇斯底里地哭叫着，疯了似的跟着警车追。

这个从小没有得到父爱母爱的王妹崽，这个从小受着后母虐待的王妹崽，这个忍受过变态男人折磨的王妹崽，被三娃子害得活不出来的时候，说她这一辈子都不让三娃子进家门。结果她是嘴硬心软，当三娃子第五次厚着脸皮回来的时候，她的心就软了，再也没有力气像头四次那样赶他出门了。三娃子毕竟是她的男人，三娃子毕竟是小朵的爸爸。她远离他乡，没有几个亲人，除了小朵就是三娃子。小朵将会长大，女子大了就是别人家的人，她如果长期不让三娃子回家，永远把三娃子赶出家门的话，她将来就是孤鬼一个，连个说话的人都没有。

她王妹崽再傻也不能傻到这种地步。

万事都得想远一点。自己的年龄也不小了，已经是三十多岁的人了，又有一个很乖的女儿，不能像年轻时候那样，过不下去了，一拍屁股就走人。她现在走不脱了，也走不动了。要走，只能从堂屋里走到灶屋里。命，这是命。

男人是自己找的。认命吧。

这天黄昏，当三娃子出去赶鸭子时，王妹崽说女儿道，你爸爸回来了你怎么都不喊他一声。

小朵噘着嘴，低头不说话。

王妹崽想再要说女儿几句，却见一群鸭子摇摇摆摆地回来了，于是转身舀一瓢苞谷倒在院坝里。一群鸭子欢欢地吃着苞谷，王妹崽半天却不见三娃子回来，心里却莫名地慌起来，摔下瓢跑到门口去看，只见三娃子和黄三旺蹲在乡村公路上吃烟。王妹崽那颗悬在半空的心才落了下来。王妹崽摇摇头，笑着自己，抽一片竹叶含在嘴里往回走。

王妹崽把饭煮熟了，三娃子还没有回来，自己不便去喊，就命令小朵去喊。

三娃子刚坐到桌边，王妹崽就把一碗热气腾腾的饭搡在他的面前说，吃饭都要人喊！

这一刻三娃子很感动！

三娃子见王妹崽不再那么凶神恶煞地赶他出门，就百般地哄王妹崽开心，每次回来都陪女儿玩游戏。王妹崽看着格格欢笑的女儿心里开心极了，渐渐地原谅了三娃子。这次，三娃子躲在家里，两人更是你恩我爱。

现在秀桃出卖他们，李松报警把她的男人抓走了。她恨秀桃，也恨李松。

王妹崽不再与他们说话，在路上碰着会绕道而行，实在绕不开，便把一张黑云密布的脸扭在一边，使她的歪脖子更歪。李松到他们家里去走访，王妹崽不搭理他，不给他让座，不给他打狗，让狗去扑咬他。她希望狗把他咬死，她希望狗把他全身的肉扯成一块一块的。对于秀桃王妹崽更是恨之入骨，不再让女儿小朵带傻子，不再叫她妹妹，不再叫她桃儿，她叫她叛徒，叫她卖国贼，她骂她烂女人，骚婆娘，她骂她不得好死！她咒她的傻儿子栽粪坑，滚堰塘！

在一个月光流淌的晚上，李松井里去担水，刚走到井边秀桃也来了。两人看着山湾的月夜倾心交谈起来。话题中说起三娃子的事，秀桃连连叹着气说，王姐现在恨死我了。

李松说，她的心情我可以理解。

正说着，王妹崽担着一挑水桶从月光中由远而近地穿行而来。王妹崽先没有看清楚井台边坐着的两个人。她如果知道是李松和秀桃她肯定会担起水桶往回走。秀桃起身去帮她扯水，她一把推开秀桃，怒吼道，滚开！

秀桃含着泪说，姐，你男人的行为不是一般的行为，他私闯民宅去问李书记的妻子要钱不说，还拿刀杀人！他这样的行为，如果再不对他进行教育，后果不堪设想。

王妹崽冲着秀桃大声地哭叫道，你现在如愿了？！你现在称心了！你出卖我的男人，去换取你男人的心。你现在得到了，白天黑夜他都陪着你。我呢？我的男人被抓进了班房，丢下我们孤儿寡母……呜呜，你们好狠心啊！

李松说，王姐，三娃子这个人你是最了解的。如果再不对他进行教育，他还会做出更加可怕的事来。

王妹崽擦一把眼泪，甩一把鼻涕在李松面前，将仇恨的目光射在李松那满是月光的脸上说，姓李的，我以前以为你是一个好人，现在我才明白你比代时还坏。代时至少不会把我的男人弄到黑房子里去。你的心怎么这么毒啊？比毒蛇还毒！我家男人不就是刺了你女人一刀吗？又没有杀死她，你至于把他打入大牢吗？你是来扶什么贫的？你哪里是来扶贫的，你是专门来整人的！你把甘二嫂的儿子整进班房，现在又把我的男人关进去。你是不是想把陈家湾村的人都关进去啊？你们这样狠心地害我的男人，我跟你们没完！我就是死了变成鬼也要找你们算账！

李松和秀桃望着月光中的王妹崽，不寒而栗！人这个东西太可怕了，说变就变，说翻脸就翻脸。

王妹崽说够哭够后担着一挑水踉踉跄跄地走了。秀桃难受地说，她会恨我一辈子的。

李松说，她不会。她还会感谢你的。我没打算把三娃子送进班房，我只是让他在派出所受几天教育。然后接回来，我们再对他进行引导，让他走上正道。

一个月后，李松把三娃子接回来，语重心长地与他谈了几个小时的心，然后安排他在陈文地里打工。三娃子每天能挣到八十块钱，回家能按时吃上饭，想想派出所的威严，想想李松说的话，再比比过去颠沛流离的日子，突然觉得这才是一个男人的生活，渐渐地三娃子心不飘了，手不痒了，再也不往外跑了。

王妹崽见男人踏踏实实地过起了日子，心里开心极了，脸上随时都洋溢着笑容。现在她完全明白了李松的良苦用心，既羞愧难当，又感激不尽。

大罗拐时常用一段民谣与王妹崽开玩笑，栀子花儿瓣瓣多，没娘女子跟哥哥，堂屋梳头哥哥骂，灶房洗脸嫂嫂说，哥哥嫂嫂不要嫌，亲亲带妹三两年，有朝一日时运转，打根金簪当饭钱。

第二十二章

　　李松借着时光的翅膀，乘风破浪前行着，绘制着陈家湾村的扶贫蓝图。一车一车的树苗拉进陈家湾村，点燃了村民的热情，激活了陈家湾的土地。劳动场景映入蓝天的眼里，劳动歌声响彻陈家湾村的上空。

　　太阳光金亮亮，雄鸡唱三唱，花儿醒来了，鸟儿忙梳妆。小喜鹊，造新房，小蜜蜂，采蜜忙。幸福的生活从哪里来，要靠劳动来创造。劳动的快乐说不尽，劳动的创造最光荣……

　　三娃子一边打树苗窝子，一边跟着大家哼唱着。见李松的衣服汗湿了，便说李书记，你休息休息吧。李松笑笑，把树苗运送到窝子边，然后直起腰，再次对大家讲解栽植桃树的要求和技术。他说，大家记住啊，栽植密度平地行距为三米到四米，缓坡行距为二点五米至四米，窝穴宽一米，深零点八米。窝子打好后，穴底先填入一层土，再放入土杂肥、磷肥、农家肥和杂草。记住一层泥土一层肥。放好肥后将桃苗移入窝子的中心，根须不要揉在一团，要向四方理伸，然后用细土盖上，用脚轻轻地踏实。泥土垒成草帽形，高出地面二十厘米，这样以防土沉积水。土垒好后再灌足定根水。

李松一遍一遍地叮嘱，还是觉得不放心，便带领陈文和秀桃一一查看，见存在很多问题。于是立即召集村班子成员和陈文在地边进行研究。李松说，我发现窝不够深也不够宽，完全没有按要求做，放的各种肥料也没有达到比例，栽树也没有按照要求。这样是不行的。

代时嘀咕道，不一定那么精益求精，哪有那么机械。农活都是粗活，哪会那么细致，又不是绣花。

陈书记不满地看代时一眼说，秀桃放的种植技术难道你一次也没有看？净说些外行话。我们要做就要做好，能按要求做就尽量按要求做，免得做些劳而无功的事。

代时不看任何人，他把空虚的眼光洒在地里说，经济作物项目工作，是在村民大会上喊响了让陈文承包的，依我说，村委会没有必要管，具体怎么做怎么管就由陈文全权负责。我们在这里指手画脚，完全是剥夺人家的权力，完全是咸吃萝卜淡操心。

陈文知道他这次没有听代时的话，代时会随时出高招冷落他，会随时抽他的吊脚楼。但是，他陈文不怕，他随时准备着。他笑笑说，代主任，我是陈家湾村的人，是在村委会的领导下工作。孩子不能没有娘，龙不能没有头啊。再说这经济作物项目搞起来了完全是你们村领导的脸面，完全是你们村领导的成绩。

代时冷笑一声说，你是大老板，你才是我们的娘。

李松一人甩一支烟说，一家人不说两家话。大家都是一个村的，都是一个目的，没有二话可说，携起手来，一起向钱看。

秀桃忍不住内心的喜悦笑起来，陈书记和陈文也跟着笑起来。笑声让地边树上的一群鸟儿突然腾空而飞。陈文掩饰不住内心的感动，用力地握了一下李松的手。李松也用力地回握了陈文的手。陈文感到一股股暖意漫遍全身，陈文感到一股股力量充盈体内。

李松建议分组进行，打窝子的专门负责打窝子，放肥料的专门负责放肥料，栽树的专门负责栽树，灌定根水的专门负责灌定根水。村班子成员分工督察。陈书记负责督察打窝子，李松负责督察施肥，代时负责督察栽树，秀桃负责督察灌定根水。陈文指挥运送树苗。

分工明确后，一切有序地进行着。红土地里，一颗桃树立起来了，又一颗桃树立起来了，一片桃树立起来，满块地里的桃树都立起来了，神奇地驱逐了荒草，崛起了树苗，点燃了山湾，释放着生命的灵动。

代时觉得心里憋屈，他一个村主任，凭什么这样跑前跑后马不停蹄地帮他陈文？他自己地里的活路都没有做过，他凭什么帮他陈文做？他陈文发达起来了能记得他代时半点好处吗？更可气的是他陈文现在攀上了李松这棵大树，根本就不把他代时放在眼里。哼！让他去攀吧，几年后姓李的滚回城去了，我看他也跟着去吧。代时带着这样的情绪，不可能真心实意地帮陈文。十点不到，他就走了。大家心知肚明，不说他，任他去，随他便。

代时甩下的工作，陈书记想代管。李松怕累着他就自己指挥了施肥又指挥栽树，累得上气不接下气，但是累得很开心很愉快。

整块地里，大家都很开心，大家都很愉快。大家手里做着活路，嘴里说着笑话。甘麻子说，陈老板，你什么时间请我们喝喜酒？

陈文看一眼秀桃，笑着说，谁能看上我啊？

黄牙说，我要是个女人我就嫁给你。

陈文将一窝树苗放在黄牙面前说，你幸好不是一个女人，你如果是个女人我就惨了。

大家抬起头哈哈大笑起来。

甘二嫂说，李馨那个女人太没有良心，一见你的融资公司垮了，就要孩子要房子不要你了。

甘二嫂的话唤起了陈文的回忆，勾起了陈文的伤心，引起了陈文的心痛。那是怎样一段不堪回首的日子啊。他借出去的钱收不回来，别人借给他的钱守着他要，像阎王索命一样。正在他落魄不堪，想跳楼想跳河的时候，女人，他的女人，把他当银行的女人，与他生活了十一年的女人，给他生了一个儿子的女人突然提出与他离婚。气得他差点一口气回不来。他跪着求她不要离婚，他向她保证他会渡过难关，东山再起的，他向她保证会让她过上好日子。但是女人不相信，她认定陈文这一辈子都爬不起来了。她不会跟着他，帮他还债，与他一起过穷日子。她没有那么傻。

李大妈见陈文呆呆地站着不说话，便说，陈文，是想你的女人了吧？

陈文重重地叹口气，转过身去运树苗。

王妹崽擦一下额头上的汗说，大罗拐，怎么哑起了呢？王妹崽现在年轻多了，自从三娃子回到她的身边，她的气色就好起来了，脸上总是红润润的，又爱说又爱笑，与往日判若两人。

甘麻子开玩笑道，王妹崽，你现在有男人在身边，再也不怕单身汉来敲你的门了？

王妹崽把一窝树苗送进窝子里，笑着说，怕什么怕？你来吧，我正没儿子呢。

大家一起笑起来。王妹崽知道自己说错了，忙说，来了我正好把你当儿子。

三娃子假装换锄头，凑在王妹崽的耳边悄悄说，别和这个二流子说笑。晚上我又给你摆笑话。

227

甘二嫂一把泥土撒过去，笑着说，你两口子别这么肉麻。三娃子笑着抓起一把泥土朝甘二嫂摔去。甘二嫂和李大妈一窝蜂跑过来，嬉笑着追打三娃子。三娃子一边跑一边笑着说，李书记快来救我李书记快来救我，这两个女人要吃我了。

一地的人笑得前仰后合。

黄三旺灌水的时候，故意把水洒在秀桃的身上，秀桃大叫一声，正在运树苗的陈文丢下树苗就往秀桃身边跑去。秀桃弹着裤子上的水，黄三旺哈哈大笑。

一地的人又是一阵大笑。

甘二嫂把肥料倒进窝子里，抬起头来看着秀桃说，桃儿，水爱你，人也爱你！

大罗拐呵呵地笑一阵，然后扯开嗓子唱起来：

天上飞的是什么，鸟儿还是云朵。我把自己唱着，你听到了没？风里飘浮着什么？花瓣还是露水。我把欢乐散布，你收到了吗？

秀桃接着唱道：

用天籁传递哎，中国爱拉索。幸福随着哎，梦想来临哟。用天籁传递哎，中国爱拉索。希望不遥远，层层歌声飞。

陈文回过头去看着大罗拐说，瞎伯伯也唱起现代歌曲来了呢。

大罗拐憨憨地笑着说，跟电视里学的。嘿嘿，唱得不好。我在山这边唱，你们在山那边听哈。

秀桃说，瞎伯伯，你还是操你的老本行吧。

228

大罗拐说，秀桃，我知道你喜欢听我说民谣，三四岁时你就和陈文天天来缠着我给你们说民谣。你和陈文是听着我的民谣长大的。

陈文说，瞎伯伯，你又给我们说吧，我有很多年都没有听你的民谣了。

大罗拐说，我是要收出场费的哦。那些明星唱一首歌收多少钱我就收多少钱。嘿嘿！

黄三旺用脚压着树苗周围的土说，人家明星的出场费十万，你也收十万？

大罗拐呵呵地笑着说，说起来香嘴巴的。这样吧，我说一首民谣，秀桃给我们放一部电影。

秀桃说，没问题，你们想看什么电影我就给你们放什么电影，全国文化信息资源共享工程更新快得很，有你们看不完的电影。

李松说，秀桃，你再选一些种植技术方面的讲座让大家听听，再提高一下大家的种植技能。

陈文赞赏道，这个好！

甘麻子的女人说，大罗拐，我那天在农家书屋里看到一本中国秘方大全，里面有几种秘方可以治你弟弟的癫痫病。

大罗拐说，你哪天帮我抄下来。

甘麻子的女人笑道，我不会白抄的。

大罗拐说，这个好说。你要多少我给你多少，连我人也可以给你。

又是一地的欢笑。

李大妈说，大罗拐，别说话当放屁。我们等得花儿都谢了，你还不唱。快唱起来。

大罗拐笑笑，就一边干活一边唱起来：

沙河涨水水漫坡，梳妆打扮去会哥，萤火虫儿来照路，哪怕天黑石头多。

李松越听越觉得有意思，便打开手机里的录音功能，把大罗拐所唱的民谣录了下来。

大罗拐见此唱得特别的用心，大家听后意犹未尽。特别是陈文，他仿佛又回到了无忧无虑的儿童时代，他牵着秀桃的手，跑过田坎，穿过竹林，绕过李大妈和甘二嫂的房子，来到大罗拐的家里，听大罗拐拖着声音唱民谣。那个时候大罗拐给他们唱的是张打铁李打铁，大月亮二月亮之类的。

陈文说，瞎伯伯，你再给我们唱一首。大罗拐清清嗓子，又一边干活一边唱起来：

油菜花，满地黄，七岁八岁没了娘。跟着爹爹还好过，不久娶个后婚娘。后娘娶来一年整，生个弟弟比俺强。他吃肉，俺喝汤，拿起碗筷泪汪汪。俺想亲娘在梦中，亲娘想俺一阵风……

大罗拐还没有唱完，王妹崽就坐在地上哇的一声哭起来。这首民谣好像是专门为她写的，写出了她的苦命，唱出了她的伤心。三娃子放下锄头，走过去，蹲在王妹崽的面前，拉着她的手说，别哭了，看别人笑话你。你没有娘没关系，你有男人，你男人我会疼你的啊，永远都会疼你的。

大家看着三娃子现在变得如此好，都说李松做了一件大好事。

一块块红土地在人们的劳作下，在人们的汗水浇灌下，变成了一片片的桃树林，变成了一片片的核桃林，变成了一片片的药瓜地。核桃树和冬桃树头几年树苗小，李松叫陈文在树苗的滴水处种花生，种黄豆，种海椒，种茄子，种番茄，种南瓜，种土豆，种白菜，种萝卜，种藤藤菜，种莴笋，种菠菜，种花菜，种豌豆尖，种蒜苗等一些低矮植物。陈文采纳了，果然是快速见效，一两个月就见利。村民天天都有活路做，收入大大增加，生活水平日渐提高。

三娃子也爱哼歌了，他跟着大罗拐高声唱道：

天上飞的是什么，鸟儿还是云朵。我把自己唱着，你听到了没？风里飘浮着什么？花瓣还是露水。我把欢乐散布，你收到了吗？

陈家湾村的土地绿波荡漾，绿浪翻滚。

陈家湾村的土地鲜花盛开，灿烂无比。

陈家湾村的土地硕果累累，遍地生金。

陈家湾村的人笑了，地笑了，天也笑了！

第二十三章

李大妈的存款已经增长到七万六千三了。她时常也学着大罗拐唱道：天上飞的是什么，鸟儿还是云朵。我把自己唱着，你听到了没？风里飘浮着什么？花瓣还是露水。我把欢乐散布，你收到了吗？

这天傍晚，她正一边哼唱着，一边把鸡鸭往圈里赶。三儿子突然回来了，鬼影似的出现在她的面前。李大妈七十多岁，生了三个儿子一个女儿，大儿子在城里收废品。二儿子在城里踩三轮。三儿子在城里修鞋子。大儿子和二儿子是踏踏实实过日子的人，三儿子有些不争气，爱打麻将，挣一分钱输一分钱。小女儿李四妹崽自从那年嫁出去后就再也没有回来过一次。

三儿子回来李大妈并不觉得奇怪，三儿子经常在这样的黄昏时刻回到家里来问她要钱。

三儿子站在李大妈的身后说，老妈的心情不错呢？是捡着金子还是捡着银子了？

李大妈把鸡圈门关好，抬起头看一眼儿子，极不高兴地说，又是回来要钱？我现在是一分钱也没有，你别向我开口。

三儿子不说话，坐到灶门前帮母亲烧火煮饭。

李大妈从柜子里拿出两个鸭蛋，将油倒进锅里，把鸭蛋敲破倒在碗里，加上一点盐快速地搅匀后倒进锅里。油在锅里欢笑着，搅得很均匀的蛋突然在锅里膨胀起来。

李大妈把一碗煎蛋面放在儿子面前，自己端着一碗早晨煮的稀饭呼呼地吃起来。李大妈经常都是早晨煮一锅稀饭吃三顿，中午和晚上两顿冬天就烧两把火热一下，春秋夏跷开锅盖舀起就吃。这样一是节约柴火，二是节约时间。

李大妈生在一个僻远的山区，十七岁嫁人。那时是集体合作社，挣工分吃饭，一年分不了多少粮食。男人刀巴忍受不了饥饿，偷偷地把她带到成都一家建筑公司打杂工。夏天在工地上接受烈日烘烤，冬天在工地上接受冷风摧残，晚上在工棚里承受闷热和寒冷。

工地上的人来自四面八方，全都是些粗野的汉子，黑瘦的女人。女人很少，时有增减，有时两三个，有时四五个，有时一两个。工地上的活又苦又累，心痛女人的男人不会让女人长期跟着自己在工地上吃苦受累。很多女人做上一个月或两个月，男人就把她送到车站，买起车票，硬把女人塞进车里，挥着手流着泪对女人说回去，回去啊。过年我回来，过年我就回来。

只有李大妈一直待在工地上。那时李大妈不叫李大妈，叫麦花。男人刀巴把她当工具，白天让她在烈日下在风雨中挣着男人一样的苦力钱。夜里把她当发泄物，碾压着她疼痛的身体，狼一样地嗷嗷叫着。惹得一帐篷的男人欲火纵烧，受尽煎熬。

工地上有一个名叫李山王的人，三十多岁，一直单身。他实在忍受不了刀巴夜里的侵扰。有天夜里进工棚的时候他拉着刀巴说，你能不能不那么缺德？！

刀巴淫笑道，眼红了？说罢推开李山王，走进帐篷，更加疯狂起来。

李山王忍受不了，爬起身冲出工棚，抱着头仰天大叫起来。

第二天，刀巴上脚手架的时候猥亵地对李山王说，想女人吗？

李山王冷冷地看他一眼，不与他说话。他觉得这个男人实在太可恶。他真想把他一脚踢下脚手架，让他摔得筋骨断裂，从此再也爬不上女人的身体。

刀巴叼着烟，把一块砖砌上，从鼻孔里喷出两股浓烟，对李山王说，你听说过借鸡下蛋的事吗？

李山王还是不搭理他，把砖刀上的水泥猛地倒在砖上，用砖刀咯吱咯吱地抹着。

刀巴感到好笑，他睡他的女人关你李山王什么事？他乜斜着李山王说，你这个人生气没有一点来由。麦花是我的女人，又不是你的女人，我弄我的女人关你屁事。

李山王心里想，也是。这么想着火气就小了些。他停止手里的动作，转过脸去求饶似的说，你能不能等我们睡了再码砖。

刀巴说，那种事哪能等。

李山王苦着脸又求道，那你能不能不弄出那么大的动静来。

刀巴说，你这就是说的外行话，田里放水能没有声音吗？这事动静越大越过瘾。你是不是没有开过荤啊？

李山王经不住刀巴的嘲笑，涨红着脸，低下头去一个劲地砌砖。

第二天第三天刀巴重复地对李山王说借鸡下蛋的事。李山王浑身都快被欲火烧焦了，就与刀巴达成口头协议，出两千块钱借麦花给他生一个儿子。那时两千块钱可以在县城里买一个门面。麦花不同意，抱着男人不走。男人附在她的耳边说傻婆娘，听我的话，快去，最多一年的时间，你给他生一个孩子就回来。我把钱存着，将来在省城买房子，买起房子我们就不再回那个偏僻的穷山沟了，买起房子我们就是省城里的人了。麦花还是不跟李山王走。刀巴一心想要那两千块钱，下药把麦花弄昏，然后把她背到车站，放在李山王旁边的座位上。

麦花醒过来，已经到了李山王的家里。女人不吃不喝，不与李山王说话，也不上李山王的床。李山王不打她不骂她，不强迫她上自己的床，单独让她睡一个房间。把她当仙女一样待，哄她劝她，弄好吃的给她吃。麦花的心一点点地被融化了。在一个晚上，主动走进了李山王的房间，接受了李山王。九个月后，她给他生了一对双胞胎，两个都是儿子。刀巴来接她，她把自己关进李山王的屋子里不出来，她流着泪对着门外的刀巴说，刀巴，我不是一件东西，你想扔就扔，想要就要。我是一个人，一个活生生的人，我有生命，我有思想，我有情感。你走吧。我不会跟你回去的，我不会再跟你这样的男人过日子。

刀巴说，我会让你过上好日子。

麦花泪流满面地说，我是你泼出门的水，你是永远也收不回的。

刀巴泣不成声地说，麦花啊，麦花，你怎么就这样不明白我的心啊，我都是为了我们以后能过上好日子啊。

麦花大声地哭叫道，你把一颗心都揉碎了，还好意思说我们我们！你滚！你滚！

麦花不再回到刀巴的身边，不是赌气，而是因为李山王确实对她好，确实把她当成一个人，当成一个真正的人。好吃的东西他一口也舍不得吃，全部留给她吃。重活粗活他不让她干一点点。月经来了他不让她下田，不让她喝冷水，每天早晨都煮红糖蛋给她吃。生了孩子，他不让她下床，鸡汤端在床边，一口一口地喂她。感动一点一点地累积在麦花的心里，渐渐变成了爱。**她爱**

上李山王了，深深地爱上了李山王，她要一辈子跟着李山王，给他生很多很多孩子。从此麦花不再叫麦花，人们叫她李大妈。第三年，她又给李山王生了一对龙凤胎。李山王家是人丁兴旺。李山王满心欢喜，走路不哼歌就吹口哨。

李山王把超生的罚款给了，又到省城去打工。他对女人说他要挣很多很多的钱回来养活她和孩子。但是他没能实现他的愿望。他被刀巴推下脚手架摔死了。

李大妈哭死几次活过来后，挺起腰杆，守在李山王的老房子里，带着四个孩子，照顾着两个老人，撑起一方蓝天，营造家的温暖。两个老人在她的照顾下幸福地老去。四个孩子在她的艰难与艰辛中，吮吸着她身上掉下来的苦汁与汗水，渐渐长大。

李大妈一心想让几个孩子有出息，语重心长地对他们说读书，读书，认真读书！但是几个孩子的学习成绩都不好，大儿二儿三儿在她的哭骂声中读完了初中，小女儿李四妹崽读完二年级就不读了，不管她怎样打她，怎样骂她，她都不去上学。

几个儿子文化程度不高，再加上出生环境的制约，到城里找的工作都是卑微的苦力活。大儿和二儿虽然是下苦力，但靠自己的勤劳成了家，在县城里买了房，过起了最简朴的生活。最让她操心的是三儿子，他做什么都是小猫钓鱼，在工地上打工嫌累，帮人卖卤菜嫌受气，当保安又觉得不自由。晃了一段时间找了一个女孩。女孩的父亲是修鞋的，见他没有职业，便教他修鞋。他学会后岳父就把摊子交给他。修鞋也能挣钱，但他天天晚上都带着女人坐茶楼打麻将，挣一分输一分，不但没存款，反而还借了债。实在过不下去了，女孩就回去问父母要。父母只生了她一个，她一开口父母就给她。李三也常常回家要钱，李大妈哭一阵骂一阵，还是打开一层层的布袋，颤抖着手把钱给他。儿子是自己的，她不可能不管。

收拾完碗筷，李大妈将鸡蛋和鸭蛋各装一百，叫儿子明天带回去。儿子说他不是回来拿这些的。李大妈心里涌起一股难受。知道儿子非要钱不可。李大妈将柜盖盖上，叹口气坐在床边。她那满头的银丝对着夜晚，对着灯光诉说着一个女人一生的经历和辛酸。她那满脸的皱纹和沧桑对着夜晚，对着灯光诉说着一个母亲一生的艰辛与付出。

夜晚无言。

灯光无言。

只有她那颗孤独的心在自言自语地诉说着衷肠。只有她那孤独的灵魂在干涸的河床里落泪。

她多么希望儿子能自立，不要再开口问她要钱。可是儿子还是开口了。他说，妈，借三千块钱给我。李大妈的头都大了。儿子每次都说借钱，但是从来没有还过她一分钱。儿子总是一开口就是三千两千，就好像她在开银行一样。他从来都不想一想，她一个老太婆在农村种地喂猪能出多少钱。她现在已经七十几岁了，她还能做几年？她不得不为自己以后的日子做些打算。虽说她有三儿一女，可是谁会管她呢。她把前些年存的钱在县城里偷偷地给三儿买了一套房子，叫三儿子不要告诉大哥大嫂和二哥二嫂。结果大儿子大儿媳和二儿子二儿媳还是知道了。平时拿钱给小儿子也是悄悄拿的，结果大儿子大儿媳和二儿子二儿媳还是知道了，就像他们随时跟踪着她一样。大儿子大儿媳和二儿子二儿媳对她满心意见，说她偏心，说她顾幺儿，说她的心里只有幺儿没有他们。喊明了将来他们不会管她。小女儿嫁出去就再也没有回来，不知是死是活。

她的心窝里有一股气转不过来，她用力地揉了一阵，伸着脖子打了两个气嗝，然后苦着一张脸看着三儿子说，我手里的钱已经拿给你缴干了，现在哪里还有钱？小祖宗，我求求你们两口子，别去打麻将了好不好？你们两个如果手不痒，日子怎么会过成这样啊。

儿子将烟头扔在地上，用脚使劲地碾踩着说，妈，这次我是做正事，想去租一个门面。我在街角角上摆一个摊子可怜兮兮的，冬天冷，夏天热，天一下雨就只得收摊。

李大妈点点头，觉得儿子说的都是实情。

儿子看着母亲那缓和的脸色，接着说，我们如果租一个门面，每天夜里可以做到十一二点……

李大妈激动地打断三儿子的话说，这样就好！这样就好！只要你们不去打麻将我就算头辈子烧了高香，只要你们能做正事我睡着都会笑醒……

三儿子打断母亲的话说，你听我把话说完嘛。只要我们租一个门面洗鞋补鞋，一年三百六十五天都可以挣钱。

李大妈的老眼里立即放射出希望的光芒，她激动万分地说，儿子，只要你干正事妈支持你。说罢从房梁上吊着的箩框里拿出一包烂布，一层层地打开，取出十几张存票，高兴地塞在儿子的手里。儿子一看七万多，只拿了两万，将五万多存票又递还给母亲，叫母亲留着。李大妈又塞回儿子的手里说，租门面要添置东西，你全部拿去。挣到钱了给我养老。你大哥二哥都说不管我了。你要争点气，将来我老了就只有靠你了。三儿子含着一眶泪点点头。当时在心里发誓不再去赌，把一万多块钱的赌债还了，就去租一个门面开一家修鞋洗鞋店，挣起钱把卖出去的房子买回来，挣起钱孝敬母亲。结果回去，两口子都经不住赌友的吆喝，天天夜里在茶楼里打得昏天黑地。几万块钱，几万块母亲的血汗钱，就这样在麻将的嬉闹声中，一张一张地进入别人的包里。

李大妈是两个月后才知道三儿子两口子又欺骗了她，把她用汗水和辛劳拼凑出来的七万多块钱全部输掉了。同时，她还听到一个致命的消息，三儿三儿媳早就把她给他们买的房子也输掉了。李大妈跪在院坝里仰天大哭。哭了大半夜，然后拖着软绵绵的双腿走进睡房，倒在床上再也没有起来。

人们在陈文的果树地里几天都不见李大妈的身影，这是少有的现象。自从陈家湾村的经济作物项目一实施，李大妈是天天出现在陈文的果树地里，她在陈文的手里挣的钱最多，全村没有一个人比得过她。

人们开始议论起来。有一股不祥的预感袭击着李松，他派甘二嫂到李大妈家去看一下。甘二嫂嘴上答应着，人却没有去看李大妈。她心里想，李大妈能有什么事，前两天做活路比我还有劲。又过了两天，李松还是没有看见李大妈，又派甘二嫂去看。甘二嫂说她没事，前天我去看她她还好好的呢。

正说着王妹崽走过来对李松说，李书记，我刚才从李大妈房背后过，嗅着一股怪味，还看见一群群的苍蝇在她的房前房后乱飞。我站着喊了几声，屋里一点响动也没有。

李松和陈书记一听这话就知道不好了，急忙组织人到李大妈家去。果然像王妹崽说的一样，苍蝇在李大妈的房前房后嗡嗡地飞着，像几窝蜂子似的。李大妈已经死了好几天了，她的尸体已经开始腐烂，散发着浓烈的臭味。李松难过一阵，立即安排人通知李大妈的儿女。

李大妈的三个儿子都没有回来，只有小女儿李四妹崽回来了。大儿子大儿媳和二儿子二儿媳说母亲的钱全部给了小儿子，母亲的后事理所当然该小儿子负责。小儿子想管母亲，但手里没有钱，母亲的安葬费不是一笔小数目，至少要三四万，他哪去找那么大一笔钱。本来就是一屁股的债，如果再加上一笔债他还活不活人？所以就不露面，只是躲在县城里悲痛欲绝，一个响头又一个响头地磕着说对不起老母亲。女人一边伤心地悲哭着，一边劝慰着男人，说你别太难过，母亲的后事驻村扶贫第一书记会管的。

正如李大妈的三儿媳妇所说的一样，李松不得不管李大妈。李四妹崽现在成了半边瘫，一回来就倒在地上妈一声娘一声地哭得死去活来。这样一个人怎能处理李大妈的后事。李松召开村班子会议，理出办理方案，班子成员分头行动。像李大妈的亲生儿子一样跑上跑下，忙进忙出。

李大妈的死让陈家湾村的人无不心酸，无不悲凉，无不伤感。甘二嫂和大罗拐守在李大妈的灵堂前唱着孝歌，歌声里充满着无比的悲伤：

> 苦瓜牵藤苦茵茵，抚儿抚女苦尽心，
> 抚儿抚女受尽苦，一十二月诉根生。
> 正月里来是新春，阳雀树上早开春，
> 阳雀树上开声叫，我娘背我把地耕。
> 二月里来是春分，我娘背我颈长伸，
> 原来又是承包地，拼死拼活种着地。
> 三月里来谷雨节，我娘背我少气歇，
> 土中做到家中转，一世奔波值不得。
> 四月里来栽早秧，抢收抢种几头忙，
> 做得两手不得闲，我娘吃些冷饭汤。
> 五月里来是端阳，端阳活路更齐忙，
> 别人过节推豆腐，我娘过节土中忙。

六月里来三伏天，太阳晒得起青烟，
别人家中来避暑，我娘晒得不新鲜。
七月里来秋夹伏，我娘苦处说不出，
饱一顿来饿一顿，我娘饿得皮包骨。
八月里来桂花香，吃苦耐劳是我娘，
白天累得骨散架，晚上给儿补衣裳。
九月里来是重阳，我娘身体不相同，
走路匡脚又拐手，两眼昏花耳朵聋。
十月里来小阳春，我娘磨得像猴精，
双手开得像锉子，看到我娘不忍心。
冬月里来雪飞山，我娘衣服穿得单，
儿女穿成布卷子，看到我娘好心酸。
腊月里来满一年，家家称肉过大年，
我娘油肉不敢想，心中还焦盐巴钱。
娘想儿女心肝碎，儿女对娘不好言，
娘拈肉与儿女吃，娘喝口汤算过年。
娘的恩情未曾报，阎王催逼上西天。
……

听着这悲歌，很多人都放声大哭起来。李松的心里一股股的难受，泪水已经湿透了很多张餐巾纸。

李松怀着悲伤的心情，带领村班子的人和村民们处理了李大妈的后事。李四妹崽很感动，拉着李松的手说不完的感谢话，道不完的感激情。

第二十四章

这个夜晚，秀桃和李四妹崽坐在田坎上，想起很多年前洗澡的那个水沟，想起水沟边偷看她们洗澡的那个黑影。

记忆还在，水沟却不在了，已经被泥土填平，栽上了桃树。代时那块地也租给了陈文，里面不再是西瓜苞谷茄子豇豆，而是桃树，满地的桃树，能开出鲜艳花朵的桃树，能结上冬桃的桃树。一切都没有原来的样子，现在的一切时髦而又艳丽。

半晌，秀桃问李四妹崽，过得好吗？

李四妹崽说，你看我这副样子像过得好的人吗？说着泪水就出来了。

李四妹崽怀上代时的孩子后，迅速找了一个男人嫁出去。但那个地方比陈家湾村还穷，土地小块不说，泥土也薄，土瘦保不住水分，天旱的年头颗粒不收。那里的人家家都很贫困，没有一户人家有余粮。跑出去打工的人没有一个人会回来。李四妹崽不甘心在这穷山湾里枯萎，她邀起湾里的小果和水草到城里去打工。三个人先在工地上打杂，捡砖撮水泥，晒得像堆黑炭，走在城里像一群外星人。有天傍晚她们逛商店，小果问李四妹崽，城里女人为什么那么白？

水草抢先答道，人家是城里人，城里人天生就那么白。

李四妹崽不说话，看衣服，她见一个女人买了一条裙子穿着很好看，她也想买一条。但穿上身效果就不一样，她扭着身子在穿衣镜前，左看右看，都没有一点美感。她嘀咕道，我怎么就穿不出效果来呢？我的身材不比刚才那个女人差啊。

水草和小果也仔细端详着李四娃崽说，就是不如别人穿起好看。

李四妹崽嘟着嘴，不服气地在穿衣镜前扭来扭去。

服装老板说，美女，你的皮肤太黑了，不适合穿这种颜色，你另外选一款吧。

这话太刺激李四妹崽了。黑怎么就这样损伤一个女人的形象呢？李四妹崽那不甘落于人后的傲气突然抬起头来，她不相信自己生下来就是这么黑，她相信自己只要不晒太阳皮肤就一定会变白，只要自己的皮肤变白，穿什么样颜色的裙子都好看。

李四妹崽下定决心要改变自己的肤色，她不再在工地上打杂工，她不再接受烈日的烘烤，她要找一份不晒太阳不被雨淋不被风吹的工作，让舒适与阴凉捂白她的皮肤。但是小学都没有读毕业的她，是现代社会的落伍者，没有一道眼光对她是热情的，没有一道门为她敞开着。她感到失落，她感到困惑，她感到迷茫，她感到痛苦，她感到后悔。她后悔自己没有将小学读完，她后悔自己没有读初中，她后悔自己没有读高中，她后悔自己没有读大学。她这才深深地明白母亲为什么要哭着骂着叫她去读书，她这才明白母亲的良苦用心，她这才明白读书对人生的重要性。但是人生没有后悔药，人生没有彩排，一切都不会重来。错过了，就错过了，失去了，就永远失去了。

李四妹崽找不到工作，也不想再回到工地上去晒太阳，下苦力。她用自己的性别做抵押，她用自己的肉体做本钱，她把自己打扮得花枝招展，在一家挂着发廊招牌的店里赚男人的钱。她觉得男人都是一个样，都是野兽，都是发泄物，没有一个好东西。她脸上笑着伺候他们，心里却发狠地掏空他们的身子，发狠地掏空他们的钱包。

这段时间她很有钱。钱是好东西。有了钱她就很大方，经常请水草和小果进饭店，进美容院。过起城里人的生活，享受着有钱人的奢侈与奢华。但是她不敢给母亲打电话，她怕喊一声妈就会哭出声来。她不能让母亲知道她挣钱的方式，她不能让任何人知道她现在是在用最低贱最下流的手段让自己生存着。她对水草和小果说她在一家发廊打工，说女老板对她很好，给她的提成很高。

她告诫自己不能这样活一辈子。她计划再做两年，在县城里买五十几平方的房子，一屋一厅，把母亲接来和她一起过日子。母亲辛苦了一辈子，她要让她过上几天好日子。可是一道光扫了过来，照亮了挂羊头卖狗肉的黑暗，李四妹崽被提到亮光中睁不开眼，抬不起头。她和她的同行们被关进派出所，批评教育。她抬不起头来，她的脸蜡黄蜡黄的。她觉得自己没脸见人。她真想有个地缝就钻进去。她真想一死了之。

经过教育的她出来想重新做人，想好好生活。可是她突然病倒了，性病让她无地自容，脑梗差点要了她的命。

她住在医院里，一人躺在病床上，没人管没人照顾。小果和水草早已唱着生命的凯歌，扬起爱情的风帆，过着甜蜜的生活，与恋人离开这座城市，双双结婚生子。她李四妹崽却在无光无望的世界里数着黑暗的脚步，等待细胞一点一点地死亡。

出院后，她带着偏瘫的残废身躯，回到那个穷山沟。接纳她的却是陌生，却是冷漠，却是残酷。她从陈家湾村带过去的血脉，代时的儿子，前不久在堰塘里洗澡淹死了。她仰天大哭，她一无所有！男人不要她，男人不管她。她拄着拐杖，带着悲伤的残废身躯，倔强地生活着。她不敢回娘家，她这副样子，她这种生活，万万不能让母亲知道。她怕母亲为她担心，她怕母亲为她担忧。

秀桃听完李四妹崽的讲述，心里沉沉的，为李四妹崽的命运叹息。她伸过手去握着李四妹崽的手，安慰着李四妹崽说，没事，一切都过去了，一切都会好起来的。

李四妹崽不说话，伤心地抽泣着。秀桃劝了半天她才止住哭声。两人沉默了一阵，秀桃问道，怎么打算？

李四妹崽的泪又流出来了，她哭着说，我走时，男人叫我不要再回去了。

秀桃心里沉沉地望着山湾的夜晚，阵阵悲哀涌上心头，人生为什么总是会上演这么多剧幕？命运为什么总是这样崎岖坎坷？谁也无法预料漫漫人生路上还会发生些什么。难道人到这个世界上是专门来吃苦的？李四妹崽深陷苦海，带着残废的身躯无家可归。而自己的命运不也同样饱尝了无数的苦，经历了无数的痛？至今带着一个傻儿子，拖着一个瘫痪母亲，一路悲歌唱过来，要唱到什么时候才是尽头啊？想着想着泪水就流了出来。

两个女人越想越苦，越想越悲，突然在月光下抱在一起放声大哭起来。哭出了心中的委屈，哭出了心中的痛苦，哭出了命运的悲凉。

这天，秀桃杀了一只鸡，炖好给李四妹崽舀一碗送去。走到阶沿上，突然听到李四妹崽在屋里与代时说话。秀桃不想见到代时，就停住脚步，站在门外，想喊李四妹崽出来，不料却听见李四妹崽哭道，哥，我和你的孩子前不久在堰塘里洗澡淹死了，男人嫌我也不要我了。我现在一无所有，无家可归，就只有靠你了。

代时说，你是嫁出门的女，泼出门的水，你的几个亲哥哥不会管你，我这个当表哥的也没有义务管你。你还是回去吧。

李四妹崽伤心地哭道，那时我怀着你的孩子，为了找一块遮羞布，就迅速地嫁了一个男人，没有要彩礼，没有办婚宴，没有扯结婚证。别人现在赶我出门是理所当然的事，我没有半点理由没有半句话可说。哥，你是我心中的人。我过去爱你，现在依然爱你……

代时恼火地打断李四妹崽的话，严肃而又冷酷地说，别说这些莫名其妙的话！什么爱不爱的，听着就恼火！

李四妹崽愣一下，突然放声大哭起来，一边哭一边说，那个晚上你亲口对我说你喜欢我，说你这辈子都只爱我一个人。你把我抱在床上摸遍了我的全身，亲遍了我的全身。当我把怀孕的事告诉你时，你搂着我吻着我，说你爱我，真心实意地爱我，一辈子都爱我，海枯石烂永不变心。只是你有难处，叫我一定理解你，体谅你，听你的话，马上找个人结婚。我不。你说只要我听你的话，你以后会管我的，等我把孩子生了，你就接我回来，在镇上给我买一套房子，你天天看着我，天天爱着我。我怀着你的孩子，怀着你的承诺，带着一个美梦，到穷山沟找了一个挡箭牌把你的孩子名正言顺地生了下来。这么多年你没有过问过我一次，你没有关心过我一次，你没有管过我们母子俩的死活。这些我都不怪你，我都不怨。我从来没有怪过你，从来没有怨过你。我知道你有你的难处，你有你的活法，你也有一家人。可是我现在走投无路，落到这步田地，难道你也不管我……

代时愤怒地叫道，你叫我怎么管你？！难道你想毁了我不成？！

李四妹崽悲痛欲绝地痛哭一阵后说，我没有想到你是这样一个禽兽不如的人！那个晚上你要到秀桃的床上去，我不让。你说你要疯了要死了，叫我一定帮你得到秀桃。我不让，我哭。你说你只属于我，一辈子都属于我李四妹崽一个人，一辈子都会对我好。你搂着我说如果我不帮你得到秀桃，你从此就不再理我。说只要我帮你得到了秀桃，你就会一辈子爱我，你就会一辈子对我好。我哭，我不要你去伤害秀桃。秀桃是我最好的妹妹。你把我抱上床去，亲我吻我，把我弄得没有了灵魂，没有了自我，没有了人性，没有了良心。我依了你，我顺从了你，帮助你上了秀桃的床。可是你知道我的心里有多难受吗？秀桃就这样被你毁了，毁得那么惨。这些年我一直背负着一笔良心债。

碗从秀桃的手里滑落下去，掉在地上发出一声脆响，成了一堆碎片。一碗鸡汤很快被地灰吸干，几砣鸡肉尴尬地立在地面，很快成了狗们的食物。

代时说要一辈子对李四妹崽好的话是假话，是谎话，但他说不管李四妹崽的话是真话，说不管李四妹崽就不管李四妹崽。他不想再见到她，不想再听她说一句话，把她的电话号和微信号拉入了黑名单。李四妹崽电话打不通，信息发不出。

人不是漂浮物，一定要有根基才能生存。代时不帮李四妹崽落户，李四妹崽就无法在陈家湾村生存。男人赶她出门，娘家人又不收留她，接下来的岁月长河她该怎么过？李四妹崽问山问树情为何物？李四妹崽问天问地男人有没有良心？没有回答她的声音，只有一腔悲情在心里回旋，在心里翻腾。

李四妹崽哭天无路。

李四妹崽躺在母亲的床上，闭着双眼，嗅着死亡的气息，流着伤心的泪水，也想跟着母亲远离这悲催的人世。但是当她的手要接触到电源的时候，她突然醒悟了过来，她这样死有意义吗？

她这样死了正好如了代时的意，称了代时的心。她为什么要这样过早地结束自己的一生呢？有一句话不是说好死不如赖活吗？她现在能走能动，比秀桃的母亲好得多，虽然艰难一点，但是生活完全能够自理，干吗自己不靠自己，非得靠他代时呢？他代时算什么呢？他代时能一手遮天吗？他代时不管她，村上不是还有一个好心的扶贫第一书记吗？她起身，拄着拐杖，一下一下地挪着步，艰难地移向村委会，向李松哭诉着自己的处境，哭诉着自己的疾苦，要求留在陈家湾村。李松安慰着她，叫她不要急，村委会研究研究再说。

李松非常同情李四妹崽，把她的疾苦放在心上，想尽力想办法帮助她。当他了解到李四妹崽的户口还在陈家湾村时，更觉得有责任帮助她。他立即召开村委会对李四妹崽的疾苦进行研究。当然，代时的反应很强烈，他说，李四妹崽嫁出去好几年了，不应该让她再回到陈家湾村来享受特困户补助。如果让李四妹崽回来，对村班子影响不好，村民会说是我代时在搞特权，谋私利，讲情面，照顾亲戚六眷，会说我代时见陈家湾村富裕起来了，就把自己的表妹弄回来。我代时现在不像过去，在李书记的感化下觉悟高了，眼光看的是整个陈家湾村，心里想的是全村的村民，而不是自己的亲戚朋友。

李松和陈书记愕然地看着代时，发现他现在觉悟高了，进步多了。对他的变化感到十分满意和惊喜。只有秀桃知道代时是怕李四妹崽回来纠缠他，拖累他，所以设下重重障碍，阻碍李四妹崽回到陈家湾村来。

秀桃冷笑一声说，代主任要是真有这么高的境界就好了。

代时看一眼秀桃，不自然地咳嗽一声。

李松说，即使李四妹崽没有户口在这里，她这副样子我们作为娘家人也应该收留她，何况她的户口还在陈家湾村。

陈书记点头赞同。

代时着急地说，留下她是麻烦，是负担。我觉得没有必要把一个别人都不要的人弄回我们陈家湾村来。我们不要捉一个虱子在头上爬。

李松说，她本来就是陈家湾村的人，我们没有理由不管她。

代时说，事实上她已经嫁出去多年了，不是我们陈家湾村的人，根本就没有资格来占我们陈家湾村的贫困户名额。我建议把她送回去，让她的男人照料她才是长远的事。

李松说，她的男人不让她回去了。难道我们忍心让一个带病的人流落街头吗？

代时不敢再与李松那双充满锐利的眼光对峙，他把目光移到办公室的角落里说，世界上有苦有难的人多的是，你李书记管得完吗？我觉得闲事少管，走路伸展。

李松说，人应该有一颗善良的心。

代时理屈词穷了，便走出去，抽着烟，绕过村委会办公室外墙，到厕所里去唱了一曲泉水叮咚响，然后又回来找出许多理由说服李松，说服大家。但是他最终失败了。阳光总是会遍布大地，驱散寒冷。陈书记，秀桃和村里的很多人都赞同李松的意见，让李四妹崽回到陈家湾村享受特困户补助。

李四妹崽在李松的帮助下，终于在陈家湾村安了家，成了陈家湾村的村民，住在母亲留下的老房子里，倔强地生活着。

谁也没有预料到，早已成为千里冰雪的李四妹崽还会遇到万里寒冬。李四妹崽刚安安稳稳地生活几天，三对哥哥嫂嫂突然回来了，说母亲留下的房子和家产应该儿子继承，自古以来都是这规矩。嫁出门的女泼出门的水。哪有"水打浪渣柴，走了又转来"

的道理。李四妹崽流着泪对三对哥哥嫂嫂说，你们反正都不住这房子，就让我住下吧，我现在是走投无路，实在没有办法才回娘家来的。

大嫂说，你男人又没死，你回去找你的男人嘛。你又不是一件东西，他说不要你就不要你。

二嫂附和道，你回来赖在娘家没有道理。你应该回到你的家里去。

三嫂扁扁嘴说，哼，你过去能挣钱的时候想到过娘家人吗？现在穷了就回来了。你没办法活，我们更没有办法活。三个嫂嫂合并成一场冰雪，几乎要把李四妹崽冻死，她们商量三间房一家一间。她们到甘麻子店里买起锁，各自锁了一间。大嫂把大门一关，将钥匙放进包里，摊着手对李四妹崽说，四妹崽，你看半间也不多。如果有多的，你住下我们也没有意见，毕竟是兄妹一场嘛。三个哥哥一言不发，任凭三个女人将母亲留下的房子和东西处理了，任凭三个女人将自己的亲骨肉往外推往外赶。

李四妹崽的泪水汹涌澎湃，这就是亲骨肉！这就是兄妹情！

李四妹崽的心好痛好难受。

原来，人在财产面前，在利益面前可以没有一点点亲情，没有一点点善良，没有一点点温暖。

现在的李四妹崽什么也没有。她只有一副赤条条的带病的身躯。她拄着拐杖，流着泪，挪着步，艰难地移向堰塘。堰塘里的水哭了，李四妹崽笑了，她就要结束她的磨难了，她就要结束她的痛苦了。

李松到四社去看了果园回来，远远地看见李四妹崽倒在堰坎上，艰难地往堰塘里滚。他的心一惊，知道不好了，几个箭步冲到堰坎上，纵身跳下堰塘，把她救了起来。李四妹崽哭着对李松说，你把我救起来干什么嘛？我现在什么都没有，我没有家，我没有亲人，我什么也没有，我什么也没有啊！

李松抹着脸上的水大声地说，你没有理由这样对待你的生命！活着就有一切！

李四妹崽伤心地哭道，我没有希望，一点也没有。他们把我像一条狗一样赶了出来。狗还有一个窝，鸟还有一个巢，而我什么也没有，什么也没有。我拿什么活下去啊？说着又想往堰塘里滚，李松一把拉住她。李四妹崽哭着叫道，你让我去死吧，别让我活在这个无情无义的世界上！你知道吗？我的哥哥，我的三个亲哥哥，眼睁睁地看着他们的女人把我赶出家门，一句话也不为我说。你说还有什么比这更痛苦？我活着还有什么意思？没有一个亲人对我说一句好话，没有一个亲人对我有一张笑脸。

李松的心被这个孤独的灵魂震撼了，他涌着一眶泪给她擦去脸上的泪水，理顺她的头发，把她送到秀桃家里，像照顾自己的姐姐一样。

李松让李四妹崽暂时住在秀桃家里，他再慢慢想办法解决。

代时幸灾乐祸地说李松，我叫你别管你不信。自己捉个虱子在头上爬。你说这是何苦嘛？不听老人言，吃亏在眼前！嘿嘿！

陈书记冷冷地看代时一眼，在心里骂他不是人。

代时趁此机会说，李书记，现在她的几个亲哥哥都不收留她，我们还是动员她回去吧。

陈书记尖锐地看着代时说，她没有问你要一口饭吃，没有问你要一间房住，你干吗就这样容不得她呢？

代时涨红着脸说，她凭什么问我要饭吃要房住？

陈书记说，凭什么？你说凭什么？她是你的表妹！

代时说，一根牛尾巴遮一个牛沟子。我认不了这么多，也管不了这么多。

陈书记摇摇头说，代时，我发现你这个人太没有人情味了，你的舅妈活着的时候，你们家吃的粮食和蔬菜都是她种的啊。你不看僧面也要看佛面嘛。

代时说，她帮了我，难道我还要还她几辈人的情？

陈书记看着他倒抽几口冷气，觉得他真是一个白眼狼，觉得他真是一个冷血动物。大家都不想和他说话。他抽了一支烟，又一个劲地叫李松送李四妹崽回去。他说李四妹崽那样子太破坏陈家湾村的形象了。

秀桃忍无可忍，新仇旧恨一起涌上心头，她顺手端起一杯茶就朝代时劈头盖脸地泼去，一边泼一边骂，没有人性的东西！你的心到底是怎么长的？你简直是猪狗不如！我恨不得杀了你！

代时抹着脸上的茶水，顶着一头下着雨的茶叶，瞪着秀桃说，你疯了！

秀桃心里的愤怒无法遏抑，她挥起扫把狠命地朝代时打去。代时用手罩着头，朝一旁跳去。秀桃将扫把朝他掷去，重重地打在他的头上，他哎哟一声，骂着朝秀桃反扑过来。但几双手拉住了他，不让他去打秀桃，只让秀桃打他。他大叫着说大家偏心。大家嘿嘿地笑着说，你是男人，你是男人嘛！常言说山不和水斗，男不和女斗。

秀桃痛打代时的事传到李四妹崽的耳里，李四妹崽拍手称快！说秀桃帮她出了一口恶气。

李松为李四妹崽忙碌了很长一段时间，为她申报了一套安置房，给她解决了住房问题。

李四妹崽住进安置房里，终于有一个自己的家，从此生命里有了色彩，脸上有了喜悦，心里有了未来。她感恩李松，视李松为她的救命恩人，帮助她的贵人。把李松当她的亲弟弟，不叫李书记，叫他弟弟。

生命中充满希望的李四妹崽，骨子里升起一股倔强与顽强，她与病魔做斗争，坚持锻炼，坚持自理，渐渐地奇迹出现了，她失去的一部分知觉又慢慢回到了身上。

李四妹崽恢复健康后如获新生，心里自然而然涌起一些需求。她不想就这样活下去，她从小就不缺少激情，她要让自己的后半生活出个样来。她想找个男人，想有一个充满男人气味的家，续上她的人生剧幕。黄三旺得知这一消息，急忙找秀桃帮他牵线搭桥。秀桃说什么年代了还要人做媒？有情话，自己找她去表白。

黄三旺围着李四妹崽的菜园地转了两天，在一个霞光漫天的傍晚，终于走到了李四妹崽的身旁，说出了在他心里激荡和回旋了几天的话。李四妹崽没有说话，她低头用树枝划着泥土。黄三旺披着一身晚霞痴痴地看着李四妹崽，越看越喜欢，越看越不想离开她。

迈出第一步，黄三旺就不怕了。从此他天天往李四妹崽的菜园地里钻，往李四妹崽的家里跑。一去就帮李四妹崽做这做那，一去就和李四妹崽摆龙门阵。两人做活路动作默契，摆龙门阵语言投机，李四妹崽对黄三旺渐渐生出了爱意。在一个薄云缥缈的傍晚，李四妹崽答应嫁给黄三旺。

李四妹崽的生命里有了彩虹，李四妹崽春回大地，一片片绿茵碧波荡漾，一朵朵春花口齿吐香。在一个阳光流彩的日子里，她搬出安置房，与黄三旺结了婚。从此，两人每天双双出现在陈文的果树林里，打工挣钱。李四妹崽有时会左声左气地哼几句天仙配里的歌，有时会学着大罗拐唱民谣。黄三旺也开始哼歌，风里飘浮着什么？花瓣还是露水。我把欢乐散布，你收到了吗？李四妹崽有时会应声回答道，我收到了！

一年后，李四妹崽生了一个大胖小子。黄三旺的家里成天笑声不断。村民们说李松既救了李四妹崽，还解决了黄三旺的单身问题。说李松又做了一件大好事。李四妹崽和黄三旺对李松更是感激不尽。

一天李松开车到十一社去家访，车突然打滑陷在了稀泥坑里，代时骑摩托追上李松，要李松介绍他的岳父到陈文手下打工。李松正为车子出不来发愁，见代时急急忙忙跑来说私人的事，心里有些不高兴地说，这样的事你自己给陈文说嘛。

代时苦着脸说，我岳父是兰宁村的人，是外乡人。你知道陈文现在对我印象不好。我去说他肯定不会答应。

李松将一抱苞谷秆放在车轮前，然后擦着满手的稀泥说，陈文地里的活路我们陈家湾村的人根本就做不完，他正需要外村的劳力呢。

代时苦着脸说，他再需要劳力，也不会让我介绍的人在他手下打工挣钱，况且是我的岳父。请你帮我去说说，别说是我的岳父，就说是你的一个亲戚或熟人。

李松看着代时，觉得他有些可怜。现在村里没有几个人对他有好感。他的虚伪换来的也是虚伪，他的假意换来的自然不是真心。大家见了他表面上笑脸相迎，内心却堆积着几多不满，甚至翻卷着仇恨的潮。

李松心里对代时也有很多意见，但是为了搞好陈家湾村的扶贫工作，他像水一样绕过了代时常常设置的暗礁，像大海一样容纳了他的嘴脸，满足着他一般的要求。这次也一样，他答应介绍代时的岳父到陈文手下打工。代时说一声谢转身就走。李松朝他的后背喊道，哎，帮我推推车呀。代时回过身来，假意地说，我还没有发现你的车陷在了泥巴里。说后应付似的帮着推了几下，说，我们两个人恐怕推不起来。我回村委会去喊人。说着就往他的摩托车走去。李松心里明白他是不想帮他推车。推车既费力，又会溅一身的稀泥。李松摇摇头，在心里叹息着，代时这个人对谁都没有真心，对谁都没有真诚。喊人推车非得回村委会去喊吗？一个电话几万公里以外的人都能喊来。唉，他哪里是回村委会去喊人，他是想逃离这个费事的现场，他是想急急忙忙跑回家去，向他的女人汇报他的任务已经圆满完成。

谁知，今天代时不能如愿，土地爷把他的摩托车牢牢地拉扯着，让他走不动，起不来。

正在这时黄三旺走来了，代时以为是来帮他推摩托的，谁知道黄三旺却将许多苞谷秆铺在李松的车前。李松感激地看着黄三旺。黄三旺憨憨地笑道，我给陈书记打了电话。他们马上就来。话音刚落，陈书记黄牙三娃子大罗拐等人骑着摩托，拿着绳子和棒棒浩浩荡荡地来了。代时笑脸相迎，谁知大家却笑着朝李松走去。大家把绳子一头系在李松的爱车上，一头系在几辆停在乡村公路上的摩托车上。李松上车踩燃油门，奋力启动，陈书记带领几个人骑上摩托加大马力，像纤夫一样用力地拉着李松的车。黄三旺用棒棒撬着路边的车轮，防止下滑。大罗拐在一边用心地指挥着车轮的走向。大家全力以赴地拉着李松的车子，汗水从每个人的毛孔里流了出来，稀泥飞溅在大家的脸上身上，没有人在意。嗨哟！嗨哟！用力用力！再用力！李松的车在一片号子声中费力地从泥坑里爬了出来，慢慢滑过稀泥路，驶向光辉灿烂的乡村公路。

李松的车从泥泞里出来了，脱离了险情。而代时的车还深深地陷在泥坑里，他越用力，车越往路边滑，车陷得越深。没有人帮他推。李松和陈书记要帮他推，大家把李松推上车，叫李松去洗车，叫陈书记回去休息。说有他们帮着代时推车就行了。李松和陈书记信以为真，放心地走了。谁知代时的车在泥地里陷了大半天，直等到天黑，钻天猫从城里回来才帮他把车推上水泥路。

代时的女人笑代时道，你活得怎么这么失败啊？代时一股怒气涌上脑门，真想扇女人两个耳光，出出心头的怒气。但他举起手，没敢打下去。女人仰着脸立在他的面前说，你把这脾气拿去对外人，别在屋里凶巴巴的！代时瘫痪似的坐在沙发上骂道，鬼婆娘，还嫌我受得不够呀！

第二十五章

李松和村班子带领陈文一起去查看药瓜、核桃和冬桃的长势。陈书记话中有话地说，代主任，怎么样？

代时知道陈书记是故意让他脸红，没有答话，扭头看四周，似乎想把目光从长势良好的果树林里投射出去，但是棵棵果树都遮挡着他的视线，封锁着他的目光。

一路看过去，陈书记喜不自禁，高兴地赞赏李松，李书记，你真行！我做梦也没想到陈家湾村的荒地里能长出这么好这么多的果树。我做梦也没想到陈家湾村的人不出门也能打工挣钱。

代时嘀咕道，钱多也不是什么好事。我舅妈如果不挣那么多钱，说不定她还活着呢。

陈书记说，强盗逻辑！代主任，你说这话一点道理也没有。你舅妈是被你的三老表害死的。

代时说，如果没有那七万多块钱，悲剧就不会发生。

陈书记恼怒地瞪着代时说，你这个人，唉！

秀桃鄙视地看代时一眼，哼一声，转过身去与陈文说话。

李松一人甩一支烟，燃上，看着一片片的果林，他高兴地说，长势喜人，前景大好，陈文的收入会一年比一年高。

代时冷笑一声说，别想得太美。结出的果子可怕都会烂成一摊泥，回归给大地母亲。

大家不解地看着代时。他似乎有些得意，接着说，每块地接的土坯路一下雨就是稀泥成塘，车能开过吗？你们想想收冬桃和收核桃是什么时节？那不是夏季，是秋天。城里人不知道秋天雨水多，但我们作为农村人是知道的。

几句话说得陈书记和陈文满脸愁云密布。这是一个具体问题。

李松脸上的笑容仍然像阳光，他说，这个我早已想到，我会即时想办法解决的。

代时冷笑道，这么多条土坯路不是一两句话就能解决的。

李松说，我上次说过要争取国土项目和高标准农田水道项目。这两个项目争取到了，不光修通果园路，连所有的支路和断头路都一并解决。

代时讥讽道，理想是远大。可是理想归理想，实现起来可能要等到猴年马月。李书记，这两个项目你都说了很久了，记得是在栽果树前吧。小树都快长成大树了，生出的娃娃都笑得了，你的这两个项目还是一句空话。

李松笑笑说，这两个项目的程序太多，是让大家等久了。不过很快就会落实下来。

代时冷笑一声，转身走开。

果然没过多久，李松就在村民大会上宣布，单位领导为陈家湾村争取国土项目五百多万，争取高标准农田水道项目八百多万。

会场一片哗然。

掌声笑声喝彩声在陈家湾村扩散。

掌声笑声喝彩声在陈家湾村流溢。

掌声笑声喝彩声在陈家湾村飞扬。

希望与喜悦在陈家湾村交汇和闪耀。

挖土机和推土机铿锵有力地唱着凯歌再度驶进陈家湾村，另外还有压路机、搅拌机和装载机。陈家湾村沸腾了，机器唱着新时代的歌曲，宣布着科技的进步，洋溢着现代的气息。

机器在陈家湾村撒着欢儿，发挥着强力，开掘出新路。陈家湾村载歌载舞。村民们带着一张张笑脸奔向希望，他们在阳光的温度中，在春风的惬意里，有打不完的工，有挣不完的钱。黄三旺带着李四妹崽，三娃子带着王妹崽出现在社道路上，与村民一起做那些机器不能操作的细活。

甘二嫂笑三娃子，你们是夫妻双双把家还。

李四妹崽不知道甘二嫂和黄三旺之间的矛盾，笑道，甘二嫂，你也应该找一个。

甘二嫂没有好气地说，我没有那么不要脸。

李四妹崽变脸变色地说，甘二嫂，我好心好意地和你说话，你怎么是这种口气？谁不要脸了？你给我说清楚！

甘二嫂摔下锄头冲着李四妹崽说，我跟谁说清楚？三张纸画个人脑壳，你好大的脸嘴？！我跟你说清楚？你算你妈哪把夜壶？

李四妹崽说，疯婆子！你简直是你妈个疯婆子！

甘二嫂走过去就给李四妹崽一个耳光，她拿黄三旺没有办法，她对付他黄三旺的女人是完全没有问题的。她一边打一边骂。李四妹崽本身就是一个个性强的人，哪里容得人欺负，她一把抓住甘二嫂的头发，扯得甘二嫂嗷嗷乱叫。人们好不容易把她们拉开。刚平息下来，黄三旺上了厕所回来，一见李四妹崽满脸被抓伤，心疼得不得了。李四妹崽是他黄三旺心里的一块宝，哪里容得人动她一根汗毛。他疯了似的跑过去，按着甘二嫂就猛打起来，比那次在田坎上打得狠得多。打得甘二嫂鼻子口里都来血。黄牙和三娃子把他拉开，他还要扑去打她。李松赶来拉住他，他还愤怒地瞪着甘二嫂说，你凭什么打我的女人？你简直是吃了豹子胆！你再敢动她一下，看老子不弄死你！

甘二嫂坐在地上擦着嘴角上和鼻子上的血，放声大哭着，哭自己没有男人帮忙，哭自己被别人欺负。要李松为她主持公道。李松劝她一阵，叫秀桃把她扶回去休息，自己给黄三旺做工作，叫他不要再和甘二嫂发生矛盾，说冤家宜解不宜结，说能生活在一个村子里是一种缘分。黄三旺吐一口唾沫在乡村公路上说，是她挑起事端的。她有什么深仇大恨应该冲我来，不应该拿我女人出气。

李书记笑笑说，你女人是女人，甘二嫂也是一个女人。

黄三旺憨憨一笑说，她是女人关我屁事，我只管我的女人。

李松说，说是说，笑是笑，以后不准再动手打人。打人是犯法，打人不文明。

黄三旺说，李书记，我也不想给你添麻烦。我也听了你一些劝，这么久我都忍了，她骂我，我没有理她，她上次把我一窝丝瓜铲了，我忍了。前几个月她把我家一只小鸡打死，我忍了。前几天她将一口唾沫吐在我的脚背上，我摘起菜叶擦了，没说她一句，没骂她半句。可是她现在居然打我的女人。你说她这不是招打吗？我不打她打谁？李书记，我只有一个要求，叫她有气找我出，有仇找我报，我会看在你面上，打不还手，骂不还口，但是她如果再敢惹我的女人，那我就对她毫不客气！

李松苦笑着摇摇头，觉得这思想工作真不好做。

李松还想开导黄三旺几句，陈书记突然打来电话，说甘麻子不准动他的院坝。李松明白，以前的乡村路只修到甘麻子的院坝边。现在要接通三社的乡村公路，必须通过甘麻子的院坝。甘麻子的院坝前原来有一条路通往三社，因甘麻子的女人仗着与代时的关系，就把院坝扩出去，把路面全部占用了，三社的人只有从外边的田坎上绕道而行。

李松赶到现场，甘麻子正张开双臂，拦着施工队，不准动他家的院坝。李松说，甘大叔，请你让开。

甘麻子昂着头说，我不让！这院坝是我家的龙脉，我不允许任何人破坏我家的风水。

李松说，你这样做不对。

甘麻子瞪着李松说，我怎么不对？这院坝是我们家的，是我们的私人宅基地。你们占用是侵权！

李松说，据说你们的院坝前原来有一条路……

甘麻子跳起来质问李松道，谁说的？你把他喊出来做证。

李松看着左右的村民，大家都避开他的眼光，不愿出来做证。

李松压了压心里的火气说，甘大叔，到三社的路必须通过你家的院坝。如果你们家的院坝外面有基础，我们也可以不动你的院坝，但是外面是田，我们不可能从田里砌一条路起来吧。麻烦您老人家理解理解，通融通融。

甘麻子的女人拖长着声音说，李书记，你别在这里费口舌，你今天说到明天，我们也绝不会让任何人占用我们的院坝，破坏我们家的风水。

甘麻子说，从田里砌一条路起来完全是可以的。怎么不可能？河里都可以做隧道，从田里为什么不能砌一条路呢？李书记，你们就从田里砌一条路吧。

李松的头都大了，他生气地说，你说得简单，那不要人力和财力呀！

甘麻子吐一口痰在李松的脚边，笑道，钱难不着你，用了你又去要，国家有的是钱。

李松感到无能为力，他拿甘麻子两口子真没办法。他想找代时出面说几句，代时早已溜走了。陈书记站在他的身边也没有什么高招。他沮丧地走回村委会，愣了半天，准备立即召开村委会，研究说服甘麻子两口子的对策。

刚想召集村班子成员，甘二嫂突然哭着冲进村委会办公室，一屁股坐在他面前的凳子上，一把鼻涕一把眼泪地说黄三旺打坏她的五脏六腑了，她现在全身疼痛难忍。她要求李松为她做主，要求李松为她撑腰，要求黄三旺立即赔她一笔钱，她好住院治疗，不然她会死掉。

李松压下心头的火，劝她，安慰她，倒水给她喝。但是她不听，非要李松立即帮她解决。

李松说，大家熄熄火吧。

甘二嫂甩一把鼻涕在地上，哭着说，李书记，我忍不下这口气。他黄三旺一个大男人把我按在地上像打死猪一样。

李松说，你怎么去招惹他的女人？他的女人是他心中的宝。

甘二嫂站起身，把凳子一推，把手里的水杯摔在地上，质问李松道，依你这么说，他就该打我这个没有男人的女人？我就该被他活活打死？说罢坐在地上放声大哭起来，我的老天爷呀，我被人打死了却没有人为我说一句话，我被人打死了却没有人为我撑腰！皇天菩萨啊，观世音娘娘啊，陈家湾村的山神爷爷啊，我这个没有男人的人好可怜啊……

李松没法控制自己的情绪了，他大声地对甘二嫂吼道，你别在这里吵了行不行？！你懂点道理行不行？！

甘二嫂被吼愣了，她不哭了，她不闹了，她站起身飞快地走出村委会，生怕李松把她拉转来打一顿。

研究通往三社道路的会议开到晚上十点过，都没有研究出具体的方案。代时的意见是通向三社的那一段路不修。李松的意见是必须修，坚决修。这次争取的国土项目和高标准农田水道项目，目的就是解决断头路，目的就是解决错车道，目的就是接通果林路，目的就是社社路通，家家屋前有公路，人人出门不湿脚，人人出门不踩烂泥，车能开到各家各户的院坝里。

代时说，到小康也有个过渡时期嘛？

李松说，我们争取的两个项目，完全能满足广大人民群众的需求。

代时说，三社那边没有几户人家，不算广大人民群众。钱如果用不完可以做一些其他安排。

李松说，即便那里只有一户人家我们也要把路修过去，何况那里还有三个院子，十多户人家，有三社一部分人在那里。争取的国土项目和高标准农田水道项目经费，只能用在修路上。专款专用这是明文规定了的。我们不能违规！

代时说，哪有那么严重，以前……

陈书记咳嗽一声，对代时射出警戒线。

李松严厉地看着代时说，代主任，我到陈家湾村也已经这么久了，有几句话我早就想和你说说：我发现你这个人的思想和行为有问题！我今天真心实意地奉劝你一句，你必须对你的思想进行一次彻底的清理，否则你会栽跟斗的……

李松的话还没有说完，代时就一把推开陈书记，像条疯狗似的朝李松冲去了。眼见代时的拳头就要擂到李松的脸上了，说时迟，那时快，秀桃抓起一个文件盒就朝代时打去。这一意外的举动，一下乱了代时的阵脚。

李松将桌子一拍，大声地警告代时道，代主任，你要弄清楚你的身份！你不是山村野夫，而是陈家湾村村委会的一员！是陈家湾村全体村民选举出来的村主任！代时被李松的气势压住了，愣了几秒钟后，软软地坐了下去。

李松平静了一下心情，接着说道，我的意思是我们必须按照政策执行！必须按照规定办事！不能把路子走歪了！路必须修。

李松看一眼外面的夜色，收回目光说，大家认真想想办法，看如何能做通甘麻子两口子的工作。

代时仰脸看着节能灯不说话。秀桃给大家杯里续上开水，又坐下拿着笔，记下陈家湾村历史性的一笔。她上任以来，已经记满的几个本子，都存列在村委会的文件柜里。每次会议，每项工作，以及李松所做的每一件事她都如实记录着。

陈书记咳嗽一声，直直腰，看着大家说，我的态度是，路必须从甘麻子的院坝里通过。

代时收回朝上看的目光，平视着陈书记说，那就从三社那边的路接过来，或者从四社那边绕过来。

陈书记看代时一眼说，你说得轻巧，那要绕多长一段路，那要费多大的工程，你晓不晓得？

代时说，费工程怕什么？只要有钱。

李松觉得心里有点堵，他直了直腰，做了一个深呼吸，然后看着代时说，国家的钱也不能乱花，要用在刀刃上，要用在该用的地方。

代时说，那怎么不是用在刀刃上？反正是在修路。

李松说，国土项目规定一公里三十多万，高标准农田水道项目规定一公里四十五万，我们争取的这一千多万能修多少公里？你算算代主任。你这样绕了，其他社的断头路、错车道和通往果林的路还修不修？

代时避开李松那锋利的眼光，看着办公桌的桌面说，一些社不修又怎么样？这么多年的泥路烂路都走过来了，再走几辈人又怎么样？

李松正想发火，陈书记直直腰对代时说，你这个鬼！说的全是鬼话！

秀桃实在忍不住了，她说，代主任，我问你，修乡村公路时你为什么要安排修到你们家的老房子，修到你亲戚家的门口，修到甘麻子家的院坝边？而且你们的老屋根本就没有人住。我就不明白，你们不想走的烂路泥路为什么还要别人再走几辈人呢？人要将心比心。你一个村主任，应该站在一个高度看问题，应该心里眼里装着陈家湾村的每一户人家，每一个村民。

代时红着眼睛站起身瞪着秀桃吼道，你有什么资格在这里大喊大叫？谁给你的权力？你是干什么的？给我把位置摆正！老子早就想给你毛起了！龟儿子婆娘一点都没有自知之明！一点都不懂规矩！给老子滚出去！

秀桃甩下笔记本，哭着跑出去了。李松想追出去安慰她，但又觉得不好，便给她发了几个表情图。秀桃回微信说没事。叫李松放心。

李松吐了一口气，又接着研究起来。研究了许久还是没有找到对策。李松正愁得不知如何是好时，秀桃发来一条微信，出招叫代时去做甘麻子女人的工作。李松站起身借故说去上厕所，绕到村委会的后面给秀桃回微信，说代时能做通甘麻子女人的工作吗？秀桃说代时和甘麻子的女人是什么关系，他的话甘麻子的女人多半会听。只要甘麻子的女人点头了，甘麻子还能说什么？李松说代时怎么会为村上的事去给甘麻子的女人做工作呢？秀桃说你给他两千块钱，他保证能做通甘麻子女人的工作。李松的心里万分高兴，连着发了几个笑脸图，一兴奋还发了几朵玫瑰和几个拥抱。连连说谢谢谢谢！谢谢秀秀！空了我请你喝酒。秀桃回过来一个龇牙图，说我不喝酒。李松说那我请你喝茶。秀桃说我喝了茶睡不着觉。李松说那我请你看天上的星星看天上的月亮。文字后面是几个笑脸图。秀桃回了几个笑脸图，说快去试试吧。李松关了微信对话框，走回办公室，说出了自己的意见。代时先是一口拒绝，李松说拿两千块钱给他做工作经费，代时的脸上就活泛了，答应第二天去找甘麻子的女人。

第二天中午，代时来电话告诉李松，他已经做通了甘麻子两口子的思想工作了。李松表扬代时说，代主任，你真行！你的工作能力比我强，一说就通了。

代时在电话里笑道，哪里哪里，你过奖了！

陈书记放下筷子，从里屋抱出一壶人参枸杞大枣酒出来说，值得庆祝值得庆祝！来，我们喝一杯。

旋风捧几棒花生在桌上，让他们下酒。

两人一边喝酒一边笑谈着。

陈书记呵呵地笑道，李书记，你怎么就想到让代时去做甘麻子女人的工作呢？你这招真灵！你这招真绝！

李松说，是秀桃的主意。

陈书记呵呵笑着说，这个鬼丫头！我们找的这个文书真不错！李书记真是慧眼识珠！真是慧眼识珠呀！来，再干一杯！

几个月后，所有的果林路，所有的错车道，所有的社道路都修通了。三社的人拉着李松的手，有说不完的感谢话，有道不完的感谢情。

李松说，别谢我，去谢代主任！

全村的路修好后，李松的口碑更好了。人人都夸他，说他又为陈家湾村做了一件大好事。代时嗤的一声笑道，你们不要被真相蒙蔽了眼睛。他的车子如果不陷在稀泥巴里，他会这么快就把路修好吗？他还不是为了他自己到各社走访方便。人不为己，天诛地灭。

大家不想与他搭白。秀桃气愤地说，狗嘴里吐不出象牙来！

第二十六章

这天晚上，秀桃在李松的安排下，利用全国文化信息资源共享工程设备，在村委会坝子里播放了核桃管理技术和冬桃管理技术。播放完将近十点，村民们散场后，秀桃一人在坝子里收投影仪和幕布。正收着，代时鬼似的突然冒了出来。秀桃诧异，她明明看见代时和大家一起走的，怎么又魔法似的突然出现了呢？秀桃心里有些慌。李松今天回县城开会去了，现在村委会的深夜里就只有她和代时。她知道代时的贼心未改，像狼一样，睁着一双色眯眯的眼睛，随时都在找机会对她下手。她十分厌恶地对他说，大家都走了你还留在这里干什么？

代时嘻嘻地笑道，帮你收东西。送你回家。

秀桃说，不用。你快走。

代时笑道，不用这么紧张，我又不是老虎，我又不是豺狼。我不会吃你的。

秀桃心里涌起阵阵厌恶，不想再和他说话，她将幕布架放下，收拢，代时要帮她，她避开他，将幕布抱进村办公室。正要回身出去抱投影仪，代时却妖风一样卷了进来，巫婆一样狞笑着反锁了门。秀桃骂自己太笨了，怎么就不放下幕布和投影仪迅速逃离呢？我的天哪，自己怎么这么蠢，自己怎么这么笨呢？现在被代时关在屋里，像一只绵羊对抗一条猛虎一样力不从心。

怎么办？

秀桃退到墙角边，惊恐地看着代时说，你要干什么？你把门打开！快打开！不然我要喊人了！

代时哈哈大笑道，你喊吧。这山坡上鬼都没有一个。代时说着朝她扑来。秀桃闪身朝门边冲去。代时一把将她拉住，搂入怀里，秀桃挣扎着，但力不从心。代时将她按在办公桌上，喘着粗气，将嘴唇压下去说，桃，桃，我的桃，你为什么要这样折磨我？我想你都快想疯了！桃，你是我的女人！是我代时的女人！秀桃扭着脸，避开代时的嘴唇，用尽全身力气，一把掀开他，站起身，退到一边，直视着他说，你到底还是不是一个人？你还嫌害我害得不够吗？

代时饿狼似的看着秀桃。他不知道是她害了他，还是他害了她。那个月光如水的晚上，他到地里给女人摘西瓜，觉得热得不行，想到水沟里去泡一泡，走到水沟边却看到李四妹崽和秀桃在水沟里洗澡。他急忙躲在树后，看着两个少女戏水。翻阅了秀桃的青春，读遍了秀桃的全身。他激动不已，全身的每一个细胞都燃烧起来，情欲像气球一样膨胀起来。天哪，这是他有生以来从没有过的反应。秀桃，以往的秀桃在他的眼里，不过是一个清秀纯朴不爱说话的女孩。现在怎么像个妖女一样闪现在他的眼前，洁白的皮肤，丰满的乳房……

代时着魔了，一种怪异的东西统摄着他。那段时间，他突然觉得陈家湾村有一种巨大的魅力在召唤着他，在吸引着他。他的工作热情突然高涨，天天早早地来到村委会。以前他最喜欢到镇上和县上去开会，最喜欢节假日。现在他最讨厌镇上和县上通知他去开会，最讨厌节假日来临。因为一开会，一到节假日他就看不到秀桃。秀桃仿佛已经成为他的空气，看不见她，他就觉得窒闷。他天天都想到陈家湾村上班，天天都想去查看各社的情况。他不要人与他同路，他单独出行。秀桃在他舅妈家时他天天跑他舅妈家。舅妈不与秀桃换活路那几天，他天天溜到秀桃家去，看秀桃做事，找秀桃说话。秀桃最先很尊重他，给他打狗，给他倒茶，请他坐，陪他说话。后来见代时有些心怀不轨，就猛然拉开距离，布上警戒线，罩上一层冷漠的壳，不再与他说一句话，连冷眼都不给他一个。他再次厚着脸皮来，她就放他们家的狗去扑咬他。吓得代时妈呀爹呀直叫唤。

代时站在秀桃家的院坝里，手里拿着打狗棒，见秀桃不理他，觉得没趣，觉得一颗热心被抛在了北极。他尴尬地扭头看看四周，一切仿佛都在嘲笑他似的。他想走，又不甘心。于是厚着脸皮像个影子似的跟着秀桃。秀桃到灶屋里，他跟在灶屋里，秀桃喂猪他跟在猪圈边，秀桃伺候母亲他就站在秀桃的身后。秀桃感到万分不舒服，觉得有一件无形的铠甲在紧箍着她。她气恼地回过身去，气愤地瞪着他，大声地朝他吼道，你跟着我干什么？

代时被秀桃这突如其来的愤怒和吼叫吓得愣了一下，说，我没有影响你啊？

秀桃大声地叫道，你影响我了，你严重地影响我了！

代时突然高兴起来，哈哈大笑道，我原来在你的心里还是一个存在体。

秀桃白他一眼，没有好气地说，狗屎也是存在体！

代时做了一个滑稽的动作，笑道，我没有那么龌龊吧？

秀桃心里涌起一股笑意，但是她没有笑出来。她说，请你别天天往我家里跑。

代时嬉皮笑脸地说，我不想来，但是我的双腿不受我的控制。

哎，舅妈怎么不和你换活路了呢？要不要我去给她说说？

秀桃觉得不能再和他说话了，再说他就会说出他爱她的话来了。她没有对付男人的经验，她只有躲。她不再理他，端起母亲的脏衣服到堰塘里去洗，丢下代时一人在阶沿上。秀桃以为这样冷落代时，代时就会走。谁知等她端着一盆衣服回来时，却意外地发现代时不但没有走，而且还在帮她码柴。秀桃在心里叫苦道，我的天哪，他到底想干什么？

代时见她回来了，嘻嘻地朝她一笑，就好像他是她的恋人似的。秀桃皱皱眉头说，你这是干什么啊代主任？

代时嬉皮笑脸地说，我在为村民分忧。说罢又继续码柴，将一院坝的柴码完，累得满脸都是汗，他顺手拉下一条毛巾擦汗。秀桃突然大笑起来。代时问她笑什么。她说你刚才用我的擦脚帕擦脸。代时一愣，说你的脚是香的，说着又从绳子上扯下帕子擦他的脸，擦他的脖子，擦他的手臂，一遍又一遍地擦。

秀桃不笑了，愣愣地看着他说，你是不是神经有问题？

代时说，差不多。秀桃我爱上你了！

秀桃说，你是不是在发高烧？

代时走到秀桃的面前说，真的，秀桃，我要你嫁给我。

秀桃想转身走开，代时一把拉着她端着牛一样的粗气说，我没有办法呀秀桃，我满脑子都是你！我爱你！我想你！我都快疯了！你知道吗？我天天夜里都把她当成你……

秀桃的脸红了，她恼火地说，你乱七八糟地说些什么啊？你快走开！走开！走开呀！

代时突然跪下，拉着秀桃的手，仰望着秀桃的脸说，秀桃你答应我吧。你可怜可怜我吧。啊？我这一辈子都不会亏待你的，我这辈子都会对你好的。桃，我的桃……

秀桃摔开代时的手，哭道，我才十七岁，你欺负我年轻是不是？你和你的妻子生活得好好的，却跑来纠缠我！

代时仍然跪在地上，仰望着秀桃说，我要和她离婚，我要和你结婚。我不是说的假话。秀桃我喜欢你我爱你。我要你成为我的女人，成为我代时的女人。你成为我的女人后，我们一起照顾你的母亲，我每个月的工资都交到你的手里，我们再种些地，日子会比现在好得多。

秀桃跑进屋里，嘭的一声将门关上，把代时摔在另一个世界里。代时太可笑太荒唐了。她怎么可能答应他呢？她没有一根神经系上他，他触碰不到她的心门，她的心不会为他动。

代时没有自知之明，他的脸皮厚得比城墙倒拐拐还厚。秀桃不理他，他仍然天天往秀桃家跑。他每天带着希望而来，又带着失望而归。他把世界上的好话情话都搬出来对秀桃说了，但是都不起作用，他把男人该献的殷勤都向秀桃献了，但是都打动不了她的心。他不知道她的心是铁铸的还是北极的冰做的。他痛苦他难受！他没有想到一个小小的女人，会像诸葛亮布下的八卦阵那么的叫人难以攻破。他没有想到一个小小的女子会把一道门关得那么严。他没有想到一个小小的女子会把一个堡垒砌得那么高。

他的自尊心一次又一次地流着泪，淌着血。

欲望将自尊摔在一边。他不怕失败，他不怕碰壁，他一定要想办法得到她。他的第一招是把秀桃家的退耕还林补助、粮食补助和粮差补助扣了。他要让秀桃知道得罪他代时的后果。他要让秀桃后悔，他要让秀桃来哭着跪着求他。但是秀桃没有求他，一句好话也没有对他说。他忍不住了，去找秀桃，说，有不有点后悔的意思？

秀桃不理他，拿起扫把呼呼地扫起地来。

他抱着双臂靠在秀桃家的房门上看着秀桃说，你何必跟钱过不去呢？

秀桃突然抬起头，噙着一眶泪冲他吼道，你卑鄙！

代时说，只要你答应和我好，我就立即把你们家的补助补给你。

秀桃流着泪说，我就是饿死也不会答应你的。

代时一步跨过去抱着秀桃，秀桃推开他，挥起扫把朝他一阵猛打。打得他抱头逃窜。

代时还是没有死心，他像猫捕老鼠一样，蹲守在那里，张大双眼找寻着机会。机会终于来了，秀桃又回到了他舅妈家。这次他出手很快，利用李四妹崽终于得到了秀桃。他本想一辈子占有她。可是秀桃却突然变得奇丑无比。他以为秀桃会一辈子丑陋到老死。谁知李松一出现就照亮了她的生命。当她焕然一新出现在村委会时，代时惊呆了，手里的茶杯差点掉在地上。从他生命中消失的秀桃又回来了。他的夜生活又开始过得频繁起来，又是汹涌澎湃，又是激情万丈。他时常想讨好秀桃，可是秀桃看也不看他一眼。他常常把胡子修得干干净净的，把衣服穿得体体面面的，希望得到秀桃的好感，希望唤回秀桃的心。但是秀桃连眼角上的余光都不给他一点。

秀桃把他抛在了北极，他像一条北极熊一样，在冰天雪地里寻找着侵占秀桃的机会。但是一直没有机会，每次晚上秀桃放完电影或科普片，李松总是像个尽职的保镖一样护送秀桃回家。

今天，李松回县城开会没有回来，正是一个千载难逢的机会。一整天他都很兴奋，他全身的细胞都处在亢奋的状态中，像晚上有一个盛宴在等着他。他理了发，还到妻子的美容店里洗了面。妻子问他准备与谁约会？他说接待县上领导。

代时堵在门口，不让秀桃夺门而出，好难得的一个机会，他不能放她走。今晚他一定要得到她，一定要为他的情欲找到出口，不然他就要疯了。

秀桃让自己镇定，不让自己慌乱，急中生智地寻找着对策。她换了一个角度，用文件夹挡着她操作手机的手。

代时已经被欲火烧昏了头脑，他语无伦次地说，秀桃，我的桃儿，别折磨我了好不好？我爱你，我想你，我的梦里全是你。我们重归于好行吗？我不再离开你！你再丑我也爱你……

秀桃哈哈大笑。代时愣愣地看了她一阵，接着说，我没有说假话。一句假话也没有说呀。

秀桃说，你说的全是鬼话！

代时说，我说的不是鬼话，全是真话。桃，我的桃，我真的很爱你！我忘不了你的种种好处。你是世界上最完美的女人！不信我把心掏出来给你看。

秀桃说，请你别再背台词了！

代时说，我一直都想对你说心里话，我要承担起抚养傻儿子的责任。我真的要与妻子离婚。只要你今晚答应我，我明天就去办离婚手续。你答应我啊秀桃？

秀桃说，别再说鬼话了。我再说一遍，请你让开，我要回家！

代时说，我不让呢？

秀桃说，再不让我就报警！

代时又叭的一声跪了下去，可怜兮兮地说，别这样好不好桃！我的桃！宝贝亲爱的，别这样折磨我了好吗？我快要疯了！我快要死了！你可怜可怜我吧桃，我的桃儿。

秀桃将一杯茶水朝他头上泼去。他抹去脸上的茶水，朝秀桃扑去，将秀桃按在办公桌上，急促地吻着秀桃的脸，急不可待地拉扯着秀桃的衣裤。秀桃挣扎着，叫骂着，但是代时像一座山似的压着她。代时就要得手了，代时就要如愿了，就在这时，他的电话突然爆炸似的响了起来。电话是他的堂哥打来的，开口就大骂起来。代时挂断电话，恨恨地看着秀桃说，你是怎么让我哥知道我们的事的？

秀桃说，这很简单，我把代镇长的电话拨通放在办公桌上。

代时叫起来了，你的电话一直处在与我哥通话的状态？

是你逼我这么做的！

你这妖婆！

是你教会我的。你上演的剧幕你的镇长哥哥听得清清楚楚。他可能现在已经开车来陈家湾村了。你等着受训吧。

代时吓傻了，他没有想到秀桃会来这一招。现在的秀桃不是过去的秀桃了。过去的秀桃是只羊羔，现在的秀桃是只猎豹。

秀桃推开呆滞中的代时，跑出了村委会办公室，离开了那个充满淫臭味的代时。走到村委会坝子外，她回过头来对代时说，你今晚的台词我全部录了下来，我会把它发在网上去，让大家欣赏你的精彩。代时的腿软了，他跌跌撞撞地跑出来追秀桃。但秀桃跑得比兔子还快，很快就消失在陈家湾村的月夜中。他扑在村委会的围墙上，觉得天旋地转。完了完了！他代时马上就要遭到灭顶之灾了，他的堂哥脸上也会无光，也会遭殃。不能这样！千万不能这样！他代时还年轻，不能臭名远扬，不能就这样被毁了。他一定要想办法阻止，他一定要让事态最小化。他颤抖着手摸出手机，给秀桃打电话。秀桃不接他的电话。他急忙给秀桃发语音。他说秀桃我错了。你千万别发到网上去。我今晚喝了酒，头脑不清醒，请你原谅我。我以后再也不对你说那些昏话说那些胡话了。秀桃没有回他一个字。他觉得完了！他仰天大叫一声倒在地上，一阵四分五裂后，他突然想起了李松。李松的话秀桃会听。他站起身，靠在一棵树上给李松打电话，说自己酒后失态，对秀桃进行非礼。请李松帮他说说情，叫秀桃千万别把他酒后说的话发在网上。

李松打通秀桃的电话，两人聊得哈哈大笑。秀桃说你放心，我是吓唬他的。李松说你都快把他的胆吓破了。秀桃说我不吓唬吓唬他他还以为我是过去的秀桃呢。说后两人又在电话里笑了一阵。

第二十七章

　　李松前行的脚步没有停，他又为陈家湾村争取了一个养殖项目。开会研究承包人时，代时开口就说他承包。李松看一眼陈书记，希望他发表意见。陈书记把眼光顺过去，看外面。他知道代时是个唯利是图的人。他如果叫他让给村民承包，他不但不会听他的，而且还会记恨他一辈子。

　　改变不了一个人，就改变自己的内心，屈从或顺从吧。多年以来他都是这样，只要代时不太超出原则，他就睁只眼闭只眼。

　　李松却希望让给村民包。李松说，代主任，你忙得出来吗？承包鱼塘也不是一件简单的事，需要很多时间去管理，也需要技术。

　　代时说，忙得出来，时间都是挤出来的。技术方面的事我可以学。和尚都是人学出来的嘛。没有那么深奥。

　　陈书记咳嗽几声，看着代时，心里想这事没有那么简单，你代时想承包鱼塘，村民也想承包，现在的人都不是傻子。有利的事，能赚钱的事，人人都想做。

　　陈书记正这么想着，村民们就纷纷拥向村委会，争取承包鱼塘。

　　钻天猫说，李书记，我要承包鱼塘。

甘麻子说，李书记，我也要承包。

甘二嫂说，李书记这次项目给我，我保证不让你失望。

黄三旺说，不能谁说得好听就让谁承包，政策的好处人人都该享受。

甘二嫂一口唾沫吐在黄三旺的裤子上，黄三旺正想抬起脚踢过去，突然见李松的眼光扫了过来，便立即将脚收回，白甘二嫂一眼说，老子不是怕你，老子是听李书记的话。

三娃子说，李书记，让给我承包，我保证把鱼养好。

黄牙说，给我承包！给我承包！

大罗拐说，给我承包！

给我承包！

我保证养好，李书记给我承包！

村委会办公室，村委会坝子里一片叫嚷声。

李松的头都大了。鱼塘只有一个，不可能一家分几方水养吧？李松说，大家别闹，我们研究研究再说。

有人说，李书记你要公平，不要让少数人占便宜。

李书记说，你们放心，我们尽量公平公正。大家到活动室去，秀桃给你们放电影。村民纷纷走进活动室。村委会办公室和村委会坝子里终于恢复了平静。

李松关上办公室的门，又开会进行研究。李松说，刚才的情况大家都看到了。这件事真的叫人十分头疼。

代时哼一声说，有什么为难的。村委会有村委会的主张，不能让一些人闹垮。村里的人七嘴八舌，你如果都去听，我们的工作就根本无法开展。

李松说，这些意见代表了群众的心声，我们不得不听，不得不考虑。

代时瞪着李松说，你都听他们的，还要起我们这些村班子成员干什么？不如解散了，不如把我们撤了！

李松压了压火气说，代主任，作为我们村领导，应该站在一个高度，从大局出发。

代时站起身冲到李松面前，将唾沫星子飞溅在李松的脸上说，我怎么没有从大局出发？你说我怎么没有从大局出发？

李松的火气也上来了，直直地站在代时面前说，你就是私心太重……

李松一句话还没有说完，代时就一把朝他推去，接着又是一拳。李松想还手，但想到自己的身份，又忍住了。秀桃将一杯茶水朝代时泼去，又挥起扫把朝他打去。代时用手罩着头说，你疯了？我又没有惹你！秀桃又挥起扫把朝他的头上打去，打得代时晕头转向，打得代时睁不开眼。秀桃还要打，李松拉住她，制止了。

秀桃坐在凳子上平息了一阵，摸出电话给镇上打电话，李松拉住她的手说算了。秀桃看着李松嘴角上的血，流着泪说，不能白白让他打一顿！你为陈家湾村付出这么多，你想尽一切办法让陈家湾村的人富起来，他说打你就打你，这还有王法吗？这不是他一个人的天下！

代时揉着眼说，疯婆子你帮着野男人打我，你不要脸！我也要告你！说着摸出电话来。

陈书记一脚朝代时踢去说，你个鬼太不像话了！你以为你有脸得很！放回你的手机！放回去！

办公室里沉默了一阵，李松用餐巾纸擦干净嘴角上的血。抽了一支烟。然后说，工作上出现矛盾也是正常现象，但是要用理智来处理。今天是头一次，以后再出现动手打人的现象，我必须报警，必须让县上领导来解决。陈书记点头赞成。代时低垂着眼帘看着办公桌面。

几个人又进行研究，仍然不能定下谁承包。后来陈书记建议抓阄。谁拈着一谁就承包。纸砣的个数根据现场的人数定。做好后，放在村委会坝子的中间。陈书记宣布规定，一人拈一个，拈到一的承包鱼塘。代时首先在里面选了一个，打开看一眼，气恼地摔在地上。其他人也拈，拈着都叹气。只有三娃子拈着哈哈大笑起来。

大家看着三娃子，静了一阵，立刻闹了起来，不行！这不算数。肯定有人做了手脚！

代时趁机说，陈书记再来一次。

陈书记明白代时的用意，直一下腰说，事先是有规定的，又不是儿戏！

代时失望地叹一口气，绕着村委会的墙到后面厕所里去，钻天猫和甘麻子也跟了去。李松去解手时，看见他们几个人在说什么，一见他就散开了。李松走出厕所，看着后山上的绿荫，做了一个深呼吸，又伸了伸腰。觉得心和身都舒展了起来。

李松以为鱼塘的事已经画上了句号，没想到人群里又闹了起来。钻天猫说，这是扶贫项目，不能让三娃子一家人享受。

甘麻子情绪激昂地说，凭啥子该他一家人享受？他又不是大妈生的！

三娃子争执道，这是村委会决定的，是事先说好了的。我拈着说明我运气好，你们没有拈着说明你们运气不好。这能怪谁？

一个坝子的人你言我语闹得李松头痛。没拈着的在钻天猫和甘麻子的鼓动下，都纷纷要求重新拈。而三娃子却坚决不同意重新拈。

代时幸灾乐祸地说，李书记，你现在解决吧。

李松严厉地看他一眼说，代主任，你动手打人的事，本来我就说算了。但是你现在又唆使大家来闹事，严重影响了陈家湾村的建设！现在是全面建成小康社会的攻坚时期，你的所作所为我一定会向县上报告！说罢走到陈书记身边，征求陈书记的意见。陈书记的意见是不再变动，免得代时的阴谋得逞。但李松考虑到民心难服，建议让三娃子管理，全村人分红。大家一听这意见，都拍手称好。唯有三娃子跳着双脚不同意，说村委会说话像放屁，决定好了的事说改就改。这次就是打死他他也不依。他这一辈子好不容易才有这么一次运气，谁也不能从他的手里夺走。李松劝他，向他解释，他不听，他说，我如果包不成鱼塘，我就要让全村人不得安宁。

李松气得头晕，不知怎么办好。秀桃出面了，她说她去做王妹崽的工作，让王妹崽说服三娃子。

但是没有秀桃想的那么好。王妹崽的思想工作也不是那么好做，王妹崽说，你们欺负我们这些老实人！说好了拈着一就承包鱼塘，我们拈着一了，你们又不让我们包了。这是什么意思？不就是姓代的没有拈着吗？你们表面上说公平，实际上还是维护村班子里的人。官官相护！

秀桃帮着王妹崽一边往簸箕里撮黄豆，一边说，姐，我理解你们的心情。但是你们也要理解李书记。他为了陈家湾村操碎了心。他不容易啊。他如果不改变决定，那些人能依他吗？你是亲眼见到的，满村的人都在闹。代时是多么希望全村的人都把李书记当成仇人当成敌人。代时的心烂得很，他恨不得马上把李书记赶出陈家湾村，他好像以前那样称王称霸，把所有的好处都占完。姐，做人要有良心，做人要有一颗感恩之心。我们不能见着别人朝李书记扔石子而袖手旁观。

王妹崽不说话，选着黄豆里的渣滓。秀桃将簸箕里的烂黄豆和渣滓选起丢在地上，说，其实李书记也是暗暗在偏向你们，照顾你们，全村这么多户人家，他为什么不安排别人管理鱼塘，而独独安排你男人管呢？

王妹崽说，出劳力的苦差事别人会干吗？他当然会想到我们这些卖力气的老实人！

秀桃说，你说这样的话就没有良心了！李书记不是叫你男人白管，而是每月给你男人两百块钱。

王妹崽听说要给她男人两百块钱，她的脸上渐渐地就有了笑意，她把选干净了的黄豆倒进箩筐里，又装一簸箕黄豆，一边选一边说，如果管不好怎么办？村里人多嘴杂，我怕我男人管不好，全村人又会骂我们。

秀桃说，有李书记为你们撑腰，你们怕什么？技术上李书记会指导你们的，你们不用担心。

王妹崽将烂黄豆和渣滓摔在地上，直起腰说，看在李书记和你的面上我们就依了吧。

鱼塘的事终于平息了下来。李松星期天到别的养鱼塘去取了一些经，也在网上看了一些养鱼方面的知识。他一遍一遍地传授给三娃子。三娃子熟记在心。像个行家似的教着王妹崽。他说每当进入寒潮，鱼塘里的水温就会降低，这个时期没有鱼病的困扰，鱼生长很慢，甚至不长，所以要减少投食。但是这个时期要注意以下三个问题，一要增氧。如果增氧的时间不够，鱼就很容易出现死亡！二要大量使用颗粒消毒剂。三要增加肥水，增肥的方法是在鱼塘里喂几十只鹅，让鹅粪把堰塘里的水变肥。

王妹崽听了一遍又一遍，还是觉得有些记不清搞不懂。于是就拿出手机录了下来。录后，她扬着手机对三娃子笑道，这下不怕记不清了。三娃子拍拍王妹崽的脸说，你现在变得越来越聪明了。

王妹崽说，都是秀桃教我的。

李松来查看鱼情时，觉得三娃子管理得很好。赞赏地看着三娃子，觉得他的变化很大，那个曾经的浪子不见了，站在他面前的是一个踏踏实实过日子的现代农民，是一个专业性很强的养鱼能手。他递一支烟给他，又亲昵地拍拍他的肩。

三娃子用手指弹着烟头上的烟灰说，李书记，我们两口子不知要几生几世才能还清你这一世对我们的恩情！

李松笑笑说，什么恩情不恩情的，我们都在一个地球村共享着人类的资源！只要你们过得好，我就开心，我就快乐！只要你们过得好，我的工作任务就完成了，我的工作职责就算尽到了。

对于代时唆使村民捣乱和动手打人一事，李松向镇上和县上进行了如实的汇报。县上要求镇上严肃处理，镇上给了代时警告处分，代镇长把代时骂了个狗血淋头，并叫他向李松赔礼道歉。

第二十八章

七夕节晚上，陈文到秀桃家去约秀桃进城 K 歌，见秀桃忙得不亦乐乎，没好开口。只好帮着秀桃忙碌。秀桃给傻儿子洗脸，他帮着倒洗脸水，秀桃给傻儿子洗脚，他拿洗脚盆。秀桃家里的一切他现在都十分熟悉，哪条毛巾是洗脸的，哪条毛巾是擦脚的，他都一一知道。

陈文把傻儿子抱到床上，给他盖上被子，摸了摸他的脸蛋。然后关了灯，轻轻走出来，将房门关上。又走进秀桃母亲的房里，见秀桃在给母亲擦洗身子，便上前去帮母亲翻身。两人给母亲洗了澡，又给母亲按摩。

从母亲房里出来，夜已经深了，但还有母亲换下来的衣服和床单没有洗。母亲每天都要换几次衣服和几次床单，所以必须当天洗，否则会发臭。秀桃叫陈文回去，她到堰塘里去洗床单和衣服。陈文不说话，弯腰端起一大盆脏衣服和脏床单就往堰塘走去。秀桃拢拢散乱在脸上的头发，跟在陈文的后面。他们家的狗，甩着尾巴跟在秀桃的身后。

月光流泻在秀桃和陈文的身上，浸染着他们，也浸染着山湾。

陈文说，今天是七夕节，本来我是想邀你进城去 K 歌。

秀桃说，我哪有那份闲心和时间啊。

陈文将一盆衣服放在堰坎上的洗衣石上说，请一个保姆吧。

我现在还没有这个经济实力，以后再说吧。

我请。

别当活雷锋。

你还把我当外人？

秀桃不语，扭头看夜晚的颜色。陈文情意绵绵地伸过手去拉着秀桃的手。秀桃看他一眼，慌忙将手挣脱出来。

秀桃跳进水里，陈文也跟着跳进水里。秀桃不让他洗，掀他上去。陈文说两人洗得快。秀桃说太脏了。陈文说你的母亲也是我的母亲。秀桃就不再说什么，弯腰洗起衣服来。

洗完衣服，陈文把秀桃从水里拉起来，想拥抱秀桃一下。秀桃却将身子移开，读山湾的诗篇。陈文抽了一支烟，拉秀桃坐在堰坎上。

夜晚敞开着诗意的大门，制造着浪漫的气氛。

陈文说，今天是七夕。知道吗？

知道。

是中国人的情人节。知道吗？

不知道。

你装傻吧。

你应该找一个好女人结婚。

你就是我心目中的好女人。

我不配。

你别急我！

我说的是实话。我的负担很重，会拖累你。

我愿意！秀桃我要给你说多少遍你才肯相信。

我的心早被人打碎了，拾不回来了。

你不要生活在过去的黑房子里，你打开门看看，上帝已经把我送到了你的面前。

秀桃不看他，看淹没在堰塘深处的星星和月亮。

陈文从包里拿出一枚戒指，塞进秀桃的手里，含情脉脉地看着月光中的秀桃说，秀桃，我爱你！

秀桃把戒指退给陈文说，我不要我不要！

陈文急了说，秀桃，睁开你的双眸看看！我不是幻觉，我是真实的。我是你的陈文哥哥呀！从小我就保护你，现在和以后我都愿意形影不离地跟着你，成为你的护花使者。

小时候我很弱小，现在我很强大，不需要任何人保护。

陈文仰天长叹一声，一副失败痛苦的样子。

秀桃端起衣服独自往回走。陈文眼巴巴地看着她的身影消失在月夜深处。

陈文大叫一声，仰躺在堰坎上，淹没在夜色的坟墓中。许久许久，他才睁开双眼。夜晚的布展是那么的深不可测。他呆呆地望了一阵天上的星星和月亮，然后起身给李松打电话，对李松诉说他一腔的失落与痛苦。李松鼓励他，叫他勇往直前，乘胜追击。陈文长叹一声说，一切努力我都付出过，一切方法我都使用过，但是都打不开她的心门。

李松安慰道，别急。心急吃不了热豆腐。好事多磨。秀桃是受过伤害的人，她怕再受伤害，所以她不会轻易接受一个男人的爱。一颗冰封的心，要用十万分的热力才能融化。

陈文看着天上的月亮痛苦地说，我不是外地人，我不是一个陌生男人，她用得着这么小心翼翼吗？李书记啊，我们从小一起长大，她应该知道我这个人，了解我这个人。

李松沉吟一阵说，秀桃是个好女人，你千万不要放弃。

陈文思忖了一阵说，你能不能帮我做做工作，牵牵线？

李松笑道，我不是月下老。你自己努力吧。好，我陪妻子过情人节去了。

陈文说，小哥，你是饱汉不知饿汉饥啊？你去浪漫，我今夜怎么办？

李松说，这还要我教你吗？赶快去找秀桃一起看月亮，一起坐在树下听鹊桥相会，给她讲牛郎和织女的故事。

陈文痛苦地说，她的大门紧锁着，我进不去，费了九牛二虎之力都进不去。这段时间我天天往她家里跑，一次又一次地向她表白我的爱表白我的情，可是她仍然拒我于千里之外。

李松说，兄弟，好东西不是轻而易举就能得到的。坚持吧，努力吧。

陈文长叹一声说，小哥啊，我碰得头破血流，惨不忍睹啊。

李松一时找不出话来安慰他。

静默了一下，陈文突然说，小哥，她是不是在为你留门？

李松愣一下，笑着说，别瞎说，我是有妻之夫。你别胡思乱想，继续努力吧。只要坚持，一定能取得胜利。

陈文找李松倾诉时，秀桃也在和王妹崽倾诉。秀桃站在院坝里给王妹崽打电话，王妹崽躺在男人的怀里接听电话。秀桃对王妹崽说了陈文向她求婚的事。王妹崽说好呀，陈文那么有钱。秀桃说姐，我不是嫁给钱，我是要一个男人。王妹崽说陈文难道不是一个男人呀？秀桃说他进入不了我的心。王妹崽说你别站在这山望那山高。陈文这样的男人你到哪去找？他在陈家湾村包了这么多果园，种了这么多药瓜。这么大的产业。人长得也不错，年龄也合适。这样的人你还不如意，我不晓得你到底要找个什么样的人？秀桃看看天上的月亮想对王妹崽说她爱的是李松。但是她不敢说，怕王妹崽笑她，骂她。她说我知道陈文条件好，人也好，但是感情这个东西不是那么好左右。我有时也叫自己接受他，但当他向我表白时，我又是那么的反感。姐呀，我的心不听我的指挥。我不知道该怎么办才好。王妹崽气得骂了她几句。叫她不要把陈文错过了，说过了这村就没有那店。

挂了电话，她在院坝里呆呆地站了很久。然后打开微信，转了几条情爱方面的微信给李松，李松没有回复。她觉得自己一下到了北极，冻得连呼吸都没有了。

第二天晚上，秀桃放完科教片，时间已经是十点过。秀桃把投影仪放进文件柜，回头冲李松一笑。李松避开她那双闪烁着热情光芒的双眸，叫她坐一会儿。她看着李松，微笑着坐下，问李松有何贵干？李松坐在他的办公桌前，将一支烟在办公桌上倒过去倒过来，找着措辞。想了半天他开口说道，也没什么，就是想和你聊聊。

秀桃说，太阳从南边出来了还是从北边出来了？说话时脸上升起片片红晕。

李松抽着烟，脑里又是一片空白。陈文交给他的任务比扶贫工作都难。他怕伤害秀桃，所以必须小心翼翼，必须措辞得当。一支烟都快抽完了也不知道接下来该说什么。先前想好了的话，好像都被嫦娥盗走了。

秀桃的手指在办公桌上画着，心速加快地等待着他进入她的心门，拨动她的心弦。

李松终于开口说道，昨天是七夕节，晚上我和妻子在公园里的草地上看天上的星星和月亮，偷听牛郎和织女的窃窃私语。妻子依偎在我的怀里听我给她讲牛郎和织女的故事……

秀桃的脸色变了，打断李松的话，站起身直视着李松说，李书记，你突然晒你们的幸福是什么意思？你给我讲这些是不是让我眼馋你们的幸福？！说罢，噙着一眶泪，跌跌撞撞地跑出村委会办公室，融入夜色中。

第二天，秀桃没来村委会，向陈书记请假说病了。李松给她打电话，她没接。李松给她发微信，她没回。

秀桃在家哭了两天，想了很多很多，再来村委会时，脸上没有一丝儿笑意。有什么事她问陈书记，不再问李松，不再看李松一眼。工作上实在有话要对李松说，就从冰窟里倒出几句，又冰又硬，砸得李松痛得回不过气来。

有天下班，她突然对李松说，她决定嫁给陈文。李松的心痛了几股。他说你自己要考虑好。没有人逼你。秀桃的泪水在眼里循环了一阵，然后奔涌了出来，她冲着李松说，是你逼我的！就是你逼我的！说罢从他的身边跑开了。

这天夜里，秀桃在堰塘里洗衣服，身影跟月亮一起跌落在堰塘的深处。

她用力地给母亲洗着衣服。

涟漪把她的身影和月亮的身影捣碎了。

正洗着，一个男人的身影立在堰坎上。秀桃吓了一跳。抬头见是陈文，冷笑一声说，我以为你从人间蒸发了呢。

七夕节晚上，陈文与李松通话后，又给秀桃打电话。秀桃只冷冷地说了一句我要睡觉了，就挂断了电话。陈文又用微信发了许多条语音，发了许多条文字，还发了几首情诗，都没能激活秀桃的心。他痛苦得都快成神经病了，他睡不着，深夜三点去敲秀桃家的门。秀桃没有给他开门，他像狗一样守在秀桃家的门外。第二天早晨秀桃开门出来，看见他愣了一下说，陈文，我不爱你！请你别这样好不好！陈文的心被刺痛了。他站起身拉着秀桃的手疯了似的说，你说错了是不是？你说你爱我你说你爱我！秀桃哭着抽出手，跑进屋又把大门关上。陈文崩溃了，他软软地跪在秀桃家的门外，许久许久才站起身，拖着双腿慢慢地离开。

陈文到城里去疗了几天伤。秀桃的冷，冰封了他的心，刺痛了他的情。他那男子汉的骨气和自尊心突然高高地抬起头来，心里想你秀桃如此伤我损我，这样冷落我冰冻我？到底为什么？我陈文哪一点配不起你？我陈文在社会上混得也不算错，许多人见了我都是笑脸相迎，许多人见了我都是陈老板前陈老板后的，许多美女对我都是眉来眼去。唯有你秀桃对我冷若冰霜。你秀桃也算不上个什么人物，不就是个女人吗？你冷落我，难道我就不会冷落你。这么想后，他决心忘记她，决定把她从爱情的日记中删除，另外找一个女人来填补。朋友给他介绍了几个，可是一点也激不起他心里的浪花。

这段时间，他的心如一潭死水，他的心门严严实实地关闭着，没有一个人能走进去。他感到索然无味。

秀桃突然又鲜活地出现在他的眼前。一想起秀桃，他的心跳就会突然加快，他的细胞就会突然活跃起来，他的情思就会突然腾飞起来。他突然明白，他命中的女神不是别人，而是秀桃，是那个注定折磨他的秀桃，是那个注定让他心痛的秀桃。他又开始神经错乱，用微信，将他今生所取得的成就一条条地发给秀桃，希望能触动秀桃的心。

秀桃的心像座冰岛，没有涌起一点热浪。倒是李松与她的一场特别谈话，提醒她正视陈文，提醒她为自己以后的日子认真地做一些打算。

她开始认真地翻看陈文发给她的微信。

她开始给陈文发表情图。

秀桃的回复让陈文看到了希望。他将城里的新房子锁上，开车又回到了陈家湾，准备继续扬起爱情的风帆，追寻他命中的女神。他把车直接开到秀桃家的院坝里。下车见屋里静悄悄的，他猜想秀桃可能又到堰塘里洗衣服去了。于是他把车钥匙摔在秀桃家的饭桌上，踏着夜色，穿透月光来到秀桃面前。

陈文说，有女神在召唤，我想消失也消失不了。说罢脱了鞋子，站到水里帮秀桃洗衣服。

静夜里响起揉搓衣服的双重音，静夜里响起清洗衣服的双重音。

堰塘里荡起的涟漪是双重的，落在堰塘里的月亮也是双重的，秀桃和陈文的倒影也是双重的。一切的一切都叠加在一起，融合在一起。一切的一切都是双重的。

陈文深情地说，最近好吗？

在城里找到女人了吗？城里那么多美女。

美女很多，但秀桃只有一个。

我配不上你，又有这么大的负担。

我要说多少遍你才肯相信我呢？

我怕你现在说得好，过几天就又变了。我怕，我真的很怕。

男人和男人不一样。别总是看见黄鳝就是蛇。我也是一个受过伤的人。我们是同病相怜。我们的身和心都被掏空了，都需要注入新的东西填补。

秀桃不说话，用力揉搓着衣服。

陈文把一件衣服放进盆子里说，我们都应该挣脱出过去的厚壳，找一个真正的爱人过日子。秀桃你就别再折磨我了。我陈文是怎样的一个人你以后会慢慢知道会慢慢明白的。桃，我爱你，真的很爱你！我这一锅水只有你才烧得热，只有你才能让它沸腾起来。

你不会是在说台词吧？

陈文说，我说的是台词，是我们剧本里的台词。秀桃，我真的很爱你。

爱多久？

一辈子。秀桃，我一辈子都爱你，一辈子都会对你好的。我说话算数！上有天做证，下有地做证。请你相信我秀桃！

秀桃停止手里的活儿，呆呆地看着动荡不安的水，呆呆地看着被水拉扯着的身影。过了一会儿才幽幽地说，贾宝玉说弱水三千他只取一瓢，结果却有那么多姐姐妹妹，最后与宝钗结了婚。我不相信人类的誓言。

陈文急了说，我不是贾宝玉，我是陈文，我是与你一起长大的陈文哥哥，我是帮你掏鸟窝帮你爬黄葛树帮你采野菊花的陈文哥哥，我是涨水天带你到码口上拦鱼的陈文哥哥，我是春天带你到坡上去吃桑果的陈文哥哥……

秀桃不说话，用力在水里清洗衣服。水浪荡起一波又一波，戏弄似的捣弄着她和陈文的身影。

天上的月亮静静地看着他们的剧幕，堰塘里的月亮妖女似的变幻着身姿。

陈文的表白已经太多太多了，他不想再说了，他要行动了。他觉得行动比语言更有力量，行动比语言更有操作性和实效性，会让事情突然出现意想不到的转机。陈文将衣服摔进盆子里，把秀桃从水里拉出来，一把将秀桃搂进怀里，狂热地亲吻起来。秀桃经不住陈文那强健体魄的诱惑，经不住陈文那强大热力的烘烤，她渐渐地开始服从，渐渐地开始配合，渐渐地开始用情。

两人正亲得投入，正亲得深情。三娃子突然出现了，大笑道，好哇，你两个你两个！

两人一听见声音，慌忙松开。秀桃提起一件衣服朝三娃子打去说，该死的，你是从哪里冒出来的？

三娃子用手挡着挥过来的衣服说，对不起，我不是故意来破坏你们的。我的女人还在为你们的事操心呢，没想到你们就好上了。抱得这么紧，吻得这么深。

秀桃红着脸抓起一把水朝三娃子洒去。

三个人都笑了起来。

秀桃和陈文很快就扯了结婚证。陈文说到县城里去举办婚礼。但秀桃觉得坝坝宴既节约钱，又热闹。陈文便依了秀桃。坝坝宴是做生意的人开设的一条龙服务，桌子凳子碗筷，包括锅灶都是他们负责，菜由他们配，菜单由他们开，如果主人没时间买菜他们也可以代买。但一般都是主人自己买，都觉得自己买的菜质量高，菜品好。秀桃他们也是自己买的。村里人怕他们忙不过来都跑来帮忙。有的帮着买烟，有的帮着买酒，有的帮着买肉，有的帮着买糖，有的帮着买瓜子。有的在地里砍菜，有的帮着理菜，有的帮着洗菜。

秀桃提前一周请了李松。李松看着秀桃说，考虑好了？

考虑好了。

不是被人逼的？

是被人逼的。

一时两人都看着对方不说话。

秀桃说，我有一个要求。

你说。

你要永远把我当朋友。

那是肯定的。

以后离开陈家湾回到城里也不要忘了我。

忘不了。永远也忘不了。

你说话算数。

算数。

一言为定？

嗯，一言为定。

我发短信给你你要回，我打电话给你你要接。不要不理我。

我不会不理你，请相信我。

一言为定？

嗯，一言为定。

永远永远都做我的好朋友，最最知心的好朋友。

好的。

不反悔？

不反悔。

真的？

真的！

两人握着手，泪水溢出了眼眶。

秀桃和陈文的婚礼举办得很热闹。李松带领妻子和陈文的朋友把新房布置得很漂亮。婚庆公司把庆典台布置在陈文家的院坝里。李松当了秀桃和陈文的证婚人。酒席有四十多桌，沿着陈文家门口的公路一直摆过去，长长的一排，很气派很壮观。陈家湾村的老老少少都出席参加，见证秀桃和陈文的爱情，欣赏现代婚礼的壮观与华丽，增加热闹气氛。他们吃菜喝酒，他们说笑嗑瓜子，他们吃喜烟吃喜糖，他们闹洞房，叫秀桃和陈文亲吻，将一个苹果吊着让秀桃和陈文同时啃咬。

陈家湾村笑声飞扬，似乎在办一个盛大的笑声接力赛。

第二十九章

黄三旺的儿子黄铭一年前把毒瘾戒掉了，但一直没事做。黄三旺很担心，又怕耍出毛病来，整天愁眉苦脸。这天因昨晚下了一场大雨，不能下地干活，黄三旺到甘麻子店里给李四妹崽买了东西后，便到村文化活动室来听歌解闷。村文化活动室有三台电脑，是全国文化信息资源共享工程基层服务点配的设备，供村民们使用。老师自然是李松。现在陈家湾村大多数人都能使用电脑。听歌，查资料，上 QQ 聊天或网购，他们都会来村文化活动室。

李松在村办公室做扶贫手册上的资料，秀桃在做贫困户的收支明细表。代时到甘麻子家里去了。陈书记送他的老伴到北京去带孙儿。这段时间李松准备到王妹崽家搭伙。

秀桃说，你说话不算数。

李松不明白秀桃在说什么，愣愣地看着她。

秀桃诡秘地朝他一笑说，还没离开陈家湾村就不把我当朋友了。你想到王姐就想不到我。

李松明白过来，笑笑说，我不是怕麻烦你们吗。

你说这话就说明你没有把我当朋友。

李松哑然。其实他最想去的人家就是秀桃家。秀桃和陈文结婚后住进了陈文的别墅。陈文把秀桃的瘫痪母亲也背了过来。秀桃算苦出头了，陈文不让她再像以前那么累，不让她再像以前那么苦。他请了一个保姆，照顾母亲，洗衣做饭。然后把傻儿子送进了特殊教育学校。秀桃家的条件现在比谁都好，陈文和他又是哥们。但是他怕又惹出一些是非。上次的是非弄得他苦不堪言，好在大罗拐叔叔为他解开了结。他的女人什么都好，就是容不下第二个女人进入李松的生命，进入他们的生活。

李松见秀桃如此说，就不好到王妹崽家去搭伙，天天买方便面吃。秀桃见自己说不通李松，就叫陈文出面。陈文没有多的话，拉起李松就往他们家走。就这样，李松暂时成了秀桃家的一员。每天和秀桃几乎是上一路下一路。村里的谣言又传开了。说秀桃同时享用两个男人。

李松听着手足无措，心里哭笑不得。他想另外找一家搭伙。秀桃生气了。问李松是生活在自己的世界里，还是生活在别人的世界里？

李松无言以对。李松说，你不怕吗？

我怕什么？有什么值得怕的？

万一陈文也信了呢？

我巴不得他信呢。

李松看着她，心里有东西在冲撞。

秀桃突然笑道，你放心吧，没什么问题。明明是谣言，他会信吗？信了他就不是我秀桃的男人。

李松计划上午把近两天的帮扶方案记在扶贫手册上，下午记帮扶台账，但是黄三旺老是来打扰他，一会儿跑来说电脑坏了开不开机，一会儿又来叫李松帮他找节奏感强的音乐。李松没法潜心工作，只好一次一次地跑到活动室里去帮他解决问题。电脑根本没有坏，只是黄三旺不知道开电源。黄三旺没有细胞欣赏心声音频馆里的世界名曲，李松只好点开酷狗音乐盒，给他搜索一些节奏感强的歌曲存在列表里，教他点击收听。

秀桃见李松跑来跑去，忙得不亦乐乎，便说，干脆把那三台电脑撤了。太麻烦了。天天都有人来用，一不明白就问你。明显增加了你的工作量。

李松说，是很麻烦，特别是在忙的时候。但是再麻烦也不能撤。电器设备不用就很容易坏，坏了可惜了。还是尽量发挥发挥它们的作用吧。

秀桃摇摇头说，唉，你这个人。

正说着一群女人嘻嘻哈哈地来到村委会，说下不得地想跳广场舞。秀桃小声地对李松说，别同意。放起音乐我们怎么工作嘛。我准备今天把这些收支明细表做完。

李松也觉得音乐会影响他们工作，便叫他们到活动室里去看电影。大家正往活动室里走，甘二嫂突然说，李书记，今天我们人齐，想跳跳舞。

甘麻子的女人拖长着声音附和道，我们浑身的细胞都痒起来了。李书记，你就让我们跳跳广场舞嘛。说着不等李书记同意，就跑进村委会办公室抱出音箱。甘二嫂见此叫上两个女人抱出笔记本电脑，拉出秀桃帮她们插电源，接音箱，放广场舞。秀桃把音量调到最低。大家说没有感觉，等秀桃一转身，甘二嫂伸手就把音量调大了，一坝子的女人跳起来了，舞起来了。高分贝的音乐声严重影响了室内的人。黄三旺跑出来关了音箱。一坝子的人望着他。甘二嫂愣了一下，上前去瞪了黄三旺一眼，又狠命地调大音量。黄三旺见她调大又伸手去关小。两人像演哑剧，一个开，一个关，反反复复好几次。最后忍不住火气又打了起来。甘二嫂从地上捡起一颗石子朝黄三旺的头上打去说，我们跳舞又没惹你！黄三旺一把抓住甘二嫂的手，一拉一推，甘二嫂就跌倒在地上了。甘二嫂倒在地上撒着泼，哭着喊李书记救命。

李松和秀桃关着门办公，不知道外面发生了什么事。这时听见甘二嫂的哭闹声忙跑出来，将甘二嫂扶起来好言相劝，劝了半天甘二嫂才止住哭声。

大家又开始跳舞，跳到村广播叫了才回家煮中午饭。说下午还要来。秀桃叫道，下午还跳呀？吵死人了！李松说动中求静才是真静。让她们跳吧。毛主席在茶馆里能看书，我们在音乐中难道就不能办公？

十二点过，李松和秀桃出办公室，黄三旺还在村文化活动室里听歌。李松叫秀桃先回去，他去关电脑。黄三旺不想走。李松说下午再来吧。黄三旺懒懒地站起身，走到门口等李松出来，一起走出村委会坝子，一起走下梯子。李松说，男人要大度一点，别跟女人一般见识。

黄三旺说，对不起李书记。这几天我的心里乱糟糟的。

李松看着黄三旺满脸的愁苦关心地问，有什么困难吗？

黄三旺说，我儿子的毒瘾在你的帮助下彻底戒掉了。按理我应该高兴。但是他现在没事做，我怕他耍出毛病来。叫他出去打工他不去，叫他做农活他不愿意。他这么大个人天天耍着吃耍着用，我女人心里很不舒服，天天在我的耳朵边报怨。儿子看不惯后母的包公脸，常常在家里发脾气。弄得我左右为难，两头受气。说儿子吧，儿子说有了后娘就有后老子。说女人吧，女人就大哭大闹，说些不和我过的绝情话。你说咋办啊李书记？这段时间我吃不下饭，睡不好觉。你看我人老了许多，也瘦了许多。

李松递支烟给他说，你别急。我帮你想想办法。李松抽着烟，思考了一阵说，我有一个建议，看行不行？

黄三旺叼着烟，望着李松。

李松说，你儿子这种年龄的人是不会回来干农活的，打工他也吃不了那份苦，做生意他没有经验。我建议你给他买一辆面包车。这样既解决了人们的出行问题，也解决了你儿子的工作问题。你说行不行？

黄三旺高兴地说，好呀李书记！谢谢你谢谢你！我怎么就没有想到呢？现在陈家湾的人包里有钱了，出门都想坐车，路又这么方便。感谢你感谢你李书记。黄三旺把烟叼在嘴里，双手抱着李松的手，激动地摇着。

陈家湾村的剧情在一幕一幕地上演。在主题曲进行中，时常会有一些啼笑皆非的小插曲出现。这天下午上班，李松和秀桃出门就看见钻天猫吹着口哨在公路上遛狗。不是宠物狗，是两条土狗。钻天猫见李松和秀桃一起走过来，便阴阳怪气地说，你们走得好亲热啊。李松笑着向他打招呼。秀桃看着两条狗有些怕，急忙让到路边。钻天猫瞟一眼吓得浑身打着哆嗦的秀桃，不但不管好他的两条狗，而且还恶意地将绳子放长，故意让两条狗扑向李松和秀桃。路边是田，没有退路，李松和秀桃眼睁睁地被两条龇牙咧嘴的狗逼到了水田里。钻天猫看着田水里的李松和秀桃哈哈大笑道，鸳鸯戏水，鸳鸯戏水！

秀桃抓起一砣稀泥朝钻天猫打去。钻天猫一跳，躲过稀泥，牵着两条狗，哼着歌扬长而去。秀桃对着钻天猫的后背骂道，神经病！

两人从泥田里爬起来，站在田坎上**洗了腿上的泥**。

秀桃说，你真不应该让这些人富起来。**谁记得你的好处？**不但不记你的好，而且还恩将仇报。这些人只记得你下了**他们的贫**困户，从来不记得你给他们谋了福谋了利。**忘恩负义！一点不**

识数！

李松说，我不需要谁记我的好，我只要对得起自己的良心就行了。等全村的贫困户完全脱贫了，我的任务也就完成了。一边说，一边抽着烟，眺望着陈家湾村的新景象。

秀桃说，该休息的时候就休息，别没完没了地忙碌，身体是自己的，弄垮了没人为你树碑立传。

感激在李松的心里涌动，泪花在李松的眼里闪烁。

秀桃说，我希望你永远健健康康，快快乐乐！

李松终于控制不住自己，让泪水漫过他那张年轻而又俊美的脸。他真想紧紧地握一下秀桃的手，但是他不敢，四面八方都有眼睛看着他们。

快到村委会时，两人同时看到甘麻子胸前挂个小蜜蜂，也牵着两条土狗，像财主似的，一边听着音乐，一边在公路上很悠闲地走着。秀桃冷笑一声说，疯了！都学城里人的样，能学像吗？人家城里人遛的是宠物狗，他们遛的是什么？土狗。真是可笑！

李松说，话不能这么说。城里人遛宠物狗是遛狗，他们遛土狗也是遛狗，都是同样的闲情逸致。

秀桃，倒土不洋。

李松说，这或许是农村人的一种进步，说明他们的生活状态在发生变化，思想里有了现代观念，心里不再有脸朝黄土背朝天的悲怆与沧桑，他们懂得消遣，他们懂得享乐了。

甘麻子没有向李松和秀桃打招呼，昂着头，牵着狗很神气地走了过去。秀桃非常看不惯，哼一声说，这样神气，这样目中无人，也不想想是谁让他们过上现在的日子的。

你没有必要去生这些人的气。

我真的看不惯他们。

你还年轻，慢慢就看惯了。

你比我大几十岁啊？

李松笑笑说，两百岁，起码大两百岁。

说后两人都哈哈大笑起来。

没过几天黄三旺的儿子黄铭就开着面包车在乡村公路上来回地跑，人们拉东西喊他，到镇上进县城里去都坐他的车。人们进出方便了，黄铭包里的钱也多起来了。没多久就在镇上买了房子，结了婚。黄三旺每次见到李松，就激动地握着李松的手说，李书记，我这一辈子也忘不了你的恩德。我们这一家人全靠了你，不然怎么会过上现在的好日子啊。我该怎么谢你呀！我该怎么谢你啊！

陈书记回来了，陈书记的老伴也回来了。她说她不习惯城里的生活，她带不好现在的娃娃。以前的娃娃是喂人奶，可是现在的娃娃不喂人奶，喂牛奶喂羊奶。喂牛奶喂羊奶不说，还要买外国的牌子货，说国产奶粉不放心。以前的娃娃是用尿片，脏了洗了晒干又用，现在的娃娃用尿不湿，像女人来月经时一样时时包着屁股。以前的娃娃丢在摇篮里让他耍让他哭，而现在的娃娃要人专门抱，抱着在家里摇啊摇不说，还要抱到外面去耍，还要随时跟他说话。啧啧！以前的娃娃冬天从来不给他洗澡，现在的娃娃天天给他洗澡不说，还要抱到孕婴游泳馆去游泳，啧啧，洗了澡还要给他擦什么柴草油。她简直搞不懂，弄不来。在儿子家她不但帮不了忙，反倒有些添乱。还有一出门就是人山人海，一出门就是车来车往，一出门不是坐公车就是乘地铁。她就好像到了一个怪异的世界，一切都是她从来没有见过的。她的手脚整天都缩在一起，不知道该放在哪里。太不习惯了。她必须回来。否则她活不了几天就会死去。

陈书记叫李松仍然回他家去吃饭。秀桃不让李松回去，说他们家离村委会近，又随时可以与陈文说经济项目上的事。但李松执意回到了陈书记家。为此秀桃生了好几天的气。

秀桃的气消了后说，你这个人真不够意思。心真狠，说离开就离开了，也不晓得顾及一下别人的心情和感受。

李松说，陈书记一片真心要我回去，我不好拒绝。

秀桃扬眉看着李松说，哦，我就好拒绝？！

李松笑笑，揽一下秀桃的肩说，你这个人怎么永远也长不大啊。

第三十章

李松一到陈书记家，旋风就笑呵呵地捧出很多糖果，堆在李松面前，叫李松吃。陈书记坐在李松身边满脸是笑地翻出他孙子的照片，说你看你看，长得多像我的儿子，才一个月都能笑了，还动着嘴想说话呢。现在的孩子真是聪明！陈书记把手机相册给李松看了，又打开一个视频，说，你看你看李书记，这是我儿子早晨发过来的视频，你看看这小家伙！嘿嘿！嘿嘿！

李松看后笑道，真乖！长得像你！

陈书记呵呵地笑着说，别开玩笑。

李松说，真的像你。

陈书记得意地笑着说，我的孙子当然像我。

旋风笑着拍打一下陈书记说，老不正经。

吃过早饭，李松将近期的工作向陈书记汇报后，就带着村班子成员去查看果园和药瓜的长势。

路过古井田，见三娃子家的几十只鹅正排着队列，摇摇摆摆地往堰塘走去，很是壮观。它们像训练有素的军人，没有一只走出队列，没有一只超越队友。李松停住脚步，惊奇而又欣赏地看着这只白衣军队，情不自禁地用手机拍了下来，发在了朋友圈。

三娃子扛着鱼饲料走出竹林，见了李松忙放下饲料，笑着递上一支烟。三娃子现在吃的烟档次提高了，买的是二十几块钱的玉溪烟，不再抽几块的烟。李松指着那一长队鹅，开玩笑道，司令，你的队伍真不错啊。

三娃子呵呵地笑起来。陈书记、代时和秀桃也笑起来。寒暄几句后，三娃子扛着鱼饲料朝鱼塘走去，李松一行人朝果树林走去。

陈书记看着山杆上的一群羊说，黄三旺的羊都长这么大了。

代时说，都卖了一批了。这一批可能是过年卖。

秀桃说，到时叫他给李书记留几十斤羊肉。

代时见秀桃与他说话，心里有些高兴，说，这个没有问题。他的羊一点饲料也没有喂。

陈书记说，我们陈家湾村的家禽基本上都没有喂饲料，纯粹的绿色食品。

李松心里有一个念头突然动了一下，正要深入下去，一阵歌声从果园里飘了出来，我把自己唱着，你听到了吗？先是大罗拐在唱，后来是很多人在唱，我把欢乐散布，你收到了吗……歌声很有感染力，李松情不自禁地跟着唱起来，秀桃和陈书记也跟着唱起来，后来连代时也跟着唱了起来……

桃树、核桃树和药瓜苗的长势都很好，修枝，防虫，施肥都做得很到位。桃树今年春天已经初放花朵，展示了少女的美丽，明年春天将正式开花结果，展示少妇的美丽与风韵。核桃树今年挂一年空果，明年正式进入壮年，会是硕果累累。核桃林里和桃树林里间种的海椒、茄子、西红柿、黄瓜、花生、黄豆、绿豆、洋芋、南瓜、西瓜等已经收获两年，早已变成人民币，揣进了陈文的包里，揣进了村民们的包里。藤藤菜、莴笋、菠菜、白菜。豌豆尖等正在第二年的收获中。地里，一些村民在扯莴笋，一些村民在砍白菜，一些村民在扯菠菜。村民们见了李松，都直起身笑着向他打招呼。请李松抽时间到他们家去耍。

李松开玩笑道，煮什么给我吃？

甘二嫂说，你想吃什么我们就煮什么，现在是难不倒人的。

甘麻子说，甘二嫂，你肯定没有陈书记的老婆会煮。

甘二嫂说，但我比你会煮。

王妹崽说，李书记，我搅凉粉给你吃。

大罗拐说，王妹崽，你太吝啬了，你们家养那么多只鹅难道就舍不得杀一只请李书记。

王妹崽说，你呢？你还不是吝啬得很，喂那么多条牛都舍不得请大家吃一顿。

大罗拐呵呵地笑着说，过年我一定请大家。

李四妹崽说，今年我留两只羊请大家。

地里一片笑声。

甘麻子看着陈文和秀桃说，应该老板和老板娘办招待。

秀桃笑着说，我们请我们请。

李四妹崽笑笑说，算了秀桃，我们天天摘你们地里的菜回去吃，还让你们办招待就有些不好意思了。

秀桃说，一个湾里的人别客气。地里的菜随便摘起吃。

王妹崽说，秀桃你只记得我们，却忘了一个最该吃你们菜的人。

秀桃知道王妹崽说的是谁，看一眼李松说，人家是一个不要群众一针一线的人。

李松说，自从我到陈家湾村来工作，我们家就很少开火煮饭，妻子在单位上的伙食团吃，儿子在岳父岳母家吃。

李松带领大家又到另一块地里去，跨过一条沟时，陈文跳过去，马上回过身来牵秀桃，秀桃跳过去后又伸过手来牵李松，李松过去后又伸过手来牵陈书记。其实沟不宽，都能跨过去，只是一种情爱的反应，只是一种友情的链接。

李松带着一颗欢跳的心，穿梭在冬桃林里，穿梭在核桃林里，穿梭在药瓜地里，查看着核桃树、冬桃树和药瓜的长势。每一株果树和每一窝药瓜都以勃勃生机回报着李松。

李松看完全村形成规模的果林和药瓜，他热血沸腾，他的心儿怦怦地欢跳着，股股热流漫遍全身，就像和陈家湾村在谈恋爱一样。是的，他深深地热爱上陈家湾村了。

他把一片片的冬桃林，一片片的核桃林，一片片的药瓜地拍在手机里，录在手机里，发给妻子，发在朋友圈，分享给朋友，让朋友分享给朋友，让朋友的朋友再分享给朋友的朋友。他要把欢乐散布，让更多的人知道如今的陈家湾村是这般的美丽。

几人顺着黄泥土走下来，看见山杆上的草坪里有七头水牛，甩着尾巴，喷着响鼻在啃草。

代时说，大罗拐这几头牛又要出好几万。

陈书记说，他应该好好感谢李书记，是李书记叫他养牛的。他当时还不想养，说麻烦。李书记就对他说山杆上那么多草，你每天早晨把它们牵上坡，用一根长长的绳子拴在树上，晚上把它们牵回来，一点也不麻烦。

秀桃一个眼波打在李松脸上，笑着问，你怎么就想到这个办法的呢？

李松说，我星期天爱开车出去转。有一天到一个村庄，发现山坡上的牛就是这么拴着的。当时我就想我们陈家湾村坡上的草那么多，那么好，为什么不可以喂一些牛呢。回来我分别动员了几家，但都不愿意。我登门找大罗拐叔叔说了三次，他才点头同意。

代时说，其实我都可以养几头。

秀桃鄙视地看他一眼，哼一声转过身去，用后背朝着他。

李松一路上见着了很多家禽，那个先前在脑海里闪现的念头，渐渐地清晰起来，陈家湾村开一家土特产公司，给城里人提供有机食品。

李松考虑好后，开会进行研究。代时说，李书记，你围着村子走一转生出一个新花样，围着村子走一转又生出一个新花样，你到底要生出多少个新花样来啊。你觉得我们累得还不够呀？求求你让我们轻闲轻闲吧。我们才挣国家一千多块钱，你是不是安心让我们把命断送给这一千多块钱啊？

秀桃不满地瞪着代时说，想清闲就别当村主任。你累，李书记不累呀？人家一个城里人为了什么？

代时红着双眼瞪着秀桃，想说一句难听的话，又没有说出来。每次秀桃激怒他时，他都想骂她几句。但他总是骂不出口。这个女人，简直是个白骨妖精，把他害得苦不堪言，把他害得生不如死。天天折磨着他，夜夜折磨着他。他忘不了她，赶不走她，他和她的过去总是一幕幕地出现在他的脑海里，吃饭的时候影响他吃饭，说话的时候影响他说话，睡觉的时候影响他睡觉。他后悔过去不应该那样对待她。秀桃这辈子永远都不会原谅他，永远都会恨他。他在秀桃的眼里永远都是一个没有诚信没有良心的坏男人。

秀桃给陈书记倒一杯开水，给李松倒一杯开水，就是不给代时倒。代时把杯子递在秀桃面前说，秀桃，帮我倒一杯。秀桃不理他，坐回自己的座位，拿起笔做记录。

李松说，城里人现在人人都想买没有喂饲料的家禽，人人都想买没有打药的粮食和蔬菜。恰恰我们陈家湾村就有这些。我们完全可以开一家有机食品有限公司，为城里人提供纯绿色食品。

我觉得绝对有市场，绝对有卖点。虽然累一点，但是能大大增加村民的收入。

代时把脸转向外面，看着外面想其他的事，根本不再听李松的话。陈书记咳嗽一声，直直身子说，我觉得是可以的。具体怎么运作呢？

李松说，星期天我们出去考察一下。

代时回过头来，恼火地说，考都没有考虑好就拿出来研究，这不是白白浪费时间吗？李书记，你以为我们的时间多得很，我们一月才挣一千多块，我们不可能像你一样天天泡在村委会。我们还要养活一家人。

秀桃把笔往桌上一摔说，有些人说话注意一点。撒气也要找对地方。你的钱挣得少关李书记什么事？李书记作为一个城里人能天天为村里的事忙碌，你作为陈家湾村的一员，凭什么不能天天为村里做事？

代时站起身，把桌子一拍说，他挣多少钱一月？我挣多少钱一月？

秀桃也把桌子一拍说，人家寒窗苦读的时候你在树上捉知了，人家奋力考公务员的时候你在费尽心思欺骗女人。现在居然还和别人比收入。我看你的心态有问题，有非常严重的问题。

代时气得脸红脖子粗，他终于骂了一个字，你妈……

秀桃毫不退让，骂道，你妈！你婆呢！秀桃对任何人都很尊重，对任何人都可以谦让，对任何都不会出口相骂，唯有对代时是针锋相对。

陈书记把代时劝住，把他按在座位上。秀桃仍不解气，还想开口痛骂，李松转头看一眼秀桃，只一眼，秀桃就像被驯服的烈马一样，乖乖地坐在办公桌前，准备开始工作。

代时向陈书记诉苦，也想让陈书记产生不满的情绪，他说，陈书记，你说现在谁在外面打工才挣一千多块？我们挣这么一千多块钱，天天忙得死去活来，家里的事一点也做不成。你我为陈家湾村工作一辈子，得到点什么？

陈书记咳嗽一声，直直瘦小的身子说，愿者上钩。你我都是愿意为陈家湾村付出辛劳的人。没有人强迫我们。如果我们不愿意，随时可以打辞职报告。

几句话说得代时没有了言语。秀桃轻蔑地看了一眼碰了一鼻子灰的代时，心里升起几多鄙视！

星期天，李松带领陈书记到外面去走了一圈，决定在陈家湾村开一家网店，销售陈家湾村的有机食品，由代时的女人具体负责。代时的女人雇了三个人帮她经营。村民们生产出来的农产品再也不愁没有销路，鸡鸭蛋，核桃花生，黄豆绿豆，猪肉羊肉牛肉以乡镇价格交给代时女人，代时女人再以城镇价格卖给四面八方的城市人，获取利润。

代时的女人觉得老公越来越好。甘麻子的女人却觉得代时越来越虚伪。有天代时在陈文的桃树地里找到甘麻子的女人。甘麻子的女人哼一声，调头就走。代时绕过两棵桃树，一把拉住她说，你跑什么跑？难道我要吃人吗？

甘麻子的女人看着代时，泪水就溢出了眼眶。代时松开她，坐在地上生气地说，你又怎么了嘛？你这个人简直莫名其妙！

甘麻子的女人冲到他的面前哭着说道，我在你眼里算什么？娼妇么？你给了我什么？情人么？你给我情没有给我爱没有？我做流产手术你问过我半句吗？

代时说，那些孩子是甘麻子的也说不定呢。

甘麻子的女人一脚朝代时踢去说，你居然不认账。早知道我就该生出来去做亲子鉴定。呜呜！我怎么遇上你这么一个乌龟王八蛋嘛！

代时心软了，站起身一把将女人搂进怀里，用舌头舔着女人眼睛上的泪水说，宝贝心肝别哭了别哭了。是我不好是我不好。我以后天天问你十遍。

女人依在代时的怀里，用手刮着他的鼻子，撒娇地笑道，油嘴滑舌。

代时把舌头伸进女人的嘴里，女人狠命地咬了一口。代时痛得大叫起来，骂道，疯婆娘！你是狗变的呀！

女人吐了口里的血，斜倚在一颗桃树上，乜斜着代时，坏坏地笑道，让你知道知道什么是痛。

代时扑过去想打女人，女人将脸送上去，代时的手却无力地垂下了。他将带血的嘴唇严严实实地压在女人的嘴唇上，女人一把推开他说，滚一边去，别再碰我！

代时后退两步，站着愣愣地看着女人，可怜巴巴地说，你别学别人的样。

女人知道代时所说的别人是谁。她冷笑道，你以为我会像秀桃那样白让你欺负吗？姓代的我告诉你，你认错了人！我要打12345，举报你占有别人的老婆！

代时冷笑一声说，你去举报吧。

女人说，你的旧账还在我男人的手里，气慌了我就到县上去举报你！

代时不得不引起重视，不得不害怕了。他双膝跪在女人面前说，我的先人我的上帝，我到底错在哪里你快说出来，让我死也死个明白。

女人哼一声说，你自己心里清楚。

代时苦着脸望着女人说，我不清楚啊。宝贝心肝你说出来吧，说出来我好改正。

女人流着泪说，算了，我们的缘分到头了。说了也没有什么意义。

代时跪步上前拉着女人的手哀求道，我说过我要对你好一辈子，爱一辈子。我如果有不对的地方我一定改，保证改。

女人流着泪说，你从来都没有对我好过，你只是在我身上找乐趣，寻开心！我为你做了好几次人工流产，医生说再刮子宫就要刮穿了。我无怨无悔！可是你却说不是你的，是甘麻子的。甘麻子几年前就不行了！你，代时独占着我却不负一点点责任！泪水瀑布一样从女人的脸上飞流直下，跌落在泥土里，浸润着桃树的根。

代时站起身，将女人紧紧地搂进怀里，安抚道，我错了，是我错了。我认错我该死。你现在有什么要求尽管提出来，我保证满足你。

女人把泪水擦在代时的衣服上，撒娇地说，你又哄我。每次你都是嘴上一套，心里一套，净开些空头支票。我不相信你的话了，再也不相信了。

代时百般地哄劝，女人经不住代时的甜言蜜语，她的心一点点地恢复过来，回到原位，亲吻着代时说，你对我不好，一点也不好，上次三社修路从我们坝子里过，你当时承诺赔我们一千块钱，结果到现在我们也没有得到一分钱。你净给我许空头愿。害得我在男人面前说不起话。你难道就不能把对你老婆的心分一点点给我吗？你老婆的口袋能装钱，我的口袋难道就只是破布。代，你想办法堵一堵我男人的嘴吧。免得他天天骂我不值钱，免得他天天骂我白让人占用。

代时听明白了。女人想要他给他们一个赚钱的门道。他抚摸着她的头，抚摸着她的脸说，宝贝，我记住了。我一定给你找一个最最赚钱的门道。

女人说，比你女人的农产品网店还赚钱？

代时抚摸着女人的身子，醉意浓浓地说，当然当然。

不准再骗我！

不，不骗你！

女人还想让代时保证，代时的激烈打断了她的思路，把她引向了另一个世界。

女人在代时的身下喘着气说，对我好点，不要再骗我，说话要算数。

代时天天为妻子的网店忙碌，把他对女人说的话全部丢在了桃园里，从来没有拾起过。一个月后，女人的月经没有来，她急了，她慌了，忙给代时打电话，代时正忙着打包。现在买陈家湾村农产品的人很多，要猪肉，要牛肉，要羊肉，要鸡，要鸭，要蛋，要粮，要菜的人一个接一个，专门一个人接单都忙不过来。快递一天要来收好几次货。

代时的妻子见代时不接电话便说，人家电话都打爆了你怎么不接？误了工作可不好。人家李书记把这么好的差事给我们，你可要记人家的好。几个月时间我们就赚了一大笔钱，过几天我们去提一辆车，你就不用再骑你那辆破摩托车了。

代时从鼻孔里哼一声说，你怎么说是李松给我们的门路呢？告诉你，是你老公我发挥智慧自己想出来的门路。

女人笑着说，是你是你。是我的老公你。谁不说我的老公能干嘛。

代时得意地笑着拍一下女人的屁股。这时，电话又响起来了。

代时生气地把手机关了。女人诧异地看着他。代时烦恼地说讨厌得很。女人问谁？代时说李松。女人说你快到村委会去吧，李书记可能有工作上的事要找你。代时不走，也不开机，代时把几个包打好后，放在一边等快递来收货，然后又忙着清理刚收进来的货。女人安排好几个工人，便准备到美容院去了。代时追出去说，明天是我们的结婚纪念日，你安排一下，我们进城去浪漫浪漫，去看一部电影，买一条项链，还买两套像样的衣服。女人回过身来激动地搂着代时吻个不停。代时说，以前没钱，我想得到，做不到，心有余而力不足。现在有钱了，该好好弥补弥补，该好好享受享受。过几天我们去提一台车，买起车想到哪去要就到哪去要。

甘麻子的女人又怀孕了，她不敢对甘麻子说。代时又不管她，她躲在厕所里哭了几场，又独自一人到了医院。她想好了，把流产做了后，她要好好收拾一下代时，这个男人太无情了！简直是猪狗不如！简直是一个大骗子！她下定决心以后不再听他半句话！她下定决心不再理他不再和他好！她一定要把男人手里的账拿到县上去作为证据举报他。他把她害得太惨了！他既然无情，她也要无义！兔子打慌了也知道咬人。他做得出初一，她难道就做不出初二？这次她决不再心软！这么多年，他一直把她当傻子！当玩物！他从来没有把她当成一个人，他从来没有把她当成一个有思想有感情的人，他从来没有把她当成一个需要呵护需要关心的人。这次她不把他告翻不把他扳倒她就不是一个人。但是她没能如愿。她走进医院就再也没有走出来，她的身体被掏空了，血也流干了。

她被代时害死了！

她被自己的轻浮害死了！

甘麻子抱着僵硬的女人哭了两天两夜，然后提着一把菜刀到村委会。李松见甘麻子拿着一把菜刀杀气腾腾，急忙出面相劝。

甘麻子哪里会听，他非砍死代时不可。代时像个巫师，一会儿窜到陈书记身后躲着，一会儿窜到李松的身后躲着，一会儿逃到李松的寝室里，一会儿又逃到村委会坝子里，一会儿又往后坡上逃。像只追急了的老鼠。甘麻子红着眼摆脱着人们的阻拦与规劝，疯了似的挥着菜刀追杀着代时。李松想尽一切办法控制着局面，控制着事态的发展。

代时的游击战术把甘麻子累软了，他坐在地上像牛一样喘着粗气。李松递一支烟给他，劝他冷静，劝他不要冲动。甘麻子突然跪在地上放声大哭起来，说他的女人被代时活活害死了！说他没有女人了，说他一定要杀死代时，让代时偿命！陈书记说杀人是犯法，你鬼晓不晓得？！甘麻子甩一把鼻涕在地上哭着说，我也不想活了。我要和他同归于尽！我要为女人报仇！我要到县上去举报他！

李松叫三娃子和黄三旺监视着甘麻子，代时到城里去躲了两天。甘麻子渐渐冷静下来，不提刀杀代时。他换了一种理智的手法，拿出过去的账本，搭上黄铭的车准备到县政府去告代时。但没走多远就被代时的女人和代时的哥哥钻天猫拦住了。钻天猫给了黄铭十元钱。黄铭是个聪明人，将钱揣进包里，一踩油门，车嗖的一声就跑远了，把甘麻子甩在钻天猫和女人的夹缝中。

钻天猫拉着甘麻子说，老哥子，你这是干什么嘛？一个村里的人抬头不见低头见。何必闹得这么仇深孽重的？有话好说，有事好商量啥！

代时的女人用白嫩的手拉着甘麻子哭着说道，哥哥啊，他这几天的日子也不好过，我抓他的脸我撕他的嘴我扯他的耳朵，他父母和他哥哥也骂他也打他。他已经得到了应有的惩罚。你是个好人，我们全家人都说你是个好人！你大人有大量，你就高抬贵手，饶了他吧。

钻天猫接口道，我们全家人会记你一辈子的好！代时也不会忘记你的恩德，以后能帮你的时候保证帮你。

甘麻子从鼻孔里哼一声说，他帮我？他不整我就是好事！

代时的女人拖长着声音说，哥子，你怎么就不相信我们呢？你相信我们吧。

钻天猫和女人像似在唱二人转，配合得非常默契。钻天猫说，他如果不帮你你就来找我。他敢说不帮你！

女人的声音变得更加好听，她说，哥哥，我的哥子，你如果把他扳倒，我这一辈子怎么办？他上有老下有小。哥哥啊，你就看在我这个苦命的女人面上，你就看在他两个孩子的面上，你就看在他两个白发苍苍的老人面上，你就看在他过去帮过你的分上，忍下这口气吧。

钻天猫亲昵地拍一下甘麻子的肩说，老兄呀，万事都要想开一点，想远一点。你想想，你如果把他扳倒你能得到什么？你如果把他扳倒对你有什么好处呢？一点点好处也没有啊。

甘麻子不管钻天猫口水说干，也不管女人使尽一切招数，他都不心软，他铁了心要去县政府举报代时。

钻天猫和代时的女人见说不通，只好花血本。他们在家里就商量好了，先给甘麻子说好话，实在不行就给甘麻子一些钱，五千不行就给一万，一万不行就给两万。总之要收买甘麻子的心，堵住甘麻子的嘴，不让他到县上去举报代时。代时还年轻，前途还很远大。代时的女人哭着从包里拿出五千块钱塞在甘麻子手里说，哥哥，这算是我们给你赔小心。

甘麻子捏着五千块钱，忘记了妻子，心里涌起了一些热浪。想撤回自己的决定，但还想再多敲点钱，便把钱塞回女人的包里说，我女人一条命才值这么几个钱？

代时的女人突然蹲在地上大哭起来，一边哭一边说，哥子呢，这点钱还是我在娘家借的。你还想要我们的命呀！代时，你这个挨千刀挨万刀的死鬼，惹些祸让我这个女人家来求爷爷告奶奶！活人难啊！我也不想活了！说着就朝路中的一辆车冲去。

钻天猫赶忙拉着她，对甘麻子说，你的女人已经去了，难道你还想看着另一个女人死在你的眼前吗？老兄啊，人死了是不会再复活的，你告了代时你女人还是不会回到你家里回到你床上。五千块钱你还可以再去找一个女人，五千块钱你可以买很多东西。我们还能以兄弟关系相处下去。远亲不如近邻，一个村的人相互帮着你说哪点不好？老兄啊听人劝得一半。

女人突然对钻天猫吼道，哥，你不要再给他说好话了。让他告去！让他人财两空！说罢转身就走。

甘麻子看着那五千块钱随着女人的身影离他越来越远，心里慌了，忙对着女人的背影喊道，代时家的，你转来！我们好说好商量。我想来想去，一个村的人，没有必要搞得那么仇深孽重！你把五千块钱给我，我就一笔勾销！与你们一起回去。

女人心里窃喜，但还装作不满的样子往前走。甘麻子急了，怕那已经沾上他热气的钱不翼而飞，忙推钻天猫去追。钻天猫拉着甘麻子跑步上前追着女人，把五千块钱从女人的包里抢出来，给了甘麻子。甘麻子怀揣着五千块钱，心里的热潮一波一波地涌起，希望一个又一个地闪现在眼前，有了这五千块钱，他甘麻子又可以去找一个女人，找一个比先前那个女人好得多的女人，找一个不会去找野男人的女人，找一个把他甘麻子当男人的女人。

第三十一章

　　转眼已到腊月十几，春节即将到来，思乡的情怀积聚膨胀，团聚的心情高高飞扬，亲情感日渐浓烈。陈家湾村在外打工的人们陆陆续续地回来了。一见家乡的变化都喜不自禁。全村的水泥路全部修通，直通到每个院子，直通到每户人家，村民进出不走一步稀泥路。家家安有光伏发电。吃水和用水问题也解决了，不再用肩挑，摔个水泵在水井里，家家用水吃水都用电抽。看电视也不愁了，既清晰，台也收得多。满坡的果树长高长大了，药瓜也结得多了，地里的小菜一季接一季，吃不完，卖不尽。穷山穷土披上了金装。人们不想出门也可以挣钱。养的家禽不用背几十里路到镇上去守几个小时，不用去与人讨价还价，直接送到村委会代时的手里，左手交货，右手收钱。

　　陈家湾村变好变美变富了，人们经不住诱惑，将目光从外面的世界收回，重新热恋上陈家湾村。一些人申请把户口迁回，一些人申请把破烂的老房子拆了，享受国家补助重建新房。李松对政策范围内的人家表示支持，积极帮他们办手续，鼓励他们重建。对那些不符合政策的人家表示拒绝，反复给他们宣传政策，说政策规定城镇户口不能转回农村。一部分人一听也就罢了，但有些人想方设法也想回来。他们成群结队地来到村委会找陈书记找李松，说他们祖祖辈辈都是陈家湾村的人，凭什么不让他们回来。李松说这是政策规定的。他们说政策也是人制定的。人难道不能通情理？

陈书记说，你个个的鬼那时候就像逃避瘟疫一样把户口转到城里去，现在又想转回来。又不是走大路那么容易。

一群人说，那时的陈家湾村那么穷，穷得鬼都不上门，穷得舀水都不上锅，我们当然要把户口转走。人往高处走，水往低处流，这是很简单的道理嘛。

陈书记冒火了，说别再说了，嘴皮子磨烂了也不起作用。我们忙得很，那么多新建房屋的人都需要我们签字盖章。一群人说你们只管他们不管我们，这不行，这绝对不行！我们也是陈家湾村的人。李松说他们都是符合政策的。一群人说我们要求回老家是人之常情。不让我们转户口回来也可以，那就让我们把过去的老房子拆了修新房子，我们也不要政府补助。李松说政策规定城镇户口的人不能在农村修建房屋。一群人大闹起来，说这不行那不行，一条路都不给我们走，你还让不让我们活嘛？陈书记冒火了，大吼一声，说一个个的鬼都给我滚！一群人说你们如果不同意我们把户口转回来，你们如果不同意我们在老屋基地修房子我们就不走！我们就到你陈书记家李书记家去住。

一群人闹得不可开交，从早晨闹到晚上，连李松上厕所都有人跟着，李松的头都要炸了。

中午吃饭的时候陈书记说，看样子今年是过不成清净年了。这些鬼一点也不听人解释。把人的头都闹昏了。

李松叹口气说，这些人一点也不懂法，一点也不懂道理，只站在自己的角度看问题。下午叫秀桃在活动室里放法制片给他们看。他们如果再闹我就叫派出所的人来。软的不行就只有来硬的。

下午秀桃放了两部法制片给大家看，并把有关政策再次给大家宣读。但是他们还是要求把户口转回陈家湾村，还是要求在老屋基地修建房子。说李四妹崽都能回来他们为什么不能回来。李松说李四妹崽根本就没转户口走。一群人说你哄鬼呀！李四妹崽嫁出去孩子都生了怎么没有转户口走，明明是你们得了别人的好处。陈书记说你们不信就去核实。一群人又说那王妹崽呢？王妹崽是几百里以外的人，母女俩都是黑人，你们为什么给她们上户口？这说明什么？不就是你们占了王妹崽的便宜吗？陈书记说别打胡乱说！李松说情况不一样。一群人大闹起来，有的人朝村委会投石头，摔土块。李松见此把秀桃和陈书记拉在身后，顶着土块石头站在一群人面前大声地说，你们如果不听招呼，再胡闹我就叫派出所的人来给你们解释。一群人见李松如此强硬，渐渐地消亡了士气，像暴雨后的洪水一样慢慢退去。

李大妈的三个儿子都回来将老屋拆了修建新房。钱不够找李四妹崽借，李四妹崽不借，流着泪数落她的三个哥哥，你们还认得我这个妹妹？我不是你们的妹妹！我是被你们赶出门的一条狗！

大哥说，对不起小妹！

二哥说，不能怪我们！

三哥说，妹妹，都是那几个女人家……

李四妹崽哭着大叫道，你们是死人呀！她们是外姓人。而你们是我李四妹崽的亲骨肉，是一个娘生的，是我李四妹崽的亲哥哥！你们的心好狠啊！一点也不怜悯我，一点也不管我。宁愿让屋子空着，也不让我住。我恨你们！我这辈子也不会认你们。我没有你们这群无情无义的哥哥！没有！没钱找你们的女人借去。别来找我！

大哥说，我们的女人到哪去借钱啊？谁愿意借一分钱给我们这样的人家啊？

李四妹崽把头扭到一边，不看几个可怜兮兮的哥哥。

三哥递一支烟给黄三旺，嘴艰难地动了几动才喊出妹夫来。黄三旺比他们的大哥还大十岁，论辈分是叔辈，以前他们喊黄三旺为黄叔。现在只好改口称他为妹夫。黄三旺还没有等三哥的话说出口，就说，三哥，二哥大哥，我们家是女人当家。她说借就借，她说不借就不借。

黄三旺说后就转身做事去了，他把黄亮亮的苞谷从阶沿上的绳子上取下来，装进箩筐里，端进堂屋，然后回身去打扫羊圈。

几个哥哥羡慕地看着四妹的家，楼顶上安有光伏发电和太阳能，阶沿上放着全自动洗衣机。堂屋里放着一台大彩电和一台冰箱，还有一台磨面机。桌上放着电饭煲。一群鸡鸭在院坝里撒欢觅食。几只刚下了蛋的鸡母，红着脸咯哒咯哒地叫着。再看妹妹，胖胖壮壮，红光满面，完全恢复了健康，一点也不显老，比他们赶她出门的时候年轻多了，漂亮多了。

几个哥哥坐了一阵，扫兴而走，空手而归。黄三旺见几个哥哥走了，忙从羊圈里出来，从冰箱里拿出一瓶饮料递在李四妹崽的手里，叫她别生几个哥哥的气。李四妹崽喝了饮料，用手背抹着嘴说，还有脸来找我借钱！亏他们想得出来！亏他们说得出口！

黄三旺看着李四妹崽说，你真的不借一分钱给他们？

李四妹崽坚决地说，不借，一分钱也不借！

黄三旺说，你们可是一娘所生。

李四妹崽突然又伤心地哭起来了，她说，我们不是一个娘生的。一个娘生的他们不会做得那么绝情。那天他们把我赶出家门，把我逼得没有活路，把我逼得去跳堰塘……

黄三旺连忙搂着李四妹崽抚慰道，别去想那些伤心事了，想了你又睡不着觉。不借就不借，是他们先对不起我们，不是我们先对不起他们。

黄三旺把李四妹崽哄笑后，就准备到坡上去看他们家那群羊。刚走到房子背后，李四妹崽又喊他回来。黄三旺如今就像李四妹崽手里的皮影道具，李四妹崽的话一出口，他的动作就会发生变化。他折转身回到李四妹崽的面前，等待着李四妹崽的指令。李四妹崽盯着地上想了半天问黄三旺，你说借不借？

你说了算。

借多少？

你说了算。

唉，我想转去想转来，不借点钱给他们，又说不过去，毕竟我们是一母所生。我这心呀，没有他们硬，也没有他们狠。

黄三旺说，我还是那句话，老婆，你说借就借吧。一切都依你。

李四妹崽借了九万块钱出去，一个哥哥三万。几个哥哥惭愧得泪水长淌，后悔过去不应该那样对待妹妹。几个嫂嫂现在对李四妹崽是妹妹前妹妹后的，叫得十分亲热。

李松这几天很忙，组织单位上的人来陈家湾村慰问贫困户，迎接送文化下乡的人员，陪同下乡慰问的领导。回答回乡过年的村民提出的种种问题。忙得简直找不到北。这天正忙着，村民举报三社的马果在偷偷地修建房子。马果离开陈家湾村已经二十几年，儿子儿媳在城里做电器生意做得很火，全家人都把户口迁进县城，成了城镇居民，买了养老保险。

李松立即召开会议研究。代时说，那是他家老人留下的老屋，就让他拆了修吧。反正空着也是空着。

李松说，明文规定城镇户口不能到农村修建房屋。谁也不能违反政策。

代时说，只要陈家湾村的人不说出去，上面谁知道？

李松说，只要有一家修，就有第二家第三家……

代时说，只要他们有能力把全村人摆平。谁修都可以。修起新楼房给陈家湾村既添脸面，也增添人气。你说何乐而不为？

陈书记说，没有规矩不成方圆！哪有那么自由，想修就修。家有家规，国有国法！

代时不再说话，把脸转到一边抽烟，吐烟雾。

会议的决定是必须按政策办事。立即制止乱修乱建。会议结束后大家一起去现场，代时不想去，绕到后面去蹲厕所，大家等了半天也不见他出来。秀桃说什么人嘛，一遇到问题就想躲。陈书记也气得骂了几句。李松压着火气给代时打电话。代时哼哼唧唧地说他拉肚子，肚子痛得直不起腰，叫李松他们先去，他到村卫生室去拿点药吃，随后就到。李松知道他在装病，但是也没有办法，只好带着陈书记和秀桃去现场。陈书记说马果是个横蛮不讲理的人，动不动就要提刀杀人，叫李松注意点。秀桃一听马果要提刀杀人，忙阻拦李松道，你回去，我和陈书记去。

李松的心里漫过一股暖意，但是他怎能不去呢？他不可能把困难和危险推给陈书记和秀桃。他谢了秀桃，又举步向前。

秀桃急了，拦着他说，你不能去！他见你是外地人，会专门拿你出气！

陈书记开玩笑道，桃儿，你只关心李书记就不关心我这个老人家了？

秀桃笑笑解释道，你德高望重，他不敢把你怎么样。

陈书记笑笑说，我皮子老他刀子砍不进是不是？呵呵！

秀桃说，那我们都不去，请上面的人来解决。

李松说，年终上面的人不比我们轻松。我们能够解决的事就尽量自己解决吧。

秀桃噘着嘴说李松，你这个人怎么就不学学代时呢。

陈书记诡秘地看着秀桃笑道，正能量，正能量到哪去了？秀桃，我们现在可是需要正能量啊。

秀桃不好再说什么。几个人一起来到现场。马果请了十几个人正在"大干快上"。李松再次给他宣讲了政策。

马果愤怒地瞪着李松说，别在这里扯母猪疯，老子不听。这是我们家的老房子，我拆是我的权力，我修是我的自由。谁也没有权力干涉！

李松耐心地说，政策不允许城镇人口到农村修建房屋。这是明文规定。我们不按政策执行是不行的……

马果飞溅着唾沫星子，打断李松的话说，我们原地修建，你说影响谁了？你说影响谁了嘛？我不管政策不政策，我们是陈家湾村的人就该在陈家湾村修房子，谁也阻拦不了！

李松生气地说，讲点道理。是政策不允许，不是谁在干涉你们。

马果的双眼里喷出两股火来，对李松说，跟老子滚开！在这里你根本就没有发言权！

李松忍着火气说，我劝你不要一意孤行，不要浪费人力和财力。

马果一把朝李松推去说，爬你妈一方！

秀桃一个箭步上前挡在李松面前，对马果说，君子动口不动手！

陈书记说，马老弟，听人劝得一半。这是政策规定的。不是谁为难你们。

马果气恼地瞪着陈书记说，别在这里翻白泡子！老子不听！不让我修，我偏修！人人都回陈家湾村了，我们为什么不能？说后挥着手叫大家继续动工。

李松说，现在是法治社会，请你们按政策办事。

马果用愤怒的双眼扫射着李松说，什么政策不政策的，一切还不是你们这些狗官说了算！

秀桃说，说话文明一点！

马果看一眼秀桃，又看一眼陈书记，然后将目光落在李松的脸上，突然放软口气说，你们就睁只眼闭只眼吧。让我们修栋房子回来养老吧。常言说叶落归根，人老归家。

陈书记说，你鬼才多少岁？

马果涎着脸说，人迟早都有老的那一天嘛。

李松说，一切按政策办事，话不多说，请你们立即停止修建。

马果冒火了，一口痰吐在地上，说，这是老子的宅基地，谁敢再阻拦，老子就不客气了！

陈书记说，你们在城里有房住，没有必要回来再修房子。

马果说，我说有必要就有必要！

李松说，我们把政策给你们宣传了很多遍了，难道你们还不明白？

马果的双眼朝李松喷射着两股怒火说，别在这里放屁！老子不听你那些。

李松说，不听也得听啊马叔！

马果恼羞成怒，拖起一把铁铲就朝李松砍去。说时迟那时快，秀桃一个箭步跨过去，挡在李松面前，铁铲重重地落在了她的右手臂上。羽绒服砍烂了，鲜红的血涌了出来，将雪白的羽绒服染红了。李松急忙叫陈文送秀桃进医院。

秀桃出院已经临近春节，家里人已经开始为春节忙碌。保姆打扫屋顶和墙头，擦家具，洗床单被套。陈文采购年货。二十三祭灶。祭灶后开始团年，亲戚朋友相互邀请。二十四秀桃家团年，请了李松，请了陈书记，请了王妹崽和李四妹崽两家。二十五秀桃叫保姆回家去与家人团聚。

秀桃的伤口还没有完全好，陈文包揽家里所有的家务活，尽心尽力地照顾秀桃。秀桃问，累吗？

不累。只是有些笨脚笨手。

委屈你了哈。

陈文笑着拍她一下，又吻她一口。

晚上，陈文给秀桃洗脚的时候突然说，有一句千古流传的话叫英雄救美。你这叫什么呢？

秀桃活泼地说，叫灰姑娘救白马王子。

陈文的手滞留在秀桃的右脚背上，仰望着秀桃说，你不觉得有些过分吗，桃儿？

秀桃立即意识到自己有些失言。但是她不会向他认错。历来都是这样。她撒娇地说，我随便说说嘛。难道我说自己是灰姑娘就是灰姑娘呀。陈文抗拒不了她的媚态。揉搓着她的脚，笑着说，你强词夺理！每次都是强词夺理！真正是我命中的魔王！我陈文这辈子算是逃不过你的掌控了！说着搔她的脚板心。两人咯咯地笑着，把一脚盆水弄了一地。

夜里陈文抚摸着秀桃的脸说，亲爱的，我的桃儿，你听着，以后有什么危险，或是要保护谁，你一定把我喊上。不要再冲锋陷阵。你是一个女人。你是我心中的最爱，我不要你再受一点点伤害，我不允许任何人动你一根汗毛。秀桃的泪水出来了，她用左手握着陈文的手说，谢谢你亲爱的！

二十六秀桃来到村委会，陈书记和代时都安排打鱼去了。李松一人在办公室写扶贫汇报材料。秀桃说你还在坚守岗位？李松诙谐地说坚持到最后就是胜利。秀桃说你难道要大年三十才回家呀？李松说有可能。这几天县上的督察组会随时来督察。秀桃叹口气说，国家工作人员不容易啊。

李松笑笑，看一眼满是绿意的山坡，然后收回目光说，处理马果的意见出来了，罚款三千，责令他停止修建房屋，赔付你的全部医药费。

这是不是有点狠？

没有关他几天就是好事。

你把派出所的人喊来把马果吓着了，也把所有闹事的人都镇住了。

我是想杀杀歪风，让他们有点法治观念。可你偏偏来电话为马果说情，违背事实说马果是挖屋基，不注意挖伤你的。

乡里乡亲的，我不想搞得那么仇深孽重。

李松看着秀桃，一时没了语言。

两人沉默了一阵，李松问，好些没有？

好些了。问题不大。

我看问题还很大，脸上一点血色也没有，根本就没有恢复起来。你要多吃点。

谢谢！

明天该换药了。

秀桃心里暖暖的，李松这么忙，居然还把她换药的事记在心上。她说，明天陈文要给村民发工资，去不成。

我送你去。

不用。

医生叫你明天去换药，肯定是有道理的。我送你去为什么不可以呢？

那么多人来领工资，我怕他一人忙不过来。

你手痛也帮不上忙啊。

我可以帮他看着。后天陈文送我去。多等一天没事。

李松抽了一支烟，看着秀桃笑着问，你穿的是陈文的衣服吧？

秀桃笑笑说，手臂上绑着纱布，我的羽绒服都穿不进，只好把他的衣服拿来穿两天。我这样子是不是很丑？

李松端详着她说，不丑。只不过变了一种风格。嗯，有点像个假小子。

两人相视笑了一阵。

李松说，秀桃，你怎么那么傻？你是一个女人，只有男人为女人挡风险，哪有女人……

秀桃挥着左手说，男人能救女人，女人为什么不能救男人？

李松含着泪，深情地说，看着你受伤，看着你流那么多的血，你知道我这心里有多难受吗？以后不准你再这样。你是女人，是被男人疼，是受男人保护的对象。明白不？

秀桃仿佛置身盎然春意中，春阳沐浴着她，春风抚摸着她，鸟儿在为她歌唱，花儿在为她吐香。她的心儿飞向天空，她的体内流过一道道暖流。她含着泪，用左手揽一下李松的肩，然后久久地凝视着那张充满男子气的俊美脸膛。

十点过两人一路朝堰塘走去，路过几家院子，看见一些人在杀鸡，一些人在杀鸭，一些人在杀猪。李松说年味真浓。秀桃说黄三旺家昨天杀了两只羊，明天团年。请你没有？李松说打了很多次电话，今天早晨又来村委会请。我拒绝了。大罗拐叔叔家今天杀牛，说二十八团年，也请了我很多次。但我一家都不能去。

常言说吃了人家的口软，拿了人家的手软。我不能让自己工作起来没有力度。这是一方面，二方面我这个人不喜欢到别人家吃饭。

秀桃说，怪不得你不在我们家搭伙，原来我们是别人家。

李松说，秀桃，你理解错了。

两人说着到了堰塘边，三娃子在打鱼，堰坎四周站满了人，一些人看着三娃子打鱼，一些人买鱼。代时称鱼，陈书记收钱。秀桃等人们买起鱼走了，叫三娃子给她选了六条花鲢鱼。三娃子要帮她送回去，她不让。叫李松帮她提。走到村委会梯子下，秀桃拉开李松的车门，放了四条鱼进去。李松说你这是干什么？

秀桃说，贿赂你，收买你。说罢用左手提着两条鱼往回走。李松追上前去给她钱，她生气了。

李松说，这鱼是你给钱买的，又不是你生产的。

秀桃说，几条鱼值多少钱？

李松只好把钱收回，送她回去。秀桃把手里的鱼递给李松。李松看着手里的鱼说，我计划明年我们鱼塘里的鱼不喂饲料，突出陈家湾村的纯天然特点。这样既可以提高销售量，也可以开展钓鱼项目，让城里人络绎不绝地来陈家湾村休闲。另外，我还想明年桃花盛开的时候开展桃花美食节。春节这几天你和陈文商量商量，到时出一些高招。我和陈书记代时也都考虑一下，三个臭皮匠当个诸葛亮。我利用春节回城的时间约约旅游局农业局县政府和县扶贫办的几个朋友，了解开展乡村旅游的相关事宜。

秀桃收住脚步说，难道你就不可以好好休息几天？

李松说，喝茶的时间顺便问问，不累人。

秀桃生气地说，我要怎么说你嘛。你不要把自己搞成一个老革命似的人物，一点休息时间都不给自己留。

李松说，好好好，我不说工作，我休息我休息。我把自己要得忘乎所以，该对了吧。

两人都笑了。

陈文蹲在院坝边的水管下给秀桃洗内裤，见李松来了忙把手上的肥皂泡冲了，给李松递烟。李松开玩笑道，模范呢。

陈文笑道，她的手动不了，这段时间我就是她的手。

秀桃说，这是老天给你表现的机会。说罢笑着上楼去了。

李松把桃花美食节的事对陈文说了一遍，请他帮着考虑考虑。陈文非常赞同桃花美食节这个活动，点头同意。

李松说，我的意思是大家都考虑一下，春节收假碰头。争取把陈家湾村的乡村旅游搞起来！

陈文说，当然好，这样既增加了陈家湾村的知名度，也会大大增加陈家湾村人的收入。

李松握着陈文的手说，那我们携手共进！

两个年轻男人的手紧紧地握在一起，传递着温暖！传递着信心！凝聚着力量！

秀桃下楼见李松走了，就怨怪陈文没有留李松吃午饭。陈文说他留过的，没留住，这不怪他。秀桃还是不依不饶。仍然生气地嘀咕着，怨怪着。陈文把燕窝汤端在她的面前喂她，她把头扭在一边，闭着嘴不吃。陈文低声下气地给她说好话，叫她趁热吃了。她不心软，她不领情，大声地叫陈文端开。陈文把燕窝汤放在茶几上，点燃一支烟，拉把椅子坐在秀桃面前说，桃儿，我们谈一谈。

秀桃任性地瞪着他说，我跟你没有话说！

陈文猛然站起身，冲着秀桃说，那你跟谁有话说？啊？

秀桃被陈文吼愣了，结婚这么久，她第一次看见陈文发这么大的脾气。她禁不住委屈起来，哇的一声哭了出来。她以为陈文会哄她，但是陈文没有哄她。站在她的面前一支接一支地抽着烟。

秀桃用餐巾纸擦着眼泪说，没想到你是这么小气的一个男人！你这么大喊大叫的干什么？

陈文将烟头摁灭在烟灰缸里说，秀桃，我是男人！你不要因为我宠你，你就任性你就任意地超出原则。

秀桃把擦满泪水的餐巾纸扔在地上，站起身，立在陈文面前哭着质问道，我超出了什么原则？你说清楚！

陈文不敢看她的眼睛，他把头扭到一边说，你自己想想，你把我陈文放在眼里没有？

我怎么没有把你放在眼里？

你的眼里只有李松！

你胡说！

拿今天来说，明明我留了他的。你还胡搅蛮缠！

秀桃大声地哭着说，你才胡搅蛮缠！你原来是一个不记恩不记情的人！你原来是一个没有良心的人！人家那样帮我们你一点也不记人家的好处！呜呜！你厌烦我了就说明。我不会赖着你的。天下没有一个好男人！你发誓说一辈子要对我好，结果才几天时间就原形毕露了。我看透你了！我不要和你生活下去！我马上就走！从此，你走你的阳关道，我过我的独木桥！我们互不相干！呜呜！说着就打电话叫李四妹崽两口子来帮她搬东西。李四妹崽和黄三旺没几分钟就跑来了。李四妹崽着急地对秀桃说，好好的怎么要搬家？

秀桃泣不成声。

陈文对黄三旺两口子说，没事，你们回去吧。

秀桃拉着李四妹崽哭着说，我不在这里吃人家的受气饭了，我要搬回去。你们快帮我搬东西。

陈文朝李四妹崽使眼色，叫他们走。李四妹崽明白陈文的意思，拉着黄三旺就跑。走到陈文家房背后，李四妹崽突然停住脚步，极不放心秀桃。想转去劝劝秀桃，又怕秀桃硬叫他们帮她搬东西。想了想，便给陈文打电话，劝他让着秀桃些。陈文说你放心吧，我们没事。李四妹崽这才放心地拉着黄三旺往回走。两人刚走出竹林，迎面碰着王妹崽两口子匆匆赶来。李四妹崽对王妹崽两口子摇着手说，别来，快回去，没事。王妹崽说我们去劝劝她。黄三旺说天上落雨地上溜，小两口吵架不记仇。走回去，不用劝，他们一会儿就好了。果不其然，傍晚，陈文就牵着秀桃的手在乡村公路上散步。

　　话说陈文把李四妹崽两口子喊走后，秀桃哭闹得更凶。陈文开始妥协了，他搂着秀桃哀求似的说，别哭了，宝贝！我错了，是我的错！

　　秀桃流着泪说，你错在哪里？

　　陈文给她擦着脸上的泪水说，我没有留住他。下次我保证留住他。

　　秀桃撒娇地说，你厌烦我，你吼我。

　　对，我不该吼你！这是我的不对。我以后不再这样了。我一定对你好。

　　秀桃说，如果我做错了什么，你好好对我说，不要再冲我发脾气。

　　陈文抚摸着秀桃的脸说，我保证以后不再对你发脾气！我对陈家湾村的山神爷发誓。

　　两人都笑了。

　　陈文搂着秀桃说，桃儿，你是我陈文的女人，是我陈文一个人的女人。我爱你，我永远把你当我的心肝宝贝。**我会永远保护**

你永远呵护你！我会一生用自己的生命来爱你！只是我有一个要求，要求你与别的男人相处一定要注意分寸。你要知道每个男人都有一种私心，都有一种占有欲。

秀桃依偎在陈文的怀里说，陈文哥哥，我的灵魂是干净的，我的身子也是干净的。

陈文将嘴唇压在秀桃的嘴上说，我相信你，桃儿。

大年三十，李松把陈书记和旋风接进城里过年。陈书记的儿子没有回来，又回女方家了。儿媳妇也是一个独生女，天下父母都一样，过年过节都希望子女回家。陈书记两口子也希望儿子带着媳妇孙子回来。但是他们不能与亲家争，不能让儿子两头为难，只好牺牲自己家的团聚，去满足亲家家的团聚，只好牺牲自己家的热闹去满足亲家家的热闹。儿子不回来，山湾里的房子里就只有他们老两口。家里像平时一样，没有一点热闹的气氛，没有一点团年的气氛。院坝里冷冷清清，堂屋里也是冷冷清清，两位老人孤孤单单，你看着我，我看着你，一张老脸在眼前晃来晃去，没有一点新意，没有一点生气，没有一点活力。屋里空空的，心里也是空空的。

陈书记和旋风常常怀着一腔悲凉对李松说，现在允许生二胎了，你们一定要多生一个。免得像我们这样老了孤孤单单的。人呀，老了真的想和子女儿孙们在一起。

李松的心里凉凉的，沉沉的。觉得陈书记和旋风承受着无限的孤独，承受着无尽的寂寞。所以，他每天吃了饭，都尽量多陪他们几分钟，消除他们一些孤独和寂寞。

吃了团圆饭，李松带两个老人到县城里逛了逛，请他们漂了死海。又开车带他们去看了浪漫地中海的建设情况。晚饭后，陈书记和旋风要回去。李松本来想留他们在城里耍几天，但知道他们这些老年人大年三十天晚上要在自己家里守岁，于是只好开车送他们回去。临走时旋风塞一个红包给李松的儿子。李松的妻子又给两位老人一人一个红包。

第三十二章

　　春节一收假李松就召开会议研究乡村旅游一事。他首先讲了开展桃花美食节的目的和意义。他说，要着重挖掘陈家湾村的特色文化，绿色文化，打造特色产品。用陈家湾村自身的独特条件和优势，吸引更多的人来欣赏"郁郁林间桑葚紫，芒芒水面稻苗青"的淡然天地，吸引更多的人来感受"田夫荷锄至，相见语依依"的田园生活。所以大家群策群力，出实招，出新招，一起努力办好桃花美食节。一句话，我们发展乡村旅游"花海得海、群众得果"。我的意思是以千亩冬桃为契机，以我们的自然资源为得天独厚的条件，再挖掘一些陈家湾村独有的民间传说、传奇故事等，另外把全县的名小吃集中在陈家湾村，将我们村的有机农产品推出去，也可以将本县的魁山牌菜籽油，玉酿仙珍—卓筒老井，通仙青花椒，白柠檬，"鑫燕"野鸡蛋，友来友往等土特产集中在一起展销。

　　秀桃说，李书记说得对，开展乡村旅游必须要有地方特色，这样让游客才有新鲜感，才有好奇心。这样才能吸引更多的人来我们陈家湾村，才能让我们的桃花美食节火起来，嗨起来。春节期间我收集了一些传说，据老人们说我们陈家湾村原来有庆尔石、庆尔棒、七步弹琴、一碗水、金鸡报晓五种宝物。

大家觉得很神奇，目光全部集中在秀桃的脸上，专心地听着。秀桃喝一口水，清清嗓子，接着说道，庆尔石是上下两砣石头，轻轻一推它就发出音乐一般的声音旋转起来，但一有人声就立刻停止转动，像大山一样巍然屹立，一万个人也推不动它。庆尔棒像竹子一样，独独地长在院子里，一拍，它就颤抖着欢笑起来。七步弹琴有七个石梯，每一级石梯人们走上去都会发出如琴声一般拨动人心的旋律。一碗水在风吹大坡的半山腰上，四周没有任何水的来源。天再旱都不会干涸。最神奇的是谁也舀不干里面的水，刚舀干它又满了，就像有一个源泉一样。风吹大坡上有一对金鸡，每天一到中午就闪亮登场，全身金光闪闪的，双双站在一个制高点上，伸着脖子鸣叫，但人一靠近，它们一闪身就不见了。

李松听后拍手笑道，这很有意思，很有意思。完全可以把这几个传奇故事用在解说中。也可以刻在村委会的外墙上，既增加陈家湾村的传奇色彩，也增添陈家湾村的文化底蕴。还有在上次读书活动中讲过的几个故事也可以用上。

大家点头赞同。

代时说，开展乡村旅游"花海得海，群众得果"，我觉得很好。但是有些问题不知大家想到没有？比如说开幕式地点，展销会地点，停车地点，来人的吃喝拉撒等问题。

李松的热血有些降温，这些具体问题，他怎么就没有想到呢？代时毕竟是代时，一旦把他的工作积极性调动起来他就是一个人才，他就能为陈家湾村的工作出力。李松觉得把陈家湾村的农产品网店给代时做是正确的。

陈文说，我觉得今年开展乡村旅游还为时过早，准备不充分，看点也有些单一，冬桃面积虽然成片，规模大，但是长势还不够繁茂，如果等到明年，那才是郁郁林间桑葚紫。所以我建议推迟到明年。另外再要一个园林项目，增加一些花卉的品种，比如郁金香、玫瑰花之类。人们来了既有看点，代主任的网店也增加了销售的品种。

代时连连点头赞同。李松抽了一支烟说，那我们就推迟一年，将准备工作做得充分一些。利用这一年的时间打造几家像样的农家乐。

代时说，我建议动员几家刚新建房屋的人家开农家乐，这样既省力又省事。

李松说，好。这意见很好。那我们今天就初步进行分工，吃住行方面的事，包括停车场一律由代主任负责。园林方面的事陈文负责。地域特色文化由秀桃负责。陈书记为总指挥。我负责经费的争取和各方面的协调工作。

大家对李松的安排非常满意，都欢天喜地地接受了任务。李松建议道，小吃摊，比如凉粉、凉面之类，可以摆一些在桃园里。游客喜欢的是诗意，要的是情趣。另外桃园地之间可以修建几个亭子，里面可供人们休闲，拉二胡，弹古筝，弹琵琶。到时我们可以请一些乐队。

秀桃拍手叫道，好！这简直太有诗意了！依李书记这么说，到时桃树下也可以设一些拉二胡弹古筝弹琵琶的点，让美妙的音乐满地流淌！

李松说，桃树地边我们可以立一些小石块，将描写桃花的唐诗宋词刻在上面，增添桃花的魅力，让人步入诗意的空间，穿越文化的长廊，醉倒在桃花仙子的帐篷中。

很好！

很好！

很好！

太美了！

代时说，那我们可不可以把那些传奇故事搬进桃花园呢？

陈文说，不能。如果弄进去就有些混乱。

李松说，我们可以让五宝复原，现在的科技这么发达，应该没问题。五宝的介绍和几个传奇故事我建议用大石头刻起，随意摆放在村门口。周边种一些郁金香。

大家又拍手赞同。研究后，李松写了具体的方案报单位和县上。单位领导和县上领导非常赞同，与市上相关部门衔接，很快构成一套实施方案。

陈家湾村开发乡村旅游的事，像一朵又一朵绚丽夺目的烟花，绽放在陈家湾村的上空，吸引着无数双闪烁着希望光芒的眼球。许多人向陈家湾村走来，在外地打工的人都陆续返乡，满怀激情地投入母亲的怀抱，尽情地发挥着自己的智慧与才干。

陈家湾村热闹起来了，忙碌起来了，一部分人种植，一部分人养殖，一部分人研究特色小吃建农家乐，一部分人研究土特产。

时间在人们的忙碌中很快到了第二年春天，满山遍野的桃花知暖知情地笑了，燃了，散发出无穷无尽的魅力。"桃花美食节"的广告一月份打出，人们早有耳闻，帷幕一拉开，成千上万的游客拥进陈家湾村，听导游讲述传奇故事，身临其境感受五宝的神奇。他们乘着传奇故事的翅膀飘向远古的海洋，徜徉在一个又一个神奇的世界中。游客们的身醉了，心也醉了，他们穿梭在静谧的绿树林中，绿色的丝裙给他们柔滑的质感，清新的空气浸润着他们的心扉，他们的身心受到了洗礼，他们的身心得到了净化。他们一路走一路看，最后跌入桃花仙子的帐幔中起不了身，他们完全被桃花的娇艳迷醉了。他们一路欣赏，一路拍照，一路欢笑。

花蕊深处那悠扬的二胡声、古筝声、琵琶声和散落在路前亭旁的唐诗宋词，让游客们迷恋得找不到回家的路。

农家乐和小吃摊座无虚席，购物点人满为患。

陈家湾村火了，陈家湾村热闹非凡，大有商机。

夜晚，秀桃和陈文漫步在桃花丛中，月光水一样浸泡着他们。有一种神秘和微妙的东西在秀桃的心房升腾，她禁不住念出白居易的《大林寺桃花》：人间四月芳菲尽，山寺桃花始盛开。

陈文接着念起杜甫的《江畔独步寻花·其五》：桃花一簇开无主，可爱深红爱浅红。

秀桃接着朗诵起汪藻的《春日》：桃花嫣然出篱笑，似开未开最有情。

陈文接道，桃花坞里桃花庵，桃花庵下桃花仙。桃花仙人种桃树，又摘桃花换酒钱。

秀桃大笑着说，我们是在玩飞花令吗？

陈文说，我几乎把这些诗忘了，没想到今晚却突然又想起来了。

秀桃说，诗情需要特定的环境。

这是一个春天的夜晚，这是一个月光如水的夜晚，这是一个桃花控制不住热情的夜晚，这是一个燃烧奔放的夜晚。

琵琶、二胡和古筝的旋律在人们的心房中回旋，在人们的心房中奔腾，在人们的心房中欢笑，在人们的心房中流淌。

桃花林里有秀桃和陈文的脚步声，也有很多游客的脚步声。

月光如水，星星如灯，桃花如火！

连续一个月的桃花美食节，让陈家湾村的村民包里鼓胀了起来。陈家湾村出名了，打出了自己的特色品牌。很多人都知道陈家湾村这个美丽的地方，很多人都知道陈家湾村有成片的核桃，有成片的冬桃，有成片的药瓜，有得天独厚的自然资源，有大大的鱼塘，有生态无公害的有机食品。许多人在网上点击购买陈家湾村的农产品，许多人星期天开车来陈家湾村呼吸新鲜空气，来陈家湾村钓鱼，来陈家湾村休闲，来陈家湾村吃农家饭，在冬桃和核桃收获的季节来购买冬桃和核桃。

第三十三章

　　时间带着流云，欢笑着来到冬桃和核桃成熟的季节。秀桃和陈文忙得像卓别林。四面八方的人都要买冬桃，买核桃。有的人开车来买，有的在代时的网店上要货。村民们摘桃像跳舞，他们每天早晨五点过就进地里，有的爬上树摘桃，有的一挑一挑地往地边担。王妹崽和李四妹崽在树上一边摘桃，一边惹大罗拐。说他挣这么多钱，应该找个女人来花。大罗拐站在树桠上，弯腰将一箩筐桃子递给黄牙，说他人已经老了，不想那些了。李四妹崽说老了就找一个老太婆吧。不然你那些钱放在墙洞里会生霉。

　　大罗拐从黄牙手上接过空箩筐，放在树桠上，一边摘桃一边嘿嘿地笑着唱起民谣来：我会拥抱太阳，不怕被那炙热融化。我会遥望月亮，反射那笑里的快乐。我看过沙漠下暴雨，看过大海亲吻鲨鱼，看过黄昏追逐黎明，没有看过你。

　　大家哈哈大笑起来。

　　甘二嫂说，大罗拐想女人了！

　　王妹崽说，李四妹崽，你别惹他，别把他逗疯了。

　　又是一阵哈哈大笑。

　　笑后大罗拐又哼唱起来：天上飞的是什么，鸟儿还是云朵。我把自己唱着，你听到了没？风里飘浮着什么？花瓣还是露水。

我把欢乐散布，你收到了吗？

三娃子担着一挑冬桃一边往外走，一边接着唱道：用天籁传递哎，中国爱拉索。幸福随着哎，梦想来临哟。用天籁传递哎，中国爱拉索。希望不遥远，层层歌声飞。

树上摘桃的李四妹崽王妹崽和一些村民也跟着唱起来，风里飘浮着什么？花瓣还是露水。我把欢乐散布，你收到了吗？

开车拉冬桃的黄铭，在公路上笑着应声道，我收到了！我收到了！山湾里响起一片回声，我收到了！我收到了！

歌声，欢笑声，飘扬在陈家湾村，充实了空气，填满了村民们的心。

路边，买桃的人提着大袋小袋的冬桃和核桃等着陈文过秤，都想买了冬桃和核桃后四处逛逛，好好感受感受陈家湾村的气息。陈文理解大家的心情，尽量加快动作，用惊人的速度忙碌着。秀桃收钱的动作也很快，像魔术师似的，转眼将一张张百零板装进包里，转眼让一个人的微信支付成功，转眼又让一个人的微信支付成功。他们从早晨忙到晚上，忙得满脸堆笑，忙得包里鼓胀起来，忙得心里满满实实的。

有天傍晚，李松到陈书记家去吃饭，迎面碰着累得筋疲力尽的陈文，便开玩笑道，看来发财也不是一件好事。

陈文说，真的有些累。不过累死我也愿意。

李松拍打着陈文的肩说，真是人为财死，鸟为食亡。

陈文递一支烟给李松说，你还说呢，都是被你害的。我如果累死了秀桃就找你。

李松呵呵地笑道，我还成了罪魁祸首！

陈文满脸溢彩地说，没想到我从一个穷光蛋又变成了一个富翁！我的腰又粗起来了！我的底气又足了！我要回了自己的面子！人们又满脸是笑地叫我陈老板了！生意上的一些人也开始对我佩服得五体投地。唉，钱真是一种好东西！

李松笑道，看着你富起来了，我打心底里高兴！

陈文深情地看着李松说，我们陈家湾村的人都得利了，而你呢？你得了什么？

李松说，我得了国家的工资。说后呵呵地笑起来。

陈文紧握着李松的手，想说一些感激的话，但又觉得再多的感激话都无法表达他的一腔感激之情。于是硬拉李松去他们家喝酒。

刚走到院坝里陈文就朝楼上喊道，桃儿，快下来，李书记来了。秀桃一边答应着一边往楼下跑。跑下来站在李松面前激动地说，今天的太阳是从北边出的还是从西边出的？

陈文纠正道，桃儿，是今夜，不是今天。

秀桃打陈文一下，笑着请李松进堂屋。保姆很快炒了三个菜端上桌子。秀桃从冰箱里拿出一袋牛肉干，又从屋里捧出炒花生，然后从保鲜格里拿出半边鸡，叫保姆加上红菇用高压锅压。保姆说吃不了那么多。秀桃说炖上，让他们喝点鲜汤！秀桃热情似火，陈文的热情也在高温状态中，他提出一瓶茅台酒。秀桃想让李松吃高兴，喝高兴，便打电话把陈书记也请了来。

这个夜晚，秀桃家格外热闹。陈文举起杯对李松说，李书记，是你让我振作起来的，是你让我东山再起。没有你的帮助就没有我们的今天。你是一个最值得交往的朋友！你是一个最值得我敬佩的人！

李松说，我应该感谢你，是你的努力带动了全村的经济。让村民们从此活得有奔头，让村民们包里有了钱，让村民们的腰直起来了，让全村百分之百脱了贫。

几个人正喝着，正笑谈着，三娃子走了来，说来领工资。陈文叫他坐下喝酒。他拒绝了，说王妹崽在家等他。陈文开玩笑说他怕老婆。他回笑道，大哥莫说二哥，大家都差不多。你陈老板比我还怕老婆呢。陈文笑着说，唉，没法，谁叫我们是四川男人呢。四川是炕耳朵的出产地。玩笑后，三娃子告诉大家他明天要去县城提一辆轿车。大家说好哇。陈文说你三娃子真是浪子回头金不换，让人刮目相看，楼房修起了，又要买车子，真是一个成功人士，值得祝贺，值得祝贺啊！说着硬拉三娃子喝酒。三娃子不喝，领了工资就回去了。接着黄三旺大罗拐甘二嫂和一些村民都陆陆续续来领工资。秀桃忙得没有吃进几口饭。陈文的电话也响个不停，有的咨询种植技术，有的订购冬桃和核桃。代时也打电话要货，说他明天早晨六点过来拿货。代时的货走得很快，销售量很大。村民们说他很会赚钱，李松说他很有经济头脑。

　　酒喝到接近尾声的时候，陈文接了一个电话，是他前妻的。说她住院没人照顾，叫陈文去照顾她两天。陈文耳朵听着电话，眼睛却看着秀桃。秀桃明显有些变脸变色不高兴。陈文放下电话，把秀桃拉进房间征求秀桃的意见。秀桃知道陈文是在假意维护她的自尊。她能说什么呢？叫他不去他会听吗？秀桃生气地把脸扭在一边。陈文拉着秀桃的手说，桃儿，宝贝，亲爱的，你别生气。其实我不想管她，但是她一个电话又一个电话……

　　秀桃打断他的话，气恼地看着他说，这几天这么忙，你还真的要去？

　　陈文说，我去安排一下就回来。

　　秀桃哭起来了，说，你们这么藕断丝连的算什么？冬桃和核桃都还有一大片没有卖完。你还有闲心去管别人的事！

　　陈文不再理秀桃，转身出屋，与李松和陈书记打个招呼就开车走了。

陈文的前妻听说陈文现在发了，所有的债务都还了，还在城里买了住房和门面，便又死灰复燃，每天都给陈文打几次电话，说她错了，对不起陈文。说一日夫妻百日恩。陈文不理她，她就叫他们的儿子给他打电话，她就找陈文的朋友帮她约陈文。见了几次面后，陈文的心软了。心想他们一起生活了那么多年，没有爱情也有亲情。他们之间还有儿子这根剪不断的纽带。于是便答应女人以朋友相待，以兄妹相处。但是女人是一个高手，她想要得到的东西一定要想方设法得到。没多久陈文就倒在了她的石榴裙下，偷偷与她幽期密约，共枕共眠，促膝相谈，犹如初恋，胜似蜜月。

陈文第二天没有回来，第三天也没有回来，第四天把女人带了回来。秀桃问陈文什么意思。陈文苦着脸说，她说她肺不好，要到乡下来呼吸新鲜空气。她要来，我有什么法嘛？

女人不需要秀桃安排，自己住进秀桃隔壁的房间，时时把陈文喊进去，就像这原本就是她的家，就像陈文根本就没有和她离婚，陈文原本就是她的男人。秀桃觉得这个家变得有些摇晃，变得有些荒诞。一个男人，两个女人，这是现实生活中的事吗？这是一夫一妻制的法治社会吗？秀桃的泪水如六月里的暴雨。

狂风雷电袭击着秀桃那弱小的身躯。她想马上搬回他们的老屋，母亲却突然离世。母亲是被陈文活活气死的。她虽然瘫在床上，但心里清楚，陈文把他的前妻带回来了，看样子不要秀桃了。桃儿的命好苦啊，出生三天被亲生父母丢在田坎上，十七岁被代时所害，现在又被陈文抛弃。老天对她不公啊。她以后的日子怎么过啊！老天爷啊！她看着秀桃满脸的泪痕，心里发急，心里发痛。她想安慰秀桃，又说不明一句话，她想骂陈文，却只能发出呜呜鸣的长音。她急得心里喷血，内火攻心。秀桃是她的心头肉，她多么希望秀桃幸福快乐！如果能够用她的生命去换取秀桃的幸福快乐，她会毫不犹豫地献出她的生命。她爱秀桃胜过爱自己的生命。秀桃不开心，她更不开心，秀桃痛苦她更痛苦。她拒绝保姆喂她饭，她拒绝保姆给她擦洗身子，她拒绝保姆给她盖被子。她不想再用陈文一分一厘，她情愿死也不想再用陈文一分一厘，她不想再看到陈文这个狗崽子！她不想再看到那个不要脸的女人！

母亲死了。悲痛击碎了秀桃的心，压倒了秀桃的身。这时的她是多么需要有人在她的身边安慰她，帮助她。可是那个女人却说她嗅不得死人的味道，要陈文送她到医院去治疗。陈文不送，叫她自己回去，她就放声大哭起来，说她要死了陈文都不管她，说她死了孩子就只有跟着后娘受罪。陈文为难极了，只好拿出车钥匙，把女人扶进车里，又回转身来对秀桃说他把她送进医院就回来。可是陈文却没有回来，他失言了。

秀桃的心再次被一个男人击得粉碎。秀桃突然间又被一个男人抛进冰窟里，置于荒山野岭中。

秀桃的心一点一点地被陈文撕碎，又被陈文的前妻撒上一层厚厚的盐。

此时此刻，秀桃的心里充满了恨意，她恨男人，恨这个世界！

秀桃觉得满世界都是阴云密布，让她再也看不到蓝天白云，再也听不见一声鸟语，再也嗅不到一丝花香。

秀桃找来一块铈，想跟随母亲而去，想就此了结痛苦悲惨的一生。就在这生死关头，李松突然出现了，像一个救苦救难的观世音菩萨，夺下她手里的铈，拉她到院坝里，让她看天，让她看四周，对她说世界上除了陈文还有很多东西。她跪在地上哇的一声哭了出来。

李松打电话对陈书记说了秀桃的情况，陈书记骂陈文是陈世美是西门庆，骂后安排村里的人帮着秀桃料理她母亲的后事。

等秀桃忙完母亲的后事，李松叫秀桃出去旅游。秀桃不去。李松便亲自到旅行社，给秀桃报了一个去游泸沽湖的团。

秀桃怀揣着李松的温度，于早晨六点半坐上去泸沽湖的车。一路的风景打开了秀桃的眼界，抚慰了她的心灵，淡化了她心里的伤痛，剥离了一层层结痂。

秀桃旅游回来，一下车，李松就来到她的面前，帮她把行李放进自己的车里，带她到东方生态园住下。晚饭后陪她散步。李松见她脸色舒展，青春细胞复活了一大半，心里十分高兴。问她这次旅行的感受。秀桃脸上闪烁着阳光，滔滔不绝地讲述着她这几天的感受和收获。最后她叹息地说神秘的泸沽湖已经不再神秘，摩梭人的走婚已经成为传说。花楼、爬窗，把帽子等具有代表性的物品挂在门上的事早已成为过去。导游都是在重复过去的故事。不过，阿夏和阿注或许还有。

李松与她并肩漫步，侧脸看着她说，感受独特！

秀桃笑笑说，有点意思的是泸沽湖里的水性杨花。

李松打断秀桃的话，重复着秀桃的话说，水性杨花？

秀桃笑笑说，以前我知道的水性杨花就是春天的杨柳花絮随风而飘，顺水而流。这次去了泸沽湖我才知道水性杨花是一种生长在水里的植物，一种非常漂亮的小花花。

李松感慨地笑道。真是读万卷书，不如行万里路呀。长见识了。

秀桃用手指触碰着路旁的树叶说，水性杨花有三个花瓣，是白色的，蕊是鹅黄的，生长在几十米深的泸沽湖，长长的茎在清澈的水里轻轻摇曳，引诱着双双目光探寻它的根部，引诱着双双目光探寻水的深度。让人禁不住将手伸向水里，去触碰它的美丽，去感受水的柔美，去感受花的独特。据泸沽湖的摇船阿哥说，只有泸沽湖才有这样的花。这种花对水质要求非常高，稍有污染就无法存活。

秀桃说到这里禁不住回忆起游泸沽湖时的情景来，她坐在船上欣赏着星星点点的水性杨花问摇船的阿哥，泸沽湖的水有好几十米，难道水性杨花的茎也有几十米？摇船的阿哥说是呀。她感到太惊奇。她佩服水性杨花的坚强与倔强，它不屈服水的深度，再深的水也淹没不了它，她坚强地浮出水面，倔强地展示着自己的美丽。

这次的旅行，水性杨花长在了她的心里。

李松见秀桃不说话，问，想什么呢？

秀桃说，想水性杨花。

李松打趣地说，人回来了，心却留在泸沽湖了？

秀桃仍然沉浸在泸沽湖的美丽中，她说，博凹半岛的山坡上那两棵青松很有意思，它们相连在一起，交织成一体，构成一道奇观。

李松笑道，在地愿为连理枝写的是不是它们？

两人并肩走过一段绿荫，秀桃突然看着李松说，我学了几句泸沽湖的情歌，你愿不愿意听？

李松笑笑说，这次的旅行收获不小啊。

秀桃深情地唱起来，小阿哥，小阿哥，有缘千里来相会，河水湖水都是水，冷水烧茶慢慢热，阿哥，阿哥……情哥哥，情哥哥，人心更比金子贵，只要情谊深如海，黄鸭就会成双对。阿哥，阿哥……

李松揽着秀桃的肩说，你都可以去参加星光大道了。真的，你的音质很美。

秀桃站在李松面前，用闪着泪花的双眼，久久地看着李松。

秀桃回家时，陈文正在房间里和他的前妻谈论他们的儿子。

秀桃出门旅游的第一天，陈文就带着前妻回来了，又说是回陈家湾呼吸新鲜空气。现在他的前妻已经在这个家里住了四五天了，没有一点走的意思。看样子是要长住下去了。秀桃看着他们恶心，要搬走，全村人都劝她不要搬。说她如果搬出去了，那就称了那个女人的心，如了那个女人的意。

李四妹崽说，不搬，你是正位，凭什么给别人让位。

王妹崽说，这是你的家！你凭什么走？他陈文敢喊你走我们全村人都不依。

秀桃想也是，我凭什么给别人让位。我走了别人还以为我做错了什么事呢。

于是一个男人两个女人继续演绎着荒诞离奇的现代剧幕。

李松怕出事，多次和陈书记商量。陈书记说，清官难断家务事。李松也想不出解决的办法来，心里干着急，天天同情着秀桃，心痛着秀桃，担心着秀桃。王妹崽和李四妹崽天天到秀桃家去，一边开导秀桃维护秀桃，一边说些难听的话刺激陈文的前妻。那个女人也不是一盏省油的灯，王妹崽和李四妹崽说她一句，她还她们十句。脏话损人的话像导弹一样从她的嘴里飞射出来，直刺人心！两个女人的怒火被她一股股地点燃，一齐扑上去抓她的脸，撕她的嘴，边打边骂她野女人，骂她骚货，骂她不要脸，骂她爹妈死早了没人教。女人的头发被抓乱了，女人的脸被抓烂了，女人的嘴被撕破了。她觉得很委屈。陈文一回来她就撒娇地扑在陈文的怀里哭诉。陈文问秀桃是怎么一回事？秀桃不理他，不想理他，不想和他说话，半句话也不想和他说，她把秀发一甩，进自己的房间耍微信去了。

陈文气得一屁股坐在沙发上一支接一支地抽烟。女人见陈文没有为她出气，便冲到陈文面前咆哮道，我被她们打死了你都不开一声腔，你都不放一个屁！你们是成心合起伙来欺负我！陈文站起身，瞪着女人说，你们到底还让不让我活？！我烦都烦死了！女人见陈文不但不帮她还这样吼她，顿时气得像条疯狗一样，拖起一把锄头就去找秀桃报仇。陈文一把将她拖出门外，将锄头抢起摔在院坝里。女人气得脸色发白，嘴唇发乌。指着陈文，语不成句地说，好哇，好哇！陈文，你敢这样对我！你的儿子我不管了！我如果再管你的儿子我就不是人！你有本事你就叫你的小婆娘管！你有本事你就自己管！这是女人惯用的招数。那天，陈文把她送回去，就想回来料理岳母的后事，但她不让他回来，把孩子摔给他，让他送孩子上学，接孩子回家，让他给孩子煮饭洗衣服，辅导作业。让他一点儿都脱不开身。

陈文苦着脸哀求道，你就别闹了好不好？我求求你了！

女人说，我不能让人白打！我忍不下这口气。说着拖起一根扁担就跑去找王妹崽和李四妹崽拼命。子弹是上了膛的，

人还没有走拢，扁担就带着她的愤怒朝王妹崽和李四妹崽飞去了。两个女人一跳就躲过了。女人再要攻击，王妹崽抓起一把扫把就朝女人一阵乱打。女人顶着重击，拼命地还击着，她一把抓住王妹崽的头发乱扯起来。李四妹崽要帮王妹崽的忙，周围又找不着一件东西，见一条小狗汪汪地望着他们叫，弯腰抱起它就朝女人丢去。那小狗惊叫着抓伤了女人的脸，女人懊恼极了，发狂地与两个女人打起来。两个女人叫着，还击着。三娃子和黄三旺赶来，哪里能容别人打他们的女人。两个庄稼汉不好对女人下手，找到陈文，你一拳我一脚地打得陈文嗷嗷乱叫。一个村里的人都跑来围观。都说三娃子和黄三旺打得好！为秀

桃出了一口恶气。

陈书记气得嘴唇发青，指着陈文说，你们把秀桃往死里欺负不说，又活活气死她的母亲，还让这个不要脸的女人在我们陈家湾来撒野！这成何体统！我问你，到底还有不有点王法？！

人有不得钱，一有钱就变坏！

村民们议论着，谩骂着！

陈书记气得脸红脖子粗。他颤抖着手指着陈文的脸说，我告诉你陈文，陈家湾村的人祖祖辈辈从不缺德！

人们附和道，对！陈家湾村的人祖祖辈辈从不缺德！

陈文是耗子钻风箱几头受气，他想辩解，但又找不出什么话来说，只有一口一口地吐着嘴里的血。

陈书记说，人要活就要活得有点人样，人活一张脸，树活一张皮！

大家一起应和道，对，陈书记说得对，人要活就要活得有点人样，人活一张脸，树活一张皮！

陈文抬起满是伤痕的脸，痛苦地哀求道，这是我们的家务事，求求你们别管了行不行？！

李四妹崽说，不管你就要伙起那个骚女人把秀桃嚼起吃了！

陈书记舒一口气，又接着说，陈文你要搞明白，现在我们国家是一夫一妻制的法治社会。我们陈家湾村自从新中国成立以来，就没有在一个屋檐下出现过两个女人的事！我们陈家湾村决不允许出现这样伤风败俗的事！

大家齐鸣，对，我们陈家湾村不允许出现这样伤风败俗的事！

带着你的臭女人滚出陈家湾村！滚出去！

别一颗耗子屎弄脏一锅汤！

别带坏了样！爬出陈家湾！滚出陈家湾！

带上你的骚女人立即滚出陈家湾！

陈文陷入极度的难堪与尴尬之中。他无脸待在陈家湾。他的身心在强大的压力下，萎缩成了秋天的焦黄。他载着前妻子，灰溜溜地走出了陈家湾。

车在飞速地奔跑。前妻的情绪也在飞速地爆发，她一边哭，一边骂陈家湾村的老老少少都是蟑螂，都是老鼠！她一边哭一边骂陈文是狗屁老总，没有一点人际关系，连一只蚂蚁都没有为着。她一边哭一边骂陈文不是男人，还不如一条狗，连一个女人都保护不了，让她受尽侮辱，挨尽谩骂，还被那两个疯女人打了一顿，脸也抓烂了，嘴也撕出血了，这副样子她怎么见人？陈文的心里烦乱极了；愤怒的狂潮一股一股地往脑门上涌，他猛然把车速加到120迈，朝女人吼道，你能不能闭上你的嘴！

女人以为陈文会自责，会哄她会安慰她，没想到陈文却这样凶巴巴地吼她，她放声大哭道，我受了这么大的气，你还吼我，你到底还是不是我的男人？！你这个没良心的东西！你的心里原来根本就没有我！你的心里只有秀桃，秀桃才是你心目中的女人！你滚回到她的身边去！呜呜！我不活了！我要下车。陈文不停，她就去抢夺方向盘，车子在公路上拐来拐去，就像喝醉了酒的人。陈文叫她放开，她不。陈文的怒气加剧了，心里想不活就不活吧！他累了，他太累了！他把手一松，让女人任意抢夺方向盘。车，他的车，载着他和前妻的车，载着两条生命的车朝坡下冲去，圆球似的朝下面翻滚。

人为的事故造成两人重伤，女人手脚骨折，经过医治康复。陈文由于大脑皮层功能严重损害成了植物人。陈文躺在医院里没人管没人理。陈书记代表陈家湾村村委会去找那个女人。

女人昂着头说，陈书记，你烧香庙门都没有找着，我和陈文一毛钱的关系都没有，我们早已离婚，我没有一点责任照顾他。秀桃是他的现任妻子，理所当然该她照顾他。

陈书记哑然，悻悻返回陈家湾村。所有人都骂那个女人不是人。都建议去告那个女人蓄谋杀人。材料做好的当天晚上，那个女人带着她和陈文的孩子哭着来找秀桃，说她如果有个三长两短这孩子怎么办？

秀桃愤怒地看着她说，你和陈文鬼混的时候你想过孩子吗？你抢陈文手里的方向盘时你想过孩子吗？

女人哭着说，我都是一时糊涂！

秀桃说，你滚！你这种女人应该受到惩罚！

女人无望地大哭起来。九岁的孩子见此跪在秀桃的面前，拉着秀桃的手，眼泪汪汪地说，阿姨，你原谅我妈妈吧！

秀桃的心软了，她扶起孩子，噙着一眶眼泪，怜爱地摸着他的头说，孩子，好好学习，长大了做一个有良心有道德的人！

秀桃到村委会把材料撕了，用火烧了，祭奠了陈文的悲苦与悲哀。村民们都围在秀桃的身边，不明白她要做什么。

代时说，你不会放弃告她吧？

李四妹崽上前拉着她说，你发什么昏啊？

王妹崽说，秀桃，你不能心软！

钻天猫说，她把孩子带来给你说好话，明明是在用计。你别心软啊秀桃。

甘麻子说，你不告她，她就不会管陈文。你傻呀秀桃。

秀桃一言不发，她一步一步地走下村委会的石梯，亲自开车把陈文接了回来。所有的人都非常吃惊，陈文不该她管啊，虽说他是她的男人，但他是被他的前妻弄成植物人的。虽说他是她的男人，但他怀里抱的不是她，而是别的女人。她和他已经分居很久了，她的心早已被他揉碎！

李四妹崽一把将秀桃推在地上说，陈文不该你管！该那个女人管！

王妹崽说，妹妹，你别捉一个虱子在自己的头上爬！照顾一个植物人不是一天两天的事！

秀桃站起身，走到陈文的病榻前，一边给陈文按摩，一边流着泪给陈文讲故事。在场的人都感动得流下了眼泪。陈书记用干枯的手抹一把老泪说，陈文能遇上秀桃这么好心的人是头辈子高香烧得多！

秀桃的心太好，照顾养母十几年如一日，现在又来照顾陈文。好人啊！乡亲们敬佩地议论着。

陈文成植物人后，经济作物项目无人管理，李松召开村民大会推荐人选。全村人都觉得秀桃人品好，为人忠诚，统一推荐秀桃承包果园和药瓜。秀桃怀揣着一颗感恩的心，让愿意入股的村民都入股。黄三旺三娃子和一些村民都成了股东，齐心协力地管理着果园和药瓜地。

季节又到了春天，太阳有了温度，菜花再次笑了，桃花再次燃了，核桃花絮再次相恋成串。游客再次从四面八方赶来，用欢声笑语填满了陈家湾村。

大罗拐的民谣时常响彻人们的耳畔，我会拥抱太阳，不怕被那炙热融化。我会遥望月亮，反射那笑里的快乐。

堰塘四周坐满了垂钓的人们。堰塘里的鱼很生态，没有喂一点饲料，十块钱一斤，天天都有县城里的人来陈家湾村钓鱼。

陈家湾村的一百三十二户贫困户已经全部脱贫，村也脱了贫。李松被县上评为脱贫攻坚十大标兵之一，被调回县上。李松离开陈家湾村那天，所有村民都来到村委会，含着泪一一与他握手，很多人握着他的手久久不放，依依不舍。三娃子、黄铭等村民开着十一辆车直把李松送到城里。

感激的潮在陈家湾村人的心里涌动，澎湃。他们把李松的手机号记在自己的手机里，并加他为微信好友和QQ好友，随时与他联系。

代时却因为账目不清、男女关系混乱等受到党内处分，免去村主任职务，并移交检察机关做进一步调查。秀桃被村民选举为村主任。她肩负着重任，带着满腔的热情与陈书记一道，带领着村民继续种植，继续养殖，继续开展乡村旅游，继续筑建着富裕和幸福的彩虹桥。